万榕书业

吴越 —— 著

最寒冷的冬天

是旧金山的夏季

北方联合出版传媒（集团）股份有限公司

万卷出版公司

ⓒ 吴越 2017

图书在版编目（CIP）数据

最寒冷的冬天是旧金山的夏季 / 吴越著 . — 沈阳：
万卷出版公司，2017.5
ISBN 978-7-5470-4442-1

Ⅰ . ①最… Ⅱ . ①吴… Ⅲ . ①长篇小说 – 中国 – 当代
Ⅳ . ① I247.5

中国版本图书馆 CIP 数据核字（2017）第 065223 号

出版发行：北方联合出版传媒（集团）股份有限公司
　　　　　万卷出版公司
　　　　　（地址：沈阳市和平区十一纬路 25 号　邮编：110003）
印 刷 者：鞍山新民进电脑印刷有限公司
经 销 者：全国新华书店
幅面尺寸：145mm×210mm
字　　数：400 千字
印　　张：13
出版时间：2017 年 5 月第 1 版
印刷时间：2017 年 5 月第 1 次印刷
责任编辑：胡　利
责任校对：高　辉
版式设计：展　志
封面设计：所以设计馆
ISBN 978-7-5470-4442-1
定　　价：39.80 元

联系电话：024-23284090
邮购热线：024-23284050
传　　真：024-23284521
E－mail：wanrongbook@163.com

目　录

Chapter 1　**瓶中的彩虹◎ 003**

我笑了，他果然送我一道彩虹，一道永远不会消逝的彩虹。彩虹象征着希望，也象征着相聚。

Chapter 2　**非洲紫罗兰◎ 065**

他曾经送给我一条永不消逝的彩虹，那么，我要还他一盆不张扬却可以开得很久的花。

Chapter 3　**雨鞋花盆◎ 129**

爱情，原来和彩虹一样，是有层次的。即使拥有同一道彩虹，不在一个层次上，还是无法相遇。

Chapter 4　**谁是查理·布朗◎ 200**

那一夜，西雅图下着微微的雨，他就那么抱着我睡着了，像查理·布朗抱着史努比。

Chapter 5　**不吃巧克力的海鸟**◎ 275

那一个瞬间，我突然意识到，我和程明浩对于彼此，就像那只海鸟面前的椰丝巧克力，本身并没有什么问题，但放在一起，就是不对头。

Chapter 6　**会微笑的戒指**◎ 346

那是一个细细的戒指，环上浅浅地旋刻玫瑰花纹，拖着一颗很小很小的钻石。那真是一个可爱的戒指，暖融融的，好像在对人微笑。

Chapter 7　**下一个永远**◎ 380

二〇〇四年九月二十四日十点三十四分，旧金山国际机场，某个二十八岁半的愣头青把我紧紧地抱进怀里，光天化日之下吻了好久好久。

向那些在情海里各自浮沉转圈，呛了不知几口水，到头来竟然还能重逢，一起湿淋淋趴在岸边哆嗦的人致以崇高的敬意。

　　他们或许不算聪明，但一定诚实；或许不算可爱，但一定勇敢。

　　十年，任时光流转，唯真心依旧。曾经的我，给现在的你。很高兴，很荣幸，很骄傲，写过这篇小说。

吴　越

2016 年 9 月 17 日

于美国加州

Chapter 1 瓶中的彩虹

一九九七年夏天，我踏上了去美国留学的飞机。

一起去的有我的大学死党郑滢和张其馨。我们三个是同班同学，从一年级到四年级，几乎可以说形影不离。在报学校后，我和郑滢同一天收到了新墨西哥州立大学的录取和奖学金通知书。张其馨的成绩比我们两个要好，她被三所学校同时录取，却毫不犹豫地决定去亚利桑那州立大学投奔早她一年就去了美国的男朋友。

我和郑滢为其馨惋惜，因为她其实也拿到了亚利桑那大学化学系的全额奖学金。亚利桑那大学和亚利桑那州立大学，听起来好像差不多，后者在美国大学排行榜上却整整少了两颗星。

其馨一点都不后悔，"要是不能和他在一起，不要说去美国，就是去天堂，又有什么意义呢？"她一本正经地说。

我和郑滢对看一眼——她把天堂都抬出来了，我们还能说什么呢？私下里，我对郑滢说："要是我，就不会。"

她撇撇嘴，煞有介事，"女人啊，注定了要为爱情牺牲的。看见了吧？"

不管怎么说，当时我们的心情都愉快得几乎要飞上天去。我和郑滢要赶到学校去上夏季学期，其馨虽然是秋季开学，却早已饱受相思之苦，从拿到签证的那一刻就恨不得插上翅膀飞过太平洋。于是我们决定尽早动身。郑滢提议在校园的 BBS 上发个帖，看有没有人可以一路同行。她说："多认识些校友，不好吗?"我们都清楚，她不过是想借机会结交几个男生，看看有没有发展的潜力而已。

帖子发出去几天，可能是我们定的出发时间太早，只有工学院的两个学生回复了。那个女生长得秀气，戴副无边眼镜，声音细细的，说出话来却吓了我们一跳——她就是那个 GRE 考满分、早早被斯坦福大学录取的大才女许文磊。那个男生叫蒋宜嘉，斯文儒雅，去加州大学伯克利分校读计算机工程。万分可惜的是，他们已经配成了一对。郑滢有点懊恼："招来这两个人一起走，除了让我们自卑，一点好处也没有。"

"谁让你自己没写'谢绝已有女朋友的男生'?"我打趣她。

她突然之间又恢复了信心："不要紧，结了婚的都可以离，女朋友算什么?"

"喂，你不会想做第三者吧?"

"关璐，你别搞错了，他们又没有结婚，怎么称得上第三者呢?我可以和那个女人公平竞争，看看谁笑到最后。你仔细看看，她跟我是一个重量级的吗?"

我不由得开始同情那个莫名其妙地把自己的爱情送到虎口的女才子。因为郑滢长得很漂亮，更加重要的是，她有一股不达目的誓不罢休的劲头。一个男人，就算可以抵挡她的美貌，也未必抵挡得住她的固执和霸道。

第二天，有一个生物系的男生和我们联系，说他和一个同学也准备近期到美国去。他叫杜政平，去得克萨斯大学奥斯汀分校读书。

我们约了他到学校旁边的小吃店见面。一见面，我才想起来，原来我们以前见过。那是大四上学期上基础日语选修课的时候，有一次，他正好坐在我旁边，那天，老师把生词写在黑板上，大家都在台下抄，我旁边那个人还一边抄一边认认真真地把词念出来。这本来无可厚非，问题出在他喜欢用中文去念日语里的汉字。所以，当抄到"大变"（日语里"很不容易"的意思）这个词的时候，他毫不犹豫地念"大便"，声音嘹亮，半个课堂的人都笑了。我斜眼看看他的本子，上面写着"杜政平"。原来是他。当时以为这个人一定聪明不到哪里去，没想到居然还能考上那么好的学校。大概勤能补拙。

"好学校啊。"郑滢已经一眼看上了蒋宜嘉，所以对杜政平只是礼貌地敷衍一下。

"我们以前一起修过日语课，对不对？我想起来了，你叫关璐，化学系的，对不对？有一次上课，你还坐在我旁边的，对不对？"他一眼认出了我，兴致勃勃地伸过手来，一点都没有不好意思，三个问题连珠炮一样飞过来。

"你怎么知道？"我有点奇怪，因为我当时并没有告诉他我的名字，我也从来不像小学生一样在笔记本封面上写上自己的名字。

他说："其实那天我很想问你的名字又不敢，后来就等着老师提问。你知道，那个日语老师喜欢按点名册上的学号提问，你的学号大概排得很后，所以，一直等到学期结束他才提问到你。"

郑滢在旁边笑了起来："没想到你们两个人这么有缘分。看来，我这个帖子没有白发。"

我白她一眼。

我问杜政平他还有一个同学怎么没来，他笑笑，"程明浩去做家教了。"

"他不是都要出国了吗？怎么还去做家教？"我很惊讶。

"我也不知道。其实，我同他是两个班的，也不是很熟。我们是这次办出国才认识的。"

后来，我们七个人一起吃了一顿饭，杜政平的爸爸请客，就在他们家开的餐馆里。

杜政平的爸爸一副扎扎实实的老板相，把白酒当开水一样喝，三杯过后就滔滔不绝。他说："同学们，别看我开餐馆，通常情况下，我是不喝酒的。可是，今天，我要破个例！为什么？因为我儿子这次可真是呱呱放了个卫星给我看！我们杜家三房合一子，这小子出生的时候，我舅公就说他命里有文曲星，我不相信，还说我们杜家几代没出过一个读书人，哪里来的文曲星。没想到，这小子后来还真的就考上了大学，考上大学不说，现在居然要放洋去了。来，同学们，赏个脸，干一杯！"

杜政平的脸红到脖子根儿，我们使劲地憋着笑，以免嘴里的啤酒喷出来。

那是我第一次见到程明浩。

他的个子比杜政平还要高，差不多有一米八五。他有一张圆圆的脸，五官清秀，微厚的嘴唇在抿紧时显得有点倔强。不知为什么，他的面相，让我想起一只憨厚的小熊。

介绍我们认识的时候，一米五八的我仰起头看他，竟然想到了"瞻仰"这个词。我想他当时八成会联想起另外一个词——"鸟瞰"。

他穿了黑色的真维斯 T 恤、卡其布裤子，脚上却是一双样式非常落伍的咖啡色塑胶凉鞋。我可以对天发誓上一次看见这种凉鞋起码是十年以前。不过，这双鞋子虽然旧，但却擦得干干净净，袜子也很整洁。

看一个男人，我第一眼会看他的脚，因为脚是最容易被人忽略的地方，也最能看出一个人的境况和品性。

程明浩的脚告诉我，他的家境不会很好，但是，他是个要强的人。

他很礼貌地说："你好。"

我也微笑着说："你好。"然后伸出手。

他握住我的手，然后放开。

我发现他和杜政平是很不一样的人——杜政平会一看见我就热情洋溢地伸出手来让我握，而他，会等着我主动把手伸给他。

吃饭的时候，他坐在我右边，几乎一句话也没讲，只是微笑着专心致志地对付自己盘子里的菜。

从侧面看过去，他的鼻头圆圆的。好像哪本相书上说，鼻头圆的男人敦厚，会对女人好。

程明浩大概也感觉到我在看他，转过头来，半扬起一边的眉毛。

哎呀，我是在想什么呢？我立刻移开目光，脸却一下烫了起来。

我装出落落大方的样子问他去的是哪个学校，他告诉我，是加州大学旧金山分校。

杜政平隔着程明浩热情地劝我多吃点菜，还一个劲地往我的碟子里夹菜，说"等到美国就吃不到了"。我突然很生气，心想，我吃什么菜，要你管吗？我又不是没长手，不会自己夹？

回到学校后，郑滢问我："你对杜政平这个人印象怎么样？"

我笑笑："我觉得他是个好人，刚才不是还请我们大家吃了一顿白食吗？"

其馨以一副过来人的口气拉腔拉调地说："完了完了，女孩子要是说哪个男人是好人，他就彻彻底底一点戏都没有了。难为他老爸今天还替儿子做了半天宣传。"

我们想起杜政平他爸那副扬扬得意的样子，不由得又哈哈大笑起来。

笑完了，郑滢一本正经地说："讲正经的，我看得出他很喜欢你。刚才他谁都不管，就是给你一个人夹菜，你还给他脸色看。"

我回她一句："照你这么说，他夹来两筷子菜，我就要投怀送抱？"

"不管怎么样，这几天稍微对人家好一点。"

"为什么？"

"我和蒋宜嘉商量了一下，决定把给我们七个人订机票的艰巨任务交给杜政平。他立刻答应了，还说他的谁谁谁就在旅行社工作，一定能在最短的时间里找到最便宜的。"

"你和蒋宜嘉？你们什么时候私下接过头了？"我愕然。

"神不知鬼不觉吧，"郑滢骄傲地说，"这，就叫作本事。"

我们上飞机的那天，送行的人足足来了有一个连，场面蔚为壮观，我们也借机了解了一下各家的父母亲朋。

那一对工学院金童玉女的家庭显然都是知识分子背景，一派儒雅。杜政平的父亲就免不了有点暴发户气派，不知从哪里弄来一辆酒红色的奔驰车威风凛凛地把儿子送来，一出场就镇住了大家——至少镇住了我妈。从那一刻开始一直到上飞机前的一个多小时里，我妈的眼睛看他的时间比看我的还多，还一个劲在我耳边悄悄地问有关他的情况，从年龄到专业，从家世到性格，再到有没有女朋友，不厌其烦。

当我妈问到他的学校离我的学校有多远的时候，我终于忍无可忍，缴械投降。我把杜政平叫过来，问他："你知道你的学校离我的学校有多远吗。"

杜政平完全继承了他父亲的见面熟，走上来先甜甜地叫一声"伯母"，然后居然一板一眼地说："这个我在网上已经查过了，从我学校所在的奥斯汀到她学校所在的拉斯克鲁斯，总共有六百二十二英里，折算成公里的话就是差不多一千公里。这在美国来说，已经算近的了。我早就学会开车了，打算到了那边合适的话就早点买车，说不定今年圣诞节就能自己开车过去看看关璐呢——当然，她要是愿意的话。"然后他转过头来冲我甜甜地笑。

我目瞪口呆——为他的老谋深算和厚颜无耻。

我妈显然对他的答案非常满意，开始"小杜"来"小杜"去，口口声声拜托他照顾我云云。脸上摆出的神情，分明已经有几分"丈母娘看女婿，越看越喜欢"的味道。

杜政平也兴高采烈地"伯母"长"伯母"短，两个人谈得倒挺投机。

郑滢一直很担心她从前的某个男朋友会不请自来地出现——大学里她一直就是一个众星拱月的女孩子，四年里收到的情书加起来放满了她床头的一个饼干盒。但是，自从她下定决心要到美国念书以后，就和从前的男朋友都断绝了往来，现在她的目标只限于那些美国大学的准博士、准硕士们，当然，体健貌端也是绝对重要的。拿到签证的那一晚，我们三个跑到一家酒吧里喝啤酒一直喝到凌晨，郑滢扬着盖有签证的护照醉眼惺忪地说："知道我为什么一定要自己去考吗？去年我妈给我介绍了一个美国什么大学的博士生，说是嫌在美国的女孩子太开放，要回国找老婆，那人比我大九岁，脑袋上都已经开始秃了。我没嫌弃他，结果你们猜怎么样？他居然还不要我！原来他家里总共安排了九个女孩子相亲，他挑了个更加漂亮的！从那以后，我就发誓一定要考出去，到了美国，自己挑，好好挑，想嫁什么样的人，就嫁什么样的人！"

好伟大的抱负。

郑滢多虑了，她的男朋友一个也没来。来的，竟然是陈志骅。

陈志骅是我交往了一年、被别人视为我男朋友的人。我们之间并没有什么大起大落，分手也相当平淡——到了大学四年级，我想去美国，他更加喜欢家里为他在市财政局里物色的饭碗。他说"我是家里的独生子"，我说"我也是家里的独生女啊"。他说"我们两个人好像很不一样"，于是，我们说好，假如我的签证下不来，就接着交往下去；假如我的签证下来了，就分手。后来，我的签证办下来了。

陈志骅出现在机场的时候，有一个片刻，我以为他会像电视剧里的男主角那样请求女主角不要离开，担心假如他那么说，我该如何应付。结果他什么也没说，就是道了个别，叫我好好保重，然后，转身走了。

我望着他的背影舒了口气。那一刻，我明白，我们爱得不深，一点都不，以至于他可以毫不犹豫地转身离去，而我也可以气定神闲地看着他的背影消失。他来，不过是做一件他自己觉得浪漫的事情；而我，不过是告别一件不太浪漫的事。

我一直在寻找程明浩。他直到登机前二十分钟才出现，竟然没有一个人来送他。杜政平告诉我，他母亲早就去世，父亲又娶了一个太太，后来就移民加拿大了。长期以来，一直是他在照顾年迈的外婆。他脾气特别倔强，父亲寄钱回来，他总是原封不动地退回去。

难怪他会穿一双《恋曲1990》之前的凉鞋。难怪他临出国还要做家教挣钱。

我突然开始同情他，虽然我和他，并没有说过几句话。

有人说，女人要是开始同情一个男人，就已经自觉地把自己置于下风了。她会愿意接受他给予的伤害，因为，她觉得那是在分担他所受到的伤害。

当时的我，根本不可能意识到这一点。

我们当中大部分人都是独生子女，又是第一次去那么远的地方，父母免不了千叮咛万嘱咐，做妈妈的差不多都掉下眼泪来。

最夸张的是杜政平的妈，她是东北人，人高马大，浓眉大眼，却倒在儿子怀里哭得上气不接下气。他爸劝老婆："儿子长大了总要自己出去闯的嘛，好男儿志在四方。"被她狠狠地瞪了一眼，"你说得轻松，儿子是我身上的一块肉呀。你倒试试看，"她朝着老公高高挺起的啤酒肚比画，"噢，从你这里挖一块板油下来，扔过太平洋去，看你痛不痛！"本来以为我妈已经够肉麻，见了他妈，才知道是小巫见大巫。

托运行李的时候出了一点小小的风波，许文磊和张其馨的箱子被退了回来，说是超重，要么拿掉点东西，要么就论公斤交钱。其实，每个人的行李都多少超重一些，可是，她们两个实在有点过分，每个箱子都超重了差不多十公斤。

我们手忙脚乱地帮她们把箱子打开，真是不看不知道，一看吓一跳。张其馨的两个箱子里满满当当几乎都是吃的，什么红枣冬菇银耳枸杞海带红豆绿豆茶叶话梅肉松花生米霉干菜，光肉松就有五六听，看得我们大眼瞪小眼。

我叫了起来："小姐，你这是去读书还是去开店啊？"

她不好意思地说："不是我一个人的，有些是我男朋友家里托我带去的。我不想拿出来了，交钱就交钱好了。"

杜政平说："可是这么多吃的，到美国海关不一定都通得过的。与其到时候被扣下来，不如现在自己拿掉点。"

可是她坚持一样都不许动，乖乖地交了差不多五百块钱。我们又一次为她的牺牲精神折服。

许文磊的箱子是另一番风景，打点得好像不是去全球最发达的美国，而是去非洲的坦桑尼亚，全是日常生活用品。随便翻开一块毛巾，里面竟然包着十几块舒肤佳香皂。

郑滢凑到我耳边轻轻地说："她是不是觉得美国女人都不洗澡啊？"她的声音虽然轻，却足够让大家都听见。我相信她是故意的。我瞟一眼许文磊，她的脸很红。

再往下翻，居然是一顶浅蓝色的尼龙蚊帐。这次郑滢提高了嗓门："哎呀，许文磊，你怎么还带顶蚊帐呢？我问过好几个学长，都说美国不要太干净，根本没有蚊子的呀！难怪会超重。"

女才子的脸更加红，鼻头上已经冒出汗来。我看一眼蒋宜嘉，他动了动嘴，却什么也没说，只是干笑一下。

突然，我的背后传来一个声音，"照你这么说，美国根本没有蚊子，那英语里又怎么会有 mosquito 这个词呢？"

我们都笑了起来，我回头一看，程明浩正歪着头，用一种漫不经心的神情看着郑滢。他的脸上挂着一种似笑非笑的表情。

这一次，轮到郑滢哑口无言。

"那个程明浩，讨厌死了！"在候机室的洗手间里，郑滢板起脸，很不高兴地说，"哎，平时看看他死样怪气、架子搭足，一句话都不舍得多讲，谁知道这种人是要么不开口，开起口来就让人家下不来台，我得罪他了吗？

我看得出来，她今天心情不好。原因有三：一、她妈妈逼着她穿了那件大红色的衬衣，说要"沾点喜气，图个吉利"，她不喜欢那个颜色，说"像乡下人进城，就差给我头上再插朵花"，而且最重要的是埋没了她凸凹有致的身材；二、刚才被程明浩的一句话反驳得无言以对，她觉得在大家面前丢了面子；三、她的"老朋友"来了。

我之所以知道她的"老朋友"来了，是因为我自己的"老朋友"也来了。

大概是大学四年里都住同一间宿舍的上下铺，我和郑滢的月经周期居然一模一样。有时候，我想，可能就是因为这个微妙的原因，两个性格如此相异的人才一直做好朋友。因为我们每个月都在相同的日子里心烦意乱、情绪低落，以致口角不断，可是一旦过了那几天，等心情好起来，我们又有很合理的借口向对方赔礼道歉——"不要生气，我不是成心的，'老朋友'来了嘛。"

好像现在很多女孩子把月经叫作"生理期"或者学港台叫"大姨妈"，我总是觉得听上去不大顺耳，不如"老朋友"来得婉转亲切。有人说现在"三年就是一代"，好像不无道理。回头看去，一九九七年夏天走出大学校园的女孩子在很多方面已经很落伍了：我们来"老朋友"的时候一定会带着不透明的袋子去超市买卫生巾，碰到男生在旁边排队付款会脸红；我们普遍觉得好女孩子不应该染头发——最多最多挑染一点点发梢；我们见了喜欢的男生大多不会有勇气马上问"你叫什么名字"；碰到自己不喜欢的男生追求会惦记着"跟他说清楚，免得浪费人家时间"；我们用笔给笔友写信；我们收到的情书多是实实在在、捧在手上的纸张，不是轻飘飘的电子版；我们迷恋张信哲温柔绵长、几近婆婆妈妈的情歌，而且以为，爱情真的就是那样。

于是，我一直没有来由地相信着，我们这一代女孩子在爱情上更加含蓄而执着，而一旦陷了进去，也比较难以自拔。

我提醒她："是你自己先让人家下不了台的呀。许文磊跟我们不熟，又是大才女，脸皮薄，被你那么说，心里一定不好受。"

"那也轮不到他来打抱不平啊。蒋宜嘉也在旁边，不是一句话都没说吗？"

"那是他没用。自己的女朋友被人家欺负都没本事保护，算什么男人？"

郑滢突然有点得意地说："不是他没用，是他不敢跟我吵。告诉你一个秘密，我曾经和他一起吃过一次饭，吃完饭，我们还去看了电影。"

虽然我已经有一定的心理准备，但还是吃了一惊，"就你们两个人？"

她扬起眉毛点点头。

"他居然去了？"

"对啊，男人是很难拒绝女孩子的邀请的——特别是像我这样漂亮的女孩子。"

"你找的什么理由约他呢？"

"我就跟他说我打算将来转学到伯克利，想先找他问问情况。结果你猜怎么着，他自己乖乖地把从前搜集的有关伯克利的资料还有他的那些申请材料统统都复印了一份给我做参考。"

"你不会是认真的吧？伯克利可不是你想去就能去的，别忘了，你的GRE比我还低三十分呢。"

"废话，当然不会。这只不过是借口罢了。"

我问她："他喜欢你吗？"

她看看我，充满自信地说："正在开始，以后一定会越来越喜欢。"

我还是觉得她有点像寓言故事里那个看见天上一只大雁飞过就琢磨着是该清蒸还是该红烧的人，"以后你去了新墨西哥，他在加州，隔得这么远，还有什么希望呢？"

"这你还不明白？距离产生美啊。大不了，到时候我转学过去好了。很多人都说，一旦到了美国，学上一两个学期，找几个美国教授写写推荐信，转学就很方便了，GRE分数根本没有那么重要。"

"就为了他？"

"还不够？找个好男朋友可比找个好学校要难多了。他长得不错，念书也好，还是学计算机的，将来肯定很有前途。奇怪，以前在学校怎么就没注意到他?"

"可是，你这不是在夺人所爱吗?"

"爱就是爱，有什么夺不夺的，他又不是死人，噢，我力气大一点就抢过来了? 也是要凭技巧的。老实说，我要让他爱上我，也得花一番功夫呢。"郑滢振振有词。一会儿，又说:"关璐，给我一块卫生巾。"

月经周期和我一样给郑滢带来了好处，她已经习惯于伸手跟我拿卫生巾。算一算四年以来她揩油我卫生巾的钱，应该早就足够买一条佐丹奴的牛仔裤了。

我从包里掏出一块卫生巾递给她。她居然还挑剔:"怎么这么厚? 护舒宝都出丝薄的了，你怎么不去买?"

"你怎么不去买?"我觉得好气，把"你"字说得重重的。

"唉，刚才我看见许文磊箱子里的卫生巾竟然还都是安乐的呢。我什么也没说，已经够给她面子了。"郑滢显然已经把女才子当成了情敌。

我忍不住问她:"假如哪一天你看上了我的男朋友，也会这样来抢吗?"

她很爽快地说:"不会。你看男人的眼光太差，你以为我会看上你的男朋友?"

我气结。

"你们两个累不累，一天到晚讲来讲去就是男人。"张其馨一边在烘干机上烘手一边说。

我和郑滢不约而同地反问:"除了男人，还有什么好讲的呢?"

杜政平通过他一个亲戚开的旅行社帮我们买了飞机票，价钱确实比较便宜，可是要在东京转机，然后飞旧金山。张其馨的男朋友会到旧金山去接她，我、郑滢和杜政平然后从旧金山飞到达拉斯，在那里，他去奥斯汀，我们去拉斯克鲁斯。用他爸爸的话说，"合算啊，一张票，可以看四个城市。"

很"凑巧"的，我的位子和他的排在一起。

上了飞机，我觉得自己应该不再有"对他好一点"的责任，放好手提行李坐下以后，马上拿出一盘张信哲的《爱如潮水》放进随身听。

他看见了，兴奋地说："原来你也喜欢张信哲啊！"

我觉得他没话找话，那几年，张信哲的歌在校园里泛滥成灾，几乎没有哪个女孩子不喜欢他的。

"我也很喜欢他啊！"他摆出一副遇到了知音一样的表情，"这次我带了好多张信哲的CD，可惜都放在托运行李箱里，否则就借给你好了。"然后想起什么，又画蛇添足地说："张信哲的声线真的很好，不过，我并不是很喜欢他这个人。"

"为什么？"

"因为他缺乏阳刚气。真的，我第一次听《有一点动心》的时候，整整听了十几秒钟才分辨出哪个是张信哲，哪个是刘嘉玲。"

我不由得笑了出来。

"对了，不如你把你学校地址告诉我，我把我带的那些CD翻录在卡带上寄给你好了。"亏他想得出这个理由来要我学校的地址。

我们交换地址。然后，他拿出两片药就着矿泉水喝下去，"晕车药。"

"你晕车？"

他点点头。

"那你还说要开车？"

"其实，自己开车的时候，精神集中，是不会晕的。再说，来了美国，学会开车是生存需要，一定要学会。就像某些女孩子，的确不容易追，可是，难道就因为不容易追，就不去追吗？"

郑滢隔着走道笑了起来。我都替他觉得不好意思。

不知是因为刚才在机场和我妈应酬时眉来眼去太起劲了，还是那两片晕车药的效力，在东京转机以后没多久，杜政平睡着了。

我松了口气，继续听我的《爱如潮水》。可是，一支歌还没放完，他居然把一个大脑袋靠在了我的肩膀上，剃得短短的头发像刷子一样刮着我的脸。

郑滢说过他故意让我们两个的位子排在一起，是因为他希望在途中我睡着可以把头靠在他的肩膀上。万万没有想到，现在，是我反过来做了他的靠枕。

我转过头看看他，他睡得很熟。我抖了几下肩膀，想把他摇醒，他蒙眬着眼睛靠回自己的椅背上去，可是，不一会儿，又理直气壮地靠了过来。如此几次，我干脆放弃。

两个多小时以后，杜政平的脑袋越来越沉，我已经不堪重负。这时，正好程明浩走过，我立刻向他示意。他看看杜政平，笑笑说："我跟你换位子吧。"

杜政平居然真的一路睡到了旧金山，连吃午饭的时候，我们都推不醒他，实在让我怀疑他是不是错把安眠药当成晕车药吃了。

直到飞机上的地图显示我们已经在美国的西海岸线上，他才抬起头来，揉揉眼睛，看见旁边坐着程明浩，问："怎么是你?"

我听见程明浩回答："你还以为是谁? 快把头挪开，你把我的肩膀都快枕塌了。"

他抓抓脑袋，回过头来，对我笑笑："不好意思，昨天晚上几个小时候的好朋友偏要拉我出去吃饭，我不肯去，他们就说我不给面子，没办法，只好去。结果没想到吃完了又去唱歌，弄到三点多钟才睡觉。"然后叫起来，"有没有吃的? 饿死我了。"

正在这时，机长拉长了嗓门说："Welcome to beautiful, beautiful, beautiful San Francisco。"我们不约而同地向机窗外面看去，旧金山，已经在云端下面了。

那一天，在清晨的阳光中，旧金山安静地枕着她绵长的海岸线、碧蓝的海湾，还有和水连成一片的天空，带给我一种奇特的震撼。曾经在电视上很多次看见这个城市，然而，真的亲眼凝视着她的时候，我依然屏住了呼吸。一个展开了怀抱的城市，这就是我对旧金山的第一印象。

曾经以为，那种感觉缘于旧金山是我来美国的第一站；可是，直到现在，走过了美国的许多城市，每一次在旧金山上空盘旋，我依然喜欢凝望这个城市温柔而深情的线条。只有旧金山给我这种"展开了怀抱"的感觉。

不知是巧合还是大家都有这种感觉，后来，我们当中大部分人的命运都和旧金山有着千丝万缕的联系。无形中，我们像一群刚刚睁开眼睛的小鸭子，把漂洋过海而来看见的第一个城市当成自己在万里他乡最亲近的地方；而旧金山，便成了我们美国梦里的图腾。

大家开始叽叽喳喳，纷纷羡慕起那些可以在旧金山读书的人。

这时，飞机转了一个弯，擦过一座长长的拉索桥。"看，金门大桥！"张其馨叫起来。我们都凑到窗口去看，所有带了相机的人都对着它拍照。

程明浩站在我身边，我可以感到他的呼吸微微地拂动着我的头发。我突然有点伤感，旧金山是他的目的地，到了旧金山，我们就要告别了。

我对他说："你真是挑了个好地方来念书。我们去的新墨西哥，据说只有沙漠和仙人掌。"

他朝我笑笑："没关系。以后一定有机会来的。"他的声音低沉而平缓，让人听了心里舒服。

我也朝他笑笑。不知为什么，他那句话给了我无限的希望。是啊，我愿意相信，以后会有机会来旧金山。

后来，等我真的去了旧金山，才发现原来那天在飞机上看见的根本就不是金门大桥，而是城市另外一侧连接旧金山和奥克兰的海湾大桥。我们只是对着自己想象中的金门大桥激动不已。

或许，爱情中，也有这样的时刻。你看见的东西，并不一定就是你想象的。你只是和自己的假想在恋爱。

快下飞机了，张其馨趁洗手间关闭之前跑去刷牙洗脸，弄得干干净净的出来，一脸神采飞扬。我和郑滢冲着她做鬼脸。

郑滢凑到我耳边轻轻地说:"这是为见面时热烈拥抱接吻作准备呢。"

领完行李过海关的时候,其馨的箱子再次被统统打开,不幸被杜政平言中,她带的几大包牛肉干全都被扣下了。其馨有点沮丧:"真可惜,他很喜欢吃这种果汁牛肉干的。"

临分手时,郑滢拿出相机提议大家一起拍张照片留念。

一九九七年七月一日,在旧金山国际机场美国海关旁边,我们七个人整整齐齐地站成一排,拍了一张照片。那一年,我们都是二十一岁——"少年心事当拿云"的年纪。

程明浩站在我旁边。他轻轻地说:"早知道杜政平睡觉的时候还会流口水,我就不跟你换位子了。"我扑哧一声笑出来。

杜政平听见了他的名字,追问我们在讲什么。我们两个对视一眼,异口同声地说:"没说你。"

我的心里甜丝丝的,觉得好像我们共同拥有一个小小的、不是秘密的秘密。

美国比中国晚十几个小时,所以,我们在上海上飞机是七月一日,在旧金山下飞机的时候,也是七月一日。在这当中,时间好像停滞了,我们却从一个空间来到了另外一个空间。

张其馨看看表:"哎呀,飞机已经晚了一刻钟,没想到过海关又花了这么长时间,他一定等急了。你们一路平安,到了那边就给我发电子邮件啊。"

郑滢白她一眼:"噢哟,人家等一会儿,你就心疼死了。"

我们在那里分手,我、郑滢和杜政平接着转机去达拉斯;张其馨、程明浩、许文磊和蒋宜嘉走另一条路去机场出口。

我对程明浩说:"希望以后有机会在旧金山见面。"

他点点头:"希望。"

我看着他的背影走远,心里觉得很失落。我们会有机会在旧金山见面吗?假如有,会是什么时候呢?

我为什么会期望和他再见面呢?

我不由得羡慕起张其馨来，至少她千里迢迢而来，心里知道这边有一个温暖的怀抱在等待。

看着她小鸟一样雀跃的身影，我对郑滢说："我觉得其馨真是世界上最幸福的女人。"

郑滢说："田振峰能找到这样的女朋友，他才是世界上最幸运的男人。"

张其馨的男朋友叫田振峰，高我们一级。我们刚进学校的时候，他是系学生会体育部部长兼篮球队队长，曾经在校际篮球赛下半场一个人独进二十八个球扭转乾坤，使化学系战胜了死对头数学系，得了全校冠军。加上他长得气宇轩昂，自然成了许多低年级女孩子心目中的白马王子。

张其馨最终力挫群芳，把田振峰招安在她的石榴裙下，是吃了一番苦的。

一年级的时候，班里差不多有一半女生暗恋田振峰，其中包括我和张其馨。郑滢对他不以为意，因为她一进学校就和法学院辩论队的三辩、那个据她说笑起来从侧面看有点像周华健、辩论的时候最喜欢说"不是吗"的男生打得火热，天天"先有鸡还是先有蛋"，连去哪个食堂吃饭都愿意和我们辩论一番。她觉得"学生会体育部部长"就是"四肢发达，头脑简单"的代名词。

为了多看见他，我们参加了学生会做干事。每一次篮球队和人家比赛，我们都很起劲地帮着买饮料、看管衣服和做啦啦队。那一段时间，使我从对篮球一窍不通变成了一个地地道道的球迷。

后来，噩耗传来，田振峰和我们系那位长得酷似孟庭苇的系花开始谈恋爱。暗恋者们或长或短地伤心了一阵——对于我来说是一个星期，然后便逐渐康复过来，不再那么狂热。毕竟，他们是天造地设的一对，而我很清楚自己长得不像孟庭苇——她五岁的照片只怕都比我好看。

唯一没有变的，是张其馨。她依然去看他们每一次比赛，执着地站在球场的冷风里尖着嗓子喊"加油"，一直喊到回来跟我要"草珊瑚"吃。

有一次，她看球回来，很难过的样子。我以为他们输球了。结果她告诉我，他们赢了，但是那天，系花也去了，而且，就坐在她旁边。她亲眼看着田振峰每投入一个球都会转过头来微笑一下，她从来没见过他这么多微笑，但那些微笑都不是给她的——平时田振峰连看也不会多看她一眼。她觉得爱情很残酷。

其馨说："我真傻。"我心里想，好像是这样，但是没敢说出来。

一转眼到了二年级，大部分人都有了男朋友，只有其馨依然迷恋田振峰。我们都觉得她在浪费时间。

二年级下学期，田振峰和系花分手。其馨顿时备受鼓舞，更加起劲地参加学生会活动，极尽所能要引起他的注意。

后来，田振峰想在系里组建一个女子篮球队。平时连跑八百米都视为畏途的其馨竟然去报了名。爱情，足以让人不自量力。

女子篮球队第二次训练，其馨就挂了彩。原因奇特：她被一个篮球砸中手，小拇指骨折，被送去了校医院。

我赶到校医院，一眼就看见田振峰坐在其馨旁边侠骨柔肠地捧着她裹着厚厚白纱布的右手小拇指，像捧了一个烫手山芋一样吹着。两个人都深情无比地凝视着对方，一脸甜蜜。我从来没有见过这么充满幸福的伤者，替她松了口气，王宝钏终于等到了薛平贵。

两年、三十七场球赛、一次小拇指骨折之后，其馨"守得云开见月明"，成为田振峰身边小鸟依人的女朋友、学妹们嫉妒的对象。

我们三年级的时候，田振峰要毕业了，他拿出篮球场上一往无前的劲头突击了半年考完托福、GRE，搞定了美国亚利桑那州立大学的奖学金，让我们刮目相看。因为当初他光大学英语四级考试就足足考了三次，我们每个人用过的模拟考卷都被他搜罗了去背。

其馨很不舍得他走，几乎天天跟他泡在一起。那一段时间，我和郑滢轮流帮她在大课上签到。

离别的时刻终于到了。田振峰临走前一天早上，其馨突然问我们："你们说，我应不应该跟他做那个？"

我刚问"哪个"，郑滢已经斩钉截铁地说："你最好不要动那个脑筋。"

"可是，"她可怜巴巴地望着我们，"我真的很爱他。"

不错，断了一根手指头才捞来的男朋友，换了我，一定也会很爱。

我说："我们知道你很爱他，可是，这和做不做那个又有什么关系呢？"

"我怕……他到了那边会忘记我啊。"其馨的眼睛肿肿的，我猜，她恐怕为了这个做不做的问题昨天一夜没睡着，"再说，我这辈子，只有田振峰这么一个男人了。那，不过是迟早的事情。"

她大概想把贞操当作一份离别礼物。恋爱中的女人无私起来莫名其妙。

我和郑滢都很不认同其馨的想法，我们觉得既然不过是迟早的事情，又何必操之过急呢？最后，其馨乾纲独断："我已经决定了。你们不许跟人家讲噢。"

我们瞠目结舌。我第一次发现，其馨原来是这么有主见的一个人。

郑滢说："这个浪漫而愚蠢的家伙，"她不无失落，"我一直以为，我们三个人当中，应该是我先告别处女时代呢。"

结果，那天晚上，田振峰和篮球队那帮人一起吃饭，喝醉了酒，什么事也没发生。

一年以后，我和郑滢结伴到了新墨西哥州的拉斯克鲁斯。第一天晚上，我们两个人抱着毯子，头碰头躺在中国学生会帮我们租的公寓空荡荡的客厅地毯上，郑滢突然问我："你猜其馨现在正在干什么？"

我笑出来："你这个大流氓。"

"我什么也没说啊！"她居然做出一脸无辜的样子。我们两个色眯眯地笑成一团。

我们三个人当中，其馨当初最不想来美国，她是被田振峰拉来的。郑滢最想来美国，因为她觉得好男人都出国了。我介于她们两个中间，谈不上太想或者太不想，只是隐隐约约地觉得，在这个异国他乡的某个角落，应该可以找到属于我的一份幸福。

我和郑滢都想错了。一个星期以后，其馨从凤凰城打来电话，泣不成声。原来，世界上最幸运的男人要和世界上最幸福的女人分手。

其馨在电话里哭了十几分钟，才断断续续告诉我们，原来田振峰在美国这一年里，已经另外有了一个女朋友，是他的同学，跟同一个导师的。更糟糕的是，他们已经同居了。这次田振峰一把她安置好就跟她摊了牌。

"那他不早说？你可是为了他才去那个地方的呀！"我叫了起来。

"他说怕我受不了打击。"

"噢，他以为现在告诉你，你就不受打击了吗？"

"那个女人长得根本没我好看，还戴了副眼镜！"其馨一再重复这句话，好像问题的症结，并不是田振峰移情别恋，而是田振峰居然爱上了一个没有她好看、还戴眼镜的女人。

"Son of a bitch！"郑滢用她在 TSE 考试里得了五十分的美国英语字正腔圆地骂起来，"这个王八蛋太不是东西了。他就忘了当初出国的时候他自己是怎么说的？还有那个不要脸的女人，竟然来勾引人家的男朋友！哼，你就告诉她，要把田振峰抢过去，先敲断一根手指头再说！不行，你把他电话号码给我，既然他拎不清，我现在就打过去帮他把脑子拎拎清！"

以郑滢的个性，退回几百年去绝对是个侠女十三妹的料子，可是，她实在不善于安慰人。

我抢过电话："其馨，你不要哭。事情都已经发生了，你哭也没有用啊。再说，这也未必就一定是坏事。记不记得我们看过的那部电影《秋天的童话》？钟楚红也是一到美国就被陈百强甩了，但后来不就碰到周润发了吗？呐，陈百强要是不甩掉她，她也就不会有机会跟周润发谈恋爱，对不对？所以说呢，她被陈百强甩掉，从一定程度上来说，是一件好事，要不然，她就算碰到了周润发……"好像我自己也好不到哪里去，其馨哭得更加厉害。

"他口口声声地说，要对那个女人负责。早知道，那个时候我就跟他……让他对我负责好了!"我们暗暗在心里庆幸其馨那时没有干出什么浪漫而愚蠢的事情，她却竟然在后悔。

我还记得田振峰走的那天，我们去机场送他。其馨在他怀里哭成一个泪人。他信誓旦旦地对她说："我在美国等你。"又对我们说："拜托帮我好好地照顾她，别让她被人家追走了。"

我们都恪守着诺言，他自己却食言了。

这一通电话从八点打到十点半，最后，其馨平静下来，说："我打算转学，越快越好。最好就是下学期。我没有办法在这里面对他们两个。"

"好啊，那你就转过来跟我们做伴好了。或者，你可以再试试亚利桑那大学，说不定，他们可以帮你保留奖学金。"

"我讨厌亚利桑那，我想去加州，去旧金山。"其馨坚定地说。

我们提议其馨和班里其他同学联系一下，看有没有人也在旧金山。那几年大学毕业生出国的风气极盛，经常弄得一个毕业班里出国的人比留在国内的人还多。当时有人评论说中国重点大学的理工科变成了外国大学研究生院的预科，不是开玩笑的。我们几个第一批出发，仅仅到我们走的时候，就知道班上有不下十五个同学也要来美国。

其馨不愿意，她说："这样子的话，他们岂不是都知道我失恋了吗？我不要。"她是个要面子的人。

我立刻想起程明浩，说："程明浩不是在旧金山加大吗？我们可以去问问他啊。"

其馨说："算了，跟他又不熟。我自己去申请好了。"

刚挂上电话没一会儿，铃声又响了，是杜政平。他很高兴："终于打通了！我从九点半开始拨，每十五分钟拨一次，居然一直是忙音。你们女生怎么这么喜欢煲电话粥？"

然后，他花了二十分钟告诉我奥斯汀有多热，又描述了他的居住环境、室友和一天的日程，最后说："也没什么事，就是跟你问个好。"

我听得有点不耐烦，顺口回答他："我很好。谢谢你。"

他说："我已经复制了一盘张信哲的《宽容》给你寄了过去，应该过几天就能收到了。"

放下电话，已经十一点多，但我和郑滢都还睡意全无。我打开随身听的小喇叭，开始放《爱如潮水》。这是我、郑滢和其馨最喜欢的歌，从前在宿舍里，我们经常会在晚上熄灯以后一遍又一遍地听，一直听到随身听没电为止。

张信哲温柔而忧郁的声音在空气中回荡：

> 既然爱了就无怨无悔
> 再多的苦我也愿意背
> 我的爱如潮水
> 爱如潮水把我向你推
> ……

> 答应我你从此不在深夜里买醉
> 不要轻易尝试放纵的滋味
> 你知道这样会让我心碎

这是一首伤心的情歌。好像我们喜欢的情歌，十有八九都是伤心的。

郑滢看着磁带盒上的张信哲照片，说："其实，张信哲要是稍微粗犷一点，就更加有味道了。"

我笑了："知道吗，连杜政平都觉得他娘娘腔呢。"

她转过头来："你好像对杜政平有成见。"

"没有啊。"

"你对他很不好。"

"我有责任对他好吗?"

"你对他不好,是因为你知道他喜欢你,但你不喜欢他。女人对自己不喜欢却偏偏喜欢自己的男人是很不留情的。"

"他喜欢谁,关我什么事?"我突然想起其馨,"你觉得杜政平和其馨会不会般配?"

郑滢瞪我一眼:"少无聊。你以为你在赈灾吗?"

"没有啊。我只是觉得其馨很可怜。她需要一份新的感情。"

"那也不应该是杜政平。他现在对你爱如潮水,已经差不多淹没了整个得克萨斯,要一路淹到新墨西哥来了呢。你想要他中途改道?做梦。"

"可是,我对他真的没有感觉——一点点都没有。我们以前还坐在一起上过选修课,坐了足足两个钟头呢。要有感觉的话,那个时候就应该有了啊,还等到今天?"

"笨蛋,感觉是可以培养的呀。我教你,你只要每天晚上睡觉前对自己默念三遍'我爱他',时间一长,你就会真的爱上他。"郑滢煞有介事地说。

"恶心死了,像念咒一样。我是不是还要找来个像他的布娃娃天天亲几下?"我觉得哭笑不得。

郑滢却一本正经:"就算你短时间不会爱上他,至少也要给人家一点希望。否则,他一腔热情被你这么一瓢一瓢——不,是一桶一桶冷水泼下去,哪一天他灰心失望,另外寻找目标,你就后悔都来不及了。"

"我想不出我有什么理由会后悔。"

"可怜,杜政平已经把你宠坏了。"郑滢做出一副悲天悯人的样子,"他错就错在一开始就把自己的心摊在手上给你,偏偏你又看不上。他以后日子一定很难过。"

"这样不是很好,快刀斩乱麻,速战速决,让他少点痛苦。"

"这你就不懂了。爱情,其实有点像讨债。你亏欠他的越多,他只会更加爱你。一直到你欠他欠到破产,那个时候,你再怎么拉他也拉不回来。

所以，我的爱情哲学就是宁可欠很多人的，也不要在一个人那里欠到破产。反正通常都是男人亏欠女人，所以，偶尔被女人亏欠亏欠也不要紧。"

"那蒋宜嘉现在欠你多少？"我反问她。我知道蒋宜嘉已经给她打过好几次电话了。

郑滢歪起脑袋："我们现在基本上是礼尚往来，收支相抵，谁也不欠谁。以后，等他和他女朋友分手了，我就会开始欠他。"

"他真的会为了你同他的女朋友分手？"

"你以为我像是那种和人家分享男朋友的人吗？"

我想起其馨："那你不是和那个抢田振峰的女人一样了吗？"

郑滢居然理直气壮地说："在这个问题上，我和曹操英雄所见略同：宁可我负天下人，不可天下人负我。"她大概已经忘了自己刚才是怎么骂人家的。

第二天上完课回家后，我从笔记本上翻出程明浩的电子邮件地址，给他发了一个邮件。在邮件里，我说我有一个同学可能打算申请旧金山加大，想请他帮忙打听一下他们学校化学系春季学期入学有没有拿奖学金的可能性。我很高兴其馨的事情给了我这样一个借口。

结尾时，我留下了自己的电话号码。即使我知道他很可能会回我一个电子邮件，我仍然暗地里希望他会打电话过来。不知为什么，我很想和他说话。

在按下那个发送键的前一秒钟，我犹豫再三，终于在邮件里又加上了"P.S. 你好吗？"想了想，又改成"P.S. 一切好吗？"

平时我写邮件从来不用"P.S."，怕人家觉得我漫不经心；可是现在，我却希望他觉得我是在漫不经心。

可是，两天过去，程明浩还是没有回我的电子邮件，也没有打电话来。

我和郑滢合买了一个录音机，我们一起听杜政平寄来的《宽容》。

郑滢听着听着笑起来："他根本就是借这首歌在跟你表白嘛，你听听，什么'看着明天，告诉我你不会紧张，跟着我，海角和天涯'，还有'你的宽容，还有我温柔的包容'，意思不要太明显，你呢，对他稍微宽容一点，不要横挑鼻子竖挑眼，那么，他就会对你很温柔，很包容。懂不懂啊?"

不知为什么，杜政平居然把这首歌重复录了三遍。

他打电话来问磁带收到了没有，我问他为什么《宽容》录了三遍。

他说:"因为这首歌好听啊。我每次听它，总要听起码三遍才会过瘾，所以我想你大概应该也是这样，就顺手多录了两遍，这样你就不用倒带了。"

郑滢知道了，说:"哇，心有这么细，此人嫁得。以后他一定会自觉地记得帮你买护舒宝的丝薄卫生巾——不对，美国好像不流行护舒宝，是那个叫什么 Always 的。啊呸呸呸，卫生巾怎么起这么个名字，一个月几天已经够人受的了，还 Always 呢。"

我说:"我才不会要我喜欢的男人干这种卑躬屈膝的事情呢。"

第三天晚上，九点半，程明浩突然打电话过来。

他说:"前两天我去圣何塞一个亲戚家了，所以没有看见你的电子邮件。"

原来如此。我就把在电子邮件里面已经说过的内容大体重复了一遍，除了那个"P.S."。

"你那个同学真的想申请我们学校的化学系?"他问。

我说是啊。

他迟疑了一下，然后说:"可是，据我所知，我们学校没有化学系。再说，旧金山加大几乎所有的系科春季学期都不招生。"

是吗? 我的脸一下子热了起来。我庆幸自己找到了一个好借口，却没有去想一想那个借口究竟成立与否。

"噢，我那个同学目前只是有这个打算，想了解一下情况。"我慷慨地帮其馨撒了一个谎，"其实你也见过她，她叫张其馨，跟我们一起来的。"

"是这样。"

好像没有什么话好说了。于是，我问他："你们那里天气怎么样？"谈天气，总是安全的。

我的印象中，旧金山好像是个四季如春的地方。没想到，他说："很冷。"

"旧金山会冷吗？现在才七月份啊。"我问。

"当然。有太阳的时候当然不算冷，可是，等太阳一下山，风就吹得人直发抖。你有没有听说过一句话叫'最寒冷的冬天是旧金山的夏季'？"

我脱口而出："这句话怎么那么悲伤？谁会讲这种话？"

"猜一猜，是一位著名的美国作家。你有三次机会。"

"杰克·伦敦？"

"不对。"

"欧·亨利？"

"不对。最后一次了。"

"海明威？"

"还是不对。"

"还能有谁？"

"告诉你吧，是马克·吐温说的。"

"怎么可能呢？"我十分惊讶。

我告诉程明浩，在美国现代作家之中，我一直觉得马克·吐温是最潇洒而且最有幽默感的，难以想象他会说出这么悲伤的话来。

"他只是在陈述一个有关旧金山气候的事实，而且说得很客观。我并不觉得它悲伤。"

"假如真是马克·吐温说的，那么他当时肯定在失恋。"我说。

"你怎么知道？"这回轮到他惊讶。

"凭我的直觉——只有失恋的人才会这么去想。"

他在电话那头笑起来："你的直觉真有意思。"

我突然想起一件事，问他："我也来考你一下。在马克·吐温出生和去世的那两个年份中，都出现了一种罕见的自然现象。是什么？你也有三次机会。"

"这么难？小姐，我连他哪年出生、哪年去世都不知道。"

"提醒你一下，马克·吐温出生于一八三五年，去世于一九一〇年。已经是个很大的提示了。"

"地震？"

"不对。"

"龙卷风？"

"不对。我说的是自然现象，不是自然灾害。"

"我真的猜不出。"他放弃了。

"什么东西每隔七十六年在地球上出现一次？"

"哈雷彗星？"他叫了起来。

"看来你还是孺子可教嘛。"

"我小学参加过天文兴趣小组。一九八六年哈雷彗星回归的时候，我们学校组织过观看。"

"看见了吗？"

"没有。大概是我们的器材比较差。你呢？"

"那个时候我好像对什么星星月亮都不感兴趣。想想真是有点可惜，一辈子才一次的机会，就这样错过了。"

"不要紧，再过六十四年，它就又会回来了，到那个时候再看好了。"他的语调很轻松，好像他说的是"再过六十四天"一样。

"再过六十四年？我能活到那么久吗？"我笑了起来。

"怎么不能？那个时候，我们才不过八十六岁嘛。"他话里的"我们"莫名其妙地给了我一种地老天荒的感觉，好像到了八十六岁，我们真的可以一起携手看哈雷彗星一样。那句话让我心里很温暖。

第二天，我和郑滢一起从学校回家。下午五点钟，正好是一天里面最热的时候。路上一棵树也没有，我们顶着太阳骑自行车，都可以感觉到车胎下面的柏油马路黏黏的像嚼了一半的口香糖，并且还散发出刺鼻的气味。

郑滢抱怨："这个地方看看纬度和中国的青岛差不多，怎么这么热？"

我兴致勃勃地问她："你见过哈雷彗星吗？就是周期七十六年的那颗彗星？"

她摇摇头："没见过，我也不想看。不过记得那个时候很多人瞎说什么世界末日可能快到了，我当时正在暗恋我们班班长，就给他写了封信。那个男生大概从来没收过情书，少见多怪，竟然去交给老师，后来班主任把我一顿好骂。我的初恋就这么结束了。"

"信里说什么？"

"说假如世界末日来了，我希望和他死在一起。是不是很幼稚？十几年前我希望和那个男人死在一起，到现在，却连他的名字也想不起来了。"

"那如果现在就是世界末日，你会希望和谁一起死？"我问郑滢。

"反正不是你，"她嘻嘻一笑，"说正经的，假如现在就是世界末日，我希望一个人安安静静地死。"

"为什么？"我觉得意外。

"我怕那个说好要和我一起死的男人在最后一刻扔下我去逃命。与其那样，不如不要。"

郑滢的爱情观总是快我两拍——我永远跟不上。

我宁肯相信会有人真心实意愿意和我死在一起。

她开始叹气："要是我一直跟着亨特，世界末日真的就快到了。"

"亨特"是我和郑滢给我们系的系副主任起的外号，郑滢的助研奖学金就是他给的。当初我们考完 GRE，分数都不算太高，于是决定去找学校的教授"套磁"。所谓"套磁"，就是和教授私下联系，看他或她有没有给奖学金的可能性。

我们上了新墨西哥州立大学化学系的网页，决定各找一个教授盯着套。听说"套磁"和开后门一样，不能花心，要是两个教授一起套，到头来会两头捞不着。

郑滢一眼相中了系里的系副主任，因为他看上去非常像我们小时候看过的一部美国警匪片《神探亨特》里面的"亨特"。她一拍大腿，"酷毙了，我就套他。"

我挑了一个长得有点像汤姆·汉克斯的教授。汤姆·汉克斯是我最喜欢的美国男明星，我觉得他看上去比较敦厚。

那天，亨特正好在网上，郑滢一个电子邮件发过去，他居然十五分钟之内就回复了。两个人你来我往，一副相见恨晚的样子。三封邮件之后，郑滢的奖学金已经有眉目了，弄得我非常羡慕。

后来，等我们到系办公室报到，一个秃头的胖子迎上来自我介绍，我们才知道原来亨特放在网上的，是他十几年前的照片。

郑滢私下大骂："不是说美国人特别讲究诚信吗？有这么骗人的吗？"

更加糟糕的是，这位教授在系里是个大名远扬的人物，因为两件事情：一、擅长拉科研基金；二、善于压榨手下学生的劳动力。他的实验室门上贴着一张纸——"本室所有助研上班时间为上午八点到下午五点半，上课除外"，还叫手下所有的学生把自己的课程时间表都贴在实验室墙上，以备监督。他本人每天早上八点风雨无阻准时上班查勤——就算生了病也会打电话来，哪个偷懒、哪个迟到，一目了然。亨特最喜欢说的话是"我们拿了学校的钱，就是要出成果的"。系里的中国学生送他一个绰号——美式周扒皮。

相比之下，我跟的汤姆·汉克斯果然比较仁慈，只是布置一些工作下来，叫我定期完成而已。

郑滢坚持了一个多星期，已经怨声不断，她觉得自己根本就是被亨特诱骗来的："这种日子简直不是人过的。我真的想转学了。我要转到伯克利加大去。"

那天是星期五，晚上十一点半，其馨突然打电话来。她的声音听上去非常沮丧："你们不要惊讶，我刚才干了一件非常下流的事情。"

我和郑滢立刻竖起耳朵。

"我说出来，你们真的不许笑我，"三请四催后，其馨终于一吐其详，"刚才我坐在床上看书，看着看着突然莫名其妙地开始想，不知道这个时候田振峰正在干什么，然后我就想他肯定和那个女人一起躺在床上，然后我就越想越生气，越想越火冒。后来……后来，我给他打电话过去，等那边刚拿起电话，我就立刻把话筒放下，重复了好几次。你们说，这算不算是骚扰电话？"

"后来怎么样？"

"后来他们大概就把电话线拔了，随便我怎么打，都没有人接。可是，过了一会儿，田振峰给我打来电话，问我究竟想干什么。原来，他的电话上装了来电显示。"其馨痛苦地说，"他问我究竟想干什么，可是我自己都不知道自己究竟想干什么！我觉得自己很下流。"

"他还有脸问你想干什么？我看他应该先问问他自己干了什么！这种忘恩负义的王八蛋，你还想他做什么呢？"郑滢叫了起来。

"我是告诉自己不要去想他，可还是忍不住老会去想，然后想他们一定非常幸福。每次在学校里看见田振峰，我都像见了鬼一样，恨不得马上逃回家，可是逃开以后，又会忍不住去想他。有时候，我简直怀疑自己的脑子是不是出了什么问题。"

我们一时都不知道该怎么劝她。我相信她的脑子没有问题，她只是依然爱着那个人。有时候，爱情本身就是一种病。

原来其馨陷得那么深。我第一次体会到，所谓痴情女子和怨妇之间，不过一线之隔。前者让男人捧着你的小拇指像捡到了什么稀世珍宝；后者，不过换来一句"你究竟想要干什么"。

郑滢相机里的胶卷冲印出来了。我看着我们七个人在旧金山机场合拍的那张照片，忍不住打电话给程明浩问他想不想要一张。我说："照片上印着日期呢，很有纪念意义噢。"

程明浩正在感冒，电话那头传来的声音像拉风箱。

我觉得有点奇怪："不是都说中国人到了美国，一般情况下两年之内都不会感冒的吗？"

他惊天动地地打了个喷嚏，然后歉意地说："不好意思。可能因为我的脖子比较长，所以容易感冒。"

我还是第一次听到这种理论："脖子长和感冒有关系吗？"

"我也是听人家说的，"他一面吸溜鼻子一面挣扎着往下讲，"反正我好像从小就比较容易感冒。"

"那你到了冬天怎么办？"

"到冬天再说吧。没来的时候，也没想到旧金山真的有这么冷。希望等到那个时候，我已经比较适应这里的气候了。"

我挂上电话后，再仔细看那张照片。程明浩的脖子好像确实比较长一些。我想起他说的"脖子长容易感冒"，不由得笑出声来。

郑滢问我："你笑什么？"我说："没什么，我只是觉得我们的样子好土。"

我心里在想，他的长脖子，到了冬天，好像会需要一条围巾。

以后的日子大家都过得很充实：郑滢天天和蒋宜嘉电话诉衷肠，每天晚上总要霸占电话线起码半个小时；其馨在一心一意地忙转学，她打算申请旧金山附近的大学，意志非常坚定——"随便哪个学校给我奖学金我都去，总好过天天待在这个地方活见鬼"；我从系里一个中国同学的太太那里借来棒针，开始织一条围巾。

我织围巾的技术不算好。记得读大学时某一年的冬天，突然之间所有的女孩子都开始给男朋友织温暖牌围巾，我也凑热闹给陈志骅织过一条。可是我只会织基本的反正针，围巾上也没有什么花纹，还有点歪歪扭扭的，郑滢诚实地说"不要太难看"，其馨的评论是"很朴实"，但那在她的词汇里其实相当于"不要太难看"；可就是这样也差不多要了我两个多月的工夫，等围巾织好，冬天也过去了。

那果然是一条温暖牌围巾，陈志骅为了让我高兴在二十摄氏度的室温下鹤立鸡群戴了一天，吸引了无数眼球以后就把它压到箱子里了。

第二年冬天，我留心看他会不会拿出来戴，可是他没有。他在大冬天光着脖子走来走去，也没有戴那条围巾。

我问他："你怎么不戴去年我送的那条围巾？"

他做出一副恍然大悟的样子："哎呀，我都把它给忘了。"

我知道他没有忘记，他只是不喜欢。后来，我买了一条那年流行的格子羊毛围巾送给他作圣诞礼物。

其馨说："你可以再给他织一条啊，其实不太难的。"其馨很善于织东西，出国前她曾经给我看过一件她给田振峰织的米色套头毛衣，上面织着元宝针，手工很细，比买来的都好。

我说："算了吧，我知道自己的小脑不够发达，不想太难为它。"

到现在，我并不相信自己的小脑有了什么长进，可是，我愿意再尝试一次——为了程明浩。

虽然还没有找出一个像样的理由把围巾送给他，我依然希望能尽早把它织好，因为旧金山是一个连夏天都会寒冷的地方。

郑滢和蒋宜嘉大吵一架，原因是郑滢跟他提起自己在亨特手下日子不好过，想要转学到伯克利加大去，他竟然极力反对，而且一开口就把话说死了——"以你的 GRE 分数，根本不可能在我们学校拿到奖学金"。

"哇，你真是一只喜鹊，我都还没有动手联系，你就已经知道我根本不可能拿到奖学金了。我看，是你不想我去吧？！"郑滢气呼呼地摔下电话，"什么东西，根本就是在脚踩两条船！"

原来，蒋宜嘉一面和郑滢做"好朋友"，一面又不舍得和女才子分手，用他的话来说，"再给我一点时间"。这回郑滢提出转学，他以为她意在北伐，大惊失色之余自然口不择言。

搞了半天，这位未来的伯克利计算机系博士好像有点叶公好龙的脾气。

我把我们那张合照翻印了寄给程明浩，几天以后，我打电话去问他有没有收到。

他的感冒听上去好了很多。他说："收到了，拍得很好。谢谢你。"

我说："好像我们两个人不应该站在一起拍照，你在旁边像只长颈鹿一样，让我产生自卑感。你到底有多高？"

他笑了起来："光脚量一米八三，穿拖鞋一米八四，穿皮鞋一米八五，穿运动鞋一米八六。"

我光脚量是一米五八，如此算来，我们的身高相差二十五厘米。假如我穿上那双最高的五厘米高跟鞋，而他又正好光着脚，那么，我们之间的距离就可以缩短到二十厘米。可是，他又凭什么要光着脚？他起码会穿上一双拖鞋，那么，我们之间，至少应该有二十一厘米的距离。

有个同学告诉我，那个可以查两个地方距离的网站叫 www.mapquest.com。我上到那个网站，在"地址"那一栏里打入自己的地址，然后，在"想去的地方"那一栏里毫不犹豫地填上了 San Francisco。很快，电脑就显示出来，拉斯克鲁斯和旧金山之间相隔一千零四十点三四英里。

如果换算成公里，差不多一千七百公里。看不出来，地图上显示的那么短短一条，居然有如此之远。

大概，只有在乎一个人的时候，才会去在意和那个人之间的距离——包括一切可以丈量和无法丈量的距离。

我突然想起那天在机场，杜政平一口气说出我们两个的学校之间相隔六百二十二英里。原来，他是在乎我的。

在围巾即将完工的那个星期里，其馨打电话来说她拿到了旧金山大学春季入学的奖学金。学校虽然并不怎么样，她还是觉得挺高兴，"春季入学要拿奖学金本来就比较困难，大不了到下个学期再转学好了。"

"不过，旧金山国际机场——就是我们来美国的时候降落的那个机场是在郊区，到时候恐怕要我自己打的去学校，挺贵的呢。"

我灵机一动，立刻旧话重提，"程明浩不是在旧金山吗？不如我帮你去问问他到时候方不方便去机场接你。"我知道其馨脸皮薄，这种求人的事情，能自己不开口乐得不开口。

"唉，其馨啊，顺便呢，帮关璐去摸摸人家的底，至少把有没有女朋友这一条给弄清楚了。"郑滢从她房间里的电话分机叫了起来。

"郑滢你瞎说八道些什么呀？"我的脸腾一下红了。

"你还不承认？别忘了，我们连月经周期都是一样的。你什么时候思春，我有心灵感应。"

我气急败坏地放下电话冲到她房间要拧她的嘴。我们在她床上闹成一团。

闹完了，郑滢一本正经地说："我还是不喜欢程明浩，不过，他说不定比较适合你。"

"为什么？"

"因为他比较死样怪气。而你这个人呢，有个非常优秀的品质，叫作'敬酒不吃吃罚酒'，他越死样怪气，你越觉得自己是捡了个宝贝。这就叫作'一物降一物'。明白吗？"

"那蒋宜嘉呢，你就觉得他一定适合你吗？"

"目前看来，他是最适合的一个。"郑滢一面扯被我压皱的领子，一面轻松地说，"我给了他三个月期限，让他考虑清楚——要是想继续和我交往，就先和许文磊分手。"

"目前？那是不是说日后你要是碰到一个更加适合的人，就会把他甩掉？"

"当然不排除这种可能性。"

"那你还要他……万一他真和许文磊分了手，你再把他给甩了，不是害得人家两头捞不着吗？"

"那就不关我的事了。爱情本来就是多变的，我和一个人交往，难道就意味着我必须嫁给他吗？"郑滢懒洋洋地一抬眉毛，"要真是那样的话，我不知已经嫁过多少次了。"

"你爱他吗？或者说，你喜欢他吗？"

"废话，我当然爱他，"郑滢做了一个不容置疑的表情，"假如我不爱他，也就根本犯不着那么生气，也犯不着逼着他跟许文磊分手。但是，我这一分钟爱他，未必意味着我下一分钟还爱他。记得柏拉图的那个寓言吗，人生就像捡麦子，你永远不可能知道自己这一刻捡到的麦子是不是最大的、最好的，可你要是犹豫不决，就可能错过最大的、最好的那一颗，到头来追悔莫及。"

"所以你的哲学就是带上一个篮子，不管大小，统统捡起来再说？"

郑滢投过来一个"孺子可教"的神情，"人家都说结婚是女人的第二次投胎，如果不好好利用这次机会，再后悔就晚了。所以我是宁可错杀一千，不可放过一个。"

"那些麦子真可怜。"我想，郑滢上辈子搞不好是秦香莲或者杜十娘，被男人辜负了，这一世来收债。

杜政平打来电话，劈头盖脸的一个问题："银灰色和黑色，你比较喜欢哪一种颜色？"

我脱口而出："当然是银灰色。银灰色是一种看不厌的颜色。"

"除了看不厌，还有什么别的优点吗？"

"看不厌，难道不就是最大的优点吗？对了，你问这个干什么？"

"你以后就知道了。"他神秘兮兮地挂上电话。

中秋节，中国学生会搞了一个聚餐，聚餐结束后还有一个小型舞会。我和郑滢一起去了。郑滢穿一件丝质黑色圆领连衣裙，脖子上一条水钻项链，其他一点装饰品也不用，越发衬出她雪白的皮肤和一张漂亮的脸。这一套行头，她在大学毕业舞会上穿过，简简单单却艳惊四座，连孟庭苇系花的风头也被她抢了许多。

"关璐，还要带什么东西吗？"郑滢拎着手袋站在门口光彩照人地问我。

"还有你那个捡麦子的大提篮啊。"

郑滢笑得花枝招展，把手袋扔过来打我。

可惜今天郑滢的运气不太好，她在餐厅门口的瓷砖地上狠狠地滑了一下，痛得龇牙咧嘴，虽然并没有什么大碍，舞是铁定跳不成了。

于是我们两个一起坐在角落里看电视，一盘接一盘地吃免费供应的巧克力冰淇淋，郑滢平均吃三口抱怨一声"真没劲"。等我拿了第四盘冰淇淋回来，发现我的位子已经被一个男生占了。那个男生个子很挺拔，却长了一张斯文秀气的脸，正在指手画脚地和郑滢说着什么。

我和郑滢交换了一下眼光，想知道她是希望我去救驾呢还是希望我闪开；她在百忙之中居然丢过来一个"快滚"的眼神。麦子一出现，我就失去了价值。这个重色轻友的家伙！

我幽怨地一个人吃完了第七盘冰淇淋，正在琢磨回家拉肚子的可能性有几成以及有没有必要补两粒黄连素，郑滢摇曳着身子走过来介绍我和那个男生认识，那个男生在旁边像扶一件宋窑古董花瓶一样郑重其事地拿手指托着她的右臂。她绝对在装模作样。

"这是关璐，化学系的，是我最好最好的好朋友。"郑滢一脸笑容地用英语介绍，"这是 Vincent，机电工程系的。"

"你好。我的中文名字叫梁文琛，我会讲一些中文，其实，你们要是讲得慢一点，我也可以听得懂。"那个男生笑起来，一脸阳光灿烂，同时费力地用有点生硬的普通话自我介绍。普通话经他的舌头曲里拐弯一绕，听上去有点好笑，就好像白粥稀饭里浇了一勺奶油。我恍然大悟，难怪他和郑滢说话的时候拼命打手势，活像在演话剧。

梁文琛用他的明黄色福特小跑车送我们回家，很有绅士风度地看着我们进了公寓大门，上了楼梯，才把车开走。

郑滢往沙发上一倒，把高跟鞋踢到一旁，一边揉她的痛脚，一边不无得意地说："他还叫我们有什么事情随时给他打电话呢。"

我瞪她一眼："那蒋宜嘉还有必要和许文磊分手吗？"

"桥归桥，路归路。他究竟和不和许文磊分手，到头来还要他自己做决定，我又没有承诺过他什么。"

电话留言机上的红灯在闪，郑滢随手把它打开，"大概是杜政平又来报到了吧。"

传来的居然是许文磊的声音，留言很短，声音也还是细细柔柔的，内容却颇为生猛："郑滢，那只软脚虾归你了。祝你们幸福。"

我和郑滢大眼瞪小眼，一时间摸不着头脑。正在这时，电话铃响了，是蒋宜嘉。原来，女才子不知从什么渠道得知了蒋宜嘉和郑滢的关系，抢先他一步，慧剑斩情丝。他这通电话，半是失落，也不无表功的味道。

"文磊其实也是伤了心才会这样的。"这个刚被甩掉的男人不愿意相信自己在人家心目中已经失去魅力，可惜这样的话只会让人反感。

从表面上看，郑滢已经取得了她想要的胜利。蒋宜嘉主动又提起了转学的事情，可这次轮到她搭架子了："我现在心里有点乱，以后再说吧。"

她挂上电话，我们一起玩味着许文磊的那一句"软脚虾"，分析了半天还没有一个定论，我觉得许文磊是确实伤了心决定退出，郑滢却认为她八成另外找到了男朋友，正好借这个机会踢开蒋宜嘉。她说："你想，假如你爱一个男人爱得要死，会甘心这样随随便便一句话就把他让给人家？连张其馨都知道打骚扰电话呢。"唯一的共识是无论从哪一个角度去想，我们从前都小看了女才子，她其实倒是个巾帼英豪，难怪连名字都比蒋宜嘉阳刚几分。

"你现在打算怎么办？"我问郑滢。

"还是先观望一下吧。"郑滢想了想说。

郑滢观望的结果是她和梁文琛走得越来越近。这几个星期她已经很少和我一起骑车回家，多半时间都是搭梁文琛的顺风车。所谓顺风车，其实往往梁文琛要在我们的助研办公室里等她半天。梁文琛看上去脾气很好，不管郑滢要他等多久，总是安安静静地坐在办公室角落里的一张转椅上看自己的专业书，偶尔有人推门进来，他抬头朝人家微微一笑，然后又接着看他的书。

一个周末，梁文琛在他家里搞了一个小型聚会，郑滢和我都在被邀请之列。要不是亲眼看见，我真不敢相信梁家有那么漂亮的房子。梁文琛的父母都是医生，早年来美国留学，现在已经成为这个城市华人圈子里比较出众的人物，他们礼貌地和我们打了招呼就出去了，把整栋房子留给我们去闹。

郑滢反而矜持起来，不像平常那样叽叽喳喳，只是姿势优美地坐在客厅大理石吧台边一心一意地抿一杯加了柠檬的冰水，脸上却颇有点女主人的神色。梁文琛招呼着他的同学朋友们，也时不时回过头去寻找郑滢的目光，找到了，两个人就交换一个会心的微笑。

这一次，在介绍的时候，郑滢已经成了梁文琛"最好的朋友"，每一个听到这个称谓的人都意味深长地多看她两眼。照这个趋势，离"女朋友"应该不会太远了。

回家以后，郑滢才把她的兴奋洋溢开来："今天我才算是见识了什么叫作生活情调！他们家里那么多陶瓷花瓶里插上干芦苇，真的很高明。哎，你上过洗手间没有？有没有注意到那些肥皂都做成花朵和贝壳的样子，可爱得要命！还有，他们家的抽水马桶都是仿古式样，要伸手拉了冲水的，太别致了！"

"有什么稀奇，你忘了我们大学宿舍厕所整修之前，不都是手拉冲水的吗？"

"那怎么可以同日而语！"

"怎么样？你不会下定了决心要嫁给他吧？"

郑滢扬起嘴角性感地笑笑，什么也没说。几个星期后，她用实际行动回答了这个问题。

期中考后一个周末的晚上，郑滢和梁文琛约会去了，我一个人在家看电视。电话铃每隔二十分钟响一次，都是蒋宜嘉打来的，声音听上去很焦急。我问他有什么事情，他不肯讲，只是叫我等郑滢一回来就关照她回电。

十一点半，郑滢才回来。我立刻叫她给蒋宜嘉打电话，她却淡淡地说："这么晚了，明天再说吧。"

"你要是不回电，我担保他肯定会再打来的。再说，加州不是比我们这里晚一个小时吗？"

"可我已经跟他说清楚了啊。"

"说清楚什么？"

"今天下午，我给他发了一封电子邮件，说我对他已经一点感觉都没有，我们从此不要再联系了。这不是说得很清楚了吗？难道有必要再在电话里重复一遍？"

原来如此。

虽然我对蒋宜嘉当初的脚踏两条船颇有点反感，可看着他现在落魄到被一封电子邮件踹开，还是不得不生起一点同情。

我对郑滢说："就算你想跟他分手，至少也应该和他好好谈一下吧。"

"不必了，恋爱才是用来好好谈的，既然已经爱不下去，还谈什么？索性干脆一点，对大家都好。"

这时，电话铃又响了，郑滢犹豫一下，还是伸手去接了。

蒋宜嘉似乎很激动，他的声音大到我坐在郑滢旁边半尺开外都能听见。整通电话差不多都是他在讲，最后，他说感恩节要过来亲自问个明白。

"哎哎哎，有没有搞错，你跑过来做什么？！"郑滢差点从沙发上跳起来，对方却已经把电话挂了。

郑滢火冒三丈地对着话筒啐了几声，冲回自己房间换衣服去了。

看来，感恩节会有一场好戏可看。

给程明浩的围巾早已织完，淡淡的银灰色，很漂亮，一种怎么看也看不厌的颜色。可我总觉得它还是单调了一些。几天后，我想出一个办法，用红毛线在围巾的一个角上钩出一个小小的方形，像一个图章的样子，里面一个阳文的"关"字。中学的时候曾经附庸风雅学过一段时间篆刻，没想到，现在还真的用上了。

那个小小的图章在银灰色围巾上简直是画龙点睛，我左右端详着，心中充满了成就感。

我把围巾围到自己脖子上，绕了两圈，那个"关"字正好被压在里面贴在肚子上。假如一个人高我二十五厘米，那应该正好差不多在他胸口的地方。围巾软软的，很暖和，稍微有点扎人，也是让人心里痒痒的、很舒服的那种。我对自己的才华非常满意。

第二天，我把围巾带到学校的邮局里寄出。晚上，我给程明浩打电话，拜托他如果方便的话，到时候去机场接一下其馨。

"对了，上次都忘了问你，你买的车什么颜色？"

他说："银灰色。"

我不由得笑了出来。

"你笑什么？"

我说："那正好是我最最喜欢的颜色。"

程明浩好像有点不信："不会吧，我印象中，你们女孩子多半不是喜欢黑就是喜欢白。"

"我就是最最喜欢银灰色。"我想，等他看到那条围巾，就会相信了。

他很爽快地答应到时候去机场接其馨。在说了再见、挂上电话的前一刹那，我说："对了，我给你准备了一份新年礼物，今天就寄过去——谢谢你愿意帮忙。"

"给我的？"他有些惊讶，"是什么？"

"你看见就知道了。"我匆匆地说了一句"就这样"，然后马上挂上电话，不让他有推让的机会。

我的心还在突突跳，脑子里却开始想象他打开那条围巾时的神情。我想，他一定也会为这个巧合微笑，然后把围巾绕在脖子上，绕了一圈再一圈，那个小小的"关"字图章会正好贴在他的胸口上。

我在日历上做了一个记号——过两个星期，差不多感恩节左右，他应该就可以收到我的礼物了。

郑滢软硬兼施，最终还是没有劝住蒋宜嘉，他已经订了机票，准备趁感恩节来兴师问罪。

我一直等着看这场好戏，万没想到的是，这场戏的女主角，居然轮到我来唱。

感恩节前两天，吃晚饭的时候，郑滢很郑重地说："关璐，我需要你帮我一个忙。"

我知道一定没好事，可是当她说出"帮我接待一下蒋宜嘉"的时候，我还是差点喷饭："你怎么想得出来？"

"再帮我一次忙吧，求你了！"她满脸堆笑，"梁文琛要带我去他家过感恩节。"

大学里，我经常得替她遣散那些败下阵去的麦子们，以至于有时候都觉得自己的命相应该是一块盾，专门帮她挡丘比特之箭。然而，我固然可以心安理得地向一个从男生宿舍跑到女生宿舍楼下站岗的男生宣判"你走吧，她不会见你了"，然而对于一个飞了一千零四十点三四英里来讨个说法的人，我还是真心诚意地为她感到理亏。

我不愿意，郑滢好说歹说，最后叭的一声拉开冰箱门，指着冷藏箱最上面一格里那瓶香奈儿五号："这个归你了，怎么样？别说你不喜欢噢。"

我们就此成交。我说："下不为例。"

"我也希望不会有下次啊，"她一脸幸福，"文琛性格、家世都很不错，对我也很好，我觉得他是个很理想的对象。你知道吗，我到现在才明白，缘分，原来是可遇不可求的。"

狗嘴里吐出象牙来了。

不过，狗嘴到底还是狗嘴："其实我根本不信蒋宜嘉有多爱我，他无非就是两头捞不着、心理不平衡。哎，要怪还是怪那个许文磊，早不甩，晚不甩，在这个节骨眼上把他甩掉，顺手把所有的骂名都推给我。算我倒霉。"

蒋宜嘉要来待三天。郑滢扔下一百大洋的招待费说："多退少补。"

"喂，那他睡哪里？"

"就睡我们的客厅好了。"

我坚决反对，郑滢无可奈何地叹口气："让他住在系里哪个同学家，我怕他到时候乱讲话。再说，他那种黏黏糊糊的脾气，我看就是让他跟你睡一张床也发生不了什么。"

"瞎说，你没看见电视上的色狼个个都是小白脸？"

郑滢让步，去楼下男生那里打了个招呼，说我们感恩节来个同学，到时候需要借宿几天。

临走时，她千叮咛万嘱咐："稳住他，千万稳住他。尤其在人家面前不要让他瞎说话，到时候客客气气地把他送走就好了。"

那瓶香水也不是太好挣的。

郑滢一直担心蒋宜嘉"乱讲话"，完全没必要。因为他非但不"乱讲话"，他是根本就"不讲话"。

在埃尔帕索的飞机场没看见郑滢，他并没有如我预期中大惊小怪一番——可能他已经料到郑滢真的会狠下心不理他，此行不过是来证实一下。然后，他板起俊俏的脸一言不发。

于是我跟他找话说："你来得真是不巧，郑滢的一个美国同学邀请她去家里过感恩节了。嗯，她本来其实不大想去，可是呢又觉得机会很难得，可以体会一下美国的风俗文化，对不对？那个同学家住得比较远，在得克萨斯，所以她要去几天，不过，这个感恩节也算一个很传统的美国节日，而且那位同学和她先生都特别热情……"这是我们早已串好的台词，前后次序可能有点颠倒，但好歹没出什么洋相。蒋宜嘉掀掀眼皮，抿抿嘴、点一下头，表示他听见了，可还是什么话也没说。

我带他去一家中国餐馆吃自助餐。

这是我第一次和蒋宜嘉近距离接触。他的吃相极其秀气，当我抓起麻辣鸡翅膀送进嘴里的时候，他正在专注地用叉子细心地把上面的肉挑下来。

那副样子让我莫名其妙地想起一个通常用来形容女人的词——宜室宜家。他对得起自己那个名字。

我这么想着，不由得微笑起来。蒋宜嘉正好抬起头看见，不知就里地也挤出一个微笑。

他有一张儒雅的脸，配上金丝边眼镜很好看，而且让人觉得他很聪明。郑滢总是爱上那些看上去智商高得在头发尖上冒泡的男人，她或许没想到，这样的男人，心里的弯弯绕绕通常也比较多。

蒋宜嘉吃得很慢，我几次忍不住想提醒他这是自助餐，应该尽量把钱吃回来才是，都是话到嘴边咽了回去。我只好自己变本加厉地吃，希望能把两个人的钱一起吃回来。另一方面，也免得去看眼前这个冷冰冰的美男子。

在我勤奋地埋头对付一盘白灼虾的时候，餐桌对面幽幽传来一句："我不明白。"

几秒钟之后，我才意识到那是在和我说话。美男子开口了。

我立即受宠若惊地凑过去。

蒋宜嘉用差不多半个钟头做了一篇口头记叙文，主要内容围绕他和郑滢认识、交往一直到现在分手的经历，中心思想是我的好朋友是一个始乱终弃的女人。这些情节我大致都知道，但基于同情，还是装出一副耐心聆听的样子，并在恰当的时候插入一两句"对啊"或者"是吗"。

但是，在做总结陈词的时候，他说了一句万不该说的话："她要是不想跟我好，就应该早点告诉我。现在倒好，弄得我两头落空。"

这个人最耿耿于怀的，果然是"两头落空"——郑滢真是神机妙算！

我知道让人家"两头落空"是不好，但这种话由一个男人用怨妇般的口气说出来，实在有点可笑。我欣赏那种打落牙齿和血吞的男人——至少在女人面前；退一步，被打落了牙，说句没事，然后自己跑去看牙医的也可以；无论如何，不是像他这样，把嘴里的烂牙当成石榴，一颗颗抠出来摊在桌上数给我看的。

我说:"其实谈恋爱本来就不一定要成功的,就算郑滢觉得和你性格不合想要分手,也没有什么不对的啊。我看,说不定就是因为你有两头,还要忙功课,忙实验,忙不过来了,才会一起落空的。"我顺便帮郑滢撒了个谎,"据我所知,她和你交往的时候可是只有一头噢,现在她这一头百分之一百落空,你们两个扯平了。"

蒋宜嘉从镜片后怔怔地看了我一会儿,明白我根本不会站在他那一边,牵着嘴角苦笑一下,安静地吃他面前的食物。

我发现蒋宜嘉虽然吃得慢,却耐力过人,不紧不慢拿了一盘又一盘。两个小时后,我觉得我们不仅把花的钱都吃回来,应该还赚了一些。我付了账,并慷慨地给了三块钱小费,心中原本替郑滢生起的歉意烟消云散。他们两清了。

蒋宜嘉大概自己也觉得无趣,第二天下午就走了。从机场回来,我松了口气,第一件事是把冰箱里的香奈儿五号从郑滢那一格移到我的那一格。

几天后,郑滢回来,一脸春风得意。她这个感恩节过得不错,"他们家的人都对我很客气,很好,我真喜欢那种气氛。"

我作了一个简要的报告,并把一百块钱花剩下的部分还给她。她突然良心发现一样地说:"不知道他以后会怎么样。"

我说:"放心好了,这个人坚强得很。我请他吃饭,他吃完了还知道去拿蛋糕和冰淇淋。我看,他老早就从爱情的阴影里走出来,现在已经开始复原。"

蒋宜嘉复原的速度比我们想象得还快。第二天郑滢一进门,就扬着一张纸像看西洋景一样的要我去看。那上面,是她和蒋宜嘉一天之内的几封电子邮件往来。原来,蒋宜嘉走出阴影以后,开始心疼自己花的三百多块机票钱。他提出要郑滢分担一半。

郑滢一口回绝,"我又没请你来";蒋宜嘉据理力争,"要不是你,我会跑到那个鬼地方去吗,还累得个半死";郑滢反戈一击,"你跑来我也花了不少钱呢，怎么算"；蒋宜嘉退了一步，"可以考虑扣除郑滢花的部分招待费"；郑滢提出扣掉一百块钱，蒋宜嘉说钱也不是都花在他身上，比如出去吃饭，其中关璐也有份的呀。最后，两人终于达成一致，郑滢补偿他一百二十块钱。整个过程用电子邮件完成，读上去很有娱乐性。

我忍不住哈哈大笑，"你们两个倒是很登对，一搭一档，讨价还价，把恋爱谈成了一场闹剧。"

"这种男人，幸亏我没有决定跟他好，否则才真是一失足成千古恨。"郑滢又好气又好笑，"老实说，最近我心情比较好，所以也就不跟他多计较。否则，要我接受这种不平等条约，做梦！"

程明浩打电话来说，我的礼物已经收到。

"那条围巾很好看。"

"是吗？"我有点心虚——还从来没有人称赞过我织的东西。

"真的很不错。我本来打算给你发电子邮件，后来想了想觉得还是应该打个电话谢谢你。"他很真诚地说，"是你织的吗？"

我心里一直等着他问这个问题，可是，当他真的问了，我却退化成了一只软脚虾："哪里，是我妈织的。其实我本来就有一条，出国前呢她又帮我织了一条。反正我也用不上，所以就想到送给你做新年礼物。你喜欢就好。"讲到这里，我简直想打自己的嘴。

"那你喜欢什么？"他突然问。

"什么？"我一时没听明白。

"我问你喜欢什么，这样，"他有点不好意思，"我也可以给你买一件新年礼物。"

太不浪漫了。我简直有点生气："喂，不必这么礼尚往来吧。我送给你一件礼物，可不是期望着你立刻回送我一件的啊。"

"不是这个意思。"他马上分辩，"我的意思是，我希望送你一份新年礼物，可是又不知道你会喜欢什么。"

还是很不浪漫。

于是我问他："随便什么都可以说吗?"

"对啊。"

"好,那么——我比较喜欢彩虹。"

"你是说彩虹?"

"对啦,就是下完雨以后挂在天上的那条五颜六色的彩虹。怎么样?有没有本事弄一个来?"

"这个……"他很为难的样子,"难度好像太高了一点。"

我笑起来:"你自己叫我随便说什么都可以的啊。我说了,你办不到,那就是你的问题了。算了算了,跟你开玩笑的!其实,我送人家礼物,从来就不企求回报,因为我的人生哲学是施比受更有福。不过,话说回来,你信不信,我还从来没见过真正的彩虹呢。"

"是吗?"他有点兴奋,"我教你一个很简单的办法,可以看见彩虹。"

"你们学校的草坪应该会每天早晚喷水吧?趁着早晨太阳刚刚出来的时候,你去绕着喷出来的水珠转,一定有一个角度可以看见彩虹。"程明浩肯定地说,"我就经常看见。"

第二天,我如他所说,在太阳刚刚出来的时候,跑到学校的草坪边,绕着喷出来的水珠转,可是,转来转去,试过了各种角度,还是什么也没看见。

我对他说:"什么嘛,我转得头发晕都没看见。"

他呵呵地笑起来:"是吗?不过不要紧,昨天晚上我已经想出一个办法,送你一道彩虹作新年礼物。"

"噢?"

"你等着吧。"

他会如何送我一道彩虹呢?我期待着。

一转眼,时间很快过去,我考完期末考试的最后一门课回家,郑滢正在听电话，一看见我，立刻说："哎，你等等啊，她回来了。"然后笑嘻嘻地把听筒塞给我。

是杜政平，今年圣诞节他果然要来看我，而且，来了就不走了——他已经办好手续，下学期就转到我们学校。他托我们帮着找房子。

"你转过来干什么？"我很惊讶，"难道你觉得我们学校的生物系特别好？"

他并不介意我语气里的讽刺，反而有点得意的样子："我就一定要学生物吗？告诉你吧，我这次不仅是转学，也是转行。我转过去，是学计算机的。以后，我要全力往 IT 行业发展。"

原来，他在出国前早有这个打算，所以，在大学里就选修了很多计算机方面的课程，到美国后又补上几门课，不仅达到我们学校计算机系研究生的入学要求，还弄到了半额奖学金。

"现在在美国，什么生物啊、化学啊其实都已经是明日黄花，要找好工作，还是应该去读计算机。关璐，我建议你也快点考虑转方向，女孩子学化学，容易影响皮肤，本来也不太好。"他一副踌躇满志的样子。原来，杜政平比我们想得要远。

"我？我对计算机可是只懂 DOS 和 BASIC——还是好几年前学的，现在早忘光了。"

"有我呢，"我几乎能听见他在电话那头拍胸脯的声音，"你就先从基础课开始学起，我不敢保证你究竟能达到多高的水平，功课上弄几个 A 回来，还是没问题的。"

我很快帮杜政平找到房子——楼下那两个曾经收容蒋宜嘉的男生当中有一个结婚要搬出去，正好空出一个房间。

郑滢说："杜政平这一招很厉害。"

"厉害什么？我只是拿他当好朋友看待而已。"

"你不懂。我看过一本书，说很多商家在进驻一个市场的初期阶段都根本不指望盈利，甚至还会赔上一些；但在那个阶段，他们占领了市场份额，日后等时机成熟，就会大大有利可图。杜政平现在做的就是占领你的市场份额，从百分之五，到百分之十，百分之二十、三十、四十……一直到百分之一百。你看着好了。"

"还不快去翻翻箱子，看能不能翻出双鞋套来，杜政平的爱如潮水，已经真的漫过来了！"郑滢倒在沙发上捂着肚子笑。

她的幸灾乐祸惹恼了我。我飞快地从厨房的一个抽屉里取出个墨绿色的盒子在她面前挥舞："要我看，某人应该已经占领了你百分之一百的份额，而且，恐怕还是货真价实的吧！"

这是前一天我找维生素 C 的时候无意中发现的。因为药的盒子比较奇特，就看了一下说明书，居然是避孕药。在一间只有两个女人的房子里，很容易推断出是谁的。原来，不是每个女人决定和人家"做"之前，都会像其馨一样去和好朋友商量一番。

郑滢伸出手来抢："还给我！"

我闪身躲开："还不快招！我可一直等着呢。"

"你都知道了，还有什么好招的。"

"哇，那么说是真的啦？这么快？"

郑滢的脸绯红："人家是在美国出生长大的嘛。"听上去好像美国出生长大的人在某些方面都急不可耐。

"喂，那他发现你还是处女，有没有吓得跳起来？"我印象中的美国男人是把二十岁以上的处女视为怪物的。

"当然没有，他很感动。别忘了，他到底还是个中国人。"郑滢脸上的红晕退去，浮出骄傲的神情，"我最喜欢文琛的地方，就是他的性格里综合了中国人和美国人的优点。"

那个周末，我们买了一箱啤酒，庆祝郑滢告别处女时代。

"痛不痛？"我很好奇。

"比我想象中的要痛，不过，第二次就好了。"

我提醒她："我看了你那种药的说明书，好像副作用很多呢。"

"避孕药都这样。哎，从前总觉得女人要生孩子很辛苦，现在才发现，女人要不生孩子，一样很辛苦。将来你就会知道的。"郑滢的口气一下子世故起来，好像我是个少不更事的小孩。

"对了，以后你把药藏好一点，万一别人跑来看见，多不好。"

她做个鬼脸："对啊，要是不当心被杜政平看见，误会吃药的是你，心里肯定会咯噔一下，然后晚上睡不着觉。"

我白她一眼："让他去咯噔好了，关我什么事。"

圣诞节前两天，我收到旧金山寄来的一个小纸盒。打开来一看，里面是一个很精致的玻璃瓶子，瓶子里装满了一颗颗玲珑剔透的小晶体，奇妙的是它们色彩绚烂，从上到下，红、橙、黄、绿、青、蓝、紫，一共七层，非常漂亮。打开来，还有一阵淡淡的清香。

盒子里有一张小字条："这是用旧金山渔人码头卖的海盐拼出来的。虽然短了一点，但不会消失。希望你喜欢。程明浩。"

我笑了，他果然送我一道彩虹，一道永远不会消逝的彩虹。

彩虹象征着希望，也象征着相聚。他送我一道彩虹，便也是给了我无限的希望。

晚上睡觉，我把那瓶海盐放在床头的柜子上。临街的百叶窗零零落落漏进来一点路灯光，让那条彩虹若隐若现。今夜，我希望它能入梦。

可是我翻来覆去地睡不着觉，看看闹钟，十一点半，在加州应该是十点半。于是，我索性坐起来给程明浩打电话。

电话接通。我说："看来上次的题目出得太简单了。"

他笑起来："喜欢吗?"他的感冒早已经好了，恢复到那种温厚的声音。

"很好看，谢谢了。海盐是用来干什么的?"

"我想主要是洗澡的吧，所以它又叫作浴盐。"

"那么一瓶能用几次呢?"我盯着那个不过拳头大小的瓶子，不由得开始质疑。

"嗯，这我也不太清楚，从来没用过。你可以试试看。"

"我不要。那么漂亮，用完就没有了。"我说。

我以为他会说"用完我再送你一瓶"，但他什么也没说，却开始跟我聊天气。我有点失望，随后又释然了，人家也不是我肚子里的蛔虫，怎么会知道我在想什么呢？

第二天傍晚，杜政平来了。他开了六百二十二英里，却依旧神采奕奕，坚持要用那辆银灰色的雪佛兰带我们去兜风，一路上喋喋不休地讲这辆车性能有多好，买得如何合算。

"这个型号要算是雪佛兰当中最价廉物美的了，你知道为什么，因为它虽然是美国车的壳子，里面的发动机用的却是丰田的科技，所以比一般的美国车要省油，你听这发动机，一点杂音也没有……"对着两个车盲，他居然兴致不减，"对了，关璐，其实买车的时候我有两个选择，一个是这辆车，另外一辆是黑色的本田，性能价格比差不多。后来你跟我说银灰色好，我就买了这辆。现在才发现，银灰色的确要比黑色要耐脏得多，这车顶上沾了那么多鸟粪，远看根本看不出来，要是黑车，就太明显了。"

我的"耐看"，跑到他那里，变成了"耐脏"。

一九九七年十二月三十一日，我第一次在美国过新年。郑滢和梁文琛出去了，我和杜政平一起去参加一个新年聚会。

到了十一点半，我说我有点头痛，叫杜政平送我回家。其实，我只是担心万一程明浩打电话来没有人接。

钟敲过十二点，他并没有打电话来。或许，他会在加州时间的十二点打过来吧。于是，我把电话机放在枕头边，拥着被子接着等。到了一点钟，他还是没有打来。枕头边的电话机忧伤地看着我。

我发了一会儿呆。他为什么不给我打电话呢？拨几个数字，然后说一句"新年快乐"实在花不了多少时间的，却可以完全改变我的心情，他为什么不知道呢？

我拿起那个小瓶子，揭开盖子，闻了闻那道清香袭人的彩虹，心情又开朗起来，他一定也出去了，还没回家吧，不是每个人都有在新年钟声敲响的时候给朋友打电话的习惯啊。虽然他没有给我打电话来，他亲手拼出来的彩虹却实实在在地陪伴着我。

第二天早上醒来，我很后悔，昨天晚上他没有打电话给我，其实我可以打给他的啊。现在呢，想打也没有借口了。

一九九八年初，我们开始思索自己的前程。刚踏上这个国度的时候，大家的心里都被"乘风破浪当有时，直挂云帆济沧海"的激动塞得满满的；现在才逐渐明白，那只是"万里长征第一步"的热身运动而已。

当时，美国所有的高科技公司都在招员工，工资越抬越高，更有很多人凭着公司股票上市一夜之间成为百万富翁。那股迅猛发展的势头加上由千年虫问题产生的对电脑行业人员的急需让我们深信，学计算机是一条低投入而高回报的路。好像没有人去想那种情形能持续多久，而千年虫不是蟑螂，不会一窝窝繁殖下去，抓光了怎么办；也没有人料到才不过几年之间，这个行业的紫气红尘就烟消云散。

在这种风气之下，学校里所有懂ABC的人都在钻天打洞地学计算机以及所有和计算机相关的学科，工学院的学生个个威风八面。

我和郑滢一起偷偷地注册了两门计算机基础课——C++和数据结构。所谓"偷偷地"，就是不告诉我们的导师。其实，那不过是掩耳盗铃，因为每个导师都可以去查自己学生注册的全部课程。

汤姆·汉克斯没有挑明，只是一次在实验室里遇见我，意味深长地说了句"你这个学期好像很忙啊"；郑滢的导师亨特却硬生生地逼着她退掉了数据结构课，理由是那和化学毫无关系，会影响助研工作，"我们拿了学校的钱，就是要出成果的"。郑滢恨得咬牙切齿。

那个学期，很多学生放弃了原来的专业转去计算机系，这种现象在外国学生云集的化学系相当严重，以致系里觉得应该有所举措。第一个跳出来立马横刀的，又是亨特。

亨特家里从祖父辈一直到他的儿女，统统是搞化学的，可谓一门忠烈。他把全系研究生召集一堂，对着满满一会议室准博士、准硕士们声情并茂地把自己家庭和化学的缘分一路回顾到第二次世界大战，每说三句话当中插一句"化学是一门伟大的科学"，同时酸溜溜地说"所谓计算机根本就算不上什么科学，充其量只是一种技能，而学计算机的人，再有本事，不过是高级工人而已，永远不可能成为科学家"。

亨特情绪高昂，谈起系里那些居然放弃做科学家而甘心沦为工人的学生，更是一副痛心疾首的样子。我看着他那青筋突起、和电灯泡交相辉映的秃顶，突然之间觉得有点可笑：其实这间房子里的每一个人都知道化学是一门伟大的学科，但我们同样清理想和现实之间的距离；在追寻理想之前，我们先有一个美国梦要去圆，OK？这，您怎么就不明白呢？

走出会议室，郑滢对我说："我们转到计算机系去吧，亨特极力反对的事情，一般总是好的。"

亨特那一番语重心长的结果是让我和郑滢都铁了心向计算机系进攻。

大概因为春季学期申请人比较少的缘故，事情进展得异常顺利。一个多月以后，我拿到了录取通知书，可是没有奖学金；郑滢的申请交得晚一点，虽然还没拿到正式的通知书，但也差不多了。

汤姆·汉克斯听完我的转学打算，并没有大惊小怪，还很有风度地说了句"祝你在这个新的领域好运"。我趁机提出是否可以留在他手下继续做一段时间助研，因为我知道他最近刚拿到一笔科研基金，打算多招两个学生帮着干活，而我在工作上一向还是很认真的。

他犹豫了一下，然后用电影里阿甘说"生活是一盒巧克力"一样慢的速度说他个人倒是没有问题，就是想在亨特那里备个份，因为这位系副主任最近一见到系里的教授就嗷嗷乱叫，说大家要联合起来，杜绝拿着化学系的奖学金去学计算机的可耻行径。他说："别担心，我会和他解释这是个特殊情况。”

我的心一下子凉到了底，还备什么份，这种话题跑到亨特那里绝对是杀无赦的。我开始怀疑他可能根本就不同意，又不愿得罪我，于是借刀杀人。

我对郑滢说：“看着吧，下次开会，你的导师八成会点我的名。”

郑滢说：“等计算机系录取我，我拍拍屁股就走，什么奖学金，没有就没有好了。”不知是不是受了梁文琛的影响，她的口气越来越大。

周末，杜政平带我去超市买菜。他转学过来，给我带来两个好处：一、我不用再跟着郑滢和梁文琛去超市当灯泡；二、他可以帮我做计算机作业。

走过玩具部门，我无意中看见一只毛绒小熊，黄黄的毛，脖子上系了条淡蓝的丝带，四只爪子摊开好像等人家拥抱的样子。我突然发现，小熊的神态居然有点像程明浩。看看价钱，要九块九毛五分。

我把小熊放在购物车里绕着超市转了一圈，还是下不了决心买。

付款的时候，杜政平问我怎么又把它放回去，我说：“太贵了。”

走到停车场，他突然说“你等我一下”，然后就噔噔噔地跑了回去。等他回来的时候，手里抱着那只小熊。

“干什么啊？”

他把小熊递到我面前：“送给你，生日快乐。”

“今天又不是我生日。”

“今天是我的生日。”

“那应该送给你自己啊。”

“‘送给你’是对你说的，‘生日快乐’呢，是对我自己说的。能让你高兴，就是我最想要的生日礼物了。”他有点孩子气地笑起来，露出左边脸颊上的一个酒窝。

我突然间毫无理由地开始生气，狠狠地把那只小熊推还给他：“你留着吧，我不要。”然后自顾自推着购物车往前走。

他干什么不好，偏偏要去买一只长得很像程明浩的小熊送给我，而且以为能让我高兴？

回家的路上，我们两个人谁都不说话。杜政平的车开起来的确没有一点杂音，可是这个时候，我却宁可它是一部拖拉机。

杜政平大概也觉得尴尬，打开 CD 机，传来的却是一首非常不应景的歌——张信哲和刘嘉玲对唱的《有一点动心》。

……
我对你有一点动心
却如此害怕看你的眼睛
有那么一点点动心
一点点迟疑
不敢相信我的情不自禁
……

我不由得朝后视镜看去，正好碰到他的眼光。他好像并不害怕看我的眼睛，我立刻弹回一个白眼，他险些闯了个红灯。

杜政平清清嗓子，开始没话找话说："我有没有跟你讲过，我第一次听这首歌的时候，听了十几秒钟才分清哪个是张信哲，哪个是刘嘉玲？"

"你跟我讲过了。"我老老实实地回答，那是在来美国的飞机上，而且，他讲完没多久，就靠在我的肩膀上甜蜜地睡着了。

"我讲过了啊？噢。"他闭嘴，坚持到那首歌结束，立刻关上 CD 机，调到一个热热闹闹的乡村音乐台。

我转过头看着车窗外面，心里十分沮丧。其实我并不想跟他发脾气的，我一点理由也没有，然而，就是因为一点理由也没有，现在，连说句"对不起"的脸也拉不下来。我只能把脾气发到底。

到了公寓楼下，我拎了自己的东西就要上楼，他叫住我："这两桶矿泉水你拿去喝吧，不要再喝实验室里的蒸馏水了。"

我摇摇头："谢谢你，我不要。"

上楼梯的时候，我知道他在看我。因为，有人从后面盯着我看，我的左背会发热，我自己都不知道为什么。但我没有回头。

就是那天晚上，我有点悲哀地发现，自己已经真的爱上了程明浩。如果我不爱他，就根本不会对杜政平无端发火；因为爱他，所以，才会下意识地要把杜政平吓跑。

女人爱上一个男人，会自觉自愿地帮他去铲除情敌。

我拨了程明浩的电话，可是，他不在家。我很难过，我刚刚帮你把情敌赶走，你却跑到哪里去了呢？

星期一，汤姆·汉克斯告诉我，他可以再给我两个学期的助研。这个消息大大出乎我的意料，我奇怪亨特怎么居然放着如此大好机会没有从中作梗。

过了好几天，我才从系里一个消息灵通而八卦的同学那里打听到，原来，汤姆·汉克斯的确去找了亨特"备份"，谁知亨特像骂学生一样把他给臭骂了一顿，顺便奉送一顶大帽子，说他是在挖系里的墙脚，这下彻底把他惹毛了——我怎么带学生，关你什么事？汤姆·汉克斯是系里少壮派的骨干，三十出头就评上了副教授，和亨特平级，平时两个人就有点彼此看不惯，前年又因为谁坐副主任这把交椅闹得差点撕破脸皮。莫名其妙挨了这么一顿骂，他火冒三丈，索性下定决心继续给我一年的助研奖学金，这是做给亨特看，你以为我怕你？

阴差阳错，两位教授之间的意气之争，居然成全了我的最大利益。

亨特不是盏省油的灯。他大概觉得"此诚危急存亡之秋"，于是大义灭亲，亲自跑到计算机系去逼他们拒绝了他手下一个学生的入学申请。

这一招杀鸡给猴看，果然十分有效，亨特手下所有想"红杏出墙"的学生统统噤若寒蝉。

那只倒霉透顶的"鸡"，正是郑滢。

化学系的小道消息传播渠道异常发达，不出一天，亨特的壮举已经几乎人尽皆知。

郑滢憋着一肚子气回来，刚关上门，就开始破口大骂，一口一个"他妈的"。她虽然熟谙美国俚语里二十多种骂人的方式，真的动了气，用的还是咱们的国骂。

骂完了，她扑倒在床上挥动拳头用力地捶枕头。这是我们学生时代自创的减压法，看什么人不爽，就把枕头当成那个假想敌，恶揍一顿，心里立刻好受许多。

郑滢最近很不如意，和梁文琛之间已经烽烟不断，现在又跑出来这么一件事，无异于雪上加霜。

当初和梁文琛开始的时候，她曾经说过最欣赏他身上综合了中国人和美国人的优点，但她忘记了，梁文琛既然可以综合中国人和美国人的优点，那么也一样可以汇集中国人和美国人的毛病。

先来报到的是美国人的毛病，去年过圣诞节，他们合买了一瓶红酒送给梁文琛的父母，当时是梁文琛付的钱，过了几天，他居然一本正经伸手向郑滢要，弄得郑滢生气到拿了药房的发票要他掏一半避孕药的钱；每次出去吃饭购物都是 AA 制；郑滢偶尔碰了他那一架当成宝贝的 CD，他居然大动肝火。随后是中国男人的"只许州官放火，不许百姓点灯"，他要是在学校里看见郑滢和哪个男生说话或者一起走路，必然要"关心"一下，而他自己却在圣诞舞会上嘻嘻哈哈地亲别的女孩。

几天以后，郑滢很晚才回来。她爬到我的床上，把随身听的一个耳塞放进我的耳朵。大学时，晚上睡不着的时候，她常常会从上铺爬下来和我挤一个被窝，然后我们每人一个耳塞听那个非常搞笑的午夜性教育节目或是张信哲的歌。

"反正就我们两个人，你放出来好了。"我说。

"不要，这样感觉比较好。"她把毛茸茸的头靠在我的肩膀上。

我们一起听《爱如潮水》。听到一半，她拔下我的耳塞，说："我和他分手了。"

"为什么？"

"我跟他说我打算申请别的学校念计算机，他二话不说就反对，说要是分在两地，还谈什么恋爱；还怀疑我是不是在那边另外有男朋友。真好笑，亨特天天给我小鞋穿，我在这里都快待不下去了，他竟然还会这样想，而且只从他自己的利益出发，这种恋爱还有谈的价值吗？"

她笑笑："刚才分手的时候，他还说爱我。其实，我可以容忍一个男人不爱我，却不能容忍他爱我，而又让我受委屈。"

又过了一会儿，她问："但我已经不是处女了。关璐，你觉得我做错了吗？"

我拉拉她的手："已经发生了的事情，一定是对的。"

她笑了："你真好。"

那一刻，我突然明白和郑滢可以做一生一世的好朋友，并不是因为我们的月经周期一样，而是我们在嬉笑怒骂的外表下，都拥有一颗倔强而脆弱的心。

张其馨听到郑滢计划转学到旧金山去的消息，高兴得在电话那头鼓起掌来："太好了，太好了——这下我可有伴了！"她已经在新学校里安顿下来，听上去情绪改善了很多。

"好什么呀，我是被那个变态导师活生生逼得没办法才出此下策。"郑滢无精打采。她选择去旧金山有两个原因：一、那里离硅谷近，将来比较容易找工作；二、和梁文琛分手后，郑滢吸取教训，调整了找男人的标准，决定稳扎稳打，"以后我要找一个百分之百纯种的中国男人，有绿卡，有一定的经济基础，最好是吃过一些苦，然后自己奋斗出一番事业的那一种"，秉着这个新原则，我们在美国地图上巡视一番，然后不约而同地盯住了北加州的那个城市。那里云集了高科技行业的精英，条件优秀的男人一抓一把。

张其馨打电话来，她已经在旧金山安顿下来。"是程明浩去机场接你的吧?"我装出漫不经心的样子明知故问。

"对啊。"

"其馨，快讲讲程明浩吧，关璐很想听呢。"郑滢来劲了。

"程明浩……好像没有什么特别的嘛，噢，对了，他开的车好破啊!怎么，关璐真的看上他了?"最后一句话里的"他"字像拉面一样被甩到空中转了两个圈才放下来，那语气和说"怎么，关璐真的发昏了"差不多。

我正要说"瞎说"，郑滢已经接上话茬，"爱情是不可理喻的。"

"可是，他开的车好破啊!"其馨把自己刚刚说过的话重复了一遍。

郑滢有点不耐烦:"小姐，我们知道他开的车很破，能不能麻烦你讲点别的?"

"这还不够吗?"其馨把声音调高一度，"人家都说看一个男人最重要看他两样东西——他开的车和他身边的女人，而且，车的档次应该是和女人成正比的。难道你觉得关璐像一辆开起来窗子咣咣响、门都关不拢的八四年道奇车吗? 我不是在夸张，你们知道他那辆车像什么，呐，就像《秋天的童话》里面周润发开的那辆老爷车。现在听明白了吧?"其馨不大评论男人，一旦评论起来往往语不惊人死不休。

"那田振峰的车是不是和那个长得不好看又戴副眼镜的女人成正比呢?"我一赌气，话也变得刻薄起来。

"你，你竟然为了他……"其馨被我噎得说不出话来。

"好了好了，不要吵了，"郑滢最擅长一面煽风点火一面做和事佬，"等我以后到了旧金山，一定好好去研究一下那个程明浩，看他值不值得托付终身。看男人，我至少比你们两个多点经验。"

自从那次对杜政平发脾气以后，我一直不理他，不是因为生气，而是因为理亏。这种情形持续到下一个周末便不得不中止，因为我冰箱里的食物已经弹尽粮绝。物质文明到底是精神文明的支柱。

杜政平打开车门，我一眼看见，驾驶座右面的位子上坐着那只可爱的小熊。

"干什么啊?"我看看那只小熊，问他。

他不紧不慢地从上衣口袋里掏出一张发票："还能干什么，拿去退掉啊。你见过哪个男人抱着玩具熊睡觉吗?"

路上，我抱着那个小熊，捏捏它的耳朵，捏捏它的鼻子，再挠挠它的胳肢窝，越看越觉得它的神态像程明浩——憨厚而纯真，于是又开始舍不得。

快到超市了，我对杜政平说："其实，买都买了，我看也用不着退了吧。"

杜政平脸上的一本正经刹那间换成了一副嬉皮笑脸："呵呵，我就知道你舍不得。"

"不过，我要给你钱。"我从皮夹里取出十块钱放在置物挡板上。

他有点为难地看着我。我说："拿着吧。别忘了，现在你只有半额奖学金，经济上肯定比较困难。我这是在为你着想。"

他扑哧一声笑出来："小姐，多谢你为我着想。"

"不过，我要跟你说清楚。"

"说清楚什么?"

"就是，我们——我是说你和我，只是朋友，没有什么别的。"

"我们本来就没有什么别的啊。"

"我是说，你不可以胡思乱想。"

杜政平居然比我还理直气壮："我从来就没有胡思乱想嘛。我什么时候胡思乱想了? 没有啊，我一直就把你当成朋友的，嗯，当然，是比较好的朋友，不过，还是朋友，对不对? 我这个人对朋友向来是两肋插刀的，这个你去问问我以前同学好了，当然，有时候可能是过分热心了一点，可是你想，在家靠父母，出门靠朋友啊，何况我们都在异国他乡，当然要相互关照啦……"

杜政平是个聪明人，他可以巧妙地化解尴尬而不伤任何人的体面，包括他自己的。我们之间又恢复了以前的那种自然而融洽的气氛。

那天，他开始教我开车。我一开头不敢碰方向盘，担心"要是我撞上什么东西怎么办"。他说："不要紧，我会提醒你，就算真要有什么情况，我还可以拉手刹。"

即使他振振有词，我们还是心照不宣。我知道他依然喜欢我，喜欢到愿意配合我去装傻。想到这里，我不由得有点难过。

郑滢被旧金山一所三流大学的计算机系录取读研究生，秋季入学，没有一分钱奖学金。她把自己所有的钱加起来算一算，差不多刚好够一个学期的学费和生活费。她苦笑着对我说："关璐，我是背水一战了。"

"对不起，这次要不是我，你也不会……"我总是觉得自己在这件事上间接连累了她。

"不关你的事，亨特本来就看我不顺眼，"她的语调又欢快起来，"况且，塞翁失马，焉知非福。说不定我运气好，跑到那边一下子捞到个好男人，那样的话，还真要感谢亨特呢。"她是个天生的乐观主义者。

"还有，我建议你努力一点，尽快拿到计算机系的奖学金。现在我们两个的导师是在'别苗头'，这种情况持续不了多久，将来不是东风压倒西风，就是西风压倒东风。我看，汤姆·汉克斯不是亨特的对手，万一一个学期过去，他迫于压力不得不停止给你的助研，你又没有拿到计算机系的奖学金，就相当被动了。"郑滢推心置腹地说。

我点点头，打开冰箱，把那瓶香奈儿五号放回郑滢的那一格："还给你。工欲善其事，必先利其器，你要捞男人，这个肯定用得上。"

以后的日子飞一样地过去，我在三门化学课、汤姆·汉克斯分配的助研工作和两门计算机课之间忙得不可开交，尤其是那门数据结构，教授是一个刚毕业的博士，原来主修人工智能，不知是为了对得起学校里付他的这份薪水还是要卖弄学问，总是布置一些莫名其妙的项目下来让我们做，以致到了下半学期，几乎所有的项目都是杜政平帮我做的。好在正式考试比较简单，加上有"考古题"可背，学期结束的时候，我居然两门计算机课都得了 A。

杜政平很是得意："怎么样，我说得没错吧。有我在，一定帮你弄几个 A 回来。"

"可是，我觉得好像没学到什么东西啊。"我有点泄气。

"不要紧，以现在的形势，只要懂一点计算机就不愁找不到工作。所以，当务之急不是学得好，是赶快拿个学位毕业，等找到了工作，该补什么补什么。否则，到时候位子被人家占了，你学再多东西也没用。"杜政平好像永远知道该干什么。

其馨偶尔打电话来聊天，讲讲她在旧金山的生活和新认识的人，却再不评论程明浩。我相信她还在为那次我讽刺田振峰耿耿于怀。这样的事情以前也发生过，还在她的"寒窑"时代，有一次我在她面前随便骂了田振峰几句，她竟然真的拉下脸来："你说我不要紧，可是，你不可以这样说田振峰。"以后好几个星期不拿正眼看我。

其馨在感情上有她自己的一套。虽然她已经绝口不提往事，我还是有种感觉，她好像并没有真正忘记那个负心的人。我想，大概每次变天，当右手小拇指微微发酸的时候，她的心也一定在隐隐作痛。

我和程明浩许久没有联络，某一天，他用电子邮件给我发来几张旧金山的照片，其中一张拍的是一把巨大的阳伞，下面一排摆开好多透明的大罐子，里面装满了沙一样的东西，每个罐子一种颜色，非常漂亮。他在照片下面写的注解是"渔人码头：彩虹的颜色"。

原来，那些罐子里面装的就是海盐。每一样抓一点出来，由下而上一层层在瓶子里堆起来，就是一条小小的、散发着清香气息的彩虹了。

我给他回了一封邮件，问："如此看来，你送我的那条彩虹是不是太短了？"

他很快回信，说："什么时候有机会来旧金山，我带你去，你愿意要多少都行。"我喜欢这个答案。我不是个贪心的人，但是我喜欢一切包含着纵容的承诺。

机会很快就来了。那年七月，有一个学术会议在旧金山召开，汤姆·汉克斯和我共同署名的一篇文章要在会上宣读，他借此向系里申请到两个人的经费，决定带我一起去。

我的心里一下子充满了喜悦。一年了，三百多个日子过去，程明浩，你还好吗？

暑假了，郑滢忙着利用夏季学期多修计算机课程，为转学做准备；其馨回国去探亲了，田振峰虽然和她早已分手，却还好意思拜托她帮自己往家里带东西，理由是他们两个家住得比较近，而她，居然同意了。郑滢知道后，气得直骂其馨没出息："田振峰就是吃定她软弱才敢这么欺负人。"

我倒觉得田振峰并不是吃定其馨软弱，而是吃定她余情未了。不知是不是因为天天刮胡子的缘故，男人的脸皮好像的确比较厚一点。

Chapter 2 非洲紫罗兰

临出发去旧金山的时候，我突然想起了那首歌"如果你要去旧金山，请别忘记带上些花"。于是，我跑到一家超市，问店员"你们这里哪一种花开得最久"，店员挑了半天，最后拿出一盆小小的非洲紫罗兰。毛茸茸、沉甸甸的绿叶子烘托着小小的、深紫色的花朵，毫不张扬，却那么坚定而温柔地开放着。我一眼喜欢上这盆花，便立刻把它买了下来。这是我给程明浩的礼物——他曾经送给我一条不会消逝的彩虹，那么，我要还他一盆不张扬却可以开得很久的花。

我把那盆非洲紫罗兰细心地包扎好，放进背包，抱在怀里上了飞机。

几个小时以后，我又一次看见了旧金山。一样的好天气，一样湛蓝的海湾，映在我眼中竟然异常亲切，亲切得我自己都觉得有点不可思议。或许，就是因为他在那里的某个角落，连着整条海岸线都变得温暖起来。

我并没有预先给程明浩打电话，因为，我想给他一个惊喜。

会议开到第三天，汤姆·汉克斯给我一个下午时间自由活动。我穿上那双五厘米的高跟鞋，看着地图坐轻轨到了程明浩的学校，照他电子邮件签名栏里的办公室号码找到了他的办公室。

程明浩不在办公室。办公室的一个学生说他下午没课，已经回家了。

于是我就在那里给他家里打了个电话。

程明浩好像又在伤风，齉着鼻子，声音里却满是惊喜："你怎么事先不打个招呼？"

我问："你不要紧吧？"

"稍微有点感冒，没关系。你在那儿别动，我马上就来。"他干脆地说。

我被他的那句"你在那儿别动"逗笑了："好，我不动。"

我走到程明浩的办公桌前，突然间，我的目光被椅子背上一件薄薄的米色毛衣吸引了，那上面织着元宝针，手工很细。

我见过一件款式几乎一模一样而颜色略有不同的毛衣。那是去年来美国之前，在其馨的箱子里，是她的得意之作。那个时候，她打算把它送给田振峰。

我突然有种感觉——这件毛衣，是其馨织的。可是，它为什么会在这里出现呢？我的心突然被这个问题抽紧，人像被粘在椅子旁边，一步也挪动不了。

过了好一会儿，我才能用比较平静的口气问另外一个学生："你知道程明浩的女朋友探亲什么时候回来吗？"

问那个问题的时候，我真的满心期望他会用诧异的口气回答"程明浩没有女朋友啊"，可是，他的答案偏偏是"八月中旬吧"，口气淡然得毋庸置疑。

我觉得自己的心像被从云霄飞车上一路甩下来那样眩晕得痛快淋漓。原来是真的。可是，为什么是真的呢？怎么可能是真的呢？曾经多少次想过他喜不喜欢我，却为什么从来没有想到他会去喜欢别人呢？

刹那之间，我的脑子里像电脑黑屏，所有的思维活动都终止了，唯一剩下的一个念头是"赶快走"。我知道自己没有本事站在那件毛衣的旁边心平气和地和他打招呼。

我像逃命一样离开了那间办公室，漫无目的地往前走。期待已久的会面，竟然会这样收场，简直像那些蹩脚狗屎连续剧里的情节。还是，人生根本就是一出拉长了的狗屎连续剧？

走过几个街区，我的心开始发痛。那种感觉就像在大冷天被浸在冰水里，最初的一段时间全身麻木，等过了那个阶段，每一个细胞都开始发胀发痛，不可收拾。我看看手表，还有整整一个下午的时间。我决定找点事情做把它打发掉，我不能眼睁睁看着自己的心痛死。

于是我心不在焉地继续往前走，一路寻找公车站牌，看有没有哪一班车正好可以去金门大桥方向，直到碰上一个比我更加心不在焉的司机，他一听我说出"金门"就热情地叫我上车，但二十分钟后，我发现自己站在金门公园外面某个前不着村、后不着店的地方。

原来，金门大桥并不在金门公园，非但不在，而且离得很远。既然两者根本不搭界，为什么要起一样的名字呢？

那天下午天气不好，虽然是七月份，可是没有太阳，一阵阵的风从海上吹过来，感觉像是深秋。我瞪着偏僻荒凉的街景，觉得这个城市真可恶。

我只好继续往前走，想找个地方买点吃的。中午只吃了一个薄薄的三明治，肚子很快又饿了；而且，我在伤心的时候，总是特别想吃东西。

我找到了一家便利店，但是，里面找来找去都是那些我宁肯饿死也不吃的垃圾食品，唯一还能勾起点食欲的只有冰淇淋。

于是，我买了一大盒巧克力冰淇淋，向店主要了把勺子，就在那里大口地吃起来。冰淇淋滑进嘴里，冰凉而甜蜜，有点像被辜负了的爱情。

吃完冰淇淋，我又回到凉风嗖嗖的马路上。不知走过多少个街区，我觉得自己全身都在痛：显然，穿着五厘米高跟鞋在一个平均三分钟爬一个坡的城市走路是非常愚蠢的选择，我的脚被鞋子挤得发痛，我的头在痛，刚刚吃下去的冰淇淋也让我的胃隐隐作痛。

在一个红灯前面，我在街沿上坐下来，脱下鞋子开始揉两只发肿的脚，并且打开包想拿点纸巾垫在鞋子里，突然，我看见那盆小小的、精心包扎过的非洲紫罗兰。那些小小的花温柔而坚定地开放着。

突然间，我泪流满面。凭什么我要这么折磨自己？我并没有做错什么事情，为什么要放任自己落得这么可怜？我曾经以为自己很坚强，却原来是一只不折不扣的鸵鸟。

那一个瞬间，我下定决心，一定要见程明浩一面，就算他对我没有感觉，就算我从此彻底死心，就算这是今生我们见的唯一一面，我既然飞了一千零四十点三四英里而来，那么，总要见他一面才对得起自己。

于是，我奔到最近的一个电话亭去给他打电话。

程明浩还在办公室里，"你在哪里？"他的声音有点焦急。

我把我所在的路口相交的两条街名告诉他，"不好意思，本来看你生病，不想再麻烦你。可是现在迷路了……"

"我马上就来，"他正要挂上电话，又补上一句，"这一次，站在那儿千万别动了。"

我照他说的，站在街角一动也不动，把从前的点点滴滴从记忆的角落里挖出来，脑子里翻过来倒过去的是同一个问题：怎么会是其馨？

其馨和田振峰分手的时候，我曾经用《秋天的童话》里的故事安慰过她，说"钟楚红被陈百强甩掉后不是就碰到周润发了吗"，她自己也曾经用电影里周润发那辆破车比喻过程明浩的车，难道这些都是冥冥中的暗示？不错，我一直希望其馨能找到一个感情的新出口，可是，她为什么偏偏要暗度陈仓来抢我的周润发呢？而且，她居然把以前织给田振峰的毛衣送给程明浩！如果是我的话，一定不会这样做——我绝对不会把另一段感情的纪念品去送给一个我爱的男人。

我爱的男人，我会给他最好的、唯一的感情。

用田忌赛马来比喻，其馨的下等马——顶多中等马已经轻而易举地战胜了我的上等马。

程明浩的车来了，的确破破旧旧，风挡玻璃上还有一条长长的缝。他微笑着跟我打招呼，一年过去，他一点也没变。上车后，我注意到车门关得严严实实。

"你把车门修好了?"

"嗯,前不久才修好,"他带着鼻音回答,"唉,你怎么知道这车门以前是坏的?"

"张其馨告诉我的。"我假装不经意地回答,然后从眼角注意他的神态。他的神态彻底粉碎了我最后一点侥幸心理,一提起其馨,他的脸上立刻浮上一种别样的表情。

"难怪,我知道其馨不喜欢这辆车。她还说过,一个男人最重要的有两样东西,他开的车和他的女朋友,她做我的女朋友,底线是我必须把这辆车的车门修好。所以,我就去把车门修好了。"程明浩一边开车一边对我淡淡一笑。我没想到其馨居然会把她的"车等于女人"的刻薄理论当面跟程明浩讲,而他竟然一点也不生气。

或许,当男人爱上一个女人,即使那个女人一路骂遍他八辈祖宗,也会有足够的胸怀去纵容。

我无话可说,随手翻开置物挡板下面的小抽屉,里面掉出几包东西,仔细一看,是一种带了芥末味的炒青豆。

"尝尝看吧,很好吃的。"我摇摇头。

过去的一年里,我曾经千百次地琢磨程明浩究竟是个怎样的人,而短短十五分钟的接触已经回答了我所有的问题,他不过是一个普通的男人。

一个普通的男人,会爱上一个女人,然后想办法讨好她,让她高兴,在车里摆上她喜欢的零食,谈起她的时候露出幸福的笑。

我突然觉得有点滑稽,原来,在其馨面前,程明浩变成了杜政平。

原来,过去一年里的所有期待和揣测,统统是我的一场自作多情,多么让人沮丧的结论。

我以为他送我一道彩虹,而对他而言,那不过是一瓶美丽的海盐。他并没有做错什么,要说错的话,他唯一的错是不爱我。然而,到了爱情的版图上,还有什么对错可言呢?

到了金门大桥下面，下车前，程明浩从后座上拿过一样东西递给我，"办公室里也就找到这件衣服，穿上吧，桥上风很大。"

是那件米色的毛衣。由其馨一针一针织起来，被程明浩的体温温暖过，现在，安静地躺在我的手中。

我不想穿，可是，一打开车门，就立刻打了个哆嗦，一阵阵冷风从四面八方席卷而来。于是，我不得不把它穿上。

金门大桥并没有明信片上看起来那么壮观，甚至都不是很长，盘踞在旧金山湾上空的雾让桥墩若隐若现。

我和程明浩并排在桥上走，他指给我看海湾对面旧金山围海造城而形成的壮丽景观；而我兴味索然，这个时候，什么奇迹都没有什么意义。

很多车子从大桥中间的车行道飞驰而过，引得我脚下的桥面和手握住的红色栏杆一阵阵微颤。

我问程明浩："这么多车天天开过，会不会哪一天把桥震塌掉？"

程明浩笑着说："怎么可能？旧金山经历过这么多次地震，它不是还好好的吗？"

其实，那时候，我想的是，假如此刻大桥突然倒塌，那我就会和他死在一起。

然而，金门大桥不会倒塌，所以，我不可能是那个和他死在一起的女人。

从桥上下来，他说："带你去个地方。"

我有点知道他会带我去哪里，但我已经不那么在乎了。半个小时后，我们站在渔人码头那个卖海盐的摊位前。没有太阳，摊主还撑着那把巨大的阳伞，热情地招呼我们用摊子上的小瓶子自己装各种颜色的海盐——大号一瓶五块钱，中号一瓶三块钱，小号一瓶两块钱。原来，海盐是很便宜的。

我装了一大瓶五颜六色的海盐，正准备掏钱，程明浩已经递过去五块钱："让我来付，我说过你要是来了旧金山，愿意要多少都行。忘了吗？"他突然那么真诚、那么柔和地看着我。

我一阵心酸：无论他现在为我做什么，对我有多周到，他不会属于我；我不过是借了人家的男朋友来做一个短短的梦而已。

回酒店的路上，程明浩打开车里的播放机，传来一首再也熟悉不过的歌曲——张信哲的《爱如潮水》。

"你也喜欢张信哲？"这个问题滑到嘴边又被我咽了回去，因为，我可以推断出答案。

倒是他问我："你听过这首歌吗？"

我怎么会没听过呢？这首歌，温柔得叫人心碎，我、郑滢和其馨曾经在失眠的夜里听过无数遍，田振峰曾经在学校广播台为其馨坚持点播了整整一个星期，我怎么会没听过呢？

张信哲唱：

> 不问你为何流眼泪
>
> 不在乎你心里还有谁
>
> 且让我给你安慰
>
> 不论结局是喜是悲
>
> ……

谁说的？

谁会不在乎自己爱的人心里有别人？真的爱了，谁又能不在乎结局是喜是悲？

什么情歌王子，我不相信他真的尝过失恋的味道。

程明浩在一个路口指给我看一段蜿蜒盘旋、在一个街区内打了八九个弯的路，路两边种满了缤纷的鲜花，"这条朗巴德街由于坡度太大，不得不造成 Z 字形，被称为'世界上最弯曲的路'。想下去走一走吗？"

我毫不犹豫地摇头——一天之内，我已经经历了足够的曲曲折折，他还要带我去走一条世界上最弯曲的路。我不知道自己上辈子是不是作了什么孽。

于是我们继续向前。程明浩像突然想起什么似的微笑起来："对了，你那个同学，叫郑滢吧，她现在还觉得美国没有蚊子吗？"

我跟着笑起来："什么呀，她到美国第一天晚上就被蚊子叮了好几个大包。不过，郑滢还是对你耿耿于怀，因为你曾经让她很没面子。"郑滢要是知道我这么爽快地把她出卖了，一定会拖出自己衣柜里最贵的衣服，对着它赌咒发誓以后再不理我。

"那天，我并不是存心想扫她的面子，只觉得许文磊很尴尬，想帮着解围而已。"程明浩一定不会想到，对于郑滢，这已经是两场恋爱以前的事情了。

讲完郑滢，话题落到杜政平身上："杜政平最近好吗？他上次打电话来说转到你们学校去了。"

"他——挺好。"这个时候，我并不太想提起杜政平。可是，程明浩却好像对他印象很好："杜政平这个人很不错，我们上大学的时候住一层楼，他的人缘最好了……"从这一句话我开始走神，反正他列举出杜政平的很多好处，最后转过头来，轻轻地说，"这样的人，不大容易找。"

我觉得又生气又难过：杜政平这样的人难不难找，关我什么事？为什么所有的人都觉得他好，现在居然连程明浩也觉得他好？

我闭上嘴，不再说话。

到了酒店门口，临下车时，我突然想起包里那盆花，于是把它拿出来递给程明浩："这是非洲紫罗兰，可以开很长时间。盆里有张塑料签，上面写着怎么养护。"

他有点诧异："送给我的？"

"不，不是送给你，"我像做错了事一样急于否认，"只是，有那么一首歌'如果你要去旧金山，请别忘记带上些花'，我就随便买了一盆。不太难养的。"

我急急忙忙地和他说了再见，便转身走了。我的左背微微发热，我知道那是由于他的目光。可是我没有回头，不是不想，是不敢，因为我的泪水已经充满了眼眶。

从幼儿园开始，我就不愿意当着男生流泪。

回程的飞机上，汤姆·汉克斯一本正经地看科技文献，我则全神贯注地研究自己脸上的一颗青春痘。我可以肯定，这颗痘痘是在旧金山这几天里长出来的。也许，对程明浩的感情不过也就是一颗长了一年的青春痘，总有一天会从脸上消失。

杜政平去机场接我回家。一进门，他就兴高采烈地领我去看厨房里一个盆中的几条鲤鱼："我今天早上去钓鱼了，成绩还可以吧?"

我点点头，还他一个微笑。他说："你先坐一会儿，我去把钓竿还掉。"

我发了一会儿呆，决定找点事情做，于是，拿过几张报纸铺在地上打算把鱼清理一下。

我挑了一条看上去快断气的鱼开始刮鳞，没想到它回光返照，用尽力气弹得老高，啪的用尾巴甩了我一个耳光。

实在太可恶了，我捂着脸目瞪口呆。突然间，大滴大滴的眼泪夺眶而出。我大概真的很没用，我喜欢的男人不喜欢我，跑到旧金山也找不到金门大桥，现在，连一条奄奄一息的鱼也来欺负我。

我跟那条鱼不知僵持了多久，等杜政平开门进来，正看见我跪在那条鲤鱼旁边噼里啪啦地掉眼泪。

"你怎么了?"杜政平立刻冲上来抢过我手里的菜刀，然后抓过我的手看有没有受伤。

我挣脱他的手，去擦脸上的眼泪，但不知怎么搞的，眼睛就像出了故障的水龙头，泪水只是一个劲地往外涌。我索性不管三七二十一，号啕大哭起来。

"喂，到底发生什么事？求求你说句话好不好？"杜政平着急地摇着我的肩膀。

"那条鱼，它打我……"半天，我终于挤出这样一句话。话一出口，我自己都意识到它有多么可笑；然而，这千真万确就是此刻唯一说得出口的理由。

"这……不会吧？"杜政平看看地上那条鱼，再看看我，大约估摸到我和鱼之间力量悬殊，脸上很是费解的表情。

"真的呀，它刚才真的打我，你不相信就算了……"我又哭起来。

"行行行，我当然相信你啦，"杜政平一脸的立场坚定，"我明白了，这鱼肯定是在垂死挣扎。算了算了，原谅它，人家就快死了嘛。要不，我现在就让它死，帮你报仇好不好？你是希望我把它斩首、腰斩、切腹，还是大卸八块？还不解恨的话，干脆我们把它凌迟处死怎么样？"杜政平从地上捡起那条鱼，放在手里掂着，"别的不敢说，杀鱼我还是很在行的。以前放假的时候到我爸餐馆帮忙，我爸老是二话不说叫我去杀鱼，因为这个活又脏又累，他是想借此表现自己家教严明，弄得我有苦说不出。不过，你猜猜那些跑堂的小姐叫我什么？嘿嘿，她们叫我'少东家'，叫得一个比一个甜，我听了心里不要太舒服……"

杜政平越想哄我开心，我只是觉得更加难过，积压许久的委屈汹涌而来，化成更多的泪水，把我的心搅得一塌糊涂。

我眼前突然闪过程明浩真诚而柔和的眼神，以及他说的那一句"杜政平这样的人，不大好找"。

我抬头看着杜政平——他没有程明浩高，我差不多正好到他肩膀，可以一直盯着他的眼睛而不至于脖子酸，那或许是比较适合我的一个距离吧。他有一张端正的脸，微微上翘的嘴角和左脸颊上那个时隐时现的酒窝让他看上去很亲切。杜政平的眼睛里全是关心，没有一丝逃避。虽然从未点穿过，但我心里很清楚他喜欢我，会毫不犹豫地去为我承担风雨——事实上，他一直都在动声色地这样做。他这样做，而从来不让我觉得难堪——他一定非常喜欢我。

我收回视线，正好碰到他的肩膀。他的肩膀宽宽的，让人看着就很放心的那种。

我突然觉得很累，好像从前上体育课拼命跑完了一次八百米却被老师告知不及格的那种感觉。

程明浩没有说错，这样的人是不好找；这样一个人，一直就在我身边；那么，我为什么还感到那么委屈？我为什么还要流泪？

这种由内心深处喷涌而出的疲惫和凄凉让我再也忍不住，在又一阵眼泪的风暴里，我突然发现自己已经扑进了杜政平的怀里，紧紧地抱住了他的腰。

当时的情形颇为荒唐，据郑滢后来的描述是："活见了鬼，杜政平一手举着把明晃晃的菜刀，一手捏着条脏兮兮的死鱼，脸上的表情好像你要强奸他。"

那种荒唐的情形持续了大约三秒钟，随着郑滢推门进来"啊"的一声叫起来而终结。

我们三个人一起吃晚饭，杜政平目光炯炯地盯着我看，我一个劲地回避他的眼光，同时感到越来越心烦意乱。

当盘子里的鱼变成一堆骨头的时候，我开始后悔——我怎么会那样失态呢？

吃完了饭，看了好几集肥皂剧，杜政平还是赖着不走。我终于忍不住，绷着脸把他赶走。

他灰溜溜地下楼去了。过了一会儿，打电话过来："你没事吧？"

"不要紧。"我沉默了一下，说，"对不起，刚才对你态度不大好。"我本来想说"对不起，今天下午失态了"，可是那样的话，我势必要解释一下自己为什么会失态。而我想不出一个合适的理由。

"没关系。"他好像有什么话要说，却又终于没说，只是道了声"晚安"。

我如释重负地放下话筒。和杜政平在一起，好像时不时干一些会让我后悔而又难以解释的事情。

那天晚上，我钻到郑滢床上。她转过头来，懒洋洋地说："离我远一点，我热。"

"你嫌我热？"

"不是我嫌你热，是我怕热着小姐你。刚刚当了一个晚上的电灯泡，还没冷下来。"

"讨厌。"我推了她一把。

我们都不说话。

终于，我问她："我今天下午是不是很失态？"

她咯咯地笑起来："还好。不过，你看上去很饥渴。"

"那你怎么不问为什么？"

"我在等你告诉我呢。招，程明浩把你怎么了？"

我沉默了一会儿，终于说："他已经有女朋友了。"

"抢啊！"郑滢好像条件反射一样。看来，上次恋爱的失败并没有消减她的霸气。

我摇摇头："不可能。"伴随着这句话涌上心头的，是一种很苦涩的感觉。

"为什么？"

"那个女孩是张其馨。"我咬咬嘴唇，"也就是说，他在和张其馨谈恋爱。"

郑滢半分钟没有说话，虽然我看不见她的表情，但可以想见她两只眼睛已经瞪成了铜铃。

然后，她终于忍不住哈哈笑起来："我真搞不懂，你和张其馨为什么总是拿着破烂当宝贝，而且，还盯上了同一堆破烂！"

"他不是破烂。"

"不管怎么样，你也知道我从来不大看得惯他。既然已经这样，算了算了，把程明浩让给她好了。"

"程明浩又不是一只苹果，什么让不让的。"我很不高兴，"我真弄不明白，他为什么会喜欢张其馨。"认识这么些年，其馨唯一让我心服口服的优势是她有一米六四，比我高了整整六厘米。可是，用现在一米六五的标准身高衡量，我们都不合格，有什么好稀奇的？再说，程明浩自己已经有那么高了，需要在乎女朋友的个头吗？

郑滢翻了个身，说："张其馨比你温柔。这一点，对于男人来说可是非常重要的。"

"你是说我不温柔吗？我哪里不温柔了？"我很不服气地摇着她的肩膀。

"放手，"她转回来，"你是温柔，温柔到摆出那么一副晚娘面孔给杜政平看。也就是他有那么好的涵养，换了我，老早不理你。"

"他又帮你弄到哪门课的'考古题'了？"我知道杜政平向来把郑滢的马屁拍得很到家。

"杜政平帮我弄来再多'考古题'，也比不上亲自操刀帮你做作业所花心思的十分之一。他帮你做的那些程序，不要说代码，连里面的文档都写得漂漂亮亮，实在是用心良苦。我估计你从来没仔细看过吧？人家现在是'司马昭之心，路人皆知'，可惜了，遇人不淑啊！"郑滢把两个那么南辕北辙的成语糅在一起，好像还觉得力度不够，于是加上一句，"你这个没良心的女人。"

我气结，转过身去。

过了一会儿，她推推我："其实，杜政平这个人蛮不错的。"

我不理她。她自顾自接着往下说："倒也不是说他条件就一定好到哪里去。不过，你以前不是说过假如世界末日来临，希望有个男人陪你死吗？我觉得他就是那样一个人，而且，死多惨都心甘情愿。"

我还是不理她。她有点生气了："那你说，你今天下午扑到他胳肢窝里去干什么？始乱终弃。"

我简直不敢相信那四个字从郑滢嘴里讲出来，觉得又好气又好笑："我，我自己也不知道为什么……我想，大概是当时情绪特别差吧……你知道，有时候，心里很难过，是需要有人抱一抱的啊。"

　　"那你有没有一点爱他呢？或者说，你抱着他的时候，心里有没有那么一点特殊的感觉呢？"

　　我回答不出来。那一刹那，我突然明白，下午的那个拥抱并非出于爱情，而只是当时的我实在太需要一个怀抱，正是因为这个原因，我才会如此后悔，才会对杜政平恶声恶气，因为我知道他对我好，而我却根本没有办法去回报他。所以我只能赶他走。

　　我沉默了。郑滢没有说错，我是个没良心的女人。杜政平真倒霉。

　　黑暗中，郑滢的夜光闹钟上面的秒针走了十五秒。她叹口气："小杜哥哥没戏唱了。女人在十五秒钟之内还没有办法回答一个问题，那答案就是否定的。可怜他现在说不定正望着天花板流哈喇子呢。"

　　"我要跟他讲清楚，我和他之间是不可能的。"我痛下决心。

　　"哼，想得美。男女之间有些事情，一旦开始，就扳不回来了。"郑滢不失时机地张开了乌鸦嘴。

　　无论如何，我一定要把这件事情扳回来，否则，叫我以后怎么面对他呢？

　　第二天，在图书馆门口碰到杜政平，他犹豫了一下，想来拉我的手。我闪到一边，把两只手都牢牢地插进牛仔裤的口袋里。

　　我们无言地一起上楼。我抢先几步，然后猛然转过身，这样，我就可以居高临下地看着他。

　　不知是不是因为向来对自己个子比较矮这个事实很敏感，每一次当我需要说一些自己心里没底或者理亏的话，总是有意无意地喜欢站得比对方高一点。

　　此刻，在高他两级的台阶上，我说："我有话跟你讲。"

我把事先想好的话一股脑儿背了出来，大致意思无非是昨天发生的那一场是个误会，希望他不要放在心上云云。可是，说到一半，不知怎么，我莫名其妙地结巴起来，原先设计的台词也忘了个一干二净。

杜政平的脸色开始严肃起来。

我一赌气便开始口不择言："反正，我的意思你应该懂的啦，就是你是你，我是我，我们之间……我们之间什么也没有，从前没有，现在没有，以后也不会有。我向来只当你是普通朋友，所以，从今天开始我不会再麻烦你帮我做作业，也请你不要对我有什么期望。你知道吗，你现在这样，给我带来很大的心理负担，让我很烦恼……"

杜政平目不转睛地盯着我，脸上越来越严肃。我摆出一副死猪不怕开水烫的样子等他骂我没良心，反正迟早要骂，迟骂不如早骂。结果，他抿抿嘴唇，看看我，把书包往肩上一搭，转个身就走了。

我着急了——我讲了这么多，他却一句话也不说，这算是什么态度？

我叫他的名字，他好像没听见，自顾自往前走。他居然还跟我摆酷，这个男人，太气人了！

以后的一段时间，我和杜政平见了面谁也不理谁。刚开始的几天还好，后来就感到一种说不出来的别扭，没有人帮忙做作业还是小事，明明住在楼上楼下却形同陌路，实在有点尴尬。

但我是绝对不会主动跟他打招呼的，谁叫他跟我摆酷？

这种情形持续到某一个星期四的晚上，我在系里的机房上一门实验课，九点半下课。通常，杜政平会很"凑巧"地在系里有什么事情要留到那么晚，然后"顺路"带我回家。我们闹翻以后，他就再也不"顺路"了。

可是，那天晚上我真的开始怀念那些"凑巧"，因为从九点钟就开始下雨，一直到下课都还一点没有减小的趋势。

我坐在电脑前，时不时看一眼窗外，心里盘算着就这样跑回去会淋到什么程度。

突然，我发现有人站在我身后，转过头一看，是杜政平。

他两手插在裤兜里握成拳头，朝我咧开嘴笑笑，眼睛却瞄着天花板上的电灯："我正好路过，顺便问问你要不要搭车。"然后又立刻加上一句声明，"你不要就算了，反正我是顺路。"

　　回想起来，我应该就是从那一个时刻开始有点喜欢杜政平的吧。因为，他真的很可爱。

　　那天搭他的车回家，他问我："你真的只当我是普通朋友？"

　　我说："嗯。"

　　他点点头："知道了。"

　　我以为他会问我为什么，结果他没问，却转到一个风马牛不相及的话题："你最近是不是比较辛苦？"

　　"还可以，就是有一门课连着测验，作业也特别多。你为什么问这个？"

　　"因为，我注意到你脸上长出了好几颗青春痘。"他转过头来有点调皮地笑了笑。

　　刚刚恢复友好邦交，他就来哪壶不开提哪壶。

　　"大概，大概是比较辛苦吧。"我下意识地去摸摸脸，不错，脸上一字排开几颗青春痘，最大的是那颗从加州带回来的"纪念品"。已经几个星期了，不知怎么，它总也不肯好。

　　走到公寓楼门口，我正要上楼，杜政平叫我等一下，然后跑回自己家。他出来的时候，手里拿了一样东西。我仔细一看，是一支已经用了一半的芳草牙膏。

　　"试试用这个洗脸，治青春痘很有用的，"他看我一脸将信将疑，又说，"你不要小看这个芳草牙膏，这是我一个学长教我的独门秘方，每天早一次、晚一次用它洗脸，效果可好了。刚来美国的时候我也长过好多青春痘，就是用这个洗掉的。你看我现在，是不是皮光肉滑、吹弹欲破？"他说着说着得意起来，还把脸凑过来让我鉴赏。

　　"哎呀，毛孔粗得像河马，还吹弹欲破，恶心死了！"我被他逗得笑起来。

回到家，过了一会儿，他打来电话："感觉怎么样？"

"我还没洗脸呢。放心，我今天晚上一定把你那个宝贝牙膏抹在脸上，好不好？"

"嗯，其实，我是想跟你说……"他停顿一下，然后像背书一样一口气把话统统倒出来，"我知道这样说大概又会讨骂，不过，我还是想告诉你，我并不打算放弃。我，等你。"然后，在我有机会做出任何反应之前把电话挂了——果真很怕挨骂。

我坐在床上对着电话机发呆。这个人究竟喜欢我什么地方呢？我又不高，又不温柔，又喜欢乱发脾气，他何以屡败屡战？费解之余，我心里居然隐隐地有点高兴起来——从他今天晚上出现在机房的那一刻，我就觉得他还喜欢我。现在看来，他果真还喜欢我。我曾经由于这个原因对他发脾气，然而现在，却开始觉得有点高兴。

我把芳草牙膏抹在脸上，慢慢地用两手的中指和无名指揉开，一种很清凉的感觉透过皮肤一直渗进去，非常舒服。假如杜政平没有吹牛，这应该可以治好我脸上的痘痘。那么，我心里的痘痘，是不是也应该痊愈了呢？

他，在等我；我，还在等什么呢？

八月中旬，收到了张其馨发来的一封电子邮件。里面谈了一些她回国探亲的经历，最后一行是"P.S. 我和程明浩在谈恋爱"。

岂有此理。我敢担保她是从程明浩那里知道我去过旧金山，才觉得这件事情非告诉我不可了。居然还跟我用"P.S."！

我想都没想就立刻给她拨电话。接电话的是其馨本人。

我劈头盖脸就是一句："你终于舍得告诉我了？"

她沉默了一会儿，说："其实我本来想早点告诉你的。"

"那你为什么不早点告诉我？"

又是半天的沉默，她终于说："对不起。"

其馨那一句"对不起"竟然把我的眼泪都逼了出来。

"你有什么对不起我的？"我冷冷地说。

"我知道你也喜欢程明浩。如果我没有猜错的话，你现在一定在心里骂我夺人所爱，对不对？"其馨用一句话淡淡地概括了整件事情。

刚才拿起电话的时候，我觉得好像有一千一万句话可以拿来骂她，不吐不快，可是真的说穿了，却突然发现已经无话可说。木已成舟，我还想怎么样？

那个刹那，我的脑子里只剩下一个问题：其馨倒是一点也不回避自己"夺人所爱"，可是，她究竟"爱"不"爱"呢？

我问她："那你告诉我，你给程明浩织的毛衣，为什么和以前你给田振峰的那件一模一样？"

她没有回答。我又问了一遍。

她还是没有回答，我的眼泪已经把话筒打湿。我一个字一个字地问她第三遍："为什么？"

说出的每一个字像针一样地扎着我的心。我相信，在电话的那头，她的心里也不会好受。

其馨还是没有回答，她挂上了电话。可是，半分钟后，她又打过来，只说了一句话："关璐，我告诉你，我是喜欢他的。"

我抱着话筒流泪，心里是说不出的疲倦。明明早已铸成的事实，我为什么还要不甘心？还要去自讨没趣？我试图要伤害其馨，结果却只是更加严重地伤害了我自己。她有程明浩爱她，而我没有。

好像是应该放手了。

一九九八年的平安夜，我和杜政平参加完一个聚会回来，想不出别的什么事情做，电视节目又非常无聊，便一人一罐啤酒坐在公寓楼门前的台阶上看星星。隐隐约约可以看见远处树上用彩色灯泡扎成的大蝴蝶结，在森然清冷的夜色里有一种不可思议的艳丽。那时候，郑滢早已去了加州，杜政平成了我在学校里最好的朋友。

"你觉不觉得这里的星星好像特别亮?"我问杜政平。

"嗯,我一来就注意到了。我想大概是地势高,空气污染比较少的关系吧。"

"它们看上去那么近,其实却老远老远。"我有点感伤,"我们来唱歌吧,就唱张信哲的好了。"

"好啊,你起个头。张信哲的歌,我差不多都会唱。"

于是,我们一起唱《且行且珍惜》:

······

迎着风向前行,我们已经一起走到这里,

偶尔想起过去,点点滴滴如春风化作雨润湿眼底,

憎相会爱别离,人生怎可能尽如人意,

缘字终难猜透,才进心里却已然离去

······

唱完,他问我:"你喜欢这首歌吗?"

我点点头:"说来好笑,本来并没有怎么注意它,后来是大学毕业的时候,有人匿名在学校广播电台为我点这首歌,才发现它好听的。不过,到现在我都不知道是谁点的。"

他抓抓头发,有点不好意思地说:"假如我告诉你说是我点的,你会不会觉得很可笑?"

我立刻瞪大了眼睛:"不会吧?"

"其实是这样的,"他喝了一口啤酒,"大学毕业的时候,我们寝室有个人心血来潮,说哥们儿都来浪漫一把,每个人到学校广播台去点一次歌,有女朋友的为自己的女朋友点,没有女朋友的就为自己喜欢的女孩子点。所以,我就······"

"可是······你就没有过女朋友吗?"

"也算有过，二年级的时候和我们班的一个女生交往了一段时间——我们班里只有八个女生，能摊上一个已经很不容易了，不过，后来就分手了。"

"为什么?"

"因为有一次陪她和她的一个同学去买衣服，她要买一条直筒牛仔裤，我随便说了一句她腿太短，不适合穿这种裤子，她当场就跟我翻脸了。"

我不由得笑起来："笨哪，你当着人家同学的面揭短，她当然要生气啦! 你当时的正确反应是夸她眼光好，然后不分三七二十一把那条裤子买下来，让她慢慢地去发现自己的荒谬。"

"可我心里想的是，那条裤子很贵，不能花这个冤枉钱。"

"后来她买了没有?"

"买了啊。我专门注意她好一阵子，你猜怎么样，那条牛仔裤她总共就穿了两次，说明其实我还是正确的。可是自从那以后，一直到毕业，她都再也没理我。你们女人记起仇来真是没底。"

"那是你活该。所以，你就拿我去充数?"

"倒也不是，"他转过头来，"我那个时候的确在暗恋你。"

"可是，你凭什么……我是说，你有什么原因……或者说，你有什么理由，要暗恋我呢?"我想不起在学校里和杜政平打过什么了不起的交道。

"记不记得那次上日语课，我把日语单词用中文念出来，搞得哄堂大笑? 你大概也很想笑，可是因为就坐在我旁边，不大好意思，就拼命想忍，结果还是笑了出来，然后满脸通红，那个样子非常可爱。"

"就因为这个?"我惊愕。

他点点头："可惜那时候脸皮没现在厚，不敢告诉你。后来出国的时候又碰到你，我很高兴，觉得那肯定是天意。那种感觉很奇妙，所以我就下定决心，要不惜代价、不怕牺牲，追到你，后来不知不觉，我的脸皮就越变越厚，连我自己都对自己刮目相看。"

他把手放在我的手上，很温柔地看着我。他的手心贴着我冰凉的手背，十分温暖。

那一刻，我被他感动了。我把头轻轻靠在他肩膀上。

一九九八年十二月二十四日晚上十一点和十二点之间的某个时刻，我和杜政平开始谈恋爱。我想，这么好的一个人，我一定要很努力地去爱他。

很久以后我才明白，真的爱一个人，其实是不需要去努力的；因为在付出爱情的时候，便已是"覆水岂能收"。

二十世纪的最后一年开始得相当愉快，脸上的痘痘已经统统被消灭，计算机系给了我奖学金，开学没几天，又收到郑滢从旧金山寄来的礼物——一瓶香奈儿五号。比从前她给我、后来我又还给她的那一瓶还要大。

这个家伙。我看着那个镶黑边的精致盒子摇头：郑滢从来都不喜欢欠人家的情，连我的情都不愿意欠。

我立刻打电话去问她是捡了钱包还是傍了大款。

她咯咯地笑起来，然后告诉我她联系了一家软件公司实习，已经办好手续，从这个星期开始一边上学一边工作，一小时二十美元，每周二十小时，算下来一个月扣了税还能有接近一千四百块钱的收入。

她很得意："我一下子觉得自己好有钱。"郑滢会豪爽地去花还没挣到手的钱。她的消费模式让我得出两个结论：一、如果大家都像郑滢这样，美联储恐怕永远不用降息；二、她将来最好嫁个有钱而又大方的男人。

"你做什么工作呢？"我问。

"做软件测试，其实挺简单的，就是照他们写好的测试方案在不同的支持环境里运行程序，发现了问题就再运行一次。如果问题重复出现，就记录下来。"

"那他们还给你一小时二十块钱？"我十分羡慕。

"小姐，这里是旧金山啊，"郑滢换上一副城里的账房先生看着乡下曲辫子的口吻，"你知道公司正式工作人员的年薪是多少吗？我这一小时二十块跟他们一比，少得可怜呢。"

"可以了，比我们拿的奖学金高好多呢。你就知足吧。"

"对了，我们公司今年业务多，需要很多实习生。昨天我去报到，人事部的人还问我有没有同学可以推荐，就做一个暑假也行。要不要我帮你推荐一下？"

我说："算了吧，我到时候可能要修课。"

"这个机会很不错啊。"

我犹豫了一下，说："我不想去旧金山。"

"哇，出息真不小，"郑滢叫起来，"人家是一朝被蛇咬，十年怕井绳，你够彻底，连井也跟着一起怕！"

"不管你怎么说，我就是不喜欢那个地方。"

"随便你，随便你。"郑滢无可奈何。

杜政平今年的生日，我送给他一条黑底嵌灰色和酒红色暗纹的领带。那是我在一家男装专卖店橱窗里看见的，模特儿身上穿的淡银灰色衬衫配那条领带，简直无懈可击。虽然价钱很贵，我还是毫不犹豫地买下了它，因为杜政平的确需要一条好一点的领带。出国之前，他爸爸慷慨了一把，拿出自己的十几条金利来让他随便挑，可是，不知是老子还是儿子的品位有问题，反正，他箱子里的两条领带，一条灿烂得好像爬满了七星瓢虫，另一条则五彩斑斓仿佛是热带鱼的肚皮。我无法容忍自己的男朋友戴其中任何一条。

而且，我想，这是我送给杜政平的第一份礼物，贵一点也值得。既然决定要好好爱他，那么，良好的开端就是成功的一半。

我把领带送给杜政平，他很喜欢，立刻从衣柜里翻出一件白衬衫穿起来，打上领带。效果果然很不错。

"你眼光真好，这个学期的 job fair，我就打这条领带去，保证迷倒那些公司的 HR 小姐，让她们个个想跟我面谈。"他很佩服我，然后理理头发，对着镜子顾影自怜，"唉，其实我好像蛮帅的嘛，喂，你是不是也觉得我蛮帅的?"

"啧啧,帅呆了,麻烦你不要再帅下去,否则看我怎么配得上你,"我笑起来,"其实,这条领带要是配银灰色的衬衫——那种浅浅的银灰色,就更加有神采了。"

"那你怎么不顺手帮我也买一件衬衫?"

"顺手?很贵的,我买不起。要么,明年你过生日,我再送给你好了。"

"行啊,"他扬起眉毛,"不如这样,我们来订个五年计划,就从领带开始,等我明年过生日,你呢,就送我一件衬衫;后年生日,你再送我一根皮带;到大后年,你再送我一个皮夹;大大后年,你再送我一只手表;这样一来,五年之内,我就初步鸟枪换炮了,然后我们再订下一个五年计划,你看怎么样?"

"好意思,"我瞪他一眼,"你几岁了?自己开口讨生日礼物,还一讨五年。"

杜政平看着我微笑,笑得很开心,像一个得到了心爱玩具的孩子。我心里一热——我何尝不知道他讨的其实不是礼物,而是时间。我抱住他,用鼻尖轻轻地蹭他的胸口,他低下头吻我的头发。我想起郑滢说过杜政平是把心捧在手上给我的,觉得她说得很对。他把心捧在手上给我;我不能让他伤心。

放春假的时候,我和杜政平一起去纽约旅游。因为大家都说应该趁学生时代多出去看看,否则,等将来毕业找到工作,假期有限,就不可能好好玩了。

从洛克菲勒中心出来,我们手拉手沿着第五大道往前逛。杜政平从口袋里取出一个小小的纸袋递给我:"送给你。"

"什么?"

"拿出来看看就知道了。"

我伸手到纸袋里去,一直伸到底,碰到一个凉凉的东西。我隐约摸出是一个指环的形状，立即停住，警觉地看着他："你先告诉我，否则我不看。"

"没有什么，就是一个戒指，其实也不能算是个戒指，更加像个玩具，"他有点窘迫地解释，"就是在刚才那家纪念品商店，你挑明信片的时候，我无意当中看见的。不过，"他从我手里接过纸袋，掏出戒指和一张纸，"这种戒指叫作情绪戒指，说明书上讲要是把它戴在手上，它会随着人的情绪转变颜色。你看它现在是宝蓝色的，你高兴的时候，它会变成橘黄色；你难过的时候，它会变成紫色；你要是很伤心，它就会变成这种深灰色。"他兴致勃勃地照着说明书指给我看。

"它真的会变颜色吗？"我好奇起来，开始认真端详那个戒指。

那是一个两边镀银的戒指，中间嵌着宝蓝色的不知什么材料，很漂亮。我把它套到左手中指上，紧了一些，于是换到无名指，居然正正好好，可是，我想了想，还是把它套回到中指。

就这么套了几下，戒指真的从宝蓝变成了一种绿莹莹的颜色。我立刻拿过说明书，上面说这种颜色意味着紧张。

"什么呀，我什么时候紧张了？根本就不准。"我说。

"我觉得它还是有一定道理的。大概这种材料对温度特别敏感，而人在不同的心情下，体温会有细微的变化。比如，心情紧张的时候，血液就会加快流动，体温也就可能上升一点点，这样戒指就会从蓝色变成绿色。"杜政平一本正经地分析。

"说得像真的一样。"我白他一眼。

"我们再试试，嗯，现在你高兴一下，看看它会不会变成橘黄色。"

"有没有搞错，平白无故，你让我怎么高兴一下？"

他笑嘻嘻地说："其实呢，我也用不着它太准，只要大致上能让我对你小姐的心情略知一二，就足够了。这样，你什么时候生气了，我一看就知道。"

我们接着往前走，一边走一边时不时看一下我手上的戒指，结果发现它好像总共只会变两种颜色——宝蓝色和绿色。

我说："不灵啊。"

杜政平说："不要紧，至少我可以从戒指看出你的心情是平静还是不平静。那已经很不错了。"

"那我要是心情不平静，你怎么办？"

"还用问，马上想办法把你哄好啊。"他一副我不下地狱谁下地狱的口气。

那天下午，杜政平本来想去看世贸大厦，我坚持要去登帝国大厦。

"帝国大厦有什么特别的，现在也不算纽约最高的建筑了。"他有点不以为然。

"你懂什么，没看过《金玉盟》和《西雅图未眠夜》吗？那里面的男女主人公都是约好在帝国大厦顶上见面，很浪漫的。你知道吗，帝国大厦的顶上被人称为'离天堂最近的地方'。"我一把拉过他的手，"去不去？警告你，戒指已经开始变绿了，我的情绪不太平静噢。"

他乖乖地跟我去。

我们坐电梯到了帝国大厦顶上，那里景色很美，风也非常大。我们拍了一些照片，就坚持不住，随着人流下来。在纪念品商店的一角，有人拿着相机给所有走过的游客拍照，说拍的相片都会贴在楼下，如果喜欢的话可以买下来，不喜欢就不用买。

我没有什么准备就被杜政平拉着去拍了一张，觉得很不满意。到了楼下一看，果然头发被风吹得很乱，表情也不自然，背包背在前胸，像只袋鼠。

我说："难看死了。"

"我觉得不错啊，"杜政平却感觉良好——他大概觉得摄影师把他拍得很好，"哎，我们把这张照片买下来吧。"

"什么？买这张照片？拍这么烂还要十二块九毛九，不要不要！"我很坚决地否定了。就在这时，我感到左背上一阵发热，立刻回头，身后却只是人山人海。我觉得有点奇怪，正要回头，突然，隔着喧嚷的人群，在另一面墙壁上的一张相片里，我看见了一双眼睛。有人盯着我看的时候，我的后背会发热。没错，正是相片上的那一双眼睛让我的后背发热。

那双眼睛，属于一个我认识的人。

我以为自己已经把他忘记，其实，我并没有。

在这个千里之外的陌生城市，在离天堂最近的地方，我们竟然以这种方式重逢了。以前看武侠小说，总是觉得"点穴"这回事情非常不可理喻，而在那个时刻，我的的确确尝到了被"点穴"的感觉，而且被"点"的不只是四肢，连着脑子也一起麻木了。我定定地和相片里的程明浩对望着，他的眼睛里有一点东西在闪烁，刚开始，我分辨不出那是什么，但它却像闪电一样刺痛我的眼睛，也毫不含糊地刺痛着我的心。

突然，我醒悟过来，他眼睛里面闪烁着的其实是一种忧伤，一种深深的忧伤。我从来没有见过他这样的眼神。电光火石之间，我的脑子像被人狠狠地踩了一脚，留下一个清晰的脚印：虽然我并不知道他眼底的忧伤从何而来，但我有一种莫名其妙的感觉，它好像和我有关。

为什么会和我有关呢？我终于回过神来，开始焦急地环顾四周——他应该就在这附近。我要找到他，我要他告诉我那点和我有关的忧伤究竟是什么。既然和我有关，那么，我就有权利知道。在这个离天堂最近的地方，人，是不是都会坦诚一点？

"你在看什么？"杜政平拍拍我的肩膀，"不想买那张相片的话就走吧。"

我猛地回过头："我们把它买下来！"

"你刚才不是还说……"他目瞪口呆。

"我说买就买嘛！"我不耐烦地推他，"快点啊！"

我知道他一定觉得我喜怒无常，可是，当时我心里唯一的念头就是不要程明浩看见我和杜政平的合影，一定不要。我开始懊悔拍那张相片。

一路上我都在左顾右盼，可是，却怎么也找不到那个高高的身影。他竟然像人间蒸发了一样。

　　我们在三十二街的一家中国餐馆吃晚饭，我的胃口很差。杜政平注意地观察着我的脸色，终于，他抓过我的左手，看了看上面的戒指，"绿色。你现在心情不平静。怎么了？是不是哪里不舒服？"

　　我摇摇头。

　　"是不是我说错什么话让你生气了？"

　　我摇摇头。

　　"那你到底怎么了？"他有点着急。

　　我还是摇摇头。我知道自己不应该这样，可是，就是不愿意理他。刚才程明浩眼睛里面的忧伤，像两根钉子一样牢牢地扎进了我的心里，让我的心很痛。他到哪里去了呢？他为什么那么忧伤？

　　我不要他那么忧伤。即使早就明白他并不爱我，我也不要他那么忧伤。

　　结完账，老板送来两块签语饼。杜政平打起精神，拿起一块签语饼，笑着对我说："其实我很喜欢这种签语饼，它的味道让我想起小时候上幼儿园每天午睡以后老师发的饼干，而且，里面字条上常常会写一些很有意思的话。"

　　他拆开自己的那块签语饼，里面居然空空如也——没有签。

　　"怎么搞的？他们竟然漏放了，真扫兴，"他有点沮丧，"看看你的吧。"

　　他又拆开我面前那块，拿出字条看了看，很高兴地把它递给我："写得很准呢。"

　　我拿过那张字条，上面写的是，"你爱的那个人，正在不远的地方看着你。"

　　我不由自主地打了个哆嗦。

　　我以前没有相信过签语饼，总觉得它们都是讲一些模棱两可、似是而非的话来讨人高兴。可是，这一块签语饼里看似一句普通的吉利话，其实一个字一个字却都在气势汹汹地逼问我的心事，一副不逼到我缴械投降不肯罢休的样子。我爱的那个人，正在不远的地方看着我，那个人，究竟是谁？他，又在哪里？

杜政平的签语饼里竟然没有签，而我这张上面却写了这么一句莫名其妙的话，如果说这代表了上苍的某种安排，那么，它究竟想告诉我们什么？

等我把那张字条细细叠好，放进上衣口袋的时候，我已经明白了，签上所指的那个人，是程明浩。因为，我希望他是程明浩。自己的心，其实比上苍更有说服力。

这个世界上，有些事情发生得十分荒谬。从认识程明浩到现在，我们所有的相处都不过是吉光片羽，也不记得说过什么特别的话，做过什么特别的事，然而，不知为什么，每一个片刻都那么真切地保存在我的脑子里，随时都可以像纪录片一样地回放出来。他曾经那样地对我微笑，曾经用那样的语调对我说话，曾经用那种温煦而亲切的眼光看我。我见过千万个微笑，千万种眼光，但是，为什么唯有他的微笑可以让我久久难忘，唯有他的声音仿佛可以透过空气一路温暖到我心里，唯有他的眼光让我只见了几次就自信能从千人万人里分辨出来？正是因此，他相片里忧郁的眼光才会让我那么伤心。

而在这个世界上，再荒谬的事情，一旦发生，就变成合理的了。否则，它怎么会发生？

我知道他就在这个城市的某个角落，我们或许隔了一条街，或许已经擦肩走过，或许曾在同样的地方投过目光、留过脚印。这种想法让我既兴奋又不安。

杜政平把两块签语饼都吞到肚子里，心满意足地隔了桌子看着我微笑。我回避着他的眼光，心里一阵歉意，他一定以为那张签应的是他，其实，并不是。

程明浩并不爱我，我却不能忘记他；杜政平明明是个可以依靠的人，我却不能认认真真地去爱他。我努力过，然而，却失败了。

以后的几天，无论去哪里，我都会不由自主地去人海里寻找那个身影，可是，一直都没有找到。纽约，毕竟是个很大很大的城市。任何人掉到里面，都是石沉大海。我和程明浩，好像离得很近，又好像隔了天涯海角。

在回程的飞机上，我和杜政平头碰头地睡着了。我一觉醒来，发现他靠在我的肩膀上睡得正熟，嘴角微微翘起，神态单纯而平静。我突然之间十分难过：他那么信任我，我却要变心了。不，其实我并没有变心，因为从一开始，我喜欢的就是程明浩，我的心，其实从来没有变过。无论如何，我已经欠了他很多，我不能再欠下去，否则，我一定还不起。

飞机飞到新墨西哥上空，我把杜政平摇醒。我对他说："对不起。"

他抬起头来，迷迷糊糊地看看周围："到了吗？"

我说："没到。"

"那你叫醒我干什么？"

"我叫醒你是想跟你说，对不起。"

"对不起什么？"

我尽量平静地说："我觉得，我们不能再这样交往下去了。否则，对大家都不好。"

他揉揉眼睛，清醒过来："你不是在开玩笑吧？"

"不是。"

"你真是这样想的？"

我点点头。

他问我："为什么？"

"我觉得我们不太适合。"

"我什么地方做得不够好吗？"

"没有，你很好，真的很好，"我不得不承认，杜政平在很多地方的确无可挑剔，"是我自己不好。"

他沉默了，转过头去看机窗外暗沉沉的天空，过了好一会儿，他又问我："你是不是喜欢上了别人？"他的嗓音有点颤抖。

我无言以对。他问我是不是喜欢上了别人，我该怎么告诉他呢？难道告诉他我一直喜欢的都是别人吗？那一刻，我真的很恨自己。我以为可以说服自己去爱他，简直不自量力。我把他的感情压在轮盘赌上，却输了个一塌糊涂。现在，我已经伤害了他。

"他是谁？"杜政平不停地把座椅扶手上的烟灰缸打开又合上。

我不回答，他又问一遍，然后苦笑着说："就算输，你也该让我知道输在谁手里吧。"

我横下心，老老实实地告诉他："程明浩。"

"程明浩？"他的表情非常惊讶，"你们什么时候开始的？"

"我们没有开始，因为，"我心酸地说，"他不喜欢我。所以，请你不要为难他，因为他不知道。"

我讽刺地发现，这件事情无论对于杜政平还是对于我，简直都像一场终极侮辱。我为了一个不爱我的人那么无情地去伤害一个爱我的人；而杜政平，输给了一个一千英里以外、根本没有出招的情敌。

我把手上的情绪戒指取下来，递给他："我知道我欠你很多情，恐怕还不起了。不过这个，还可以还给你。"

"两块九毛九的东西你也要还？"

"还是还给你比较好一点。"我坚持。他默默地接过戒指，放进上衣口袋，然后轻轻地说，"其实，能跟你一起出来玩，我觉得很开心。没想到，会变成这样。"

我的眼泪流下来。我不值得他这么对我。

那天晚上，我给郑滢打电话，告诉她我希望今年夏季能到她的公司做实习生。

"你不是死活不肯来的吗？"她觉得很奇怪。

"我想通了啊。"我尽量轻松地说。

"你和杜政平吵架了吗？"

"我和他分手了。"

"为了程明浩吗?"郑滢最可爱也最可怕的地方是说话永远直截了当、一语中的。

我没有正面回答:"不管为谁,我觉得自己没有办法去爱他。"

"明白了。"郑滢沉吟一下,"明天把简历寄给我。"

"我是不是犯了一个很大的错误?早知道现在这样,我根本就不应该和杜政平谈恋爱。"我沮丧至极。

"你没有错,你只是不爱他。"郑滢坚决地说,"爱情里是没有对错的。"

谢天谢地,我还有这么一个朋友。

或许,爱情真的是一块没有对错的版图,然而,不爱一个爱我的人,却比任何错误都要来得残忍。

第二天,我把简历发给郑滢。她们公司的人事部门的确一副求才若渴的样子,过了一天就给我打来电话,问了几个公式化的问题就开始约时间安排我和具体技术部门主管电话面试。

和我电话面试的是一位软件开发部门的主管,相当健谈,一小时的电话面试,他问过几个专业方面的问题,大概觉得我回答得不错,就开始和我聊天,热情地介绍公司环境和旧金山的风土人情。面试结束的时候,他问我是否愿意考虑夏季去他的部门实习,特别提出公司已经参照市场标准价,把实习生的工资从每小时二十块升到了二十五块,另外还按学校的地域分布,会发给一笔免税的搬家费,我的学校在新墨西哥,按照标准可以拿到一千二百块钱。

虽然郑滢已经透露过她们公司现在是"抓到个懂点 C++ 的人就拿来用",对方如此爽快诚恳,我还是觉得有点受宠若惊。我们当场拍板,定下了夏季去他公司实习三个月。

挂上电话,我立刻拿出计算器,把一小时二十五块钱乘以八再乘以二十再乘以三,居然有一万多块钱,不由得有点飘飘然起来。

那一刻,我觉得自己已经跨出了实现美国梦的第一步。

我告诉郑滢已经搞定实习的事情，今年夏天会去旧金山和她做伴。我说："你知道吗，到现在我都不敢相信自己有本事挣这么多钱，而且，还能见识见识世界五百强的公司。"

郑滢笑起来："还有更重要的，见识见识世界五百强的男人。记得带点漂亮衣服来，我们公司里有很多帅哥，值得认真勾引一下。"

"不正经。"我对着空气翻个白眼。郑滢最近春风得意，因为她找到了新男朋友，是她那个测试部门里的同事，目前担任两个项目的项目经理，从头细说起来，还是高我们七八级的大学校友，在美国兜了一圈，最后在旧金山落下脚来，基本属于郑滢中意的那种"百分之百纯种的中国男人，有绿卡，有一定的经济基础，吃过一些苦，然后奋斗出一番事业"的类型。

郑滢说："他当然还算不上什么现货，不过，绝对是一笔相当不错的期货，技术底子好，英语好，又会做人。我打听过了，和他一批进公司的人当中，他算是升得最快的。一个男人，只要在同辈人当中出类拔萃，前途就不可限量。再说，他对我也很好，我用的电脑旧了一点，他马上就买了一个防辐射的保护屏帮我装上去，还有他知道我不喜欢吃早饭，就经常买一些饼干、蛋卷什么让我放在办公室里。"郑滢具备把浪漫和现实融合得天衣无缝的本事。

"算算年纪，他应该已经快三十岁了，难道还没结婚吗？"我和郑滢对男人的看法有许多差异，但有一点共识，那就是真正的优秀男人是刚出炉的羊角面包，你闻着香人家也闻着香，大家一起哄上去，不等冷下来就会被统统抢光；摆到超市里让你慢慢挑的，问都不用问，全是隔夜的，本着这个逻辑，我对她投资的期货提出了合理的质疑。

"哎，章文刚还就是没有结婚，"郑滢好像正等着我这一问，声音里的得意扬扬透过电话线一路漫过来。那笔名为章文刚的期货在念书的时候曾经有过一个女朋友，后来为了绿卡另嫁他人，弄得他心灰意冷，从此发愤图强，领悟到事业比女人重要，有了事业，大丈夫何患无妻。不过，去年回国探亲，家里为他介绍了一个门当户对的女孩子，两个人就通过电话和电子邮件开始交往。郑滢见过那个女孩子的照片，有点陈玉莲的风范。

郑滢这一次表现了空前的气量："这样才好，否则我真会怀疑他是不是有同性恋倾向。"

"那他不也是脚踩两条船吗？"

"不错，可是此船非彼船也，那条船远远地在太平洋的那一边，他看也看不见，碰也碰不着，而我这条船可是实实在在就停在旧金山湾里，"原来，她根本不认为陈玉莲和她属于一个重量级，"男人谈起恋爱来其实是很实际的，他们喜欢看得见、摸得着，最好呢，色香味俱全，才不会像某些女人一样隔了八千里路云和月去喜欢一个人，而人家说不定还根本不稀罕。"最后一句话，与其说是在评论男人，不如说是拐了一个弯在骂我是个大笨蛋。

"这样的话，不是对中国那个女孩子很不公平吗？"我被郑滢讽刺了两句，心里很不服气。

郑滢十分爽快："谁的女朋友谁负责摆平。那是他的女朋友，又不是我的女朋友，我操什么心？再说，谁知道人家在那边是不是也脚踩两条船呢？"我觉得她照这样一路修炼下去，恐怕可以成精了。

自从那天和杜政平分手，我总是刻意避开他，直到有一天，FedEx 把他的一封特快信扔在我的门口，信发自纽约的一家大型投资银行。我硬起头皮给他送过去。

杜政平打开门，看见是我，微微愣了一下。

我把信递给他："这个是你的。不知怎么搞的，他们把它放在我的门口了。好像蛮要紧的。"

他看了看，对我笑笑："谢谢你了。的确很要紧，这里面是两千五百块钱的支票。"原来，今年夏天他会去那家投资银行的 IT 部门实习，他们的办公大楼在曼哈顿金融区，离世贸大厦只隔一条街。

"恭喜你了。"我知道杜政平很喜欢纽约，他曾经对我说过，纽约是一个"可以全面锻炼人的地方"。

"也没什么。听说你暑假要去旧金山实习，是吗？"他淡淡地问。

我点点头："郑滢介绍我去她那家公司。挺大的，我觉得去见识一下也好。"

"嗯，是挺好的。"他点点头，"什么时候走？"

"三个星期以后。"

"有人送你去机场吗？"

"有。"

"噢，那就好。"

我说了一声再见转身要走，他叫住我："关璐。"

我回过头，他轻轻地说："谢谢你送给我的那条领带，上次我戴着它去 job fair，果然运气很不错。"

我垂下眼睑："其实，是你自己条件好，戴哪条领带，都一样的。真的。"

和已经分手的男人讲话，像在地雷阵上走路，一不当心，就引爆一团让人心酸的回忆。而这些地雷，都是当初我自己一个一个埋下去的。炸死活该。

三个星期以后，我又一次来到旧金山上空。这个地方，我曾经以为自己再也不会来，然而，我还是来了。我望着碧海蓝天之间这个既陌生又熟悉的城市，突然感到一阵惘然，这一次，我，究竟是为了什么跑来呢？我告诉系里的导师和同学是为了那家五百强公司的实习机会，但是我自己明白，其实并不止于此。这一点，杜政平和郑滢也心知肚明，然而，应该知道的那个人，却根本不知道。大概，他永远也不会知道。他就算知道了，又如何？

在蓝天的这一边，其实并没有人在等待我。

郑滢和章文刚来机场接我，章文刚长得一表人才，看上去和郑滢很般配。郑滢果然挑了一只香喷喷、新出炉的羊角面包。

晚上，我和郑滢挤一张床。虽然已经差不多五月底了，旧金山的晚上还是凉气逼人，要把被子捂得严严实实才行。窗帘外的街灯隔着树叶透出淡青色的光芒，也是冷飕飕的。旧金山，是一个冷飕飕的地方。

"章文刚怎么样？"郑滢问我，与其说是在问我，不如说是在邀请我夸夸她的男朋友。

"不错，看上去很成熟、很有安全感的样子。差不多可以打九十分。"

"那剩下的十分呢？"都打了九十分，她居然还不满足。难怪人家说女人贪心。

"陈玉莲啊。"

"那算什么？我都问清楚了，那个女人是他爸爸一个老朋友的女儿，家教严格得要命，所以他们之间什么也没有，谈的是柏拉图式的那种恋爱。也就是因为这层面子，他才一直要等一个合适的机会去和她说分手的事情。"

"你这么说，是不是你们……已经……"我忍不住八卦地问。

"到现在为止还没有，他好像是个比较保守的男人。其实，还是这样的男人好，懂得负责任。"我看得出，郑滢很在乎章文刚。

去公司报到的第一天，在人事部填完表，就跟着我们部门的一位同事去我自己的办公室。那位同事告诉我，和我共用一间办公室的，是一个从伯克利加大来的实习生，也是上午才刚刚报到。

我的心里咯噔一下：伯克利加大，这个人不会也像蒋宜嘉那副德行吧？

走进办公室，迎面碰上一个眉清目秀的男生。我们对看了两秒钟，然后一起"啊"地叫出声来。

他不像蒋宜嘉，因为，他就是蒋宜嘉。

世界很大也很小。

祸不单行。主管把我和蒋宜嘉叫去，说打算让我们合作，用三个月的时间为产品做一个实验性的部件，从设计到制作都由我们自己负责，如果做得成功，将来很有可能会考虑加进产品。主管说："这个机会很不错啊，从前我当实习生的时候可没有这么多发挥的余地，希望你们好好把握。"

我和蒋宜嘉面面相觑，交换了一个"怎么这么倒霉啊"的眼神，随后几乎异口同声地说："谢谢，我们一定会努力。"

回到办公室，开始装电脑。我本以为名气这么大的公司设备都会非常先进，谁知到我手里的竟是一台半旧的奔腾 II。我偷看一眼蒋宜嘉的电脑，居然是奔腾 III。我心里很有点不服气，卖花姑娘插竹叶的道理我不是不懂，可是，凭什么他的叶子就要比我的叶子好？我觉得自己好像一开头就矮了他半截。

可气的是，这个人捡了片好叶子居然还嘀咕，一会儿"咦，没有视保屏，我的一个同学在 A 公司实习，那里用的都是平面的电脑屏幕，当初那家公司也要我去"，一会儿又是"我一个师兄去了 B 公司，那里每个人一间办公室呢，我本来也可以去"。声音不高不低，像在自言自语又像在跟我说话，弄得我不知究竟应不应该回答他。

等他把 A 公司和 B 公司的好处轮流数了一遍，我终于忍不住："那你怎么没去 A 公司呢？"

"那家公司在西雅图，太远了。再说，西雅图天气没有加州好，我不想去。"

"那 B 公司呢？它的总部也在旧金山啊。"

"他们的工资没有这里高。其实，综合比较一下，还是这家公司最好。"

那你还啰唆什么？我差点笑出来。他长了那么一副好皮囊，说起话来却如此无聊，也不知是暴殄天物还是生态平衡。

下午，我把郑滢拉进洗手间，"你猜猜十八楼办公室里除了我还有谁？"

郑滢把水龙头开得哗哗响："不用猜，我已经在电梯里和他打过照面了，简直是活见鬼。我早就听说这家公司特别喜欢去伯克利招人，可谁知道会这么巧。"

"还有呢，主管叫我和他合作项目。这下死定了，他专业上肯定比我厉害，加上我听说我们部门差不多一半都是伯克利毕业的，肯定偏向他，呐，他拿的电脑就比我的好，"我忧心忡忡——两年前和蒋宜嘉打交道的时候，怎么料得到有一天会和他一起工作。早知道，就不要那瓶香水了。唉，贪小便宜，真的害死人。

"放心放心，男人一般不会把感情搅到工作里去。"郑滢不负责任地安慰我，随后立刻说了一句自相矛盾的话，"哎呀，他不会去跟章文刚胡说八道吧?"我恨不得一脚把她踹进马桶。

郑滢脑子里的警报拉了一个晚上，到第二天就解除了。

第二天早上，我一推开办公室门，吓了一跳，蒋宜嘉的桌子上，有十二只眼睛一起亮晶晶地瞪着我。

不知是因为我的出现使他想起了那一段屈辱，还是昨天和郑滢的短兵相接让他受了什么刺激，抑或他认为这个公司里哪个女孩可能对他产生非分之想，反正，今天，他的桌子上出现了三个相框，里面都是他和一个女孩子的合影，照得很甜蜜，看样子应该是他的女朋友，好像都在得意扬扬地向我示威"看好了，我可不是没人要的噢"。最夸张的是，他居然把计算机上的壁纸给换成了一张他女朋友笑得鼻子眼睛像出了车祸一样挤在一起的特写。

其实那个女孩长得挺不错，虽然没有郑滢漂亮，但也颇有几分姿色。问题出在那种眯眼睛挤鼻子的媚态，不是人人有本钱做的。有些女孩做起来楚楚动人，而有些人使足了劲却偏偏只会让人想起"死三八装可爱"。不幸的是，蒋宜嘉的这位女朋友属于后者。

然而，有一样可以化腐朽为神奇的东西叫作"情人眼里出西施"，蒋宜嘉显然觉得她真可爱，值得拿出来炫耀一番，而且，真心诚意地相信我会被她震住。

我等不到吃午饭就跑去告诉郑滢，"现在你可以放心了，他一定不会为难你。你想，这个人这么要面子，难道还会拉着人家诉苦吗？说什么？那个女人把我踹了吗？我看从前的事情他也不会想提。何况，他现在好像很幸福呢。"

郑滢将信将疑，趁蒋宜嘉走开的时间偷偷过来瞻仰了一下——大概女人多少都有这样的情结，喜欢看看自己甩过的男人现在落到哪个笨蛋盘子里。一看，果然如此，而且那个女人比她差远了，心满意足。

中午吃饭，蒋宜嘉拿出一个饭盒，"我女朋友做的。"展示才艺的时间到了，我立刻上前捧场，可惜里面只是一个夹了几片蔫巴啦唧的番茄黄瓜火腿的三明治，我心里想，"这也用得着做？"

他的女朋友好像很会黏人，每天下午四点半准时打电话过来关心一下，每到探班时间，他就会把声音压低再压低，一直压到听上去柔情万丈却正正好好能钻进我的耳膜的程度。有时候那边大概在问"午饭好吃不好吃"，他就有型有款地对着话筒说"好吃好吃"——男人的确有昧着良心说话的本事；每当他说"我旁边有人呢"，我就知道那边八成说了什么"亲亲我"之类的肉麻话。

郑滢把心放到肚子里以后，不知是不是有点得意忘形，很快就干了一件非常愚蠢的事情。准确地说，那是我记忆里她干过最最愚蠢的事情。

那个周末，她脑子里不知怎么搞的灵光一闪，异想天开地为我和张其馨安排了一次"不期而遇"。

郑滢以狗屎电视剧的情节为蓝本，具体操作如下：先跟我说好星期六下午她、我，还有章文刚一起去逛街，我说："你和男朋友逛街，我跟去当什么灯泡？"她说："什么灯泡，你又不是不认识他。"好，然后，她再去找张其馨，作了同样的邀请。她的完美计划是我们三个人一碰面，我和其馨便会言归于好。我后来问她何以如此吃饱饭没事做，她理直气壮地回答："我觉得你们为一个男人翻脸，太不值得了。"口气活像电视剧里一个男人对另外一个男人说："大丈夫怎能为区区一个女子伤了兄弟和气。"

她大概不明白，男人未必会为一个女人伤兄弟和气，女人却一定会为了一个男人反目成仇。

星期六下午，我和郑滢在联合广场附近的一家 Starbucks 等其实并不会出现的章文刚。那是我第一次去 Starbucks，对着柜台上名目繁多、叫都叫不全的咖啡种类为难了半天，随便叫了一杯薄荷摩卡。后来，我曾经很迷 Starbucks，一样一样地把它所有的咖啡都尝过来之后，发现最喜欢喝的，竟然还是薄荷摩卡。

有时候，正确的，恰恰是第一个选择。

英雄所见略同。张其馨显然也觉得跟郑滢和章文刚逛街有当灯泡之嫌，于是她很聪明地不让自己当灯泡——她把程明浩带来了。

我看着他们两个人推开玻璃门走进来，一口滚烫的咖啡差点喷出来。我立刻转过身，推推郑滢："怎么搞的？"

郑滢也呆了："不关我的事，我……我……我可真的没叫她带程明浩来噢，不相信你问她自己。"

我们四个人在一张桌子前坐下，我和他们打个招呼，就只顾低着头一口一口地喝咖啡，都是郑滢在和他们两个人说话。

桌子底下，我看见张其馨穿了一双坡跟凉鞋，心里加倍恨郑滢——她至少可以稍微积点德，提醒我换一双跟稍微高一点的鞋子吧。这一下可好，张其馨绝对在标准身高以上，我呢，缩在平底鞋里像只小松鼠。

今天程明浩脚上穿了一双运动鞋，看不见他的脚，我很失望，脑子里突然冒出一个问题：两年前第一次见他的时候，他穿的那双旧凉鞋还在吗？

两年前，他穿着那双凉鞋的时候，还没有和张其馨恋爱。那个时候，我还有机会；现在，他不再穿那双凉鞋，我也不再有机会。

我莫名其妙地无比思念起他那双塑胶旧凉鞋。

等我终于抬起头，微笑着看向程明浩的时候，他也正用柔和的眼光看着我。我突然想起几个月前在纽约帝国大厦顶楼见过的照片上他眼光里的忧郁，就努力地想从他的眼睛里去寻找，但是一点影子也找不到。他的眼光平静得像一池水，清澈见底，却波澜不兴。

大概没有人会相信，我就是为了那么一个眼神和杜政平分手。

我们东一句、西一搭地聊了一会儿，开始漫无目的地在街上逛——其馨和程明浩走在前面，我和郑滢走在后面。

看上去，程明浩对其馨很好——她的饮料喝完了，他马上顺手接过罐子扔进垃圾桶，这种默契不是一天两天就可以有的。相比之下，我和郑滢反而成了两只亮晃晃的大灯泡。

我觉得这种场面很难堪，只是想快点回去灌下一大杯冰水，让灯泡冷却下来。

然而，临分手，更加难堪的场面出现了，张其馨不知为了什么事情，居然当街和程明浩吵了起来。

开始，我们只是听见他们小声地在说什么，好像其馨有点不高兴，程明浩在分辩什么。后来，其馨的声音越来越高，再后来，她赌起气来，对着地上的一个破塑料袋狠狠踢了一脚。这一下可好，她右脚上那只凉鞋顺势带着塑料袋骨碌碌沿着下坡的路滚下去好几丈远。

我们四个人的眼光齐刷刷地投向那只凉鞋。其馨"哎呀"叫了一声，呆呆地站在那里，光着的右脚半踮在地上，然后转过头恶狠狠地瞪了程明浩一眼，"都是你!"

那一刻，我心里竟然有一种幸灾乐祸的感觉，活该，谁叫你作，最好现在马上一辆车开过来把那只鞋子碾个粉粉碎。

可是，下一秒钟，那种幸灾乐祸就烟消云散，因为，我看见程明浩一声不响地走过去，捡起那只鞋，再走回来，弯下腰，蹲下身，默默地把鞋子放在其馨的面前，"穿上吧。"

他抬起头，脸上居然还是那种温和而恳切的表情，没有哪怕是一点点的生气。张其馨这样对他，他居然一点也不生气!

他的神情像刀子一样地刮着我的心。他个头那么高，此刻，却蹲在地上，请求一个女人穿上凉鞋。在她的面前，他这么轻易地低头了。或许，他是不想让她继续生气，或许，他不希望在其他人面前扫了她的面子，总而言之，他其实并不需要这么做，然而，他心甘情愿地选择了低头。

或许，我们在自己喜欢的人面前，都无法高傲地抬起头来。

一个小时后，我和郑滢坐地铁回家，车子开动，把车站上所有的光影轰隆隆地甩到后面。我拉着扶手，车门上的玻璃反射出一张伤心的脸。

已经证实过很多遍的事实，竟然还能让我伤心，难怪小时候妈妈就说我这个人屡教不改。

伤心过后，我只是觉得不值得。千里迢迢到旧金山来看这么一幕，根本就是自己和自己过不去。

郑滢拉住我的手："对不起，我真的不是成心的。"

我摇摇头："不值得。"

郑滢难得糊涂之后，聪明劲又回来了："其实，这样也好，早一点明白，心里也早一点放下，你说对不对？"

郑滢好像是为了弥补自己的过失，和我抵足而眠，安慰了我整整一个晚上。可惜，她实在不精于此道，说来说去几句话——"程明浩有什么了不起""不要钻牛角尖啦""三只脚的癞蛤蟆不好找，两只脚的男人到处都有"，干巴巴讲了几遍之后索性直截了当——"我们部门的小蔡看上去就挺顺眼，还没有女朋友，不如什么时候我介绍你们认识"，"记不记得上次在公司餐厅里，有个男的隔了两张桌子冲着你笑？那个人也可以嘛"，"哎，章文刚有个表弟……"

"你累不累？"

"我是为你好，"她理直气壮，"根据我的经验，治疗感情创伤的最好办法是尽快开始一段新的感情，不过，"她说到这里，"咦"了一声，"也怪，杜政平怎么就没把你给治好呢？治来治去，倒先把他自己治出局了。"

郑滢终于累了，卷着被子睡过去。我却睡意全无，眼前只是一遍一遍浮现出今天下午程明浩弯下腰把凉鞋放在张其馨面前请她穿上的神情，那个神情像鞭子一样抽着我的心。我不知道张其馨是不是故意摆这么一个局要我看看程明浩是货真价实地对她好，如果是这样的话，她达到目的了。

不值得，真的不值得。这从头到尾只是我的单恋——放在电视和小说里面或许会有人愿意看两眼、感叹几句，而摆进现实生活，却尴尬得近乎一场耻辱。

几个小时后，我用力推熟睡的郑滢："醒醒，醒醒，我要去跑步，你去不去？"

"嗯？"她迷迷糊糊。

"我已经下定决心了，彻底把他忘记！是不是很值得庆祝？所以，今天我要去跑步，然后吃早饭，然后去公司加班。"

郑滢睁开一只眼睛，瞄了瞄闹钟上的时间和日期，立刻又闭上："现在是星期天早上六点二十分，你哪根筋搭错了？"

我继续摇她："听我说呀，从今天开始，我要重新做人，天天吃早饭，好好锻炼身体，好好工作，超过蒋宜嘉！你支持不支持？"

"嗯……好……支持……去吧……去吧……"郑滢敷衍着，又立刻接着梦周公去了。

我不再理她，自己去跑步，吃早饭，去公司加班。

总的来说，我的计划进展得还算顺利，天天吃早饭，好好锻炼身体，好好工作，都不难做到，然而，我逐渐发现，"超过蒋宜嘉"实在不那么容易，准确地说，简直比登天还难。

蒋宜嘉到底是科班出身，功底深厚，好些东西，我要去翻参考书的，他却好像早已深深刻在脑子里，随口就来。我还偷偷比较过我们两个人写的代码，发现虽然都能完成一样的任务，他写出来的就是比较干净、优雅，效率也高一些。

这些微妙的差别，虽然从未点明，我们心里都清楚。所以，我总是觉得他有点看不起我。

我开始着急——这样下去，我的表现肯定不如他。怎么办？想了两天，我灵机一动，开始寻找蒋宜嘉的薄弱环节，找来找去，还真让我找到了。

他的英文没我好。不是说发音或者语法有什么大问题，而是他说起话、写起东西来不得重点，叽里咕噜讲了半天或写了长篇大论，希望面面俱到却让人家脑子发晕，还不明白他究竟想表达什么。而且，他激动起来还有点大舌头。

感谢老天爷他总算还有一个毛病。

我针对他这个薄弱环节做足了功课——先去调查软件行业在这个领域的发展方向特别是我们公司的主要竞争对手的产品，评估出他们的技术优势和劣势，然后把我们自己的设计和人家的现有设计相比，总结出我们自己的优势，尤其是这个新部件一旦加入产品，会如何为客户带来更大效益，为产品升值。我把自己的调查结果写进一二三点，清清楚楚，附进工作报告，心想，我们主管既然希望有一天把这个部件加入产品，那么，他迟早会需要这样的信息。

果然，主管听完我对自己调查结果的解释，抬起头来饶有兴趣地打量了我一下："你自己做的？"

我点点头："我只是觉得作为一个编程人员，不仅要会写代码，也要明白为什么去写。"我一面说一面心里突突乱跳，他会不会认为我不务正业？

他笑了，点点头："星期五之前帮我做两张幻灯片的材料，我下个星期正好要就我们部门的工作做个演示，我看，可以把你报告里的这几点加进去。"

那一刻，我明白自己这步棋走对了。我把这件事情告诉郑滢，她拍拍我的肩膀："聪明啊，那才是上层会真正感兴趣的东西，这下子你们老板肯定对你刮目相看。"

"也不用他刮目相看，我只是想证明自己并不比蒋宜嘉差。"

蒋宜嘉知道了我的邪门歪道，大概有点生气，又拿我没办法，结果是他好像越来越看不惯我：我喜欢办公室里开着灯，他却喜欢黑漆漆像个洞穴，说写代码时开灯会分散他的注意力，于是我们达成协议上午开灯下午不开；有一次我顺手拿他桌上一本参考书翻翻正好被他看见，立刻眼珠子一瞪，倒好像我碰的不是他的书而是他的"四点半"；加班的时候我随手放了一首张信哲的歌，他"嗤"的一声"什么年代的歌了"，可是我后来千真万确听见他放《你究竟有几个好妹妹》，这不是五十步笑一百步，根本就是一百步笑一百步嘛；他在的时候永远把冷气打得办公室像冰箱，我调高一点，他就飞过来一句"你们女人都这么怕冷吗"；还有那个最经典的问题——百叶窗应该开还是关：我们的办公室窗户靠走道，我喜欢把百叶窗开着，可以看走道上的风景，他却坚持要关着，"你还以为是你在看人家啊，其实是人家在看你，高兴了还能敲敲窗子，感觉像动物园"……记忆中，好像还没有哪个男人这么孜孜不倦地和女人计较。

　　总之，到我们那个项目的设计方案通过审批的时候，我和蒋宜嘉的关系已是一触即发，只差一根导火线。

　　导火线很快就出现了。

　　一天下午，我收到蒋宜嘉的一个电子邮件——他将在下星期演示一个所谓"模型"，邀请我们全部门和其他几个平行部门的人。我一看演示内容介绍，立刻火冒三丈，原来，他根据我们合作完成的设计方案偷偷做了这个模型，做得像模像样，却从头到尾没有提我的名字。给别人——至少是不太熟悉我们的人的感觉就是，他，蒋某，独立完成了这个项目的设计。

　　打这么一个擦边球，太过分了！我听见导火线滋啦啦点燃的声音。

　　我跳起来，关上门，打开灯，把空调温度调高，抔着腰问他："你什么意思？"

　　"你什么意思？"他脸上居然还浮起一丝微笑。阴笑。

　　"哼，你心里清楚，"我指着自己的电脑屏幕，"感谢你老人家总算还没忘记邀请我！"

"不关我的事，我随手做的，昨天拿给老板看，他觉得不错，就建议我演示一下。"他轻描淡写地说。

"随手？你好厉害啊，随手就做出这么大一个模型。"

"你想怎么样？"

"我想告诉你，你这样去出风头，是不对的！"

"唉，那你上次帮老板收集那些行业信息做演示材料，可没少出风头啊。"他果然在记恨。

"搞清楚了，这是两码事。我收集行业信息，中间你没有出力。现在你的这个模型，完全是基于我们一起做的设计，而我，已经死过脑细胞了。所以，你不跟我商量就拿出去表功，对我是不公平的。"

"不错，设计是我们一起做的，但这个模型，可是我一个人一行一行代码写出来的，我现在演示的是模型，不是设计方案，"他把那个模型的源代码调出来，"关小姐，哪一行是你写的，可否不吝赐教？"

我气得说不出话来，他居然还火上浇油："你们女人都这么斤斤计较吗？"他对我有意见的时候，常常会慷慨地照顾到我所从属的整个性别群体。

"蒋宜嘉，我警告你，别开口闭口'你们女人''你们女人'的，你跟我说还不要紧，换个美国女同事，老早去告你性别歧视了！"

我们恶吵一架，互不理睬。我在心里咒他，不要脸，肯定没有好下场。

一个星期后，我的愿望实现了——他果然没有好下场，只是，死得难看的，并不止他一个人。

演示那天，蒋宜嘉其实表现得很不错，讲得头头是道，也没有大舌头。一直到提问时间的最后两分钟，我都合上笔记本准备开溜了，某个平行部门里一个以吃饱饭没事做专门跟人家过不去闻名的八婆突然一拍大腿叫起来："这个模型的界面是不错，可是好像不能使用键盘操作嘛！"

原来，美国联邦政府要求它所购买的软件产品残疾人可以使用，其中很基本的一条就是所有用户界面都要让无法使用鼠标的人可以用键盘完成鼠标所能完成的一切操作。

我和蒋宜嘉一起傻眼了——我们设计的时候根本就没有考虑到这一点，而在审批过程中，也从来没有人提出过。美国政府的这项规定，学校里老师蜻蜓点水似的讲过，我们都没拿它当回事，没想到，居然在这里真刀真枪地碰上了。

一言以蔽之，我们引以为傲的设计方案在众目睽睽之下阴沟里翻船，一败涂地。

其实，这个问题本身并没有那么可怕，要命的是暴露问题的场合和在场的人。

那个八婆拿着鸡毛当令箭，呱呱乱叫，半分钟内话锋里已经上纲上线到"这样加入产品的话，岂不是会导致整个产品达不到政府要求"，很有一颗老鼠屎坏一锅粥的味道；她的主管半靠在椅背上，把胳膊枕在脑后，悠悠地跷起二郎腿，懒洋洋地问蒋宜嘉"这个设计已经通过审批了吗"，眼睛却一眨不眨地盯着我们主管，言下之意，"你们部门就是这么审批的？"

刹那间，我们的疏漏被抹上了一层浓浓的政治色彩。显然，当我和蒋宜嘉忙着窝里斗，我们的主管也有他狗咬狗一嘴毛的好伙伴。

主管站起来承认了我们的疏漏，说了几句套话，然后叫蒋宜嘉尽快修改模型，下个星期重新做一次演示。他的脸色很不好看——主管是个爱面子的人，我想，他一定觉得很丢脸。后来，我慢慢发现，随便什么人，一旦做到主管，便立刻蜕变成一种特别要面子的生物，而当下属最犯忌的错误，无非两条：一、让主管在他（她）的主管面前丢脸；二、让主管在竞争对手的下属面前丢脸。

蒋宜嘉回到办公室，心情沉重，连"四点半"打电话来都草草挂掉。他到公司内部网上找来资料，把联邦政府的所有要求列成一张清单，开始一样一样地对照、修改。哼，偷鸡不着蚀把米。

星期五下午快下班的时候，他从主管办公室回来，突然说："关璐，我有个不情之请。"根据经验，这个人说话一旦文绉绉起来，绝对没有好事。

"刚才主管和我一起把模型和演示材料过了一遍，他突然觉得我写的演示材料太过强调技术细节，关于商业价值和潜在客户利益的阐述很不够，叫我修改，他星期一再看一遍。其实呢，这个东西老板本来也没太当回事，都是上次演示被那个女人闹的，弄得他如临大敌。所以，我在想，是否，嗯，能不能，你方便的话，请你帮着一起看一下？"

果然没好事。我心想：原来你也有用得着我的时候，趁机把肚子里的怨气统统倒出来："我是很想帮忙，可惜，这个模型是你一个人一行一行写出来的，万一我瞎出主意，把事情弄坏，可担当不起。"气得他干瞪眼。

晚上，我把这件事情告诉郑滢，她拍手叫好："爽。这种事情就是不能让他开头，一开了头，他以后只会得寸进尺。"

第二天和郑滢一起出去剪头发，走到街上，我突然想起那天整个部门被人家刻薄的情形，觉得外敌当前，好像不应该袖手旁观；他们欺人太甚，我们就应该把握机会好好扳回来，至少证明我们在哪里跌倒就从哪里爬起来；何况，他演示的东西毕竟有我的份，即使我的名字不在上面，从心底里，我也希望能够得到人家的认可，在这个意义上讲，赌气对大家都没有好处。

于是，我把郑滢扔在街上，跑到公司，蒋宜嘉果然在办公室里改他的演示材料。

我清清嗓子，对他说："其实我今天来是有点别的事情，不过，假如你还想要我看看你的演示材料，我也可以试一下。"

这一试，试到下午两点半，我们几乎把那个演示从头到尾重做了一遍。

蒋宜嘉下楼去买午饭，我在电脑上放张信哲的《宽容》，听着听着就跟了哼唱起来。他拿着三明治和饮料进来，听见了，说："关璐，你的声音不错嘛，这首歌里的高音，很少人跟得上去的。"

我有点得意："说起来，我小时候还是学校合唱团的领唱。"

"啊，"他一脸的恍然大悟，"怪不得你也那么喜欢出风头。"

"喂，你要说我就说好了，不用这么兜圈子吧？"我有点生气，并且后悔自己何以兵不厌诈，明知这个人言语无味，还要接他的话茬儿。

"别误会，其实，我小时候也参加过合唱团，知道里面的人自我感觉都很好，包括我自己。"

"你做什么？"

"指挥，"想不到他还有那么威风的历史，"所以，我承认自己喜欢出风头，现在才发现你原来和我一样。所以凑在一起，合得来才怪。"

那一刻，我们突然都笑了起来。难怪我和蒋宜嘉水火不相容，因为，我们实际上属于差不多的一类人——一路顺风，习惯被捧着长大，习惯羡慕的眼光，习惯别人给我们让路，习惯演主角，习惯掌声雷动，却没有意识到，真实的人生里，哪里有那么多主角可演？

真实的人生里，我们不过是捆在一根绳上的两只蚂蚱，而且，还是小蚂蚱。争什么争？

真实的人生里，很多时候，成全别人，便也是成全了自己。

一九九九年六月的某个下午，在旧金山一栋大楼十八层某间小小的办公室里，两个同样年少气盛而有点自作聪明的人和自己最看不惯的人握手言和了。

世事难料。当初，我把蒋宜嘉讽刺一顿然后气跑，后来，却居然和他做成了朋友。坦率讲，蒋宜嘉具有做异性朋友的优秀条件：人聪明，心不坏，长得帅，还有，打死我也不会想到要和他谈恋爱。或许他也有同感，所以，我们的友谊保持至今。

化敌为友之后，我忍不住问他："你还记恨郑滢吗？"

他笑笑："有什么好记恨的？老实说，从前的事情，自己想想都觉得幼稚。人和人之间其实是讲缘分的，缘分不到，强求不来，而缘分到了，属于你的总是你的。比如我和她，"他深情款款地看了一眼屏幕上的"四点半"，"不知为什么，认识她没多久，就有一种感觉，心里想就是这个人了，是不是很奇怪？"

爱情的确伟大，连蒋宜嘉都能讲出这么动听的话来，听得我一愣一愣。

"你女朋友真可爱。"我真诚地说。能让人觉得"就是这个人了"，一定有其可爱之处，管她是真的还是装的。这个帅哥居然激动得脸都发红，我担保他摆起照片的那天就在等我这句话，现在终于等到了。

我突然万分地羡慕起蒋宜嘉来——为了他那一句"就是这个人了"。能够讲出这句话，需要清清楚楚地知道自己深爱一个人，而且明白那个人也是同样深爱着自己。程度完全相当，不多一分，不少一分，才能如此心安理得。

什么时候，我能说"就是这个人了"，而又是谁，能让我有足够的信心说出口呢？

演示修改好之后，蒋宜嘉说："不如星期一我跟老板说，到时候我们一人讲一半。"我说："总共就四十分钟的东西还你一半我一半干什么，算了，本来就是你的风头，还是归你去出，不过，记着出得漂亮一点。"后来，他的演示很成功，而且，他在其中特别提到项目设计是我和他共同完成的。

心结打开以后，我们突然发现其实两个人都很通情达理。或许，人际关系本身就是一种选择——你可以选择看不惯一个人，也可以选择看得惯；当初我们总是觉得对方看不惯自己，其实是我们自己先选择了去看不惯对方。

以后的日子里，我们一直合作得相当愉快，但是，也发生过一次口角——不是因为工作，而是因为郑滢。

那个星期五晚上，郑滢照例回来得很晚，我已经睡得迷迷糊糊，所以没有注意到什么。第二天，轮到我做饭，我买回来两个蹄髈用冰糖红烧了一大锅，准备和郑滢一人一个——必要的话牺牲半个给她。结果她赖在床上，用被子埋着头，我怎么拉也不肯起来，说她不想吃。我问她是不是不舒服，她说没有；我又问她是不是在减肥，她也说不是。

这个标标准准的肉食动物读书的时候常常一顿饭吃两块大排一个鸡腿还要买一份红烧肉和我分，哪一天，郑滢小姐没有生病也不在减肥，却对着香喷喷的红烧蹄髈不感兴趣，那绝对是发生了天大的事情。

我用尽力气把她从枕头上拉起来，竟发现她满脸泪痕，眼睛又红又肿。她告诉我，她和章文刚分手了。

"为什么？"我明明记得几天前，她告诉我章文刚终于和陈玉莲分手，为此还被家里骂成"忘本的东西"。当时，她一脸幸福，"其实我一直有点心虚，不过现在都明白了，他最最爱的是我。"

"不要问我！"郑滢又把自己扎进枕头里，再也不肯说。

我一边啃蹄髈一边琢磨，突然想起有一次在公司健身房的饮料机旁边看见章文刚和蒋宜嘉说话，好像还很来劲，他们看见我走过去，立刻交换了一个男人对男人的眼神，不约而同闭上了嘴。

难道是？我越想越觉得像那么回事，好你个蒋宜嘉，口不对心，嘴上说不记恨，背地里却捅人家一刀！也不知道他跟章文刚胡说八道了些什么东西。

星期一下班后，我把他叫到餐厅："你怎么会认识章文刚？"

他一脸莫名其妙："我为什么不能认识他？难道你就不认识他？别忘了，他还是我们的校友。"

"可是上次你们在健身房里说话，好像很熟的样子。"

"那是因为我们都经常去，有什么不妥吗？"

我总觉得他的脸上有点奸诈："那你能不能老老实实告诉我，上上个星期五下午大约四点五十分，你们两个在健身房的饮料机旁边说些什么？"

他想了想，然后眉毛一扬，反问："我为什么要告诉你？"

我不打算和他兜圈子："你只要回答我，有没有跟章文刚说过郑滢的坏话？你不会不知道他是郑滢的男朋友吧。"

他矢口否认，脸涨得通红，并且开始大舌头，"你……你……你说话要有根据，我不是告诉过你我不记恨她的吗？再说，我为什么要吃饱饭没事做去跟人家讲我以前被她甩过？你以为那很光彩？"

"假如不是，你们为什么本来讲话讲得好好的，一看见我就立刻打住，鬼鬼祟祟的？"

"关璐，我再说一遍，我没有说过郑滢的坏话，不对，我没有说过任何有关她的话，行了吧？"

"那你们到底在说什么？"

"你管得着吗？"

"你要是不心虚，就告诉我。否则，今天我们恐怕要在这里吃晚饭了。"

他无可奈何："好，我告诉你，那天呢，我是在问章文刚他平时都去哪一家理发店理发，因为我觉得他的头发剪得很好，我们的发质又比较接近。然后呢，他就告诉我，他一般是去……"

"啊？你们男人也交流这种事情？"我非常惊讶，这才发现蒋宜嘉好像新理过发，而且发型和章文刚的的确很像，"哎，你的头发蛮帅的嘛，来来来，转过来让我看看后面……"

他恼羞成怒，推推眼镜，白我一眼，眉毛眼睛挤成一堆，脸上的表情好像在说"老子的头发是阿猫阿狗看得的"，"看什么看，看什么看，看什么看，我已经满足了你的好奇心，可以放我走了吧？你们女人哪，无聊透顶。"他气呼呼地走了。

原来，不是他捣的鬼。

我回到家，郑滢居然还赖在床上——她今天请了病假没有去上班。如果她没有作弊，从星期五晚上到现在，应该已经在床上待了差不多七十个小时。昨天我硬拉她起来吃了点东西，今天看看冰箱，好像她也只喝了点牛奶。

就初步症状来看，郑滢这一次失恋非同小可。大概，人失恋的时候就会做一些平时不会做的事情来宣泄，比如郑滢会饿着肚子睡觉，张其馨会打骚扰电话，而我会拼命吃巧克力冰淇淋一直吃到胃痛。这也多少印证了我以前的推测：当年，马克·吐温先生一定是在旧金山失恋了，才会说出"最寒冷的冬天是旧金山夏季"这样的糊涂话来。

我软硬兼施逼郑滢起来吃晚饭，她眼泪汪汪地应付了一下，吃了几口又说没胃口，回去接着睡觉。不好，她肯定已经饿过了头，这样下去弄不好只怕会出生命危险。我很担心。

睡到半夜，迷迷糊糊中，我突然听见外间有窸窸窣窣的声音，张开眼睛，郑滢已经不在她的床上。我走出去，她正光着脚站在厨房的地板上，埋头在冰箱里找什么东西。

我咳嗽一声，她回过头来，脸上一副委屈、尴尬和不好意思交织的表情："关璐，你怎么真的就把两个蹄髈都给吃光了呢？"

这个人没事了。那一刻，我又想捶她两拳，又想扑上去拥抱她。

郑滢把冰箱里的剩菜风卷残云，不过瘾，又打开一包火腿，大嚼一番之后，叹了口气："爱情真是个王八蛋。"

然后，她告诉我和章文刚分手的真正理由："上个星期五，我们做完之后，我看他好像有点不开心，就帮他捶背，结果你猜他怎么样，他竟然问我，以前跟别人做完了是不是也这样。"

"真恶心！"我叫起来。

"更加恶心的还在后头，我问他究竟什么意思，结果他吞吞吐吐地说，想来想去，觉得我不是处女，而他是处男，好像有点不公平。"

"可他现在也不是处男了呀！"

"所以啊，他看着我的眼光倒好像我占了他天大的便宜一样。你说气不气人，他和女朋友分手后，我们第一次上床，我就告诉他我不是处女，他当时说不要紧，因为他爱我，结果我相信了他，现在呢，他又反悔了！"

"后来你怎么说？"我知道郑滢最讨厌斤斤计较的男人。

"后来我们吵起来，最后我跟他说，'其实要说不公平，我也有同感，你比我以前的男朋友差远了'，气得他直翻白眼。然后我们就完了。"

看来的确是彻底完了。批评一个男人的性能力，比批评他的工作能力厉害一百倍，绝对让他恨之入骨。

我知道郑滢心情不好，但还是忍不住被她的黑色幽默逗得笑起来："你这样一讲，搞不好从此他的心灵蒙上一层阴影，不敢碰女人了呢。"

"不关我的事。你知道我最恨什么？我最恨他明明口口声声地说爱我，后来却又反悔，抓着什么公平不公平来做文章。不错，我知道男人多多少少都有点处女情结，老实说，我第一次和他上床的时候自己也很后悔为什么不是处女，可是，后悔又怎么样？我再后悔也已经回不去了，他明明知道我回不去了，为什么还要来为难我？从前的事情，就算是我错了，他要是真的爱我，就必须原谅我，一定要原谅我……他既然不肯原谅我，我没有别的办法，只能和他分手，总不见得等他来甩了我，我真的没有别的办法……"郑滢一口气说下来，眼泪汪汪地又要洪水泛滥，我马上再打开一包火腿放到她面前。

"有时候我想，男人大概认为'我爱你'像超市里十块九毛九一打的玫瑰花，可以随便送人的。"郑滢苦笑一下，悠悠地说。

"不要这么悲观，你只是运气不大好。"我不知道该怎么安慰她。

"可能是我期望值太高了，可是我真的觉得一个男人要是真的爱我，就该懂得怎么去对'我爱你'三个字负责任，否则的话，还不如不说，我也不要听。"

那天午夜，我突然发现，这个看似潇洒的女孩竟然有如此刚烈的爱情观——宁为玉碎，不为瓦全。

第二天，郑滢照常上班，满脸笑容，好像什么也没有发生过。她性格中最让我佩服的一点就是拿得起、放得下，当时再怎么伤心，过后绝不回头。

她关照我以后看见章文刚不要露出什么脸色，我也做到了，只是有一次在走道上看见他和我们部门的一个项目经理说话，他好像对我们部门提议的某个项目里程日期很有意见，在那里振振有词："这样的话，只留十个工作日要完成三十六个测试方案，对我们太不公平了。"为了强调，他把"太不公平了"一连讲了三遍，脸上板得一本正经。我不由得恶作剧地想，他在床上对郑滢说"你不是处女而我是处男，不公平"的时候是不是也这么道貌岸然，想到这里，差点笑出来，立刻转过身去装咳嗽。

这个人果然很喜欢公平。其实，生活中，我们每个人都喜欢公平，然而，有时候，追求了公平，便可能错失某些珍贵的东西。

七月份，郑滢过二十三岁生日，她决定要开个派对好好庆祝一下，用她的话来说——"冲冲喜"。

在草拟邀请名单的时候，她低眉顺眼地问我："我要是请张其馨，你会不会介意？"

"介意什么，是给你冲喜，你想请谁就请谁。"

"可是，我如果请了张其馨，就不好意思不请程明浩，对不对？"

我笑起来："请吧。我不是早就说过要忘记他了吗？放心，我这个人说话算数，绝对不会到时候再去眼泪汪汪借酒发疯。"

"那就好，"她很高兴，"上次她过生日请我，我可送了她一套雅诗兰黛呢，这次该她还礼。其馨挺要面子，我估计她应该会买一套倩碧什么的。再说，她和程明浩一起来，也不会轮到她自己掏腰包。"

"可是程明浩也不过是个学生啊。"

"还说你忘记他了，一转眼又心疼人家的钱包。女人心疼男人的钱包，就等于心疼那个男人。想开点，他的钱包再鼓，也轮不到你去花。"这个人精。

"神经病，"我白她一眼，"那你希望我送你什么？"

她居然顺着杆子往上爬："嗯，一小时挣二十五块钱的人，我的期望值自然就比较高一点了。迪奥怎么样？"

"你狮子大开口啊？"

"心疼自己的钱，就快点去找个男朋友。知道什么时候最能体现男人的价值吗?"她眯起眼睛，开始绘声绘色，"就是当你大包小包买了一堆东西，他搂着你的肩膀，微微一笑，问你'要不要再逛逛'，你摇摇头说不要了，然后他脸不变色心不跳地掏出信用卡，用非常帅的姿势签名的时候。什么叫潇洒? 那才叫潇洒。"这个家伙很善于纸上谈兵。

"你是说男人当冲头被人家宰的时候潇洒?"我忍不住好笑。

"无聊，不跟你烦了，我去给张其馨打电话。"

几分钟后，她回到我的面前，脸上表情复杂，"关璐，程明浩不会来了。"

"上次见面，我就觉得那两个人好像不大好，可是没想到他们竟然会分手。"郑滢大睁着眼睛摇摇头。

"为什么?"我觉得不可思议。

"张其馨告诉我，她和程明浩已经分手了，可是呢，她说会带另外一个人来参加我的生日派对，你说是为什么?"

"怎么会这样……"我眼前突然又浮现起程明浩捡起凉鞋，然后弯下腰放在张其馨面前的情景，脱口而出，"这不是对程明浩很不公平吗?"她怎么会舍得跟他分手呢?

"拜托拜托，你说什么都可以，就是不要提这两个字行不行，我现在一听见公平就恶心，"郑滢已经回过神来，"唉，这样不是正好吗? 我是说，你要是还喜欢程明浩，就应该把握这个机会把他给捞回来。男人啊，有两个时候最脆弱了，生病的时候和失恋的时候。现在简直是天赐良机，唉，最好他再生一场病，不要大病，感冒就可以了，然后你呢，就去照顾他，在他身边嘘寒问暖，那么楚楚可怜地看着他，再往手上贴块邦迪装成是帮他炖鸡汤的时候弄伤的，应该就差不多了。然后呢，他就会很感动，突然发现自己以前错过了一个好女孩，哎呀，然后呢，他会抓住你的手贴在他的脸颊上，这个时候，记住了，你要矜持，红着脸，犹豫一下，然后把手抽回来，这可是关键，否则就跌身价了……"郑滢开始温习电视剧的标准情节，自说自话，眉飞色舞，而我心里盘旋的却只有一个念头：程明浩一定很难过。

我不要他难过。自己喜欢的人不喜欢自己而带来的那种难过是刻骨铭心的，我经历过，所以不想他也经历。而且，他越难过，就说明他越在乎张其馨，为了这一点，我也不希望他难过。

但是，我不相信他会不难过，所以，我跟着一起难过。

我依然没有忘记他，他依然可以轻而易举地左右我的喜怒哀乐。

郑滢的生日派对在星期六晚上举行，为了不辜负她的"高标准、严要求"，我专门去买了一个迪奥的礼盒。回来的路上经过一家书店，我被橱窗里一本书的封面吸引了。那是一本有关园艺的书，厚厚大大的，封面上画着一种漂亮而眼熟的花——非洲紫罗兰。

据说，那是一种可以开很久的花。去年夏天，我曾经买过一盆送给程明浩。

然而，开得再久，到现在恐怕也会谢了吧。

我走进去，拿起那本书。书很重，我抱着它坐在书店里的脚凳上开始翻，里面有一章写非洲紫罗兰，我一个字一个字地读下来。

本来毫无意义的信息，却因为和他沾了那么一点点边，每一个字都变得温暖，亲切如同故人。

等我读到最后一段，突然听见有人叫我的名字，抬起头，正撞上一双明亮的眼睛在对着我微笑。

我惊讶自己能看一本花花草草的书看到入迷，以至于有人搬了一张脚凳坐到我的身边都没有察觉。

而更让我惊讶的是，那个人就是非洲紫罗兰的现任主人——程明浩。他微笑着对我说："你好。"

我立刻合上书，挤出一个笑容，回了一句"你好"，再也想不出别的话来说。

他看上去稍微瘦了一点，脸色有点苍白，除此之外，并没有什么明显的不对劲，与我想象中满眼血丝、头发蓬松、胡子拉碴、黄绿着脸到处找晦气的失恋男生全然不同。他的脸色还是很沉静，眼神依然清澈见底，唇边挂着温煦的微笑。

"最近还好吗？"他问我。

"嗯，"我点点头，"你怎么也在这儿？"

"我来看书，有一本参考书太贵，我不想买，就跑来看。你呢？"

"我……我也是来看书，"我指指手里的书，然后用右手遮掉封面上的非洲紫罗兰，只露出标题。

"你喜欢花草吗？"

"其实我喜欢漂亮的图片。小时候我妈不许我买连环画，我就跑到书店里看，一个下午能看掉好几本，看完了就觉得特别高兴，因为不用花钱。后来她知道了，给了我钱叫我去买，我都没买。"

"我也是。我曾经在书店里看掉一整本《基度山伯爵》，连续看了好多个星期天，"他笑着说，"可惜那个书店里没有地方可以坐，站得我脚都发麻。对了，你妈给你的钱，你没买连环画，干什么了呢？"

"你绝对猜不到，我买了一支润唇膏。其实当时我是想买一支口红，因为我妈从来不许我碰她的，说小孩子涂口红会学坏，我觉得她就是小气，所以呢，我就偷偷地把零用钱存起来自己去买，结果跑到商店里又心虚起来，不敢问人家，挑价钱便宜的随便买了一支，结果打开一看，什么颜色也没有。我很难过，觉得被他们骗了。"

"后来呢？"

"后来我把润唇膏旋出来想往嘴唇上涂，旋得太多，又太用力，整支就那么断掉了。当时我虽然觉得买了次品，还是心疼得要命，又不敢告诉别人。所以一直到现在，我用润唇膏都非常小心。"

我们一起笑起来。说来奇怪，这段尘封的、有点丢脸的回忆，我从来没有和人家说过，却对他说了，而且并不觉得不好意思。

"你的书看完了吗?" 我问他。

"没有，我下个周末再来看。"

程明浩没有开车，我们一起坐地铁。车厢里人很多，好不容易有一个位子空出来，他让我坐下，很自然地用身体为我挡住人潮。我偶尔抬起头来看站牌，他对我微微一笑，说:"还有两站"。那一刻，我突然觉得好像已经认识了他很久。那是一种很好的感觉。

到站了，我对他说了声"再见"，走出车厢，再回头的时候，车子已经轰隆隆地开走。我有点后悔——刚才说"再见"的时候忘记对他微笑一下。我知道自己笑的时候比不笑的时候要好看一些。

晚上给郑滢庆祝生日，来了很多同事，我第一次发现她在公司里人缘那么好——当然章文刚没有来。

张其馨那个让我们挂念了几天的谜正式解开:她的确新交了一个男朋友，叫林少阳。她把林少阳介绍给我们认识，我和郑滢不由得暗暗交换了一个眼神，并非因为那个男人的名字和我们猴年马月时崇拜得发昏的林瑞阳只差一个字，而是因为他实实在在很有几分像田振峰。

仔细地看，林少阳的长相和田振峰还是有很大的差别，让我们一下子把两个人联系在一起的，是他的眼睛。他和田振峰一样，有一双会笑的眼睛。

六年前，我和张其馨在学校篮球场边把球扔回给那个男生，他说谢谢时脸上的神采和眼睛里的笑意差点把我们当场电昏。过了这么久，我早已康复，显然，张其馨的电阻并没有增长多少。

我可以肯定，张其馨是为了这么一双会笑的眼睛离开程明浩。

在派对上，他们是一对相当醒目的情侣:林少阳殷勤小心地照顾其馨，其馨跟郑滢说了一会儿话，就坐到林少阳身边，一脸温柔，偶尔凑过去和他咬咬耳朵，两个人都是很甜蜜的样子。

其馨送的生日礼物竟然真的是一套倩碧化妆品，她笑着对郑滢说:"我也不知道该买哪一种好，林少阳说现在很多女孩子都爱用这个牌子，我们就买了下来，希望你喜欢。"

派对结束告别时，其馨看着我，好像想说些什么，却又没说，只是笑了笑，我也回了一个微笑。我有点伤感地发现，从前那么好的朋友，竟然落得无话可说。

大概没有什么比爱上、或者说爱过同一个男人能更加彻底地摧毁女人之间的友谊。我和其馨曾经爱上同一个男人，过了初一过不了十五。

客人走光，郑滢忙着拆生日礼物，突然抬起头来问我："你觉得那个林少阳像是个好东西吗？还是我有偏见？"

我从洗碗槽的一堆盘子里抬起身，摇摇头："我不知道。"

郑滢微微皱起眉头："也说不出为什么，好像就是有什么地方不对。"

我笑她："别忘了你手里还拿着人家送的礼物呢。他可是神机妙算，知道你想要什么就送什么。"

"就是这个不对！"郑滢一拍大腿，"这些方面太精通的男人，肯定不会是好东西。"

"那可未必，我看蒋宜嘉就比我还喜欢打扮呢，那么几根头发，天天用发胶弄得亮光光、香喷喷，还根根竖起才来上班，人家对女朋友可是忠心耿耿的。"

"不，这个问题的关键不是喜欢不喜欢打扮，而是帮谁打扮。男人自己喜欢打扮不要紧，可要是一个男人那么会买女人的东西，肯定没什么好事情。"郑滢煞有介事，"常在河边走，怎能不湿鞋。还有啊，你有没有注意到，他的眼睛很花，就像田振峰一样。"

英雄所见略同。世界上很多事情，大概都是当局者迷，旁观者清。

我问郑滢："她有没有跟你说为什么会跟程明浩分手？"

"说了，"郑滢朝天翻了个白眼，"说得玄玄乎乎，呐，就跟你甩杜政平的时候说的那套废话差不多，我听了两句就知道是谁没良心。你们这些女人啊，自己狼心狗肺，还要编出那么一通话来掩耳盗铃，结果越描越黑。"她摇摇头，一脸痛心疾首。

　　那个星期六下午，我犹豫好久还是又去了那家书店，差不多等了半个下午，把那本园艺书从兰花一直看到了茶玫瑰，程明浩并没有出现。走出书店的时候，我觉得自己是一个特大号傻瓜，而且还是美国的特大号。

　　回到家，郑滢也在看书，自从失恋以后，她学会用看书来打发周末的时间，只不过，她看的书门类特别，不是《恋爱心理》就是《寻找心灵的彼岸》，再不就是什么《女子爱情兵法》。有一次，我甚至发现她在看《男人必读》，因为她觉得有必要知己知彼。如果以一本书三个学分计算，在那个夏天，她突击了一个谈情说爱的硕士学位。

　　郑滢的一个优点是有了好东西从不吝于和人分享。那天，她兴奋地指着手里的书对我说："关璐，你听，这一段写得太有道理了，恋爱有两大类型，第一种是像火光燃烧一样具有强烈冲击性并且充满热情，而第二种是从友谊发展出来的温和恋情，很多人都在这两种恋爱中左右为难，结果往往明知道前一种爱情盲目，还是会身不由己地去追随，就像这首诗写的，'君看寒光耀目流星没，绝胜沉沉天际苦勾留'，"然后她得意扬扬，拿着唯一的听众做案例分析，"比如，你对程明浩的感情像是流星，而杜政平呢，就是那个苦勾，是不是很贴切？"

　　"什么叫苦勾？"我无精打采地问。

　　"就是苦兮兮的月亮啊，你想，星星噗地一声掉地上去了，天上就剩下那么一小弯月亮，冷冷清清地、孤零零地挂在那里一动不动，就叫作苦勾。"

　　"没有可怜到那个程度吧。"我抗议。我承认自己对杜政平不好，但无论如何还不至于让他"冷冷清清地、孤零零地挂在那里一动不动"。

　　"打个比方嘛。其实，所谓爱情或许本来就像流星，飞过的时候光彩夺目，可是不会再回来，只让你看一次，过期作废，真没劲。"

她的话勾起我的伤感，我说："我宁可希望它像哈雷彗星那样，这一次错过了，等过了一段时间，它又会回归，到那个时候，还是一样的亮。"

"帮帮忙，这不是吊人胃口吗？"

"这样的话，至少人心里还有希望啊。"

那场谈话的结论是，郑滢正式把我归入了书里描述的那一类"对感情期望高而缺乏防卫性"的人，她语重心长地说："你这样的人容易受伤害。"我完全同意，却无能为力。

过了几天，下班以后，我坐地铁回家，竟然在车站里碰到了程明浩，他隔着人群向我打招呼。

"你怎么在这里？"

"我……路过。"我等着他说从哪里来路过，或者到哪里去路过，可是，他却什么也没说，脸上有点红。

我的脸也唰地跟着红了起来，脑子里闪过一个念头，他，会是故意在这里等我的吗？两个星期之前，我们坐地铁经过这里，我的确告诉过他，我的公司就在附近，我天天从这里搭车回家。

我发现自己那颗"对感情期望高而缺乏防卫性"的心兵不厌诈，很没出息。

地铁往前飞驰，我们静默着，过了一站又一站。

我心里很着急——好不容易有机会和他在一起，却什么话也不说，实在有点浪费。但是着急也没用，我还是想不出话说。

终于他问我："你什么时候实习结束？"

"八月底。"

于是我们开始聊我的实习、功课、对旧金山的印象，都是很大路的话题。我问他："你有没有考虑过转学计算机？现在这个专业那么热。"

他说："我还是比较喜欢自己的本行，还有，我希望能早一点拿到博士学位。"

"可是拿了博士学位未必能找到好工作啊。"

"是这样的，我出国的时候，我外婆很开心，看见人就讲她的外孙要去美国念博士，因为她觉得念书能念到博士就是到顶了，还专门叮嘱我一拿到学位就马上拍一张戴方帽子的照片给她寄回去，"他低下头，"我外婆年纪大了，身体又很不好，她跟我说过，无论如何都要再坚持几年看到你读完书的那一天。我不能让她失望。"

"你很怕让别人失望吗？"

"也不算，我只是很怕让对我寄希望的人失望，那样我会非常难过，因为毕竟不是每个人都会对我寄予希望。"

我看着他脸上清秀俊朗的线条，突然感到很迷惑：他既然那么怕让对他寄希望的人失望，那怎么就不怕让我失望了呢？还是他根本就不知道我的希望？

他自己给了我希望，然后把它打得粉粉碎，还在这里说什么怕人家失望。他怎么做得出来？

我觉得胸口闷闷的，不再说话。我们又静默了。

快到我下车的那一站，程明浩说了一声"对了"，掏出笔记本，撕下一张纸，写了他的电话号码递给我。

"谢谢，"我在那张纸的下面写上我的电话号码，撕下来给他。

下车后，我把那半张纸叠好放进钱包夹层。刚才，我和程明浩分了一张纸，我不知道，在人生中，我们能够分享的东西，还能有什么。

回到家没多久，郑滢叫我去听电话，捂着话筒激动不已："男人，男人。"

竟然是程明浩。他说："我只是试试看这个电话号码。"

"你是怕我写个假的给你吗？"我不由得笑起来。

"不是那个意思，"他有点尴尬，"其实，刚才我忘记跟你说，有什么事情需要帮忙，或者加班晚了需要人接，给我打电话好了，我有车。"

"噢，谢谢你。"

"真的，不用客气。"他恳切地说。

"谢谢你。"我的脸颊贴着话筒开始发烫，却不知说什么好。

放下电话，郑滢知道是程明浩打来的，一脸诧异，逼我把通话内容复述一遍，然后眉开眼笑："小姐，恭喜你，他这样，就是要追你啊！"

"人家也没怎么样，就是说有事找他帮忙而已。"

"正好啊，也不用等他生病了，以后你呢就天天在公司里留晚一点，然后抓他的差送你回家。他这样送上门来，两个星期之内绝对会有突破性进展。"

"也许他只是客气而已。"嘴里这么说，我心里也希望郑滢说的是真的。

"装傻。我在旧金山住了这么久，他怎么从来不打电话来叫我有事找他帮忙？你就照我说的去做，不会错。"

"算了，抓差也要等的确需要的时候，否则太做作了。"

"你怎么这样，"郑滢恶狠狠地把锅里的青菜倒进碟子，恨铁不成钢地说，"老实交代，为什么要跑到旧金山来？不要嘴硬，现在好不容易有了机会，不好好把握，到时候，人家心凉了，你就后悔吧。"

"他要是真喜欢我，就不会那么容易心凉。"

"随便你，随便你，"郑滢无可奈何地摇摇头，突然来了灵感，"你说程明浩会不会就是你生命中的另一半？说不定，你们本来就应该在一起，后来阴差阳错分开了，但是冥冥中还是有那么一种力量在牵引着你们去寻找彼此。"显然，在埋头苦读下，郑滢的理论水平提升很快，已经掌握了那个被千万人口水泡过的柏拉图"两性人"理论。她越说越玄，"就是这么回事，否则怎么解释你好端端地会把杜政平甩掉，然后等你一来旧金山，张其馨又会正好和程明浩分手呢？你怎么解释呢？啊？"

我正想提醒她，早在大学二年级上学期，那个睡在她下铺的姐妹就曾经大力宣扬过这个在苍茫人世里寻找另一半的理论，而她老人家一边做仰卧起坐一边批示："这么说人本来应该和黄鳝一样雌雄同体啦？狗屁不通"；

突然记起当时郑滢正对中文系那个时不时喜欢诌两句歪诗放到校报上去丢人现眼的 93 级所谓四大才子之一迷得发呆，一天到晚捧着本徐志摩哼哼唧唧"我不知道风是在往哪个方向吹"，连风向都弄不明白，还能指望她什么呢？

"这种东西都是骗骗小女孩的，你也相信。"

"但是你不觉得很美好吗？"郑滢睁大眼睛，一脸陶醉，"反正我觉得它很有道理。你想，我以前交的男朋友之所以要分手，其实是注定的，因为他们都不是我生命中的那一半，而真正属于我的那个人，也正在世界的某个角落里焦急地寻找我呢。这样一想，我心里就特别特别舒服。"从来不肯相信浪漫的人，一旦相信起来，往往变本加厉。

我忍俊不禁："那个人最好在美国，否则，还要漂洋过海，实在太辛苦他了。"

她言归正传："反正啊，我觉得你和程明浩有点这个味道。只不过，你们这两锅温吞水，你热的时候，他不热，等他热一点，你又凉下去了，兑在一起，天晓得什么时候烧得开。"

又过了一个多星期，终于出现一个机会去顺理成章地抓程明浩的差。

Chapter 3 雨鞋花盆

那一天，主管突然把我和蒋宜嘉叫去，说有一个好消息。我满以为是谈将来毕业后回公司工作的事情，结果不是。原来，总公司某个重要人物明后两天巡视到旧金山分公司，日程早已排满，但由于一个演示临时撤消，就空出来一个小时。虽然我们部门已经有两个演示上了日程，主管大概想着多多益善，就奋勇争先抢到那个时间段，叫蒋宜嘉和我把我们项目的演示去再做一遍，之所以说"再做一遍"，是因为自从那次被人家抓了小辫子以后，主管不知是为了雪耻还是真的自我感觉不错，反正，他已经叫我们在不同场合演示了好几次。

演示在明天下午四点到五点，主管说："你们今天尽量把演示材料再修改一下，明天上午排练，"然后加上一句，"好好做，让大家对你们有个好印象，将来说不定很有用的。"话说得含糊，但意思已经相当明显：你们以后想回这家公司工作的话，这是个表现的好机会。

回到办公室，蒋宜嘉说："我算是明白'作秀'这两个字是什么意思了。作秀，作秀，就是说不仅要会做，还要会秀，有时候，作什么并不太重要，关键是秀什么，还有秀给谁看。"

我笑起来："想想看，我们的秀还有哪里可以再煽情一点？"

"做过那么多次，能改的都改了，还能怎么样？"

"不如秀点真的吧。反正做得差不多了，索性建个环境，放一系列真的数据去运行一下，肯定有说服力。"

"建个环境，说得轻巧，有那么多先行软件呢。"

我说："测试部门有几台机器上不是装得挺全的吗？跟他们去借几个小时吧。"

我给郑滢打电话，她说："不好办，那几台电脑现在都被章文刚那一组霸占着，他把它们当宝贝，你要去借，可能性顶多百分之十。"

"那要是你开口呢？"我好奇。

她懒洋洋地说："比你还少百分之十。"

于是我请蒋宜嘉出面——至少他们的交情足够在一起探讨剃什么头。蒋宜嘉去了一会儿，垂头丧气回来，耸耸肩膀："老章死活不肯。先跟我打官腔，说任何不在现行测试计划里的东西都不能占用他们的机器，后来又说，他主要是怕借给了我们，以后我们部门其他人再跟他开口就不好说话了。他说从前他们组在这方面很吃亏，所以现在规定任何人也不商量，他不能自己坏了规矩。不过，"他递给我一张纸，"老章说我们可以照这个上面的地址去安装那些先行软件和补丁，最后一个链接是所有的安装文档。"

早听说章文刚在公事上是只铁公鸡，不虚此名。

我叹口气："看来我们只好自己装了。"

蒋宜嘉有点不以为然："就为作一个秀，花这么多时间精力，值得吗？"

"老板不是暗示我们，要是表现得好，有利于将来回公司工作吗？"

蒋宜嘉犹豫一下，终于透了底。原来，回来工作对他来说一点吸引力也没有。他计划年底毕业，而到现在，已经有六家公司给他发了录用通知，还没决定到底去哪里，但肯定不会回来，因为他觉得这里工作环境不好，"穷山恶水，泼妇刁民"，最大的毛病是"女人太多，你们女人哪，嘴巴尖、心眼小，要么不整人，整起来把人往死里整"——他八成被上次那个婆娘吓破了胆。蒋宜嘉嘴虽然损，但听他骂可骂之人，却也着实过瘾。我唯一弄不明白的是，这个人自己婆婆妈妈，找的女朋友也嗲气十足，骂起女人怎么毫不心虚。后来，他如愿以偿，去了一家靠硬件起家、以男性化著称于行业的公司。据他说，面试的时候，从基层技术员到高级主管，一溜都是男人，他当时就觉得找着组织了。

"你拿六家公司的录用通知干什么？"我很惊讶。

"慢慢比较啊，反正有很长的时间可以决定接不接受。男怕入错行，女怕嫁错郎，听说过吧，就是说，我们男人选工作和你们女人挑老公一样，够重要吧？况且，这也从一个侧面反映了我的价值嘛。"我被他训导得只有点头的份，突然明白"上帝在这里关上一扇门，就会在别处打开一扇窗"何等正确：某人现在对感情专一，便在另一个领域里花心，而且，不踩则已，一踩六条船。

他看我羡慕，居高临下补上一句："放心，等你找工作的时候肯定也这样。要真想回这家公司我看也不难，现在的形势，每个公司都会招人，我们部门就你我两个实习生，我又不跟你争，有名额肯定是你的。着什么急呢？"

"可是我总觉得，一样做，能做好一点，为什么不做好一点呢？就算是作秀，也不是人人轮得到的啊，"我依然固执己见，"我们可以现在先把演示材料过一遍，下午装那些软件和数据，就拿你的电脑做服务器好了。"

他面露难色，"这个……我恐怕真的有点困难……"原来"四点半"的父母来美国探亲，飞机傍晚到旧金山国际机场，他有一场更大、更重要、关系到终生幸福的秀要作。难怪他今天打扮得山清水秀，头发和皮鞋格外光可鉴人。

"要不，我和她说一下，可能晚一点去……"他嘴里这么说，脸上两百分的不情愿已经明确告诉我，假如这位毛脚女婿在未来的岳父岳母面前因此印象欠佳以致姻缘有个什么闪失，他绝对会把账算到我头上，并且用唾沫淹死我。

"不用了，你还是去吧。那样的话，我就在自己电脑上装，反正也用不着两个人。今天能弄好的话，我们明天早上就让老板看一下，要是弄不好也就算了。"我被他的神态逼得通情达理。

我们把演示材料又仔细检阅一遍，改了几个地方，加入一些备份幻灯片，已是下午三点多钟。我开始建环境，他假仁假义问了句"真不要我帮忙啊"，就乐颠颠地走了。

我照着安装文档一样一样把先行软件和补丁安装、调试好，把一套数据输入所有需要的部件，运行了几次，修正几组数据，终于得到了预期的结果。我非常高兴，看看钟，七点二十分，我打算趁热打铁再输几套数据进去。

一个小时后，即将大功告成之际，狗屎发生，而且臭不可闻——我的电脑不知是觉得超时工作受了委屈还是居功自傲，反正，它突然黑屏了，连个招呼都没打一下。

我折腾了半个多小时，证实电脑确实死掉，连回光返照的可能也没有。

我一边掉眼泪一遍恶狠狠地捶了几下键盘。讨厌死了！我讨厌这台电脑，讨厌这家公司，每年赚的钱以亿计算，却发这种设备下来，的确穷山恶水；我讨厌主管为了自己脸上好看拼命叫下属作秀；我讨厌章文刚拥兵自重不肯帮一点忙；我讨厌蒋宜嘉事不关己、高高挂起，让我现在连个诉苦的人也没有；我甚至讨厌"四点半"的父母什么时候来不好，偏偏挑今天。

我把能想到的人统统讨厌一番，发现于事无补，我还是一个人对着冷冰冰、黑沉沉的电脑屏幕，现在唯一的办法是在部门那台后备电脑上把所有的东西重新做一遍。

我打开机房，开始从头做起。看着安装软件的蓝色状态条像蜗牛一样好半天才爬窄窄一小格，我火冒三丈：天知道这台机器会不会也发神经病？这些东西刚才我都做过了，凭什么要再做一遍？人家都不管，我一个人起什么劲？就算做完了，功劳也不见得归我一个人，何苦呢？我咬咬牙，关上电脑——我困了，我要回家睡觉。

我给程明浩打电话，请他送我回家。终于有机会抓他的差，我心里却一点也不高兴。

半个小时后，我坐在他的车上。他问我："怎么这么晚？"

我无精打采地告诉他是为了准备明天的一个演示。

"很重要吗？"

"嗯。做得好，说不定将来就有机会回来上班。"说到这里，我很难过，要是真的能把刚才做完的东西演示一遍，效果一定会非常好。我闭上嘴，从纸巾盒里抽出一张纸巾，闷闷地把它撕成一小条一小条。

等一张纸巾被撕成拉面，我终于忍不住发牢骚："其实，我并没有把准备都做好。我是说，其实我本来都做好了，后来电脑突然坏掉，就统统丢掉了，倒霉透顶。不过不要紧，我们可以用以前的演示材料对付。"

他转过头来，"可以重新做吗？"

"可是可以，就是要花好多时间，我懒得再麻烦。"我看着车窗外的街道。

窗外的景象突然不动了，我转过头，程明浩把车停在路边，一本正经地说："不如我送你回公司吧。"

"我不要。差一点就差一点好了，反正我本来也不那么想回这里工作。你送我回家。"

"我觉得你还是应该把能做的都做好。"

"我做不好，行了吧？跟你说过了，我要回家！"

"我担保你回家一定后悔。再说，已经做过一遍，再做一次只会更容易，对不对？"

"你又不学这个，你懂什么？！"我生气了。

他认真地看了我几秒钟，摇摇头，脸上居然浮起一个微笑："我是不懂，我承认，可小姐你总应该知道自己在干什么吧？你要是觉得没有价值，怎么会花上一个下午的时间去做？又不是不会，多花点时间，就在这里哇哇乱叫，亏你好意思。"他的口气简直有点恶作剧的味道。

我被他噎得没话说。

他自说自话把车开进一个停车场掉头："走吧，做完我再送你回家。"

车子在路上平稳地开着，程明浩不说话，我也不再哇哇乱叫。虽然我觉得他刚才的话有道理，但还是对被他训一顿心有不甘。我转过头去飞快地白他一眼，他眼睛看着前面，却把眉毛扬了起来，好像在说"你拿我怎么样"。

车子开进公司的停车场，里面稀稀拉拉只剩下几辆车。我正要下车，程明浩问："你们公司楼里现在应该还有保安吧？"

我终于找到机会报一箭之仇，得意扬扬地回答："我们公司那么大，保安当然是二十四小时值班的啦，土——包——子。不过，还是要谢谢你送我回来。"

他笑了："去吧，我在这儿等你。"

"其实你可以先回家，我做完再给你打电话。"

"不用了，我可以在车里睡觉，省得开来开去。"

我回到机房，从头开始安装、调试、输入数据、检查结果，等到把一切都准备妥当，已经差不多凌晨两点钟了，苍蓝的天空里缀满了星星，从十八楼的窗户看过去，仿佛它们都不过咫尺之遥，随时要穿过夜幕飞到我怀里似的。我最后审了一下，万事就绪，无比轻松地伸个懒腰，穿上外套，在自动售货机里买了两杯咖啡，跑下楼去。

停车场上只剩下一辆车，车灯熄着，静静地在那里等待。

我向那辆车跑过去，突然，在橘红色的灯光下，我意识到，几个小时前，在我由于挫折而任性、失去信心的时候，有一个人比我自己还要相信我；他并不知道我究竟做的是什么，却那么坚定地把我逼回来要我坚持到底，只是因为相信我。

我甚至开始感谢那台突然发飙的电脑，要不是它，我怎么可能体会到这一点？

我走到驾驶座旁边，发现程明浩头靠着车窗睡着了，身上斜搭着一件夹克衫。他说他可以在车里睡觉，看来不是吹牛。

我忍不住怀着一点偷窥的心情仔细端详起他那张睡着的脸来——因为他醒着的时候，我多半没有勇气直视他的眼睛。他的脸被淡淡的灯光笼罩着，看上去很英俊，但是，我发现他微微皱着眉头，好像在想什么事情。他会在想什么呢？会不会是睡得不舒服——这辆车子不大，而他的腿那么长？或者是在梦里思考问题？要不，是想起了什么让他不开心的事情，比如，张其馨？我的思路不由得开始天马行空。

从前看过的一本书上说，每个人的身体里其实都装着一个儿童，正襟危坐之时深藏于心，而当我们睡着的时候，脸上便会浮现出那个儿童的喜怒哀乐。那才是我们最最真实的心思。

程明浩身体里的那个儿童，是皱着眉头的。

我敲敲车窗把他叫醒。他揉揉眼睛，摇下车窗，对我笑笑："好了？"

我点点头，递给他一杯咖啡："这已经是我现在能提供的最高级的咖啡了。"

我们坐在车里喝咖啡。我问他："刚才你睡觉的时候做梦了吗？"

他想想，说："记不得了。怎么？"

"问问。"我笑笑。这么一会儿工夫，程明浩身体里的那个儿童已经逃走了。

我们开始聊一些无关轻重的事情，比如咖啡，比如星光，比如——非洲紫罗兰。

程明浩说："你送我的那盆花真难待候。就说浇水，我花了好久才弄明白究竟应该浇多少，水浇少了它会无精打采，水浇多了它一样无精打采。"

"不会吧，书上说非洲紫罗兰很好养啊。"

"那大概是我的问题吧，不瞒你说，从小到大，我唯一养活过的植物只有仙人掌，所以很怕把这盆花也养死。"

"其实，就算真的养死也不要紧，又不贵重。"

"你怎么不早告诉我，弄得我一直提心吊胆。"

"为什么？"

"因为你把花给我的时候，一副临终托孤的表情。"他一本正经地开玩笑。

我笑起来："有那么严重吗？"

"说真的，我担心要是把那盆花养死，何年何月再碰到你，你万一问起，知道了会失望。"他认真地看着我，眼睛里闪动着一点光芒，刺得我立刻低下头去，不知该说什么好，心中的喜悦却像落在宣纸上的墨，一点一点悄悄荡漾开去，变成一个圆圆的晕。

原来，他也会怕我失望。

我们把咖啡像啤酒一样干掉，精神抖擞。我说："早知道不应该喝咖啡的，现在就是回了家也睡不着。"

他兴致勃勃地提议："我带你去一个地方吧。"

"看日出吗？"

"也对也不对，到那里你就知道了。"

四十分钟以后，我们站在一片狭长的、一路伸展进旧金山湾的半岛状地带，隔了苍茫的水域，左边远处是若隐若现的金门大桥，右边是万家灯火与天上星光交相辉映的旧金山。看久了，灯光、星光交会在一起，仿佛随时可能坠入水中，流成一条星河。这一整幅景象融进冰凉的夜气，宛如玲珑剔透的水晶球，美得不可思议，让人都不忍心多说话，唯恐就此踩碎了它。

风很大，阵阵寒意袭来，我把外套牢牢裹在身上，再穿上程明浩的夹克衫。他的衣服很大，穿在我身上长出好多。他看着我企鹅一样摆动着袖管，呵呵地笑起来："你这个小不点。"

我向来介意人家说我个子矮小，然而，奇怪的是，我却喜欢听他这么说。

"这里真漂亮，很特别。"我用力吸入一口清凉的空气。

"最特别的在这里，"他指着不远处。我这才发现，在大大小小的花岗岩石块中间，冒出了一些微微弯曲的大管子，大概有十几个。

"这叫浪管风琴，大概是全世界最特殊的一种乐器了。等涨潮的时候，这些管子就会根据水势的强弱发出不同的声音，听上去像风琴在奏乐，可以说是真正的天籁之音。"

"是吗?"我一下子对这些其貌不扬的管子产生了浓厚的兴趣，"你怎么知道的?"

"刚来的时候，一个美国同学介绍的，我来过一次就喜欢上了这个地方。后来，每当心情不好时，就会跑来，有一次，好像是过新年，我在这里待了差不多一整夜，冻得发昏。"

"为什么?"

"那一阵子运气很差，好像随便干什么都不顺，实验做得不好，考试拿不到 A，连口语考试都没通过要重考。导师告诉我还剩下最后一次机会，否则就可能吊销奖学金。反正那一天我情绪低落到了极点，觉得好像全世界都把我抛弃了。所以我就跑到这里来坐了一个晚上，至少还可以听听海浪说话。"

"是一九九七年十二月三十一号吗?"记忆突然电光火石一般在我脑海里回放。

他点点头:"那大概是我最最倒霉的时候。"

我很想告诉他，那一天，其实并不是全世界都把他抛弃了，因为，至少还有一个人守在电话旁边希望和他说一声新年快乐，他不知道而已。后来又觉得这样说好像有点肉麻，便又把话咽了下去。

我凝神聆听着，却什么也听不见。

"这些管子什么时候会奏乐呢?"

他看看手表:"大概再过一个多小时吧，到五点半涨潮的时候效果应该最好。"

于是我们找了个地方坐下来，他替我挡着风，我们都没有说话。我觉得很幸福，因为他就在我身边；这个时间，海湾那边的旧金山沉沉入梦，所有人都睡着了，只有这个人和我在一起等待天籁之音。我觉得我们之间好像有一种坚固的同盟。

可是，等到五点、五点半、五点四十五分，等到星光淡去，潮水涨起，唰唰地拍着堤岸，等到天色渐渐开始泛亮，浪管风琴竟然没有发出声音，那一根根大管子只是沉默地、几乎有点无奈地站在那里。

我不时回头看一下，它们还是一声不出。我有点怀疑是不是自己的耳朵出了什么问题，仔细听听，风声水声却清晰真切。

程明浩把耳朵凑近几个管子认真地听了一番，走回来，脸上交织着困惑、失望和尴尬："真不好意思，我也不知道怎么会这样。"

我说："没关系，至少我们还可以看日出啊。"

他对我笑笑说："下次再带你来，"但我还是看得出他神情中的沮丧。过了一会儿，他突然想起什么，"说不定是那些管子下面塞住了，有些人会把易拉罐什么的扔进去，积多了就可能塞住。上次我们来的时候……"他讲到这里突然停住了。

"我们?"

"就是我和张其馨。"他用一种淡淡的声调说，却再也没有下文。那是他第一次在我的面前提起张其馨的名字。原来，他们也曾经来过这里；其实，他们曾经谈过一年多的恋爱，他怎么可能没带她来过这里呢?

我看着他的脸，他的眼神在刹那间变得空旷，让我简直想伸出手指去问他"这是几"。那一个名字显然让他想起了一些东西，而那些东西是他不方便、也不愿意与我分享的。那些东西为他的情感包上一层厚厚的盔甲，让我接近不得；即使他们已经分手，我依然无法接近他。顷刻间，我们的同盟土崩瓦解。

今晚，他心血来潮把我带到这个他心爱的地方，结果却是帮他自己唤起了回忆。与其这样，还不如不来。他挑了一个最最浪漫的情境让我明白他的确爱过那个人，真过分。

我讨厌他。

清晨第一抹阳光照过来，我看着地上被拉得长长的影子，黯然地发现，我和他之间依旧天遥地远。

他把我送回公司。我从网上搜索到浪管风琴管理部门的电话号码，一过九点钟就打过去，问他们为什么今天早上浪管风琴不会奏乐。

电话那头，一个女人打着美国式的官腔说非常感谢我报告这个问题，具体为什么呢她也不知道，不过他们一定会派人去检查，叽里呱啦说了一通以后笑嘻嘻地问："还有别的事吗？"

她不可能理解这一个小节对我来说有多大的意义。

秀作得很不错——观众准时出席，一切运行正常，预先设好的数据没有出纰漏，演员没有忘词，问题也答得滴水不漏，老板相当满意。

回家以后，我洗了个澡，立刻爬上床去。

郑滢一回来就掀我的被子："招，昨天一夜不归，哪里风流快活去了？"

还没等我有机会说话，电话铃响起，郑滢去接，说了两句话，把电话拿进来递给我，兴奋得两眼放光："程哥哥，程哥哥。"郑滢最近没再谈恋爱，于是转而把一腔关注投入到我的感情生活中。

程明浩问我演示做得怎么样，我说很好，然后我们就沉默着。不知为什么，一听他开口，随便说什么，我就不由得想起今天清晨他那种漠然的眼神，不由得生气，不由得不想理他。

"早点休息，你昨天一夜没睡。"他说。

"嗯，谢谢你。"我挂上电话，突然想起昨天其实他也一夜没睡，应该还一句"早点休息"或者类似表示关心的话，反正说什么也比"嗯，谢谢你"要好。我很懊恼。

郑滢问我："程明浩得罪你了吗？"

我摇摇头。

"那你怎么那么冷漠?"

"我怎么冷漠了?"

"你刚才的语气好像在说'姓程的,我讨厌你,快点去买块豆腐撞死,不要再来烦我'。"

"没有吧。"我心里有那么多委屈,怎么投射到语气上,却变成了冷漠?这样一来,他大概会觉得我根本不在意,而其实,我是很在意的呀。我开始讨厌自己,明明心里想着一套,嘴上却说着另外的一套;我更加讨厌他,因为,让我变得这样表里不一的人,是他。

"我明白了,昨天晚上,你们做那个了,对不对?"郑滢开始自作聪明,脸上一副过来人的表情,"书上说,女孩子经历第一次之后,情绪上往往会有一定的波动,觉得茫然,缺乏安全感,甚至对对方产生怨恨情绪,像你刚才那样的表现就很典型。其实呢,在这种情况下,程明浩应该亲自跑来安慰你,最好送一束花什么的,不过,他能知道打电话来,也过得去了。你可能会觉得他还不够细心,但从另外一个角度看,却正好说明他也很单纯、缺乏经验。男人嘛,难免粗心一点,不过,只要他心里知道对你好,其他的都可以慢慢培训,对不对?"

"对什么呀?"郑滢那一番左右骑墙却谬以千里的话让我哭笑不得,我把昨天晚上的事情大致告诉她。

她居然很失望:"不务正业。"

"我务了正业对你有什么好处?"

"当然有好处,那样的话我们讨论起男人来,可以进入一个更深的领域。"郑小姐大言不惭。

第二天,我想来想去,还是决定给程明浩打个电话过去。

电话拨通,他好像又感冒了,声音闷闷的,不知是不是因为昨天吹了半夜的风又把外套让给我穿的缘故。

我问他："你怎么了？"

他说："喉咙有点痛，已经吃过药了。"

"不要紧吧？"

"没关系。"

"你经常感冒吗？"我忍不住问。

"也不算，差不多每年一次，据说这样对身体有好处。"他又是那种淡淡的声调，很温和，却拒人千里之外，让我把本来想好的话统统咽了回去，说出口的，是一套不咸不淡的客套话。

挂上电话，我打开窗子，让清凉的夜气隔着睡衣把我裹住。怎么会有人在夏天感冒？是因为旧金山的夏天太凉吗？为什么他一感冒，就好像变成另外一个人，他的心事，让我看得见摸不着？

我再也不要给他打电话了。我有我的架子，可以放，但不能放到底。

剩下的几个星期很快过去，我没有再给程明浩打电话；我以为他会再打过来，但他没有，我们之间那种似有若无的联系像游丝，在风里飘着飘着，一转眼，不见了。

也许，本来就没有什么。

最后一个星期的某一天下午，我突然莫名其妙地牵挂起滨海区防波堤最前端的浪管风琴来：也不知它们修好了没有？于是我打电话去问，同一个女人热情洋溢地告诉我他们查过了，管子的确有点堵塞，现在已经修好，她说："你明天早上就可以去听了。"

我像放下了一件心事，同时又觉得有点好笑：我一个人早上五点半有觉不睡跑到那个地方去捉鬼吗？同一个情境，可以很浪漫，也可以很无聊。

那天下班后，回到家，一进门就听见郑滢破口大骂："王八蛋，王八蛋，如假包换！"居然还押韵。

那个如假包换的王八蛋是林少阳。张其馨显然已经来了一会儿，诉苦完毕，正在吃一杯冰淇淋，嘟着嘴，那双弯月一样、高兴起来回眸一笑百媚生的眼睛被泪水泡成了两条细细的线。

　　原来，林少阳不只长得像田振峰，连带性格也有点像，喜欢认什么干妹妹，不过更胜一筹，认起来不分种族，这一次，认了他公司里的一个十八九岁的美国小姑娘当干妹妹。那个女孩子是他们部门的实习生，更重要的身份是林少阳三线主管的女儿。张其馨今天来，是因为林少阳上周末陪人家一起去打网球，她知道以后，同他狠狠地吵了一架。

　　张其馨说："明明天也不热，穿得那么凉快，上面露到乳沟，下面露到……唉，你们想想也知道了，反正全身上下的布加在一起差不多也就这块擦桌布那么大，亏她好意思穿得出来！"女人描述起情敌来往往恶毒有加。

　　张其馨看上去很沮丧，但我实在无法产生多少同情心，因为她即使再伤心，也没忘了吃冰淇淋，而且，吃的还是我最心爱的哈根达斯核桃巧克力冰淇淋。如果我没记错，那是冰箱里唯一的一杯哈根达斯核桃巧克力冰淇淋了。

　　冰淇淋吃完了还可以买，我生气的是，她好像总是挑我喜欢的东西"所见即所得"，百发百中。

　　张其馨说："他口口声声说自己和那个女孩子之间什么也没有，可我就是不明白，既然这样，他认人家当干妹妹做什么？有本事就和他们那位主管自己去称兄道弟，打这种擦边球！"这句话提醒了我——张其馨自己从前就是由田振峰的干妹妹晋升到女朋友的，难怪如此敏感。

　　郑滢说："退一万步讲，他真想认干妹妹，至少也应该找个中国人吧，认个红头发绿眼睛的，看上去也不像啊！"

　　"那才说明他有远见卓识，知道什么样的干妹妹认了有用，你应该为他感到骄傲才对。"我明明知道自己这个时候说不出好听的话，还是忍不住开口，让一肚子幸灾乐祸像细菌一样飞扬到空气中去。

　　张其馨哀怨地瞪我一眼，郑滢在桌子底下踢了我一脚，我自顾自跑到厨房去做饭。

不知过了多久，我听见有人叫我。抬起头来，张其馨站在冰箱旁边，似笑非笑地看着我："关璐，你有什么话要跟我说吗？"

"没有。"我摇摇头，低下头接着切洋葱。

"可是你好像看不惯我。"

我停下手里的刀："我为什么要看不惯你？我刚才说的都是真心话，林少阳年纪轻轻就这么会拉关系，将来还不是'好风凭借力，送我上青云'。只要你相信他，就根本不必担心；你不相信他，他做和尚都没用。"

"你还是看不惯我。"她还是不肯放过我。

我心里的火蹿起来，放下菜刀，打算和这个女人好好清算一番，然而，说出口的却只是："你把我的冰淇淋吃光了。"

"我只吃了一杯而已啊。"

"你吃的是我最喜欢的哈根达斯核桃巧克力冰淇淋，而且是最后一杯了。"洋葱的辣气刺到眼睛里，我去揉，只是越发眼泪汪汪。我非常恼火——我根本不想在她面前流眼泪的呀。

张其馨看着我的狼狈相，终于忍不住："切洋葱的时候，你经常把刀放在水里浸一浸就不会这样了。"

我不理她。我们沉默了一会儿，她自言自语地说："其实，我不是已经把程明浩还给你了吗？"

我看着她一脸无辜的表情，不知道说什么好。她居然觉得她已经把程明浩还给我了，仅仅因为她选择了和程明浩分手？实在太荒唐了。

或许，爱情就像一杯哈根达斯核桃巧克力冰淇淋，吃掉就是吃掉了，不可能还，也还不起。

我把菜刀浸到水里，黯然地说："你不可能把程明浩还给我，因为他从来不属于我。现在，麻烦你快点走吧。"我终于能够面对这个现实：程明浩并不属于任何人，他只属于他自己。他可以喜欢我，也可以喜欢别人。他不喜欢我。

"关璐。"张其馨好像突然发现原来有人比她还要伤心，伸出手来搭在我的肩膀上。

我把她的手移开："我要把这个洋葱切完。"

第二天晚上，张其馨又跑来，手里拎着一个超市的袋袋，里面装着十二杯哈根达斯核桃巧克力冰淇淋。

"还给你。"张其馨一本正经。

这个女人有完没完了？

我对着一打巧克力冰淇淋又好气又好笑："我再过两天就要走了，你买这么多来干什么？"

"那还不好办，在走之前把它们都吃光啊。"

结果是我们站在冰箱旁边你一杯我一杯地吃起冰淇淋来。正如酒能使男人吐真言，冰淇淋可以帮助女人化解仇怨。毕竟，那是一种很甜蜜的食品，对着冰淇淋吵架，实在太煞风景。

张其馨打破了沉闷："你还喜欢程明浩吗？"

"他不喜欢我。"我把一大口冰淇淋塞进嘴，让那种冰凉甘甜的感觉慢慢地充溢整个口腔，像被辜负的爱情，"他从来都不喜欢我。"虽然没有正面回答她的问题，但我觉得已经足够了。对于一个不爱自己的人，再多的爱情也等于零，不，应该说是等于 null，那种连零都不是的东西。

张其馨停下勺子，仔细地看了一会儿我的表情，突然说："其实，他喜欢过你的。"

我差点让冰淇淋噎住。

"本来我也不知道，是有一次他买什么东西，不当心从钱包夹层里掉出来一小张照片。我捡起来一看，上面竟然是你，照片是从那次我们七个人在机场拍的合影剪下来的。后来我为那张照片和他大吵一架，他才告诉我，其实在认识我之前，他曾经喜欢过你，就把那张照片随手剪下来放在皮夹里，一直忘了取出来。就是这样了。所以，你要说他从来没有喜欢过你，是不对的。"

我目瞪口呆，过了半天才反应过来："可是我从来都不知道啊！"

"我也问过他为什么当初没去追你，他说他自己也不大清楚，他还说，大概那个时候觉得你太好了。"

"太好了是什么意思？"

张其馨耸耸肩："这你恐怕就要问他自己了。"

"你们……不会是因为这个分手的吧？"我忍不住问出这个很有点自私的问题，而且，有一刹那，全心全意地希望她说"是"。

"这，倒也不是，是我提出分手的。"她脸上的表情五味杂陈，"程明浩是个很好的人，可是，他未必适合我。"

"他爱你吗？"

张其馨笑笑，温柔地说："我也曾经很爱他呀。"

那天后来说的话我都记不清了，脑子里一遍一遍盘旋的都是张其馨的那几句"他喜欢过你"、"觉得你太好了"，还有"我也曾经很爱他"。等手里剩下的半杯巧克力冰淇淋化成了糨糊，我的脑子也是一样的迷惘：他既然喜欢我，为什么从来都没有告诉我？他为什么会觉得我太好了？他为什么都没有给我一个机会就自说自话地把一切都结束了？他有什么权利这么做？

我站在窗子前看街上的车子，一直看到它们拖着的灯光变成一道道流动的霓虹。

他怎么可以这样对我？

那个星期五是实习的最后一天，其实，所谓最后一天，只是早上九点钟到公司里交掉名牌和办公室钥匙，然后领一份纪念品，就可以走了。

星期四，主管把我和蒋宜嘉分别叫进他的办公室谈话，出来以后，我们一对口径，谈话内容几乎一模一样：感谢你们三个月的辛勤工作，坦率地讲，当初把项目交给你们，我并没有抱太大的希望，但是现在看来，成果比预期的要好很多，而且已经引起了相当程度的注意。所以，我已经正式向上申报在未来某个合适的时间段将这个部件加入产品，究竟成功与否可能要到年底或者明年初才能定下来，不过，到现在为止，我们已经尽了人事。最后，是那句我最关心的话，"你明年毕业以后是否愿意考虑回公司来工作？"

蒋宜嘉果然当场就拒绝了。他回来以后，把脚跷到办公桌上，鼻孔里"嗤"的一声："好就是好，不好就是不好，什么叫尽了人事？这个地方不行，不行，官僚气太重，太重。"

我说："算了吧，不尽这点人事，你恐怕也未必会那么吃香。"

我答应主管"愿意考虑回公司来工作"，因为那个时候，虽然也有两家公司表达了录用的意向，但一家在佐治亚，另一家在堪萨斯，都太远了，公司也不是很大。而旧金山这一家，从各方面来看，要算是最好的。主管相当高兴——大概和刚刚吃过蒋宜嘉的皮蛋不无关系，说他明天就会请总公司的人事部给我发录用通知，按照公司惯例，我有半年时间决定接受与否。最后，他用力地和我握手："我非常希望你能决定回来。"

下班后，我留下来，把桌上和抽屉里的东西清理干净。程明浩突然打电话来。

"你怎么知道我办公室的号码？"我一时没反应过来。

"郑滢告诉我的。她还说你今天要走了。"长舌妇，如假包换。

"对，我订了今天下午的飞机票，比星期六的要便宜很多。"

他打电话来干什么？说再见吗？

好，说吧，我听着。

许久，他终于开口："我打电话去问过了，他们说那天浪管风琴的管子的确堵住了，现在已经修好。我本来想在你走之前带你再去听一次，现在看来没有机会了。"

原来真的是说再见。我的心一阵发颤，不拿话筒的那只手开始绞桌上的电话线，一直到电话线一圈圈缠绕在食指上。

他怎么会有心情来跟我说再见？我从来都讨厌一切和分离有关的东西，包括机场、机票、登机牌、火车站、行李、送行、饯行等等，尤其讨厌听我在乎的人在送我走的时候深情款款地说再见。说了再见，就真的要走了；只有狠心的人才会这么故意留恋。相比之下，我宁可不告而别。

电话线缠得我手指发痛，我把它松开，抬起头看着窗外远处的马路。我的眼前又是一道道流动的霓虹。

我干巴巴地说："不要紧，以后等有了机会再说吧。"我在心里苦涩地想，说不定，我对他的感情原本就是不被祝福的，所以，连浪管风琴也懒得发声。

"你们公司答应录用你了吗？"他转换话题。

"答应了。"

"祝贺你。"他听上去也很高兴。

"谢谢，"我突然冲口而出，"不过，我还没决定接不接受，因为我还有另外两个工作机会。"

"在哪里？"

"一家在佐治亚，还有一家在堪萨斯。虽然工资没有加州高，可是那里生活水平比较低，所以还是蛮不错的。"我故意这么说，因为很想听听他的反应。

"是挺不错，就是稍微远了一点，还有，气候大概没这里好，"他笑笑，"玩的地方恐怕也比加州少。"

他语气里那一点失望顷刻之间又让我充满了勇气，于是我问他："你觉得我应该回来吗？"

问出这一句话，我立刻后悔。我这样问，听上去倒像是在要他帮我做一个决定。他有什么责任来帮我做决定呢？假如他说"不应该"，难道我真的跑到佐治亚或者堪萨斯去吗？假如他说"应该"，日后我要是回旧金山，倒好像是听了他的话才回来的。我屏住呼吸，听他说"应该"还是"不应该"。

结果他既没说"应该"也没说"不应该"。他轻轻地说："这个，还要看什么地方最适合你发展吧。"

他居然这么一句话就把皮球踢还给我！既然如此，他又何必给我打电话，何必用那么关切的语气来问我，甚至，何必来理我？

我全身上下每一个细胞都被激怒了。我忍不住对他叫起来："程明浩，有人说过我这个人太好了，你能不能解释一下那是什么意思？"

他沉默了很久，然后说："关璐，对不起。"

"为什么？"

"那时候，我不知道自己会不会让你失望。"

"所以你根本都懒得让我知道你喜欢我？"

他不说话。

"你说话呀。"

他不说话。

"拜托你说话呀。"我又开始绞电话线，一直绞到它紧紧缠在手指上，也像紧紧缠在心上，缠得心阵阵发痛。

他还是不说话。

"你究竟有没有喜欢过我？"等待是很伤人的。

"有。"这一次，他很快就回答了。

"然后呢？然后你又去喜欢别人了？你既然喜欢我，为什么不来追我？你为什么不来追我？"我感到话筒在手里微微颤抖。

"不是这样的，"他的声音低沉下去，"其实，当时我知道你对我好，我是怕——怕我自己无以为报。而且，小杜也一直很喜欢你，我觉得他比我好，"他干涩地笑笑，语气里有几分难堪，"还有，那次在纽约碰到你们，我觉得你们很般配……"

"那张其馨呢，你就不怕她失望？不怕无以为报了？你为什么去追她，而不来追我？这又关杜政平什么事？"

他又不说话了。

我的心火越蹿越高，眼眶里的泪水非但没把它浇灭，反而让它越燃越旺。泪光中，我明白了一个不争的事实：他爱过我，然而，爱得不够深——不够让他来追我，不够让他放下自尊或者自卑去和杜政平争，不够让他相信我们之间会有结果，不够让一千多英里的距离在他心里消失，不够让他在浪管风琴面前忘记张其馨在他心里投下的影子，不够让他对我的何去何从说一句"应该"或者"不应该"。

爱得够深，他什么也不会怕。

程明浩爱我，没有我爱他多，从一开始就是这样。因此，他又爱上了别人，就算张其馨不出现，或许有另外一个人；也是因此，我即使和杜政平谈了恋爱也会分手。

爱情，原来和彩虹一样，是有层次的。即使拥有同一道彩虹，不在一个层次上，还是无法相遇。

"可以出来见一面吗?"他又转换了话题。

"我要整理东西。"

"明天你怎么去机场?"

"郑滢带我去。她刚买了一辆新车。"

"我可以送你吗?"

"不用了，我不喜欢人家送行。"

"让我送你吧。"

"我已经说过了，我不喜欢人家送行。"

"为什么?"

"因为我不喜欢，就是不喜欢，可以吗?"我开始不耐烦。他究竟想干什么?

"可以，"他停顿一下，"我只是有点惊讶，因为我自己是很喜欢有人送行的，只不过从来都没什么人来送。那次出国，你们还问我怎么那么晚才去机场，其实，就是不愿意看见大家都热热闹闹的，那样的话我心里更加难过，现在想想真是有点幼稚，"他笑笑，"因为我自己是那样，所以，就以为你也一样。"

他的话让我心里有点痛。那点心痛累积起来由量变到质变，成了愤怒：他对我一点都不好，我为什么还在为他心痛？

我本来想挤出两句客套话，但心头的愤怒让我口不择言："程明浩，人和人是不一样的，也就是说，我和你是不一样的。举个例子说，你可能觉得我'太好'或者'太不好'，但是我并不这么想，并不这么想，我想的是……"话到这里，我意识到自己找不到合适的语言来形容我究竟是怎么想他的，因为，事实上，我什么都没想，在爱上他的时候，我只是觉得他好，而说不出什么像样的理由。

"我想的是，我再也不要见到你了，明天不要，后天也不要，以后永远都不要。因为你和我太不一样了，实在太不一样了……就像我为了想见你可以从新墨西哥一直跑到加州来，而换了你，就不会这样做。"我听见自己的声音越来越低，越来越无力，但是我逼着自己说完。

沉默。然后他问："你怎么知道我不会?"他的语气重重的。

"要是会的话，你应该早就做了!"我越发生气，"程明浩，我已经把你一眼看到底，所以麻烦你不要来送我，因为我实在不想再看见你了。"他总是那么居高临下，现在，至少我能体会一次尊严，即便是最后一次。

放下电话以后，我在桌上趴了一会儿，然后站在走道的窗前想再看看这个城市的黄昏。明天这个时候，我就不在这里了。

无意中往楼下的街道看去，我突然发现刚才一气之下说出的"程明浩，我已经把你一眼看到底"原来名副其实，因为，此刻他就站在车水马龙的街边一个公用电话亭边，刚才的电话，大概是从那里打的。从这个角度看下去，无论他是一米八几、二米八几，抑或三米八几，都不过是一个小小的身影。他显得那么矮。

他也正抬着头往上看。我下意识地想往窗框下面躲，随即想到他根本不可能透过反光玻璃看见我，何况，他并不知道我的办公室究竟在公司的哪一个角落。

有那么一个刹那，我们的目光相交；他看不见我，但我知道他在凝视我。曾经在纽约帝国大厦楼顶照片见过的目光又回来了。

我转过身奔向电梯。我刚刚说过再也不想看见他，其实，我还是想看见他的。

进了电梯才发现它是往上去的——二十四楼某位敬业的同事也刚下班，早我一点点按了扭。我只好跟它上到二十四楼，然后再下到底楼。门打开，我立刻飞跑出去，隐约听见那个同事在我背后说了一句"再见"，也顾不得回答。

等到了街上，程明浩已经不在那里。我愣了一会儿，转身跑到停车场，看不见他的车。我退出来，一路跑了好几个街区，一直到气喘吁吁。这条街上红绿灯很多，转得也慢，我满心希望他正停在某个路口，可是他没有。

他没有等我。他为什么不等我？他既然大老远跑到我公司楼下发呆，怎么就不肯多等一会儿呢？不错，我是说过不想再看见他，但人，总有可能改变主意的呀。

我用最快的速度收拾好东西回家，给他打电话，他不在。一个小时后我再打，他也不在。

我犹豫了半天要不要给他留个言，最后还是没有留，因为我要说的话都已经说了。很多话，本来根本不想说，到底被他逼得统统说出来。

郑滢用她新买的本田 CRV 送我去机场。她年底也要毕业了，只花一年半就拿到计算机硕士学位，比我们其他人都快，她把这归功于她们学校差，为了多吸引学生，自然把课程要求降低，几乎所有的实习经历都可以抵学分不算，还不必做论文。郑滢虽然没有蒋宜嘉那么奇货可居，也有三四家公司要，她决定毕业后去旧金山南郊的一家公司，论规模、名气和现在这家差不多，但工资待遇略胜一筹。她一决定，第二天就去分期付款买了这辆车，现在正处于蜜月期，一有机会就把它牵出来逛逛。她自告奋勇送我去机场，很大程度上是她自己手痒了。

"你个子又不高，买这么大的车干什么？"

"就是因为个子不高，才要买大一点的车，这样开在路上，人家不敢随便欺负你。"

"有这种说法？"

"当然。"

假如这种说法在爱情里也通用，我想，我大概需要去买一辆公共汽车来开。

"你上班时间跑出来真的不要紧？"

"要什么紧，我走都要走了。再说，公司本来就规定假如周一到周四每天工作九个小时，周五下午可以休息，这个福利我还从来没有享受过呢。"

"章文刚知道你要走，有没有说什么？"

"哼。"我那句问话捅着了郑滢心里的马蜂窝。她说，最近一段时间，章文刚总在工作上忽明忽暗地找机会为难她，让她日子不好过。

"会不会是你太敏感了？他本来就是出名的难打交道。"

"难打交道和故意刁难是两回事。"郑滢告诉我，章文刚已经对几个男同事透露准备年底回国去迎娶陈玉莲——显然他已经浪子回头，不仅如此，他居然还对他们说什么"娶妻求淑女"。

"他这么一说，我成什么了？恶不恶心？恶不恶心？恶不恶心？"

"恶心，"我实在忍不住笑起来，"不过，再怎么说，人家把宝贵的第一次托付给你了。"

郑滢白我一眼，狠踩一脚油门："照这么讲，我还欠他的？反正，我一听他那句话，马上下定决心，天涯海角都可以去，就是不回这家公司。"

"你这个论调倒是和蒋宜嘉一模一样。"

"唉，人家才高八斗看不上这里，我呢，是被男人逼走的，不知差到哪里去了。"

到了机场，我从洗手间出来，看见郑滢站在 Starbucks 门口朝我招手。

她递给我一杯大号薄荷摩卡，自己手里拿的是卡布奇诺。

"给，你喜欢的。"

"这里的 Starbucks 在买一送一？"

"好心当作猪下水，我请你，不行吗？"

"请我也不用这么一大杯吧？"

"放心，现在还早，喝完够时间再上一次厕所。"

我拉着她想去找个地方坐下，她连连摇手："不要不要，我们就站在这里，"她呵呵傻笑着，两个酒窝在脸上跳起舞来，"这个地方显眼啊，要是程明浩良心发现跑来，一眼就能看见你，然后你们两个就会演一出很浪漫的戏给我看，那杯咖啡呢，就当我买票了。"

"他不会来的。"

"你怎么知道？"

"我叫他不要来，我还说过再也不想看见他。"薄荷摩卡刚喝的时候滚烫，仔细品尝却是满口清凉。这是一种表里不一的饮料，就像我自己说出的话。

"说不定会有奇迹发生的。"郑滢乐观地鼓舞我。

奇迹没有发生。程明浩没来送我。我叫他不要来，他就真的没来。

郑滢很失望："这种笨蛋，活该找不到老婆。"

飞机升空的时候，我正在把航空公司的那份紧急情况指南从头读到尾。我不再去思考是否应该忘记他，因为我已经明白所谓忘记，是徒劳的。

当你想要去忘记一个人的时候，就已经无法忘记他了。忘记，不过是另外一种形式的提醒。爱情里的忘记，到头来都是想念。

他是我心里的一枚电脑病毒，碰一碰，就会自动复制、侵袭更多的空间，唯一有效的办法是把他隔离到某个角落里，不去碰触。

回学校以后，我搬到另外一个公寓，免得和杜政平抬头不见低头见。

有一天，在系里的信箱旁边碰见他。他稍微黑了一点，看上去很精神。

他看着我微笑。

我们寒暄了几句，他说"你等等"，然后跑到自己办公室去拿了一样东西出来："送给你。在纽约买的，前不久才出来。"

我看看题目，是一部动画片《宝莲灯》。正在奇怪他何以送我一盘动画片，他说："里面的主题歌是张信哲唱的，很好听。"

那首歌，叫《爱就一个字》。

那天晚上，我在电脑上一遍遍听这首歌：

> ……
>
> 爱就一个字
>
> 我只说一次
>
> 你知道我只会用行动表示
>
> 野花太放肆
>
> 守住了坚持
>
> 看我为你孤注一掷
>
> ……

虽然和劈山救母的故事好像并没有太大的关联，但它无疑是一首演绎得非常成功的情歌。

我在想，如果人一辈子只有一次机会说"爱"，如果爱情真是孤注一掷，那么我这辈子的份额恐怕已经用完，却什么也没得到——我大概把宝押错了地方，而赌场的规矩是落子无悔。

几天后，郑滢打电话来："我有一个很重要的消息。"

"好消息还是坏消息？"

"那要你来决定。消息是：你那个月亮好像打算卷土重来。"

"什么叫我那个月亮？"

"杜政平刚才破天荒地打电话给我，足足讲了一个钟头，亲切地问候了我的工作和学习，然后也顺便问起了你。"

"问我什么?"

"问你现在有没有男朋友。"

"你怎么说?"

"说没有。"

"你至少可以说不知道吧。"

"古人云，'知之为知之，不知为不知，是知也。'"她居然很得意，"好消息还是坏消息?"

"坏消息。"

"不要这么绝情嘛。"

"你到底帮谁?"我清清楚楚记得一个星期前她还在机场骂程明浩不争气。

"我帮你，还有对你好的人。"她很干脆。

"但我不可能仅仅因为一个人对我好就爱他。"

"连对你好都做不到，又有什么必要去爱?"

"你怎么知道他对我不好?"我不服气:"他对我很好。"

郑滢不说话。我赌起气来:"他真的对我很好。"

"那现在呢? 他在哪里?"郑滢悠悠地发问。

我答不出来。回来之后，程明浩没有给我打过电话，连一封电子邮件也没有。这个夏天的一切就像雷雨后的彩虹，曾有一段缤纷却已然无痕。我感到难堪。

过了几天，我在图书馆碰到杜政平，他说有点事想问我，于是我们边走边说。

杜政平告诉我，纽约那家公司已有意向录用他，条件相当优厚，并且希望他在修完这个学期课程后就回公司一边接着实习一边做论文。

"那样的话，明年初我就回公司上班，五月份再回学校答辩。"

我微笑，一时还不太明白他究竟想说什么。

他突然停住，低头看着自己的脚尖："这次我要是去纽约，今后大概会留在那里。我不知道你将来有没有打算回加州工作，要是那样，我们以后就没什么机会见面了。其实呢，也有几家硅谷的公司要我，听说北加州气候很好……我是说，真要去那里工作的话也不错，所以，我想问问你的意见，"他抬起头，终于问出那个问题，"你觉得我应该去纽约吗？"

他认真地盯着我看，仿佛答案就写在我的脸上。

我避开他的眼光，突然想起前不久，我问过程明浩一个几乎一模一样的问题，他的回答伤透了我的心。直到现在，我才体会到这个问题有多沉重。那其实并不是在问某人是否该去某地，而是在问你是否愿意将自己同那个人的命运交会在一起；无论你说"应该"还是"不应该"，都是要负责任的；爱得不够，便负不起这个责任。

难怪程明浩无法给我一个想要的答案。

我也无法给杜政平一个他想要的答案。我说："我想这个还是你自己决定比较好。"

他有点着急："难道你还不明白我的意思吗？"

"我明白，所以才更加觉得该让你自己决定。"

我转身朝电梯走过去。他追上来："关璐，你真的就不能再给我一个机会？"

我走进电梯，按下钮："我们是不可能的。"

电梯门缓缓关上，他伸出手臂把它挡住："你还在喜欢程明浩吗？"

我不说话。我们僵持了半分多钟，终于杜政平把手缩回去，电梯门合拢。

晚上，他打电话过来，声音听上去很沮丧，有几分醉意。

"你喝酒了？"

"啤酒，"他说，"今天下午很对不起。"

"你没有什么需要对不起的。"

他告诉我，在纽约实习的时候，认识了一个女孩子，也是实习生，性格开朗，会煲很好喝的汤，他们关系不错，他喝过几次她煲的汤。那个女孩子很希望他能回纽约工作。

"我想，要是回了纽约，大概会去追她。"

"那你为什么还来问我？"

"我希望你能拉住我。如果你不要我去，我就不去。"

"你这样对人家不公平。"

他苦笑一声："我顾不得那么多了。"

"她可能比我好。"

"那你告诉我，我到底什么地方比程明浩差？"

"人和人是不能比较的。"

"所以你和她是不能比较的。"杜政平虽然喝得半醉，脑子却很清醒。

我无言以对。

"关璐，"他几乎是在哀求，"你真的无所谓？"

我想了很久，终于说："对不起。"

电话挂断了。我静静地坐了一会儿，突然流下眼泪来。我知道，这一次，是彻底把他放走了。从今以后，他不会再等我。当他的爱不再是压在我心头的重担，我开始怀疑那颗轻飘的心里面还剩下些什么。轻，究竟是不是比重更加容易承负？

我做对了吗？

郑滢对这件事情的评价是"杜政平被你气昏了头"。她扼腕叹息："男人怎么能跟女人摊这种底牌呢？唉，说到底，他还不够成熟。"

郑滢说："我现在终于明白为什么以前谈恋爱老是失败，就是因为谈来谈去，找的男人都还不够成熟，而我自己呢，恰恰属于早熟的类型。书上说，最理想的组合应该是女人的年龄为男人年龄除以二再加七，那么我今年二十三岁，就应该找三十二岁的男人谈恋爱。"

"老得可以煲汤了。"

念大学的时候，我觉得高年级的人老得可以；后来，"老"用来形容所有二十五岁以后的人；终于有一天，等我不再说这个字而用"成熟"取而代之，我明白，自己开始变老了。嫌别人老，是不应该的，因为每一个人都会老。

"懂什么，男人的魅力要三十岁以后才完全显现出来，二十几岁，那叫愣头青。平心而论，杜政平在愣头青里算是很不错的了，不过，愣头青到底还是愣头青。"

"不对，照你这么算，女人随年龄的增长，找的男人会越来越老，比如说，三十岁的女人应该配四十六岁的男人？你哪里看来的？"我开始怀疑她资料来源的可靠性，"我看，那本书八成是个老男人写来花女人的。"

"我觉得很有道理啊，至少可以增强女人的紧迫感，减少社会上的老处女。"

"你不是说过好男人像新鲜羊角面包大家抢，等到三十多岁，老早被人家抢掉了吧。"

"真要够好，我难道不能再抢过来？"我服了她。

十一月底，杜政平在中国学生会的邮件列表上发广告卖东西，他果然要去纽约了。后来，我收到他的一封电子邮件，里面是一个链接，下面用大大的字写着"Goodbye 关璐"。

我点进那个链接，是一首歌，张信哲的《且行且珍惜》。

在张信哲的歌当中，《且行且珍惜》大概是唯一一首不那么感伤的离别之歌。或许因此，他曾经为我点过这首歌；后来，我们在这首歌的陪同下开始了一段失败的恋情；现在，他又借这首歌来为我们之间画上句号。

我看看电脑上的日期，十二月十九日，在中国，是十二月二十日了。这一天，澳门回归祖国，而杜政平做了一个决定，要把他心里关于我的那一部分割舍掉。

我会后悔吗？

这一年的寒假格外冷清，室友回国探亲去了，我一个人蜷在沙发上看书、看电视、听音乐，百无聊赖。跑出去转转，空气干冷，树上的叶子掉光了，校园里难得看见个人，有一种急景凋年的感觉；冷风钻进鼻子，一路酸得眼睛都睁不开，于是又蜷回沙发上去，像一只刺猬。

郑滢打电话来说旧金山在下雨，已经一连下了几天。

她抱怨："简直像在整个城市上空装了个淋浴喷头。"

我在想，旧金山下起雨来是什么样子呢？等雨下完后，天上会有一道彩虹吗？

空调功率不足，我打开电炉，把手放在上面烘。我从箱子里找出一条长及脚踝的厚羊毛裙子，红黑格子，不是彻底的红也不是彻底的黑，绒绒地交织在一起，还是好几年前流行格子裙的时候和郑滢、其馨一起去买的，不过只穿了一次，因为我个子矮，并不适合穿长裙。

我终于明白自己当初何以一定要把这条明知不会穿出去的裙子带来美国：此刻，我穿起它，厚厚的绒毛轻轻软软地覆盖着我的腿脚。在这个没人看、没人理也没人抱的冰冷冬日里，它慷慨地提供了一个怀抱，虚幻，却温暖。

钻进被子里，突然看见桌上的那一小瓶海盐。我把它打开，贪婪地嗅着它的清香，猛然想到，程明浩把这个小小的瓶子装进纸盒寄给我的时候，他心里其实是喜欢我的，只是他没说，我就不知道，他没说并不等于他没有喜欢过我。我的心里泛起一种辛酸的甜蜜，或者说是甜蜜的辛酸。

至少，不完全是我的一厢情愿。有些东西，的的确确存在过。

这个时候，有人打电话来，我以为又是郑滢——她现在大概也闷得慌，越来越喜欢煲电话粥。然而，话筒里传来的声音让我手一抖，把装海盐的瓶子打翻在被子上，五颜六色的小颗粒稀里哗啦滚得满床都是。

我急忙用脖子和肩膀夹住听筒，然后慌里慌张地想把那道支离破碎的彩虹收拾起来，仿佛他在那头能看见我刚刚闯了祸。

程明浩的声音听上去既远又近："现在不会太晚吧？"

"不算晚。"

"你好吗？"

"嗯，还好。你呢？"

"我也还好。"

"有什么事吗？"我问他。

"没什么事。就是，"他的声音有点不大自然，"想……知道你好不好。"

"我很好，"我一边心不在焉地说，一边把一大堆拢在书上的盐粒倒回去，可惜的是，彩虹已经不可能还原，瓶子里不过是一堆五颜六色、杂乱无章的颗粒在绝望地瞪着我，让我跟着一起绝望。

"我把你送给我的那瓶海盐打翻了。"我突然对他说，并且毫无征兆地哭起来。哭得越来越凶，连我自己都不知道该拿自己怎么办。

他试图安慰我，我心急如焚，只是在想怎样才能把眼泪止住。

从幼儿园开始，我就不愿意当着男生哭，现在，却在程明浩面前泪流成河；曾经也当着杜政平的面哭，为的，其实也是程明浩。

"对不起，我要睡觉了。"我生怕自己的眼睛和旧金山的天空一样变成淋浴喷头，稍稍平静下来就把电话挂了。

哭完以后，我很沮丧。为一个人流眼泪，有了第一次，就很容易会有下一次。

第二天，我打电话想告诉他我昨天哭只是因为心情不好，可是他不在。

第三天早上，我刚起床，门上的对讲机响了，我去接，是一个既远又近的声音。

怎么可能呢？

我穿着拖鞋跑下去，隔着大门上的铁格子看见一个穿着深灰色大衣的人在朝我微笑。真的是他。

我红着脸飞快地打开门，却一下子局促起来，不知说什么好。

"你跑来干什么？"我问程明浩。

他撇撇嘴，轻轻地说："我来让你一眼看到底。"样子有点像做了错事的小学生。

"我又没说要看你。你有什么好看的？"我低下头把右脚踩在左脚上，再放下来，把左脚踩在右脚上。

"我来都来了，就马马虎虎看一下，行不行？"他走近一步，牵住我的右手。

"不行。"我把手往回抽，抽到一半，又慢慢地放了回去。记得郑滢说过这样会跌身价，我才不管呢，天那么冷，而他的手那么大那么温暖。于是，我小心翼翼地让他握着，发现自己还是很爱他。千真万确，毋庸置疑。

"你怎么来的？"

"开车。"

"这么远！你开了多久？"我很惊讶。

他从大衣口袋里掏出一张纸，是从 mapquest.com 上面打印下来的，从旧金山到拉斯克鲁斯的行车指向，上面密密麻麻，最下面写着"预计时间：十七小时零两分钟"。

"再加上一个小时，因为我转错了一次弯，费了好大工夫才绕回去。当然，不是连着开的，中途睡了一觉。"

"你到底跑来干什么？"我抬起头盯着他的眼睛。

他很温柔地看着我："我想见你。"

"就因为我在电话里哭了？其实，我那天并不是……"话还没说完，他已经把我揽进怀里，"我很想你，一直都很想。"

他紧紧地抱着我，我简直不敢相信这是真的。

我曾经想过，假如有一天他来找我，一定要好好地把他骂一顿，至少把所有的委屈和后悔都吐出来。现在他真的来了，离我这么近，我却一点都不想骂他。我变得只会很没出息地傻笑，一句话也说不上来。

他一来，所有的委屈和后悔就都找不到了。

原来他一直都在我心中，只是被隔离起来，并没有彻底删除。现在隔离一取消，顷刻间，他又充满了我整个心灵，让一颗心变得沉甸甸的，感觉非常厚实。谢天谢地我没有把他删除掉。

"你会嫌我太矮吗？"我问他。

"我还想知道，你会不会嫌我太高呢。"

"当然会，知道吗，个子越高的人越迟钝。"我终于又会说话了。

"为什么？"

"个子越高，头脑离心脏的距离就越远。心里想什么，反映到头脑里所花的时间就越长。"我一本正经。

"歪理十八条。"他把我抱起来，让我那两只穿着毛绒拖鞋的脚站在他的脚上。我看见他嘴里在嚼什么东西。

"你在吃什么？"

"口香糖。不好意思，今天早上没找到地方刷牙。所以建议你暂时离我远一点。"他调皮地眨眨眼睛。

我勾住他的脖子，把脸颊埋在他的颈窝里。

"喂，很冷的呢。"

"我不管。"

那一刻，我希望他永远不要离开我。

吃晚饭的时候，我问程明浩："你怎么知道我的地址？"

"我去问郑滢，她告诉我的。"

难怪前一天临睡前煲电话粥的时候，她莫名其妙地问我哈雷彗星多少年回归一次，我说七十六年，她说："我觉得好像没那么久嘛，说不定，你希望它回来，它就会回来。"当时我并没有放在心上，原来她早知道了。

我问他："郑滢还说什么？"

"她把我骂了一顿。"

"她骂你什么？"

"一定要说吗？"

"嗯，一定要说。"

"她骂我，你这头猪算是睡醒了啊？睡醒了就快点给我滚过去，老实告诉你，喜欢关璐的人满地都是、一抓一把，你再发呆，就被人家追掉了。"他很认真地把自己又骂了一遍，然后说，"所以我就马上滚过来了。"

"骂得好，"我差点喷饭，"你滚过来，是怕我被人家追掉吗？"

他点点头。

"假如我已经被人家追掉了，你会来把我抢回去吗？"

"那样的话，"他顿了一顿，"看你要不要我把你抢回去。"

"假如我说不要呢？"

"那，大概就不会吧。"他有点为难地看着我。

"不对，无论我说要还是不要，你都应该来把我抢回去。"

"为什么？"

"因为我有可能是口不对心，嘴上说不要，其实心里呢是要的。听见没有？"

"听见了，"他点点头，然后扑哧一声笑出来，"你这个小不点。还不快点把饭吃完，否则就凉了。"

我觉得很幸福。

第二天，我起得很早。我高兴的时候，总是起得特别早。

我突然想起昨天晚上没有和郑滢通过电话，就拨给她，她睡眼惺忪地接了，一听见我的声音，立刻兴奋起来："烧开了吗？"

"烧什么？"

"我是问你们那两锅温开水烧开了没有。"

"不正经，我还没怪你知情不报。"我忍不住笑起来。

"废话，这种事情，就是要让你惊喜才浪漫；知情就报，多煞风景。唉，说真的，昨天程明浩睡在哪里？"

"客厅的沙发上啊。"

"哎哟，这个男人真没用，跑这么远过去还不把水烧开。"她叫起来。

"下流。我问你，你干吗要那么骂他？"

"你不觉得他欠骂？"

"骂归骂，你为什么要说什么喜欢我的人满地都是、一抓一把？根本没有。"

"那是在帮你抬身价。再说，你长得也蛮好看的嘛，说一抓一把也不算过分。杜政平不就像蚂蟥那样死叮着你不放，是你自己铁石心肠把人家发配到纽约去。"

"万一他相信了你，真的以为有那么多人在追我，就……"

她有点不耐烦："我明白了。就是说，从今天开始，那只猪就变尊贵了，不能骂了，对不对？"

"也不完全对。我可以骂他，人家就不能骂。"电话那头突然没有声音了，"喂，喂，你在听我说话吗？"

好一会儿，郑滢才懒洋洋地又开口说话。

"你在干什么？"

"我在吐，你刚才那句话实在太恶心。这么一会儿工夫，我变成人家了？好啊，你这个重色轻友的东西！"

"我不是……"我被她说得很不好意思。

"不要紧，我理解，从今天开始，我在你的心里正式退居二线，"她说着说着激动起来，"哼，看来还是应该找个男人，女人哪……"她一副痛心疾首的样子，"你看好，我也去找个男人，让你骂不得！还有，我知道你现在的智商不高，所以提醒你，加州比新墨西哥晚一个小时，现在是星期六早上七点五十五分，除非旧金山发生了7.5级以上地震你想知道人家是不是还活着，拜托不要在星期六早上八点之前给我打电话！"

"你生我气了？"我不知道没得恋爱谈会不会导致人的荷尔蒙失调以致

容易动肝火。

"哪里哪里，我怎么敢生你的气。你现在有人撑腰了，我打得过你也打不过他，"她打个哈欠，"真诚地祝愿你们快点把水烧开，明年生出只千禧小猪来叫我干妈。"

我现在相信没得恋爱谈的确会导致人的荷尔蒙失调以致容易动肝火。

小学的时候，参加过一次作文比赛，题目是《等到二〇〇〇年》。我天马行空地展望将来，从遥控书包、自动厨房、机器人家务助理一路写到开发月球资源，得了全校第二名，照片和文章贴在布告栏内供观摩达两个星期，很出了一番风头。那时候觉得二〇〇〇年简直远在天外，所以放心大胆地吹牛皮，想不到一眨眼就已近在眼前。仔细想想，我在作文里信誓旦旦的东西好像一样也没有实现。然而，那又有什么要紧呢？

二〇〇〇年前夜，我和程明浩一起守岁。与之相比，月球上的资源，以及其他，都已无足轻重。

我们一起看电视里纽约时代广场千禧年庆祝活动的现场直播。那里有很多很多人，熙熙攘攘，热闹非凡，然而，对我来说，只要身边多一个人就足够了。屋子里多了一个人，就不再寒冷。

我把脚跷在他腿上，抱着一袋巧克力豆大嚼起来。

他饶有兴趣地看了一会儿，突然冒出一句："你的脚其实还是蛮大的。"

我惊愕，把自己两只六号的脚放到他那双不知几号的脚旁边，"亏你讲得出口？"

"不是跟我比，"他笑起来，"你知道前几天我为什么会给你打电话？"

我摇摇头。

"记得你送给我的那盆非洲紫罗兰吗？我一直把它放在办公室桌子上。那天，有个人来找我，看见它，说'这盆花应该换个大一点的盆了'。我看看好像也是，就跑到超市去，在那里看见一个很特别的花盆，做成一双套鞋的形状——就是我们小时候下雨天穿了去上学的那种套鞋，现在已经不大看见了。那个花盆淡蓝的底，鞋帮上还画了两朵兰花，挺漂亮的，我就把它买了下来。结果你猜怎么样，我把花盆带回家，从盒子里拿出来的时候，突然想到说不定你可以正好拿它当套鞋穿……"

"你是说，叫我拿一个花盆当鞋穿？"

他有点不好意思地抓抓头发："我也觉得有点不可思议。不过，现在看起来你的脚要比它稍微大一点，估计穿不下。"

"后来呢？"

"后来我就开始想你。"

"就是说假如没有那个花盆，假如当初我没有送你那盆非洲紫罗兰，你就不会想起我了？"我心里一阵感动，但还是想出个问题来为难他。

"应该还是会的。"他深情地看着我，把我的手紧紧攥在手里。我钻到他的怀里。

十二点快到了，我们一起看着钟倒数。数到零，他从口袋里拿出一盘磁带递给我："新年快乐。"

"是什么？"

"听听就知道了。"

我把磁带放进录音机。那是一种我从来没有听过的声音，忽高忽低，忽缓忽急，时而像风掠过红木森林的边缘，时而像空谷中的回音，时而像大地深处传来的一声叹息，时而又像海浪在窃窃私语。仿佛透过一个巨大的螺壳去聆听世界，滤掉甚嚣尘上的繁杂，只剩下真正的天籁之声，没有韵律可言，却无比和谐。

"是浪管风琴？"我猜到了。

他点点头："来美国之前买过一个小录音机，还是第一次用，效果挺不错的。"

"很好听。什么时候去录的？"

"就是今年夏天你要走的那天早上。本来是想让你带走做个纪念。"

"后来呢？"

"后来，想想还是算了。"

"为什么？"

"因为你说过再也不想看见我了。"

"你就相信我了？"

"不要骂我。"

"其实那天我在办公室里看见你的。后来，我跑下去，你又不见了。自己不等我。"

"真对不起，都是我不好。"

他低下头温柔地吻我。我的心里充满了喜悦：两年，三个夏天，我们只是绕了一段弯路。也许我是伤心了很多次，也许我吃的亏比他多，但那又有什么要紧的呢？毕竟，他走一千多英里的路而来，是为了我，而且，他也说过对不起了呀，这样一想，什么都是值得的。我们，扯平了。

临睡时，他过来帮我关灯，隔着被子轻轻地拥抱了我一下："晚安。"

我裹在羽绒被里问他："你为什么对我这么好？"

他说："因为你好。"

我以为他会回答"因为我爱你"，可是他没有那么说；我希望他说"我爱你"，那样的话我就有机会说"我也爱你"，可是，他却说了"因为你好"，总不见得让我说"你也好"吧。于是我笑笑，说"新年快乐"。

我以为他第二天会对我说，他没说；我以为他临走的时候会对我说，他也没说。

我反复思考"好"和"爱"这两个字，想来想去，它们依然不是同义词。爱，是不分好坏的；爱，就是说，即使我不好，他也会一样爱我；爱，是不讲条件的。

他没说，我也就没问。因为我觉得有些话不应该是逼供逼出来的。逼出来的，就没意思了。

尽管如此，我还是很快乐，下定决心回旧金山湾区。而且，我突然明白，从前嫌堪萨斯和佐治亚太远，下意识间，都是以为旧金山来作为基点。

原本就离家万里，谈什么远近？所谓太远，其实是离他太远。

半年时间快到，我原来的主管已经写过一次电子邮件婉转地催我快作决定。一月底，我即将在录用通知上面签字，半路上却杀出个程咬金。

郑滢进入新的公司工作快一个月了，觉得新环境还不错，唯一的抱怨是"男人太丑"。

她骂骂咧咧："简直好像有人用了一个大漏斗捞掉帅哥，然后把渣儿统统倒进这家公司。不开玩笑，到现在为止，只有两个男人还可以看看，一个是公司保安，另外一个是餐厅里烤汉堡包的厨师。其他人，打起分来，统统在 B- 以下。"

"男人跟女人不一样，长得好看又不能当饭吃。"

"嘁，把程明浩削掉二十厘米再换张苦瓜脸，我看你还迷他迷得发昏。"

"我看是你眼界太高了。"以郑滢阅帅哥无数的经历，假如男人也搞个选美，她就算轮不到做颁奖嘉宾，评委席也是一定上得去的。

"才不是呢，丑就是丑，没得话讲。不过，说来也怪，丑男人好像普遍胆子比较大。以前那家公司帅哥多归多，哪个男同事要是喜欢哪个女孩子，一般会先在餐厅、电梯或者走道里先色眯眯地朝她看几天，然后笑眯眯地看她几天，最后到她的同事那里去打听，在基本确信没有男朋友的情况下才找借口搭讪。现在好了，这一套全免，哪个男人看上了我，直截了当冲上来当炮灰，一开口就问，你有绿卡吗？"

我说："这说不定是个好现象，说明他们办事讲效率，开门见山，不搭花架子，不搞官僚主义。"

"今天中午在餐厅里有个愣头青坐到我旁边，他问'这个位子有人坐吗'，我说'没有'，他坐下；然后他问'你是新来的'，我说'是的'；他看见我在吃土豆条，就说'今天的土豆条炸得挺好'，我说'嗯，是不错'；然后你猜怎么样？我们干坐一会儿，各吃各的饭，他突然结结巴巴冒出来一句'今天我很高兴，因为我的绿卡批下来了'，我说'祝贺你'；结果他说'我打算今年之内买房子，你看怎么样'，我只好闭嘴，因为我很怕他下一句会说'我打算在年底之前娶老婆，你看怎么样'。"

"他是用一种很朴实的方式在含蓄地邀请你共度锦绣人生。"

"心情我可以理解，但是那种邀请绝对绝对不应该是对着一堆土豆条发出的。"

"我觉得这其实恰恰说明你有魅力，让人家乱了方寸，唯恐错过机会，哪里还顾得上眼前是土豆条还是法国大餐。"我笑得肚子发疼，"好好把握机会。"

"哼，你以为我出国、念书、找工作、吃这么多苦是干什么的？就是为了提高自己的层次，找个优秀的男人。好不容易混到现在，更加不能苟且；要找，就找称心如意的，否则，宁可不要。"

男人的志气往往来自于寻找自我价值，而这个女人的志气却来自于寻找好男人。

牢骚发完，她言归正传。她们公司由于去年跳槽人数实在太多、青黄不接，今年不仅普加工资，还专门出台一项新政策，凡公司正式员工，如果为公司推荐一个人，等那个新员工签约，就可以领到六千块钱的奖金。公司以本伤人，希望通过此举挽救人力资源。

重赏之下，必有勇夫。郑滢脑子一动，想到了挖老东家的墙脚。

"来吧，来吧，我们学位一样，你进来工资应该跟我差不多，还有签约奖可以拿，这里的福利也比以前那家要好。噢，对了，那笔推荐奖金我们四六分成，怎么样？"

"我六你四？"

"废话，当然是我六你四。别忘了，我还要装模作样地推荐一番，得填好几张表呢。"

"羊毛出在羊身上，没有我，你上哪里去剪毛？"

"行，那就对开。你把简历寄给我。"

"唉，我可以去面试，不过不能保证到时候一定签约。以前那家公司毕竟环境已经比较熟悉了。"

"我担保你会觉得现在这家公司好，而且，到时候我们还能拉帮结派。"

在郑滢的巧舌如簧之下，我去她们公司面试。

下飞机的时候，出了一个小小的意外。我等了好半天，才从转盘上找到自己那个有拉柄的小行李箱，把它拿下来，一个轮子已经不翼而飞，不能拖了。我把箱子递给程明浩，对他发牢骚："早知道这样就随身带上飞机了，费事一点，总不至于坏掉。"

他说："旧的不去，新的不来嘛。"

"算了吧，箱子本身还是挺好的，我不舍得换。以后大不了一直拎着。"

面试其实也挺辛苦的，整整一天日程排得很满，要见四位主管、三位项目经理，连吃饭的时候也由人事部的人陪同，算起来相当于见八个人。郑滢告诉我，一般情况下，我见的第一位主管日后很可能就是我的主管，所以是最重要的人物。

这位最重要的人物叫艾米，她给我留下了相当美好的第一印象——华裔，中年，女性，长得不算很漂亮但让人看着挺舒服，风度极好，听不出任何口音的英语，眼睛炯炯有神，一双瘦瘦的手握起来力道足得像男人，还有，她身高居然和我差不多，这一点给了我一种亲和力。我一直不太喜欢同比我高大很多的人打交道，莫名其妙地觉得他们可能会欺负我。

一天下来，大部分的人对我好像都很满意。结束时，艾米送我到楼下，再次用夹核桃的劲头握住我的手，满脸笑容："谢谢，你面试得相当不错，一有消息我就给你发电子邮件。"

我把面试的经历讲给郑滢听，她的脸上浮起一种复杂的表情："老处女？"

"她怎么了？"

郑滢告诉我，老处女，也就是艾米，其实是中层主管，在一般情况下，中层主管不管基层员工，但她是个例外。由于某种原因，她手下除了几个基层主管，还有一个基层部门。

"看来你大概要到那个部门去了。"

"不好吗？"

"其实挺好的。老处女是公司里提升最快的中层主管，特别会钻，很有手段呢。在这样的人手下干活不吃亏。"郑滢一边说一边做了一个往上爬的手势。

"你是说她是睡上去的？"

"那倒不是，美国公司这一点特别严厉，绝少有人敢去踩那条火线。再说，"她挤挤眼睛，做个鬼脸，"你觉得她有往上睡的条件吗？她就算想这么干，会有人跟她睡吗？"

郑滢的话提醒了我："你知道她多大吗？我看，应该有三十二三岁了吧？"

"不只，按照我的那个除以二加七的公式，她起码可以找六十岁的男人。"

"阴损，"我笑起来，"对了，她还没结婚？"

"结过，离了，大概因为她太厉害，老公吃不消吧，留给她一栋有游泳池的大房子一个人住。叫她老处女，是因为她发起脾气来不好对付。"

"挺可怜的。"

"哼，她整起人来可一点都不留情，听说去年有个员工跟她闹了点小矛盾，脑子一发昏去人事部告了一状，结果她纹丝不动，弄来弄去那个员工反而被炒了鱿鱼。她这个人的脾气是'顺我者昌，逆我者亡'，在她手下，最重要的不是能干，而是听话。但是，从另外一个角度来讲呢，老处女善于和上层打交道，很多事情通过她，也特别好办一点。所以呢，总的来说还是利大于弊。"郑滢对人际关系的敏感和灵通让我叹为观止。

"不过，她看上去倒是很亲切，一点架子都没有。"艾米说话行事的态度简直可以用"如沐春风"来形容。

"这就叫作'会咬人的狗不叫'。越有本事踩着人家往上爬的人往往看上去越亲切，否则谁借肩膀给她爬？等发现受骗上当，她爬都爬上去了。老处女对你还满意吧？"

"嗯，还可以吧。她说我面试得相当不错，一有消息就通知我。"

"那就应该差不多了。那些人里头老处女级别最高，又是自己部门招人，还不是她说了算。我看下面也就是走走形式大家通过一下，说不定她明天就会通知录用你。"

郑滢猜对了，第二天艾米就给我发电子邮件来说决定录用我，而且开出一个比原来那家公司高好一截的工资，说公司人事部的正式通知两个星期以后寄到。

"乖乖，起薪比我多好几千呢。老处女果然厉害，开起工资来都比一般主管高。怎么样，叫你来，不吃亏吧？"

我的确动心了——倒不全是为了高工资和股票，也不是因为觉得和郑滢拉帮结派能成什么气候，而是因为那天吃饭时，人事部的人告诉我这家公司对女员工相当好，虽然公司章程规定产假三个月，但大部分女员工怀孕没多久就开始停薪留职休假，休上一年再回来工作，有些人还能延长一年。

我兴冲冲地把这点告诉郑滢，然后说："我下定决心了，去你们公司。"

"就为这个？"她睁大眼睛，然后哈哈笑起来，"你们不会已经打算生小猪了吧？"

"当然不是，我是说……以后……不跟你烦了，公司这方面的福利好一点总不错吧。"我脸上直发烫。

"不要害羞嘛，"她笑嘻嘻地看着我，"你刚才讲的完全印证了一本书上的理论，说女人呢，有一种筑巢的本能，一旦找到了自己爱的人，就会不由自主地想跟他结婚生孩子，然后呢，人生几乎所有的决定都围绕这个中心。"

"才不是这样呢。"我嘴上这么说，暗地里却不得不承认郑滢说中了我的心思。知识就是力量这句话有道理，她现在果然长了见识，嘴里时不时吐出块象牙来。

程明浩来看我，手里拖着一个银灰色的行李箱："给你的。"箱子比我以前的那个大一点，式样笨笨重重的，像块大砖头，我注意到，在一个角落上，有一道用颜料画的彩虹。

"你画的?"我问他。

他点点头。

"很漂亮。"

"彩虹大概是最容易画的东西了，"他摸摸脑袋笑起来，"这样的话，以后你在机场领行李，一眼就能认出自己的了。"

"哎呦，你就不能买个稍微洋气一点的?"郑滢酸溜溜地问。自从"猪"事件后，她一直有点吃程明浩的醋，因为她觉得"只要这个男人一跳出来，你的视网膜上就没有我了"。

"这个牌子的箱子出名的牢，据说有人曾经在枪战里拿它来挡子弹，救了一命呢。"程明浩解释。

"乌鸦嘴，"郑滢白他一眼，"你指望它什么时候也能救关璐一命吗?"

"我不是那个意思，我是想说它耐用，十几年都不会坏。"程明浩有点着急。

"所以呢，你就给关璐买上一个，算着她以后十几年不用换新的了，对吧? 啧啧，好大方。"郑滢的嘴厉害起来简直让人百口莫辩，我想，当初程明浩送上门去让她骂"猪"，恐怕也是鼓起了莫大的勇气。

程明浩有点委屈地看看我，脸上的神情好像在说"帮我对付她"，我歪着头朝他微笑。听说有些人生来命相不和，相互看不惯，郑滢和程明浩或许就是如此，见面难得不吵，但是，我喜欢看他们拌嘴，因为我知道他们都很在乎我。

我把箱子打开，里面已经放了一包东西，打开，是十几罐我喜欢吃的咸菜和酱瓜。程明浩说："给你带回去。不过不要天天吃，这些东西好吃归好吃，营养都被破坏得差不多了。"

这下，郑滢没话说了。

晚上，我忙着整理东西，她躺在沙发上跷着脚看电视，突然叹息一声："唉，真希望也有个男人这么一门心思对我好。"

"不许抢我的噢。"我笑起来。

"稀奇死了，程明浩有什么了不起。找个愣头青，还要陪他一起白手起家，累都累死；我要找就找个事业上轨道、什么都有的，当然要爱我，非常爱我，"她踌躇满志，"我才不像你，一只行李箱就打倒了，要追我，哼，起码拿个把 Prada 包包来。"

我曾经在《时尚》杂志上看见过 Prada 的包，很有味道，也很贵重。但是，贵重并不一定能让人幸福；对我来说，幸福就是拎起一个他送给我、并亲手画上彩虹的箱子——即使那个箱子并不是太好看。

第二天，程明浩送我去机场。离登机时间还早，我去买一杯咖啡。我从 Starbucks 排完队出来，突然头上亮了一个灯泡，想起一个多少年没有玩过的无聊游戏，叫作"捉迷藏"。于是我绕到一根柱子后面，一边喝咖啡一边看着他，我想看看他找不到我，会不会着急，如果会，有多着急。

十分钟后，他开始左顾右盼；二十分钟后，他站起来去找我；三十分钟后，他脸上的表情让我开始有罪恶感。于是我慢慢地绕到他背后，轻轻拉拉他的手指头。

他猛地转过身来，一脸焦急："你跑到哪里去了？"

"我就在那边啊。"

"你在那边干什么？"

"我……我跟你开个玩笑。"

"你觉得很好玩吗？"他板起脸，"我告诉你，刚才要是再找不到你的话，我恐怕就要去服务台寻人了。"

"有没有搞错，这是飞机场，不是菜市场，你以为我会走失吗？"我嘟起嘴。就算是我不好，他这么凶我干什么？

以后的时间，我们并排坐着，程明浩好像真的很生气，一句话也不跟我说，却紧紧抓着我的左手，好像真的怕我走失。我也不说话，但心里很感动；他真的会着急，而且非常着急。

"我喝不完了，你帮我喝掉。"要登机了，我把手里的薄荷摩卡递给他。

"喝不完你买这么大一杯干什么？"

"我买的时候又不知道会喝不完，"我瞪他一眼。他耸耸眉毛，接过那杯咖啡。我顺势轻轻地拉拉他的袖管，"对不起，不要生气了，好不好？"

他看着我，叹了口气，终于无可奈何地笑了，把我散在脸颊边的头发拨到脑后："你怎么就这么让人不放心呢？"

"让人不放心？让谁不放心？"

"让我不放心。行了吧？"

"就是要让你不放心。"我也笑了，伸出手把他的头发弄弄乱。我不要他放心。他不放心，就不会舍得不管我。

飞机腾空而起，我突然发现，这一次告别，心境一点也不凄凉。因为有人守候，就不再害怕分离。

我在飞机上一边吃花生米一边想起他头发被我弄得乱乱的样子，不由得又笑起来。这个傻瓜，给我买了一个牢得可以挡子弹、足够用上十几年的箱子，却不知道我其实根本不想去用它。我才不想东奔西跑那么辛苦，也一定不会去有枪战的地方——万一哪颗子弹打穿箱子，我就再也看不见他了，我不干。我只想永远和他在一起。

不去天涯海角，在你身边就好。

过了一段时间，收到杜政平的一个电子邮件。发给很多人，内容简洁，告诉大家他一切都好，另外有一个链接，是他新做的个人主页。

他的主页上有一个相册，点进去，先是好几张他和一个女孩子的合照。照片都是在纽约拍的，那个女孩神情温柔地靠在他身边，两个人脸上都阳光灿烂，很幸福的样子；他大概追上了那个喜欢煲汤的女孩子。我翻到最后一张，是杜政平的单人照，看样子好像是在办公室里拍的，他身后大玻璃窗后面的楼房说不定就是世贸大厦。他在照片上显得很神气，一副少年得志的样子。

突然，我的目光停留在他的衬衫和领带上，跟着呼吸也屏住了。那条黑底嵌灰色和酒红色粗条纹的领带，我认识，而且我还知道它多少钱，因为它就是我买来送给杜政平的，是他去年的生日礼物；而他身上穿着的那件衬衫，是一种很淡很淡的银灰色，淡得几乎看不出来，和领带一配，却交相生辉，比白衬衫有神采得多。送他领带的时候，我随口说这样配色好看，记得当时他说过要我今年送件衬衫给他。才一年时间，什么都变了，现在，他如期穿上了这件衬衫。食言的，是我。

我突然开始想，那件衬衫究竟是他自己买的，还是他女朋友送给他的呢？

想了半天，当然没有结果，我觉得自己太可笑：管它谁买的，反正不是我买的。

正看着照片，郑滢打来电话："是杜政平长进了，还是我看男人的眼光降低了？"她也收到邮件，一看照片上的杜政平，居然惊艳。

我说："我看你是丑男人见多了，偶尔来个稍微好一点的，就觉得特别醒脾。"

"他现在好像变好看了，你没有这种感觉吗？"

"人靠衣装，工作了，打扮得整整齐齐，当然比较顺眼。怎么，你总不会觉得众里寻他千百度，那人却在，纽约曼哈顿吧？"我笑起来。

"才不呢，小杜人还不错，就是太嫩。对了，他那条领带蛮风骚，不知哪里弄来的，我也想买一条。"

"Hugo Boss，五十几块钱吧，不过是去年买的，不知道现在这个款式还有没有了，"话刚一出口，我意识到，女人，是不打领带的，"买给谁？"

"不买给谁，随便问问，"郑滢立刻扯开话题，"哇，真没想到你还为他动过血本。"

我不相信，觉得她八成是有了新男朋友，不知道那个男人送她 Prada 没有。可是，她为什么不愿意说呢？后来我想，可能他们刚刚开始，她想等稍微确定一点再告诉我吧，于是也就没有追问下去。

"那个女人起码比你低十分。"

"我觉得她长得挺好啊，还会煲汤。"

"哼，小杜大概就是被她的汤给泡熟的。说正经的，我觉得他好像对你余情未了，你看他这张照片上的眼神，含情脉脉、花痴一样，还打着你送的领带，根本就是专门寄给你的。他可能希望你会后悔。"

"瞎说，只是凑巧而已吧。"我轻描淡写地带过。很多事情，都过去了，还提什么呢？而且，我并不后悔；或许有点失落，但不是后悔。

失落和后悔，究竟有什么区别？

我回忆起和杜政平之间的那段感情。我想，我是喜欢过他的——至少在某些时刻，否则又怎么会和他去谈恋爱？然而，到底爱得不够深，所以分手也就分手了，不会想到要重新开始，我甚至都不嫉妒他现在的女朋友。

失落，是在水晶球里回放一段时光，看着它慢慢重演，无论对错；而后悔，则是要拼命地想打破水晶球，把一切错误都纠正过来。我对杜政平的爱，够我失落，但还不够后悔。

对着回忆的水晶球，杜政平会觉得失落还是后悔呢？好像都不应该吧，因为他并没有做错什么。说来奇怪，爱情的版图上，倒霉的，常常是没有做错事的人；伤害别人的人，永远逍遥法外。

即使真是如郑滢所说，他对我余情未了，我也无能为力。终究，人只能先成全自己的幸福，然后才有余力去成全别人的幸福。

"喂，你在想什么？"郑滢把我从思绪里拉回来。

"没什么，对了，昨天晚上你到哪里去了？我给你打电话，家里老是没人。"

"张其馨和她那个眯眯眼吵架了，拉着我去买衣服。本来我已经累得差不多，还陪她出去跑了整整一晚上，一面逛，一面听她在我耳朵旁边叽里咕噜，简直受罪。每次都这样，姓林的不乖，我就倒霉。张其馨你也知道，发起脾气来作天作地，作死作活。你快点来吧，以后我们轮流值班。"

"林少阳又新认了个干妹妹？"林少阳去年下半年升了一级，他把这归功于夏天陪他干妹妹兼三线主管的女儿打网球，口口声声"看见了吧，哪里有人哪里就需要搞人际关系"，张其馨大不以为然，说："你的实力本来就够升级的嘛。"林少阳反驳："实力够的人好多呢，为什么升我就不升人家，有时候，要学会四两拨千斤，懂不懂。"两个人闹了一阵别扭，好在他那个干妹妹做完实习就回东部上学去了，并且和从前的男朋友鸳梦重温，这件事情才算过去。

"比那可怕。不是新的，是旧的；不是干妹妹，是老情人。杀伤力加倍。"原来，昨天，林少阳的大学同学在旧金山聚会，张其馨陪他去，结果和林少阳以前的女朋友碰个正着。"也不是什么大不了的事情，那个眯眯眼自己不争气，大概多看了人家两眼，跟人家说了几句话。好，醋罐子打翻，醋统统泼到我这里来，而且还是镇江老陈醋，后劲十足。"

我笑起来："林少阳大概和田振峰一样是贾宝玉投胎。"

"哼，都不是什么好东西。昨天我们把梅西百货女装部从上到下兜了两个圈——一层不少噢，然后又去对街的男装部兜了两圈，困得我差点趴在柜台上睡着。"

"买什么了？"我知道女人发起火来通常喜欢虐待信用卡。

"不要提了，她本来信誓旦旦说要刷爆一张卡然后把发票扔给眯眯眼，反正他今年涨了工资，我听了还挺兴奋。结果你猜怎么样，挑来挑去，自己只买了瓶护肤霜，衣服都是帮林少阳买的，说什么 Calvin Klein 大减价，错过可惜，根本就是她自己没用，我都后悔陪她出去。"郑滢的语气里满是"哀其不幸，怒其不争"。

"后来呢？"

"后来我们回家，再后来眯眯眼就来把她领走了。"

"她对林少阳怎么说？"

"这就是最最让我生气的地方。她在我面前喋喋不休、口水泡遍林少阳八辈祖宗，赌咒发誓从今以后再也不理他，可是等那个王八蛋跑来，两句好话一讲，立刻服服帖帖，温柔得像只小绵羊，什么脾气也没有了。"

"这大概就叫一物降一物吧。"

"我看她这么降下去的话，真的要投降了。男人哪，跟小孩子一样，不能惯的，你越惯他越不像话。比如昨天，林少阳心里大概还暗暗高兴，你想，惹惹女朋友吃醋，满足了自己的虚荣心，又不会掉块肉，到头来还有新内裤穿。"

"内裤？"我很诧异。

"Calvin Klein 的男式内裤不是很出名吗？"

"我是说，她给林少阳买内裤？"

"很没出息吧。"

"不，我的意思是，她会给男朋友买内裤？"

"内裤怎么了？你不也给杜政平买过领带？"

"领带和内裤是不一样的，"我叫起来，"领带是光明正大的。"

"拜托，内裤怎么不光明正大了？男人可以不打领带，你倒去问问看，哪一个不穿内裤？就算苏格兰男人也不会是一天到晚穿裙子的吧。"

"总之感觉怪怪的，女人给男人买内裤，就好像男人给女人买胸罩。再说，她怎么知道……尺码呢？"

郑滢咯咯地笑起来，"知道就可以，你管人家怎么知道的呢？顺便告诉你，张其馨拿起一套小号、再拿起一套中号看看，到头来还是挑了小号，我在旁边差点忍不住笑出来。她老是担心眯眯眼去花个美国女孩子，我看根本多余，他就算想，只怕也是心有余而力不足。喂，你千万不要跟她说噢。"

"恶心死了，除了你，谁会好意思说？"我笑着骂她，脑子里却不由得浮上一个问号：张其馨给程明浩买过内裤吗？我心中隐隐有点不安，我想，我不会给他买内裤，因为觉得那样实在太肉麻。那么，假如张其馨买过，而我没有买，他会不会觉得我不如她？我有点烦恼，假如把内裤作为衡量爱情的尺度，我是必输无疑。

其实，自己的男朋友，好像也没有什么大不了。我突然间有点明白张其馨究竟什么地方胜我一筹——她天生懂得把肉麻用在刀刃上，挥舞一下，就化腐朽为神奇，变成了浪漫；而我做不到，我只会让肉麻烂在心里，腐朽的永远腐朽。

我仿效杜政平的做法，提前一个学期就用实习的方式去公司上班，然后年底回学校答辩论文。五月份，我办好手续，把大件的东西半卖半送处理掉，剩下的零碎塞进两只大箱子带上飞机。

飞机起飞，机长向大家问好，说："此次航班的终点站是旧金山。"我把手表调到美国西岸时间，再过几个小时，就可以又见到他了。他现在会不会也在看着手表算什么时候该出发去机场呢？

我有一种久违的、回家的感觉。

飞机落地，我走出通道，接机的人群里看不见程明浩。我记得昨天明明把飞机班次和到达时间通过电子邮件发给他，晚上打电话时，他还说过跟导师请好了假，要来接我的呢。

怎么搞的？我看看手表，已经过了十分钟。我有点不耐烦：居然迟到，等会儿来了，一定骂他两句。

十五分钟过去，我去买了一杯薄荷摩卡，突然想起他会不会像我上次一样玩捉迷藏，随即又马上打消这个念头，以程明浩的性格，绝不至于那么无聊。那么，是他临时有什么事情绊住了，要不是公路上塞车，天哪，他会不会出了什么事情？我的心猛地一沉，开始不安，坐在凳子上东张西望，心里默念着，千万、千万不要让他出什么事情，千万不要。

二十分钟后，他终于出现，我立刻跑过去，一把抓住他的手臂："怎么这么晚才来？"

他理理额前有点凌乱的头发："我去医院了，出发晚了一点，路上又碰到塞车。"原来的确有人出事了，不过不是程明浩，而是张其馨。今天早上她骑车去学校的路上，在一个路口，自行车被一辆卡车剐倒，摔在地上，手臂骨折，被救护车送到医院。学校接到医院通知，立刻给她档案上的紧急情况联络人打电话。而张其馨档案上的那个紧急情况联络人，是程明浩。

"她不要紧吧?"我吓了一大跳。

"检查过了，大脑和脊椎都没有问题，幸亏她被车子剐倒的时候是往外面倒的，否则的话后果不堪设想。"他松了一口气，"不过手臂要上一阵子石膏。"

"那就好。"我嘴里这么说，不知为什么，眼前却突然浮现起好多年前在学校医务室看见田振峰捧着张其馨右手小拇指英雄气短儿女情长的样子，心里很不舒服，有点像勉强咽下一个冰冷的大三明治，堵在胃里无法消化的感觉。

刚才程明浩跑到医院去看她的时候，是不是也来过一场怜香惜玉?他们四目相接，会不会觉得感慨万千?搞了半天，他把我扔在机场，是去关心她了，我还傻乎乎地提心吊胆，怕他出事情。

我很委屈：凭什么她总是有理由让人去怜香惜玉?连分了手的男朋友也不放过?

程明浩大概看出我不太高兴，伸手过来搂我的肩膀，我把他推开，看着他衬衫前胸的纽扣发呆。

"怎么了?"

"为什么是你?"我盯着他的眼睛问，"我是说，林少阳干什么去了?"

"大概……我想，有可能她忘记更新自己的档案了吧。"他抓住我的手，"你不要胡思乱想。"

我甩掉他的手："我觉得你刚才根本就不应该去。"

"那我应该怎么办?"

"你应该怎么办?打电话给林少阳，让他去呀!你是她什么人?!"我终于明白了自己到底为什么生气：不是因为他迟到了，也不是因为他去医院看张其馨，而是因为他的名字居然还出现在张其馨的个人档案上，居然还是她的紧急情况联系人！

他们之间，究竟还有什么？

我知道他们曾经共同拥有一段过去，并且在心里说服自己不去介意、不去深究，却没有想到事不由人，有些东西竟然像立体电影一样一路逼到眼前来，连喘息的余地都不给我留。更加让我绝望的是，我发现自己还是很介意，还是会深究。

或许，藏着爱的眼睛真是容不下沙子的。

在车上，我接着和他赌气。

"我当时没想到那么多。"

"那你当时想什么了？我看，你大概心急如焚，什么也顾不上去想，对不对？"

"她也是你的朋友啊，你难道一点都不关心？"

"真会避重就轻，不错，她是我的朋友，我当然关心。老实说，换成郑滢，你就是把她从大街上一直背进医院我都不会怎么样。可是别忘了，张其馨是你的前任女朋友，人家现在有新男朋友了，而你，把你现在的女朋友——我，扔在机场跑去看她，就算我不说什么，林少阳心里会怎么想？"

"你究竟想说什么？"他皱了皱眉头。

"我想说这种事情不应该发生第二次。"

"好，我保证不会发生第二次。行了吧？其实，刚才在医院张其馨还跟我道歉呢。"

"她道什么歉？"一听这句话，我的火气又蹿了起来，"道歉借了我的男朋友吗？"张其馨好像永远知道什么时候应该说什么话，得了便宜还卖乖。

有些东西是借不得的，一旦借了，就算还回来，总不一样。我不借。

"关璐，你讲点道理好不好？事情都过去了，你还想怎么样？"他无可奈何地看看我。

我瞪他一眼，转头看窗外的风景。事情都过去了，我还想怎么样？我还能怎么样？

我不再理他。

程明浩帮我在公司附近租了一间公寓，非常小，但是卧室和客厅各有一扇很大的落地窗，可以看外面的车水马龙，下午的阳光照进来，暖融融的。他说："我知道你喜欢太阳。"

我点点头。

他把钥匙给我："房门上我帮你换了一把牢一点的锁，睡觉的时候别忘了把门窗都关好。"

我说："谢谢。"我知道他对我很好，可是，我很怕他对别人也一样好。那样的话，他就算对我再好也不特别了；相比之下，我倒宁可他对我差一点，但不要对别人好。我要做他心里最最特别的那个人。

如果他的心是一座房子，我希望那是一套小小的公寓，只住我一个人，还装着一把牢固的锁；我不要和人家分一座豪宅，管它里面几层楼几个卫生间几个车库。

我很想把这些心事都告诉他，可是，对着他的眼睛，却什么也说不出口，只会板着脸，好像我依然很生气。我真没用。

第二天去公司报到，填了一大堆表格，其中有一张就是关于"紧急情况联系人"的。我填上程明浩的地址和电话号码，突然想起昨天的事情，又生起气来，恶作剧地想把他的名字擦掉，写上杜政平的，心想，假如出了什么事情，公司把电话打给杜政平，让他也尝尝嫉妒的味道好了。后来到底没有这么做，因为我怕万一运气不好，出门就在楼梯上摔一跤，公司真的小题大做去通知杜政平，程明浩会生我的气；另一方面，我也不希望哪个愤怒的女人千里迢迢从纽约来拎着一锅汤往我头上泼。

在公司里见到郑滢，第一眼我几乎没认出来，因为她把一头卷发拉直，披在肩上，看上去仿佛回到了大学时代。

女人突然改变发型，绝对是为了男人。直觉再次告诉我，她一定在谈恋爱，而且是和一个喜欢清纯的男人。

郑滢容光焕发，一看见我，立刻跑过来嘻嘻哈哈地打招呼。

"你怎么突然把头发拉直了？"我摸摸她的头发，平平整整、光滑柔顺地散在浅蓝色短袖衬衫上，看上去很妩媚，"刚才我走进来，踩了一脚炮灰，现在才明白是为什么。"

"想拉直，就拉直了呀，"她调皮地冲我眨眨眼睛，"是这样的，某一天，我的头发告诉我，老这么卷着太辛苦了，我想想呢，觉得有道理，就索性让它们放放假。"

她还是不肯告诉我。

下班后，我们一起去看张其馨。让我有点吃惊的是，她已经和林少阳搬到一起。我们进门的时候，林少阳正忙着做饭炒菜，系着围裙忙得不亦乐乎。张其馨坐在窗边的沙发上看一部长篇电视连续剧，转过头来热情地招呼我们。她也改变了发型，却是往另外一个方向，把留了多年的头发剪得半长不短，然后烫成像发了一半的泡面，有种成熟女人的味道。

"你怎么样？"我问，指指她被石膏和绷带缠得紧紧的手臂。

"好看吗？"她更加关心的却是自己的头发，"前几天才烫的。"

"嗯，挺有味道的。"我们异口同声地说，虽然心照不宣地觉得有点可惜，因为张其馨的发质很好，稍微处理一下，不输当年电视上那个秀发如丝般润滑的飘柔广告模特。

林少阳今天心情很好，因为他申报的一项专利通过了，公司奖给他一笔钱。

"帮人家打工就是这点不好，有了专利也只能送给公司，"林少阳把锅子里的菜翻几下，"要是我自己开公司……"

"他就是喜欢吹牛皮。"张其馨轻轻地对我们说，眼睛里洋溢着幸福，随后把声音提高一点，"记得把火关掉再放盐，否则菜会发黄！"

"知道了知道了，我烧菜，你就尽管放心好了。"

"放心？你烧出来的东西，除了开水，好像还没什么好吃的。"

"喂，小姐，在你的同学面前给我留点面子好不好？就算打狗，也该先关门吧。"林少阳笑眯眯地把菜一样一样端到桌上，他殷勤的时候的确很讨人喜欢。

"那笔钱打算怎么办？出去度假吗？"郑滢比较关心吃喝玩乐的事情。

"我们打算暑假的时候去一次夏威夷。其实我本来想去纽约的，后来他说既然已经在西海岸了，去夏威夷更加合算。"

"就是，纽约有什么好玩，又热又脏。"林少阳在旁边插了一句。

"你去过，我没去过嘛。"张其馨瞪他一眼。

"好好好，那秋天感恩节的时候带你去，正好看中央公园的红叶，怎么样？"

他们一副恩恩爱爱的样子，好像什么争吵都从来没有发生过。我看着林少阳，突然想到昨天张其馨摔伤手臂的时候，她们学校并没有把电话打给他，而是打给了程明浩，他心里就一点疙瘩也没有？是他根本就不知道，还是男人的气量比女人大，不那么介意？

临走的时候，张其馨拉住我的手，轻轻地说："昨天真不好意思。我已经把档案改过来，以后不会再这样了。你没生气吧？"

我摇摇头，还她一个微笑："不要紧。"好像也没别的话好说了。

昨天那件事，就像一片云，在我的心上无端投下一片阴影，又飘得无影无踪，让我反而觉得自己的气生得莫名其妙。

从张其馨那里出来，已经九点多钟，郑滢送我回家。我坐在她的车里，问："他们是什么时候搬到一起的？"

"几个月前吧。"她打个哈欠，把车并道，准备转弯。

"怎么从来没听你说过？"

"这有什么好啰嗦的，很自然啊。"

"他们打算结婚吗？"

185

"一定要结婚才能住在一起吗？"

"没有结婚的打算为什么要住在一起呢？"

郑滢斜了我一眼，嘴角扬起半个笑容，根据我的经验，那是嘲笑："男人和女人生理构造不同，是有一定道理的；彼此需要，并不一定要结婚才可以啊。"

"我不同意。"

郑滢来劲了："小姐，现在是二十一世纪，这里是美国，你以为人人跟你一样，老土得像处女吗？"讲完，她转过头来看看我，修正一下，"不对，你好像真的还是处女吧，当处女当到二十四岁，差不多了，差不多了，见好就收吧，再下去的话，可以考虑立贞节牌坊了。"

"二十一世纪、美国，和处不处女有什么关系？"我不服气。

"喂，你不会像章文刚那样搞什么处女情结吧？老实跟你说，现在连男人都不信奉这个了，当然，主要是因为女人不信奉。你想，去超市买套音响也要先试试吧，噢，找个男人，不好好检测一下，万一等结了婚才发现是个性无能，怎么办？退货吗？凭你那点脸皮，我看肯定就把亏吃到底了。"她朝前面一辆绿灯了还在迟疑的车恶狠狠按一下喇叭，然后总结陈词，"所谓做爱，做爱，就是说，爱，是做出来的。明白了吧？"

"也不是那样，我只是觉得要做，先要有爱。我只会跟自己最爱的人做，而且，他也要同样爱我，要跟我爱他一样。否则，我不会心安。"

郑滢嗤之以鼻："程明浩的日子真不好过。"

她提起程明浩，我突然想起一个问题：程明浩和张其馨，上过床没有？郑滢的话并非没道理，现在是二十一世纪，这里是美国，不是人人像我一样老土。然而，我总是觉得，无论是男人还是女人，对和自己上过床的人，是很难彻底忘却的。

我转过头去看车窗外各式各样的维多利亚式房子飞逝而过，霓虹灯下，我的心境变得苍凉起来。

"你在想什么？"

"我在想他们有没有上过床。"我低下头，老老实实地说。我和郑滢在这点上不太一样，她有什么事可以一直瞒着我，而我，心里有了什么话，很容易被她勾出来。

郑滢看看我，把车停到路边，握住我的手："关璐，我知道你会这样。这样对你自己不好。明白吗?"

我点点头，朝她微笑："我明白的，随便想想而已。"

道理我都明白，只是偶尔会胡思乱想一下。

我改变主意，不回家，去程明浩的实验室找他。我突然很想念他，我想立刻拉住他的手，告诉他我再也不生他的气了。

我见到程明浩的时候，他正忙着一个实验，看见我，有点惊讶："你怎么来了?"自从一九九八年夏天，这还是我第一次去他学校找他。

"我来看看那个你想让我当套鞋穿的花盆。"

他递给我一把钥匙："在我办公桌上。你稍微等一下，我这里就快好了。"

我走进他的办公室，迎面就看见桌子上那株非洲紫罗兰。两年不见，它的确长大了一些，而且长得很好。毛茸茸、沉甸甸的绿叶子烘托着小小的、深紫色的花朵，毫不张扬，却坚定而温柔地开放着。那个新换的盆确实很像一双套鞋，淡蓝的鞋帮上微微凸出两朵洁白的兰花。我轻轻摸着它，想起程明浩那样一个大男人捧着这么一个花盆回家的样子，觉得有点好笑，随后又不由得感激起来：让他下定决心开了十七小时的车去找我的，不正是那一瞬间的温柔和惦念?

我把花盆仔仔细细擦了一遍，又浇上一点水，程明浩进来了。

"这个盆做得太逼真了，"我把一只脚放到花盆旁边，"你看，说不定我还真的可以拿它当鞋穿。"

"恐怕还是小了一点吧。"他脱下白大褂挂起来，然后打量着我的脚，笑着说。

我仔细比了一下："嗯，好像就差那么一点点。不过，你猜得已经很接近了，值得奖励。"

"怎么奖励我？"他用手臂环抱着我，身上有一股实验室的味道。我亲了亲他的脸颊。

"陪我去吃晚饭。"

"你还没吃晚饭？"我看看墙上的钟，已经快十点了。

"刚才想一鼓作气把这个东西做完，就没顾得上吃。不过，"他指指桌上，"我吃了一包薯片。"

"那你送我回家，我帮你做。"我开始心疼。

他把我送回家，我煮了一碗面，另外炒了一个青椒肉丝。他吃得津津有味："很好吃。"

"是你肚子饿了吧。"我两手托腮看着他微笑，心里有点酸：一直以来总是想着要他哄我，对我好，却没有想过他其实自己也有很多事情要忙，要烦心。搞了半天，我大概还没有蒋宜嘉的"四点半"懂事。

"对不起！"我突然说。

他抬起头看看我："对不起什么？"

"我觉得我对你不好。"

"你对我很好啊。"

"还不够好，"我把手放在他的手上，"我要对你更好。说真的，我要怎么样，才能对你更好一点呢？"

他看看我一本正经的样子，想想，然后笑起来："那就帮我拿点胡椒粉过来。"

我很高兴地把胡椒粉递给他。他跟我讲实验中的事情，兴致勃勃的，虽然我并不太懂，但还是很喜欢听。

吃完饭，他坚持帮我把碗洗掉，然后穿上外套："很晚了，我该走了。你早点睡觉，明天还上班呢。"

我送他到门外，在路灯光下，他显得又高又帅。我搂住他的脖子："你现在是我的紧急情况联系人，所以呢，以后我要是出了什么事情，你一定要马上到医院去看我，知道吗？"

他的脸色一下子严肃起来："不许这么说。"

"自己说自己，不要紧的。"

"这种事情自己也不能随便说。"他一边说，一边找最近的一棵树摸了两下。

"原来你这么迷信，还入乡随俗，来美国人的迷信。"

"宁可信其有，不可信其无，"他把我紧紧地贴在胸口，"反正你不许出事情。听见没有？"

"那万一呢，我是说万一，比如低血糖晕倒什么的，不一定断手断脚的啊。你会立刻放下一切去照顾我的，对吗？"我也伸手去碰碰那棵树，"呐，树我也摸过了，放心大胆说吧。"

他捧着我的脸，半皱起眉头："璐璐，你怎么那么会胡思乱想呢？听好了，无论如何我都会照顾你的，以后不要再说这种话。"不知从什么时候，他开始叫我"璐璐"，而且偶尔会用一种稍带命令的口吻同我说话，好像我真的是个小孩，我却很喜欢这种方式。

我眼睛一眨不眨地看着他，橙黄的灯光下，我从他的眼睛里看见了我自己。那么，他一定也能从我的眼睛里看见他自己。我觉得很幸福。

我突然明白了，恋人之所以喜欢互相凝视，就是因为可以从对方的眼睛里看见自己。眼睛是心灵的窗户，还有什么比知道自己住在所爱的人心中更加让人幸福的呢？

我问他："你会对我好吗？"

"会的。"

"会非常好吗？"

"当然。"

"会比对其他所有人都好吗？"

"放心吧。"

"那你怎么不问我会不会对你好？"

"傻瓜，你这么盯着我问，就已经说明你会对我好了啊，"他轻轻地刮了一下我的鼻子，"你真可爱。"

我对他微笑，伸手把他的脖子抱得更紧，一直到我的鼻尖贴着他的鼻尖为止。他的鼻子比我的大得多，鼻头圆圆的，给他那张本来很有线条的脸骤然添上了几分孩子气。

"你知道你的鼻子像什么？"

"像什么？"

"像一种根据人体工学设计的鼠标，上面有一个大大的、圆圆的球，可以自由滑动，这样不会伤手腕。以后我就把你的鼻子当鼠标点，高兴了就单击，不高兴就双击。好不好？"

"我没意见，不过以你的情绪波动频率推断，大致可以预见在不久的将来，我的鼻子会被你点塌。"

我们都笑了起来。他看看表："我真的该走了。你也马上去睡觉，否则明天爬不起来。"

我点点头："路上当心。"

我朝他挥挥手，看着他把车子开走。刚才有那么一个刹那，我有点害怕、又有点期望他会提出今晚留下来。他并没有，我暗暗松了口气，却又有点隐隐的失落。

我算算时间，他开车回家差不多半个小时，现在路上车少，应该用不了那么久。二十分钟后，我给他打电话，没人。我过五分钟再打，这一次他拎起了电话："我刚进门。怎么了？"

"没什么，就想知道你是不是已经到家。现在我真的睡觉了。晚安。"我要挂上电话。

"璐璐，"他叫住我，温柔地说，"我爱你。"他的声音从电话那头清晰地传过来，像一股小小的电流，刹那间触遍我每一个神经末梢。

"你再说一遍？"我觉得有点难以置信。

"小不点，我爱你。"他又说了一遍。他终于对我说这句话了。

这一次，我快乐地说："土包子，我也爱你。"

拥有爱情的日子是很甜蜜的，那种感觉很难用文字来准确形容，大致说，就像吃一杯哈根达斯核桃巧克力冰淇淋，而且心里知道冰箱里还有一打，吃完手里这杯，可以再去拿。

在公司里，我逐渐熟悉新的环境和人际关系。上班没几天，老处女就让我领教了她的法力：她带我去见一位产品总监，据说这个人是她在公司里的一个后台，所以此举其实也有领新来的小喽啰拜山头的意思。那个家伙刚从弗吉尼亚州老家度假回来，老处女见到他，一脸笑容活色生香自然不在话下，但让我又惊讶又佩服的是她竟然把人家的家谱都弄得一清二楚，从老家的爸爸妈妈爷爷奶奶七大姑八大姨一路问候到他儿子养的那条刚刚阉过的狗，顺便热情地向人家推荐一个好的兽医，因为算算时间他家里前几个月抱养的那只猫好像差不多应该拔指甲了。语气生动俏皮，什么人听了都会对她多三分好感，就算本来真有什么意见，被这么体贴入微地一奉迎，也不好意思直接板下脸来；脸既板不下来，话也自然而然就软了，大事化小，小事化无。我简直怀疑她是否对卡耐基《人性的弱点》那本书倒背如流。然而，一旦涉及公务，却嘎嘣脆，丁是丁，卯是卯，绝不拖泥带水，多么复杂的事情，到她嘴里三句两句已经交代得清清楚楚。

我顿然领悟过来，拍马屁时能化简为繁，谈公事时能化繁为简，什么叫功夫，这就叫功夫。一斑可以窥全豹：这样一个人，由得人看不惯，却由不得人不服；轮不到升职，天理难容。郑滢的评价是，"看好了，你这位老板，将来也是个当产品总监的料。"我完全同意。

老处女开一辆八成新、收缩式硬顶篷的奔驰。她好像很喜欢那辆车，因为我第一天开着新买的丰田车去上班，就在停车场看到她，她把自己的车停在一棵树的树荫下，然后仔细地盖上墨绿色的车罩。

后来，我无意中听到两个以咸湿和无聊出名的男同事在茶水间嘀嘀咕咕，其中一个好像问"艾米那辆车是她老公留给她的吧"，另一个"嗤"了一声说，"我看是，否则怎么宝贝得像命根子一样"，然后第一个笑起来，"可惜她老公跑了，现在她充其量也只能给车戴戴绿帽子"。

我一面惊讶男人恶毒起来怎么比八卦的女人还应该进拔舌地狱，一面有点悲哀地想：一个三十几岁、开硬篷奔驰车的单身男人叫酷，叫有型，叫事业有成，叫钻石王老五，人家说他眼界高傲视群山，看不上一般女人，所以单身。而一个三十几岁、开硬篷奔驰车的单身女人叫酸，叫可怕，叫老处女，人家说她本末倒置耽搁了青春，没有男人要，就算曾经有男人要也被吓跑，所以单身。

这个世界，对男人和女人到底还是不公平的。因为，公平原本来自人心。

老处女手下的这个基层部门共有二十多个人，分成四个项目组，或许因为我是新人，她分配我暂时去跟一位比较资深的员工做助手，其实，就是帮他打打下手。

开始的时候我挺高兴，觉得有这样一个缓冲期，在正式接项目之前可以先方方面面熟悉一下。然而，一个月过去，我开始觉得有点不对劲。

我跟着当助手的那个人叫马克，四十多岁，技术很不错，论资历是我们部门第一个员工，在整个公司里也算元老之一，于是说话里常常把"想想我们当初做产品 1.0 版的时候"挂在嘴上来显示他的与众不同，因为绝大多数人都是在产品出了好几版以后才进来的。

可惜，马克的脾气不好，觉得自己打下了江山，走进他的办公室，墙上，上面一排专利，下面一排奖状，难免有点居功自傲。除了自傲，像很多老臣子一样，他还颇有点轻视现在新一批的主管们，觉得他们要才无才，要德无德，尤其是老处女，用他的话来讲就是"我进这家公司的时候，她还不知在哪里带小学生郊游呢"。老处女从前——很久以前，可能那时她还真的是处女——做过小学教师，后来才改行弄计算机，不算科班出身，水平其实也有限，所以多少有点忌讳人家翻老底，他呢，却偏偏喜欢哪壶不开提哪壶。或许正是因此，同马克一批的人差不多都当了中层主管，而他还只是一个高级编程员；比下固然有余，比上却相差悬殊。

除了背地里臭臭老处女，马克还乐意在开会时放放狂言，不轻不重，却正正好好让人心里咯噔一下，有点不舒服，有时候，连老板的面子也不给。大家碍于他的背景，好像也都让他几分，毕竟，人家做产品 1.0 版的时候，我们在哪里？

就是这样一个人，老处女叫我跟他学习，说"马克什么都懂"。不错，马克的确什么都懂，但是他什么也不肯教我。我做他的助手，其实干的都是一些相当基本的事情，比如帮他复印东西、核对文件不同版本之间的差别、找找资料、看看科技文献写个总结等等，这一类东西，倒更像从前在学校跟汤姆·汉克斯混奖学金的时候干的。我感觉到他其实并不太需要、也不喜欢有我这么一个助手，因为每次我提出帮他做一些和源代码有关的事情，他总是推三阻四，拿一堆东西来让我复印或者叫我再去查什么资料，就算偶尔他让我核对核对代码，也不太愿意回答我的问题，让我知其然而不知其所以然。

我渐渐有点着急起来，公司毕竟不是学校，老没有具体工作做，是很危险的。郑滢半年下来已经做得相当不错了，她曾经踌躇满志地跟我说正在学习项目管理的课程，想争取明年做个小项目的经理。和她一比，我差得远了。

我跟程明浩抱怨，他想了想，然后呵呵笑起来："你们老板会不会觉得你有点娇气，想通过这样来打一打。"我说："怎么可能，你以为我对同事像对你一样吗，我在公司里是标准的尊大尊小。"我每天心里虽然着急，却还努力维护一个笑容可掬的形象，除了替马克跑腿，别的同事有什么事情要帮忙，只要有空，我也尽量答应，包括替每月一次的平行部门聚会买甜甜圈和松饼，包括帮大家订会议室安排电话会议，包括往部门里新领到的电脑上装软件，包括每天下午四点钟准时去对街的 Starbucks 为大家买咖啡。就是那个时期，我遍尝了 Starbucks 所有的咖啡品种，和 Starbucks 里那个笑容灿烂的小姑娘交了朋友，也练出了功夫，可以左右手各拎十杯不同口味的咖啡在五分钟之内走一个街区，过街，再上六楼，分送到七八个不同的办公室，咖啡没有一滴洒出来，没有一杯送错人，而且依然滚烫。

郑滢听说我天天下午帮同事义务买咖啡，眼睛瞪得老大："你们部门的人怎么好意思？"

"是我自愿的。"

"用不着，你以为美国的企业像中国的行政部门，新来的人要负责打开水拖地板吗？在这里，你不用对人家太客气。"

"我知道。不过我想，无论在哪里，人心总归是差不多的。我对别人好，他们心里知道，说不定工作上就会多教教我、帮衬一点，有什么事情呢，也会讲给我听。你想，我每天买一次咖啡，差不多可以和部门里每一个人聊上两三句话，挺合算的呢。我观察过了，马克在我们部门里老早已经过气，跟谁都合不来，大家其实心里都不拿他当回事。他对我又不好，与其傻乎乎地帮他印东西找资料，还不如去跟其他人拉拉关系，说不定哪个项目经理正好需要人，随便一搭手就把我从冷宫里捞出去了，对不对？"

郑滢递过来一个不以为然的眼神。

"还有，记不记得去年你第一次带我去 Starbucks 的时候笑我是乡下人，现在啊，要不要再去一次，我保证反过来你是乡下人了。"

郑滢笑起来："服了你，帮人家跑腿还能想出这么多理由来自我安慰。"

几天后，帮同事跑腿买咖啡带来了另外一个意外而重大的收获。我终于见识了郑滢的那位真命天子，准确地说，是那位真命天子的车。

那天星期五，下午四点多，我拎着咖啡过马路回公司，一个女孩子从大门里走出来，仔细一看，是郑滢，打扮得明艳动人。我正想打招呼，她已经上了一辆等在那里的香槟色汽车绝尘而去。

那辆车驾驶座上是一个戴着墨镜的男人，隔得太远，看不清脸，但那辆车我却认得明明白白——那是一辆雷克萨斯，车上配电脑控制，驾驶座有记忆系统，七喇叭高级音响系统，起价六万美元。

我是个车盲，所以知道这些，还是拜蒋宜嘉所赐。蒋宜嘉很迷汽车，尤其热衷于高级汽车，去年实习的时候，有一次搭他的顺风车去伯克利玩，公路上前面就是一辆雷克萨斯，他竟然跟了人家一路，喋喋不休地向我介绍这款车的种种好处，听得我耳朵里起茧，最后来了兴致，双脱手赌咒发誓"将来等我有了钱肯定也买一辆这种车开开"。

我说："要是我有六万块钱，才不会买那种车去出风头。我一定买辆丰田，然后把剩下的拿去投资。"

他斜我一眼："开雷克萨斯的，你以为投资账户里的钱会少？记住了，人家眼里的雷克萨斯就是你眼里的丰田！"男朋友和男性朋友最大的区别就是，当你说了一句傻话，男朋友会觉得你傻得可爱，而男性朋友会觉得你傻得可以。

我看着那辆远去的雷克萨斯，突然想起，郑滢和蒋宜嘉从前恋爱不成，说不定也是冥冥之中的天意。她要的原本就是一个可以开雷克萨斯接她下班的男人，而不是一个在旧日产车里手舞足蹈等我有钱也买一辆开开的人。

张其馨曾经说过，看一个男人，最重要看他开的车和他身边的女人。不知道这句话究竟有多少道理，但是，郑滢绝对配得上那辆车。那个男人运气很不错。

开雷克萨斯 LS400 的男人，理应找一个这样的美女；开雷克萨斯 LS400 的男人，未必看得上 Hugo Boss 的领带；开雷克萨斯 LS400 的男人，一定送得起 Prada。

几天以后，我找郑滢一起吃午饭。

"你最近看上去很幸福。"

"幸福看得出来吗？"她反问，然后把面前沙拉碗里的一大片生菜叶子塞进嘴，咯噔咯噔地嚼，一小半菜叶还露在嘴唇外面，看上去像动画片里的一只兔子，让抱着一个大号汉堡包啃的我立刻自惭形秽。大约一个月前，她看自己的身材不顺眼，决定节食，开始喜欢吃那些低糖低热却着实令人反胃的所谓健康食品，而且随便吃什么都斤斤计较有多少卡路里，要做多少运动才能消耗掉，像红烧肉那种算不出卡路里的东西，她是绝对不看一眼了。

"时间，上星期五下午四点十分左右；地点，本公司门口；事件，一个男人开着雷克萨斯来接一个女人下班。记叙文的四要素有三个已经全了，剩下一个是不是应该由你来提供？"

郑滢伸出舌头舔舔嘴角的沙拉酱，眯着眼睛笑起来："你看见了？"

"你最好老实交代。"

"其实，说不定你也见过他。"

那篇记叙文的第四个要素叫杨远韬，今年初，郑滢的部门邀请了一些客户代表来公司，主要目的是听取他们对产品下一个版本开发计划的意见和要求。郑滢的主管让她也去参加，熟悉一下产品，结果她一箭双雕，不但熟悉了产品，还顺便熟悉了一家客户公司的技术总监。

他们的恋爱是这么开始的："那天早上，大家都在会议室里拿东西吃。我倒了果汁，接着去拿甜甜圈，你知道我最喜欢那种软软的、浇着巧克力、上面还撒满五颜六色糖粒的，可是盒子里只剩下一个了，他正好排在我旁边，我们正好一起伸手去拿，结果他就把那个甜甜圈让给我了。"

"你为了一个甜甜圈看上他——还是公司请的客？"我觉得有点不可置信——即使那是一个软软的、浇着巧克力、上面还撒满五颜六色糖粒的甜甜圈。

"当然不是，后来我们一起吃午饭。结果你猜怎么样，最后一天结束的时候，他临走出门，突然折回来，把掌上机递给我，上面是一个问题——愿意和我一起吃晚饭？旁边还有一张愁眉苦脸的卡通自画像。"

"嗯，挺浪漫的嘛。"大概就是从一个甜甜圈开始的爱情使郑滢痛下决心告别了这种充满诱惑力却会使人发胖的东西，而且殃及其他很多门类的食品。

"他这个人看上去一本正经，酷得要命，其实私下里像小孩子一样。你知道，他竟然把我们公司餐厅里烤面包用的炉子当成暖气机，还把手放上去烘呢。"郑滢的声音甜得像巧克力，"他对我非常非常好。"

"他在哄你玩吧。"

杨远韬今年三十四岁，以他的地位算得上年轻有为，而且正正好好符合郑滢那个"美满的爱情等于男人年龄是女人年龄减七再乘二"的公式。她觉得这是天意，"好像我转来转去就是为了要碰到他，而他呢，也一直在等我。"

然而，老天爷常年超负荷工作，难免也会打打瞌睡，让郑滢绕了很多路才找到自己的另外一半。而与此同时，这个男人等着等着，大概有点不耐烦，一昏头就自说自话先去同另外一个女人结了婚。

"我知道了，他肯定说他老婆缺乏品位，不理解他，还有，他对那个女人早就没感觉了，是不是？"从五四时期开始，有点苗头的男人少不了自比潘安、发发这一类感叹，目的无非是为了蓝杏出墙，而且，满心希望墙外有人高高兴兴地接应。不同的是，五四时期的男人基本上都是遵父母之命成家，有地方可以推卸责任，故而理直气壮；而到如今，自己一本正经迎进门的太太，还开口闭口娶妻不淑，实在有点令人费解。从这个意义上来讲，现在的男人脸皮比从前的男人要厚。

杨远韬倒是没落这个俗套。郑滢说："他说他老婆是个好女人，陪他度过了最艰苦的日子，所以他对她相当有感情。"她又往嘴里塞一大勺沙拉，然后重重地说，"可是，他说他爱我，假如可以重新选择一次，他百分之一百会选我。"

天下的好男人都是一样的，而负心汉则各有各的门法。这一个负心汉，很聪明地开门见山把牌摊在了桌上，然后置之死地而后生。

"这又说明什么？"

"说明他更加爱的那个人是我。感情和爱情是不同的。"

"他有小孩吗？"

"没有。"

"他会和他老婆离婚吗？"

"我现在还不想给他太多压力，"郑滢好像并不想多谈这个，立刻把话题岔到杨远韬对她多么多么好——杨远韬曾经开车一个晚上几乎转遍这个城市的超市为她找一种英国出品的叫"八点以后"的黑巧克力——只因为她偶尔提了一下，杨远韬出差回来不回自己家先跑来看她，她痛经的时候杨远韬帮她揉肚子，杨远韬这个，杨远韬那个，噢，对了，杨远韬送给她一个 Prada 的包包。

"哇，多少钱？"面对那些令人炫目的牌子，我的第一反应往往是这句俗气得不能再俗气的话，改也改不过来。

"上海华亭路的东西，你说多少钱？"

"他送你个假包？"

"准确地说，是仿的，不过，做得跟真的一模一样啊。我现在天天背着上班，美国假货少，没人看得出来。"

我看看她，再也忍不住，笑起来："我明白了，你是真的很爱他。"

"怎么说？"

"否则以你的脾气，怎么肯让他拿个假包来耍？"

郑滢沉默一会儿，抿了抿嘴说："他有苦衷。"有句老话叫作"每一个成功的男人背后都有一个成功的女人"，很有道理。杨远韬背后的那个女人显然已经成功地建立起一套管理丈夫的系统，"他老婆要定期查账的。当然不是不许他花钱，她的理论是花多少都可以，不过要知道钱花到什么地方去了。他要是花几百块钱买个包，他老婆肯定会警觉。"

"然后河东狮吼吗？"我心想，臭男人，苦衷你个大头鬼。

"倒也不是，他说，不想让他老婆无谓地难过。我想想也对，已经抢了人家的丈夫，好像是有点理亏。"

有些女人恋爱起来会越来越刁蛮任性，比如我；而有些女人恋爱起来却会越来越通情达理，比如郑滢。我觉得她不是突然变贤惠了，就是爱昏头了。根据种种迹象分析，她属于后者。

　　"换了我，就坚决不要那个假包。"我说。

　　"程明浩可是好像连假的也没送过你啊。"她明显地有点生气。

　　"如果我想要，迟早有一天他会拿个真的来。"我不由得针锋相对。

Chapter 4 谁是查理·布朗

我们大眼瞪小眼，四目相对僵持了差不多十秒钟，终于扑哧一声同时笑出来。

"好好好，我知道了，我知道了，骂谁都可以，骂他就不可以。"郑滢摇摇头。

"你们什么时候开始的？"

"三月份吧。"

"你为什么一直瞒着我？"

"我跟他说好了，对外不公开，"她左右看看，压低一点声音，"这家公司里好些人认识他呢，万一别人知道了，对谁都没有好处。"

"到底是对谁没有好处？你，还是他？"我不肯放过她。

她看看我，然后转过头去看窗外的草坪："你是不是觉得我在犯贱？"

"有点，"我咽下最后一口汉堡，"世界上男人多了，没结婚的满地都是，你很喜欢向难度挑战吗？而且我告诉你，女人的心比男人细，他老婆迟早会发现，到时候黄脸婆找上门来拿把水果刀顶着手腕跟你讨老公，你吃得消？算了，跟他分手吧，这种事情，越早结束越容易。"

郑滢脸上露出一个有点无奈的微笑。

"唉，那个甜甜圈你究竟喜欢他什么？"这一次谈话在我和郑滢多年的交情里不下于阿姆斯特朗登上月球对于人类历史的意义——我第一次头头是道地跟她摆事实讲道理，而不是恭恭敬敬地听她大小姐训话。我骤然觉得自己老成了许多，于是再接再厉："有钱？好看？有地位？知道哄女人开心？还是车子屁股上那个标志？我告诉你，这些都是空的，都是……"我开始打手势以加重语气。

她搭住我的手臂，换了一种底气不足的声调："知道了。老实告诉你，我已经跟他分手过三次了，不过没分掉。我想我大概真的很爱他。"

我瞠目结舌。数字是很有说服力的，郑滢从前的恋爱都是分手一次就够了。

"其实他这个人很好，不大多话，但很实在，下次你见到他就知道了。唯一的缺点可能就是心太软……他说他老婆身体一直不大好，怕她受不了打击，现在真的不想气她，想等这一段过去以后再慢慢跟她提离婚的事情。"随之又前后矛盾地加上一句，"其实我也还年轻，就谈谈恋爱也好啊，你想，要找个理想的恋爱对象也不是那么容易的，对不对？"

我没得话说。这一次，郑滢的的确确是栽进去了，一个活生生阴沟里翻船的案例。她八成是看那些谈情说爱的狗屁书走火入魔了，难怪古人说女子无才便是德。

又是两个星期，我的工作一点起色也没有，还是天天帮人家打杂印东西订会议室买咖啡，马克还是不给我好脸色看，我都不知道自己是哪里得罪了他。难道美国人也相信"教会徒弟，饿死师傅"那一套？我从别的同事那里打听马克的家庭情况想拍拍马屁，结果他根本没有什么家庭，连个宠物也不养，老处女的那一套派不上用场。

我终于忍不住，找了一个机会婉转地向老处女讲了自己的处境，意思是希望她能开恩把我调个组。老处女一听就明白，笑了笑说："耐心一点，机会总会有的，现在你只要好好向马克学东西就可以了。"我心里嘀咕，马克防贼一样防我，学什么学。

相比之下，郑滢要得意得多。她刚刚做完一个项目，各方面反反映都很不错，老板慷慨地发了她一笔奖金，估计年底升级不成问题。她把自己的心得总结成六个字——"起花头、抢风头"。

"很多时候，关键不是你做什么，而是你怎么去做，帮谁做，做给谁看。还有，随便你做了一点什么东西，要钻天打洞、掘地三尺，开发出所有能够拿来吹牛的方方面面，然后找机会去巡回演出。就算手里拿着一堆狗屎，也要想尽办法把它除除臭，切成片，洒了调料，配上生菜和番茄，然后勾上一朵奶油花，放在漂亮的盘子里堂堂正正上桌。信不信由你，这样的话，人家还真吃。"

"假如我手里连堆狗屎都没有呢？"

"那还用说，想办法拉呀。"郑滢扬扬得意。

"说了跟没说一样，我现在的问题就是一点点机会都没有，有时候都想不通老处女招了我干什么，都怪你那时候死活把我拉进来。"

"放心，你们老板那么精的人，肯定有安排的。"

又过了差不多一个月，等到郑滢都开始为我觉得有点不对，老处女用一种酷毙的方式让我明白了她那句"耐心一点，机会总会有的"决非画饼充饥：她把马克逼出了公司。

表面现象是在公司服务了十几年的马克突然辞职，内幕是我后来才逐渐打听出来的：老处女把马克叫去，提出要把他调去一个基层客户服务部门，理由是那个部门新人太多，技术力量薄弱，需要几个有产品开发背景而且经验丰富的人去镇一下，云云。马克一听就火冒三丈，客户服务部门又辛苦又死板，周末和假日还要值班，一般的程序员都不愿意往那里调，何况以他的资历地位，老处女此举简直就是流放。美国人要起面子来也厉害，他试图联合几个部门里资深的同事联名上书，结果人家看他倒霉，个个像避瘟神一样避他，反而把小报告打到老处女那里，三下两下，老处女借故把他训了一顿，他一气之下，提出辞职。

我跟一位同事聊天的时候试探他："马克那么聪明，离开公司，真是有点可惜。"

他笑笑，意味深长地说："公司用人，要你来做事，又不是要你来聪明。"

这是我从职业生涯中学会的第一件事：宁做哈巴狗，不做落水狗，否则，迟早变成丧家狗。

就这样，我接手了马克那一间景色优美的转角办公室，外加他手里一大堆艰深晦涩、由于年深日久除了他自己少有人明白的工作，看得我两眼直发晕。

难怪老处女招我进来，她早就想对马克动手——果然不爱才；也难怪马克一直不理我，他肯定也早有感觉，只是没想到老处女下手会如此之狠吧。我成了他们两个人当中的一块三明治。

马克临走前的一个星期，我天天忙得脚底翻天，缠着他跟我讲解他工作里的要点。他照样对我爱搭不理，我问起什么，他就找出一堆陈年的设计资料来叫我自己去看。

马克走了，我骤然从全部门最空闲的人变成了最忙的人——一边补课一边应付不久就该上交的代码和各种计划书，晕头转向，每天在办公室里待十二个小时还是心里一点底也没有。在做某一个部件的更新计划时，我碰到了一个以前没有注意到却很重要的问题，百思不得其解，问其他同事，也没人知道。眼看时间就要到了，我心急如焚，一咬牙，找出马克的手机号码打过去。

那个夏天，我得了重感冒，八成是累出来的。我一边拨电话号码一边不停抽纸巾擦鼻子，并且在心里恶狠狠地咒骂那个老头——自己人缘差成那样，还要来连累我。

拨了两次马克的手机都没人接，我觉得他在"诈死"。无可奈何之下，我给他留言。本来不过只想告诉他我手上这个问题真的很重要，叫他立刻回电，可是说着说着，鼻涕越流越汹涌，心火也越蹿越高，我一边抽鼻子一边对着话筒即兴演讲起来："不管你怎么看，这是我的第一份工作，所以无论如何我也要把它做好……我承认我对产品懂得很少，不要说1.0版，就是2.0版、3.0版我都没见过，可是，正因为如此，我才更加需要你的帮助……"讲到这里，我不得不挂断留言，因为鼻涕已经有大江东去之势，需要立刻去洗手间清理。

等我回来，电话铃响了，马克在那头迟疑着问："刚才，你是在哭吗？"声音已经明显不那么生硬了。

我愣了两秒钟，头顶一个灯泡咚地亮起，立刻打蛇随棍上："真不好意思……不过，不过现在不要紧了。"

我那句模棱两可的话显然让马克更加相信我刚才一边给他打电话一边哭哭啼啼，其结果是他约我下班以后到公司对面的Starbucks见面，一谈三个多小时，每人喝干两大杯咖啡，把我碰到的那个问题方方面面、仔仔细细分析了个透彻；弄了半天，他把工作交代给我的时候就预料到这一点，只是懒得告诉我。马克的脑子像个活数据库，那些旧代码都已烂熟其间，我打印的一堆材料他翻都没怎么翻，拿了支笔就在纸上勾画起来，讲得头头是道，让我茅塞顿开。我再一次在心里暗暗感叹，赶走这样的人，对公司其实是一个多么大的损失。

马克告诉我，他下个星期就要离开旧金山去佛罗里达一家公司工作。他摇摇头："这里的人太坏。"

我有点着急："那我要是再碰到问题怎么办？"

他想了想，在纸上写了几个人名："你可以去找这些人问问。这些东西当初就是我和他们几个一起设计的。"

我一看，吓了一跳，那上面差不多都是跟老处女平级的人物："他们会理我吗？"

"会的，"马克那张总是拉得长长的脸第一次露出一个近乎慈祥的微笑，"因为我会给他们打电话关照。老实说，有些东西除了他们，人家也不懂。哼，现在那帮人，一天到晚除了钩心斗角，能干成什么？"

我忍不住调皮起来："你就是做 1.0 版的时候认识他们的吗？"

马克嘿嘿地笑起来："差得不远了，是做 1.2 版的时候。其实，就算工作上没有问题，这些人你去认识认识，对将来在公司里发展也会有好处。"原来，不喜欢搞人际关系的人未必不知道其重要性。

分手的时候，马克摸摸秃了一半的脑袋，诚恳地说："真不好意思，一直以来把我对艾米的态度转嫁到了你身上，希望你不要介意。呵呵，说起来，这还是我这辈子第一次把一个女孩子弄哭呢。"语气里居然还颇有几分成就感。

我看看他，把鼻涕和那个想向他坦白的念头一起忍了下去。既然他认为破了自己的一项纪录，又何必让人家扫兴？

走到街上，天还没有黑。我觉得这场感冒真是值得，不仅解决了问题，还从马克那里借来几条人脉。想到他最后那句话，又觉得挺好玩：要把我弄哭，是那么容易的吗？

我用力吸吸鼻涕，看着旧金山夏日傍晚水洗过一样澄净的天空，微笑了，然后接着往前走。

那个周末，我拉程明浩一起去看码头。他不同意，说我感冒还没好，那里风又大，而我坚持要去，说需要晒晒太阳。

城市东面那一排渡轮码头是我和程明浩最喜欢去散步的地方，我们经常从最南面的三十八号码头开始，沿着旧金山湾走过海湾大桥、渡轮大楼、渔人码头，一直走到最北面的四十七号码头，路上的风景美轮美奂。

从小我就对码头和那些延伸到海里的栈桥有一种深深的迷恋，说不出为什么，只是看见它们，心里便觉得很高兴。

他说："想不到你这么喜欢看码头。"

我说："码头是船只回家的地方。"

那条路上有一家糖果店，里面称斤两卖各种巧克力，又漂亮又好吃，尤其是一种里面包椰丝的黑巧克力。每次走过那里，我都会忍不住停下来买。因为价钱太贵，从某一次开始，我规定自己只准抓两把。

"为什么是两把，不是一把或者三把呢？"程明浩质疑我随机定出来的规矩。

"那还不简单，三把太多，一把太少啊。"我一边说一边努力地张开手掌，想一把多抓一点。

"算了算了，"他微笑着按住我的手，"我来帮你抓吧。就照你的，抓两把。"他的手比我大很多，他抓一把，差不多相当于我的两把。于是我们达成了这个自欺欺人的默契。

这一天，我破例让他抓了三把，然后得意地告诉他如何用鼻涕骗来马克的同情，让他终于肯教我的事情。

"他以为我真的哭了，结果良心发现，就约我出去……"我拿起一颗巧克力，剥掉糖纸往嘴里一扔，一边嚼一边献宝一样讲得眉飞色舞。

程明浩静静地听完，然后说："璐璐，下次要是再有人这样突然约你出去，记得先把去向告诉我，好吗？"

"马克其实人很好，就是脾气怪一点而已。"

"我不是说他，是说假如再碰到类似的事情。有时候，知人知面不知心。"

"你是怕人家吃我豆腐？"

"小心无大错。"他一本正经地盯着我。

我看着他笑起来："你怎么跟我妈一样麻烦？"我又剥颗巧克力往空中一扔然后让它稳稳地掉进嘴里，"我都这么大了，你以为我是傻瓜，会给人家随便吃豆腐吗？"

他用手把我被风吹乱的头发抚平，温柔地看着我："你有时候就像个小孩子，我当然怕你被人家吃豆腐。"

"我要是不当心被人家吃了豆腐，你还会要我吗？"他这种看宣德炉一样的眼神每每让我不由自主问出一些愚蠢的问题。

"不许胡说，我不会让这种事情发生。"

我们站在一号码头旁边的栈桥上看旧金山湾，碧蓝海湾里的点点白帆和修长秀丽的海湾大桥相映成趣，对面伯克利的远山像一条轻柔的浅蓝色缎带，勾画出了与地平线交融的天际。夏日的风轻抚着我的衣袖，阳光洒在水面上宛如一丝丝散开的金箔。这样的景色把吃豆腐这个无聊话题都渲染得浪漫无比。

　　这原本就是一个哪里都可以让人海誓山盟的城市。

　　程明浩的手轻轻地搭在我的头发上。过了一会儿，他突然说："你的头发摸上去真暖和，冬天的话大概像个手炉，可以拿来取暖。"

　　"不许，多摸头会把人摸笨的，我已经不算聪明了。"

　　"那你还老是摸我的头？"

　　"你本来就笨，虱多不痒。"

　　那一袋巧克力吃光的时候，程明浩告诉我，今年年底，他打算去西雅图一个研究所实习，为期半年。

　　我吃了一惊："那么远？"

　　他告诉我，那个地方很不错："有这么一段经验，将来毕业找工作就方便多了。"

　　"旧金山就没有合适的机会了吗？"

　　"也不是没有，不过那家研究中心是我的第一选择。说真的，那个地方不太容易进去呢。"

　　我不说话，只是低头看着脚下的海浪。

　　他揽过我的肩膀："怎么，不高兴了吗？"

　　我摇摇头："我在想，你去了西雅图，谁来管我被不被人家吃豆腐。"

　　他把我搂进怀里："小傻瓜，才半年我就回来了呀。你不许胡思乱想。"

　　我呼吸着他身上的清新气息，转头看看远处向天边延伸的码头。码头是船只回家的地方，却也是船只出发的地方，这一点，怎么以前从来都没想到呢？

每天有成百上千的船只离开旧金山湾边的码头，其中，一定也有一些是开往华盛顿州的那个海港城市吧。

到了渔人码头，程明浩拉我又去买了一瓶海盐："把你打翻的那瓶补上"。我说不用了，他却坚持要买，这个人固执起来很固执。我笑着问他："以后要是我不当心把这一瓶再打翻，你是不是会立刻从西雅图跑回来看我？"

"那我们马上再去买一瓶备用，或者多买几瓶，你爱怎么打就怎么打。"他也笑起来。

"算了吧。"我捧着那条新的彩虹高高兴兴地往前走。

已经能很清楚地看见金门大桥，每次走到这里，我心里都会有点淡淡的失落，因为金门大桥一出现，就意味着这一场瑰丽的行程即将结束。这一次，我突然有一个新发现：43 和 45 之间的那个码头，上面的牌子清清楚楚地写着一个有点滑稽的编号"43½"，从前走过很多次都没有注意过这一点。

那是一座二分之一的码头。二分之一的码头，可以用来干什么呢？

"我想大概它只有一般码头的一半规模吧。"程明浩说。那座码头看上去的确是比旁边的码头都要短。

"说不定它是作某些特殊用途的呢？比如说，只接纳船只进港口，而不离岸的？"我突然冒出这么一个念头。

"那还叫什么码头？"他笑我。

"所以叫二分之一的码头呀。"我坚持自己那个荒谬而不失浪漫的想法，而且觉得很有道理；或者说，我希望它有一定道理。

我们买了一些馄饨皮子和加工了一半的肉馅回家，打算包馄饨。程明浩卷起袖子开始剁馅，我给他围上我那条上面印着查理·布朗和史努比的围裙。围裙穿在他身上，几乎是吊在胸口，看上去有点不伦不类。

"这是不是更加像个肚兜？我已经二十几岁，用不着这个了吧。"他摊开手，想把围裙摘下来。我不许他摘，说："戴着让我看看嘛。"我喜欢看他戴我的围裙——很不合身，却恰恰是我的印迹。

包到后来，馅没了，还剩下一叠馄饨皮子。我埋怨他："都是你，每一个馄饨里放那么多馅，现在要一个个拆开来重新包，真麻烦。"

他说："不用啊。"然后把那些馄饨皮子包成了一个个空心的小馄饨。

"这能吃吗？"

"当然。"

"好吃吗？"我实在很怀疑。

"你试试就知道了。"

水开了，他先把包了馅的馄饨下锅，等它们煮好，再把那些空心的小馄饨下进去，水一滚就捞上来，另外盛了一碗："你尝尝看。"

我试了一下，果然很好吃，没有馅的馄饨，入口即化，是一种别样的滑爽。

他煞有介事地说："这是我们程家的一种特别做法，叫泡泡馄饨。"

"根本就是偷工减料，"我笑他，"不过倒是真的很好吃，记住了，叫泡泡馄饨。"

吃完馄饨，我随手把筷子平放在碗上，起身去拿纸巾："放着吧，今天我来洗碗。"等我回来，他已经把我的筷子拿下来，斜搁在碗边："以后筷子不要那样放，不大吉利的。"

我真难以理解学生物的人何以如此迷信："你对人家也这么管头管脚吗？"他把桌子上的碗收起来："人家关我什么事？我只要管好你就行了。"

我微笑地看着他，突然忍不住亲了他一下。

"干什么？"他有点惊讶地看着我。我说："没什么。喜欢你。"

事实上，他刚才那句话，让我莫名其妙感动得几乎想流泪。从某种意义上讲，我简直巴不得他对我管头管脚，而对人家统统狼心狗肺。爱情，有时候自私起来真是不可理喻。

下一个星期五，我居然在公司里看见了杨远韬。当时我捧着一叠资料乘电梯上楼去开会，他正好就站在我的对面。其实我以前并没有和他正式照过面，是他胸前蓝白相间的临时名牌引起了我的注意，于是我开始打量这个男人。

杨远韬今天没戴墨镜，穿深蓝色衬衫、米色西装裤，两条手臂抱在胸前夹着一台手提电脑。他身材高大挺拔，脸颊瘦削，眉头微皱，棱角分明的嘴唇紧抿着，好像在想什么事情，每隔几层楼抬眼看一下指示灯。我还注意到他左手无名指上戴着白金结婚戒指。的确有味道，但是，看上去却一点也不像个找了个小他十岁的女人发展婚外情的男人，倒像个标标准准的好丈夫。

可是他的的确确找了一个小他十岁的女人做情妇。我不由得开始想，所谓好丈夫，究竟长什么样？

正在这个时候，他大概发现我在看他，朝我微微扬了扬嘴角，算是打招呼。我吓了一跳，立刻也点头致意一下，然后马上把眼光移开。

星期六和郑滢一起去逛街，她背着那个仿的 Prada 包，果然以假乱真，惟妙惟肖。

我问郑滢，杨远韬怎么会到我们公司来，她说："他们公司和我们公司其实互为客户，所以，他时不时要来跑一趟。觉得他怎么样？"

"不错，看上去挺酷的。"

"你跟他说话了吗？"

"当然没有，他又不认识我，总不见得当着那么多人的面跟他说'我是郑滢的好朋友'吧。"

我问郑滢"你们现在怎么样"，她却告诉我一些零零碎碎的有关杨远韬太太的事情：杨太太两年前辞了工作，现在天天待在家里，正好有大把的时间来管理丈夫。杨远韬每年要去他们公司在中国的分公司好几次，她大概是有点怕"将在外君命有所不受"，加上听说男人回了国会"树欲静而风不止"，很花了一番工夫，在中国那边不动声色地收买眼线，每次回去都是大包小包整套的化妆品带去送人，非常慷慨，却没想到后院起火，问题偏偏出在自己身边。

"她每个月都要核对老公的信用卡账单，细得很呢，"郑滢叹了口气，"真是好笑，她一抬手送一整套兰蔻给中国办公室那边最丑的一个秘书，杨远韬花一百块钱都要给个说法。"

好一个厉害的女人。

"她不是身体不好吗？怎么管起老公来还这么生龙活虎？"

"人家是全职，一天二十四小时地管，还能不面面俱到？"

"那杨远韬不是很辛苦？"我忍不住笑起来，"两个女人，外加两个公司来回跑，难怪他老是皱着眉头。"

"我不管，他的老婆他迟早自己摆平。"

经过一家首饰店，郑滢拉我去看戒指。店里都是一对对的情侣，我问她："两个女人看戒指，人家会不会当我们同性恋？"

"怕什么，美国人才不管你是不是同性恋，只管你有没有钱。"

"你会自己花钱买戒指？"

"才不会，我看看式样总可以吧。"

郑滢看中了一个一克拉的钻戒，刻得纯净无瑕，戴在她手上宝光四射。戒指是一种很奇妙的东西，最坚硬的石头，只剩下深情蜜意；凭什么百炼精钢，也变成绕指之柔。

"怎么样？"她伸展着手指满意地端详着那个戒指，然后转过头来问我。

"真好看，"我实在忍不住再加上一句，"不过，在戴上去之前，某人好像应该先把他手上的结婚戒指摘下来。"我又想起杨远韬那个看上去足金足两的白金婚戒。

那一天，我知道了自己左手无名指的尺寸是六号，跟我脚的尺码一样。我问店员："假如一个人现在买了戒指，将来手指变粗了戴不下，怎么办？"我有点担心戒指万一像衣服一样穿不下可怎么办。

她微笑着回答："一般情况下，手指是不大会变粗很多的，"她抬起自己的手，"我自己的手指也是六号，你看，这个二十年前买的戒指，现在还是正正好好。"

我开心地对郑滢说："这样说起来，买戒指其实是很合算的。你想，假如说四千美元的一个戒指，看着很贵，可是呢，如果我天天戴，一年三百六十五天，戴它个五十年，摊下来每天的成本才两毛钱多一点而已，就算加上通货膨胀因素，最多三毛钱吧，都不够一罐可乐。而且，等过了五十年，我都变成老太婆一个，它却还是这个样子，可以传给子孙后代。对不对？"

郑滢说："神经病。"

走出那家首饰店，郑滢去买香水。不知从什么时候，她不再用香奈儿五号，而换了一种伊芙·圣罗兰公司出品的香水。她说香奈儿五号太小女人气，一点城府都没有。

"那你去买男人的须后水用好了，保证城府深得吓死人。"

"我是说，香奈儿五号好归好，可是闻上去像长不大一样。"

"所以它才能永恒啊。女人在自己所爱的人面前，就是永远长不大的。"

她把那种叫鸦片的香水喷在试纸上让我闻。

"嗯，一股老女人的味道。"我摇摇头，这让我想起很小的时候外婆喜欢在房间里熏的檀香。

"这是成熟女人的味道，神秘，温柔，性感。女人，就该是男人的鸦片。"

"我怎么觉得好像成熟女人体味比较重，所以才需要这么多香料来盖。"

"你真是煞风景。"

"实话实说而已。"

我们坐在购物中心的长凳上吃冰淇淋，郑滢告诉我，林少阳最近当上组长，手下管七八个人，春风得意。张其馨和我现在由于程明浩的关系已经心照不宣地相当疏远，就算见面也往往是郑滢牵头。所以，有关她的很多消息都是间接从郑滢那里听来。

"他很有本事嘛，二十六岁就能这样，将来前途不可限量。"有些人的命相大概是气球，无论年龄，一有风便立刻飘飘忽忽往上升，人家羡慕都羡慕不来。林少阳就是这样的人。

"这就是在小公司里混的好处，当官比较容易一些。看看我们公司，那么多人出身比你好、资历比你厚、人脉比你深，要升一级斗得死去活来，简直比登天还难。像你们部门那个马克，混了十几年，还不是灰溜溜被人家赶跑了。对了，他走的时候，老处女有什么表示没有？"

"老板送给他两件印着公司标识的衬衫，他都没带走，就扔在办公桌底层抽屉里。我看了看，有一件的领子还有点歪。十二年落得这么两件衬衫，简直像在骂人，换了我我也不要。"

"哼，要是他高升，看好了，老处女第一个马屁拍上去。"

"想想真让人灰心。"

"算了，他不走，位子就空不出来，你只能天天买咖啡。别说，你办公室里那张还是人体工学椅呢，所以人家要提出跟你换，千万别答应。"

"我当然不会答应。接他那些工作，累都累死人，没一张人体工学椅怎么行？还有，马克走的时候，他的一些旧同事私下举行了一次聚餐，你猜我们部门去了几个人？我本来以为大家都会去，结果跑到那里一看，吓一跳，连我才去了三个人。"

"这有什么好稀奇的？那种场合其实是表明态度的，不去，就是说明和他彻底划清界限，同他不是一丘之貉；你们敢去，算你们胆子大。所以，你去了就去了，千万不要到老处女那里啰唆什么。"

"她要是知道了会不会整我？"原来这里也讲究连坐。

"应该不会，你是新人，不知者不为罪，这个道理她总该讲吧。对了，你把那两件衬衫怎么处理了？"

"我本来打算拿给程明浩穿，后来想想这种印了公司标识的衣服，穿出去也是傻乎乎的，所以就干脆把它们钉在家里写字台旁边的墙上，勉励自己。人家有座右铭，我有座右衫。"

"勉励什么?"

"如果将来哪一天我离开这个部门或者这个公司，绝对不要像这样被人家用两件衬衫赶走；我就算走，也要很有面子地走，要部门里全体同事连主管一起来给我送行。"

郑滢笑得捂起肚子："我第一次听见有人立这么奇怪的志向。"

"我是说真的，"我一本正经，"我可不要人家背地里像现在可怜马克一样可怜我。"

"关璐，你和马克让我想起战争片里面的镜头，前面的小兵踩到地雷倒在地上做了炮灰，后面的小兵扑上去抱着他的尸体嚷嚷两句你的血不会白流，然后拎起他的机关枪噔噔噔接着往前冲。笑死人了。"

"我才不会做炮灰。"

郑滢比我高明，她非但不做炮灰，而且每每能把人家轰成炮灰。她最近大获成功的一个项目阴差阳错就是和上次在餐厅里对着土豆条向她大诉衷肠的愣头青合作的，人家不知道她和杨远韬的关系，还以为机会来了，劳心卖力不说，到头来还拱手让郑滢占了大部分的功劳。结果当他满以为自己用了苦肉计、可卷土重来之时，郑滢才告诉他已经有了男朋友，弄得他职场和情场一起失意。

"现在他在走道里看见我都不打招呼了。"

"那他会不会恨你，以后找机会报复?"

"本来就是一个愿打、一个愿挨，我又没做什么错事让他抓小辫子，报复什么?再说，将来搞不好我爬得比他还快，他想报复?那叫犯上作乱。"她咯咯地笑起来。

她转个身，让那个 Prada 背包对着我："关璐，帮我把润唇膏拿出来，在第二个夹层里。"

我拉开拉链，刚要去翻第二个夹层，突然，背包的带子断了。显然，上海华亭路卖的有些东西做得虽然逼真，却不是太牢。

我和郑滢一起呆呆地看着那个断了一条带子的包。过了好一会儿，她慢慢地把那条没断的包带从肩上退下来，轻轻地说："关璐，你的包借我用用吧。"

我们半蹲在地上，一起把郑滢包里那些七零八碎的小东西转移到我的背包里，她把那个倒空的 Prada 朝地上抖了几下，然后一声不响地将它扔进了街边的垃圾桶。

然后我们接着往前逛，郑滢照样有说有笑，但我看得出无论说还是笑，都有点勉强。

最不该出现的东西往往在最不该出现的时候出现：我们居然无意间找到了旧金山的 Prada 店，当然，是货真价实的那个。扑面而来，咄咄逼人。

我正想拉郑滢走另外一条路，她已经看见了那个招牌，脸上的笑容在一瞬间土崩瓦解，转过身，颓然地在一个露天咖啡座的椅子上坐下："我有点累了，想歇一会儿。"

"喝咖啡吧，我请客。"

我去买了两杯卡布奇诺回来放在桌上，郑滢抬起头，可怜巴巴地眨眨眼睛："真不经用。"她那副样子像一只被人家踩了尾巴的小猫咪。

"是我拉的时候太用力了。"

"不关你的事，假的就是假的。"她对着装咖啡的纸杯喃喃地说。

我伸手摸摸她的头发，光滑柔软。我想，当初她为了杨远韬把那一头卷发拉直，其实也是把自己心里最柔弱的一面展现给他。而他，却没有好好珍惜，或者说，他根本没有资格、没有能力去珍惜。

我的心里突然间升起一股无名之火——我彻底被那个混蛋，不，那只软软的、上面浇一层巧克力还撒着五颜六色糖粒的甜甜圈激怒了：明明已经有老婆，还要在外面拈花惹草；退一万步讲，真的要拈要惹，就要有本事摆平；现在你拈了、惹了，又想投机取巧，什么东西？郑滢再聪明、再厉害、再有锋芒，她毕竟只有二十四岁，比起一个三十四岁，知道什么时候要酷、什么时候卖乖、什么时候拿假包来哄哄人的男人，原本就低了一头。我回想起上次看见杨远韬时的样子就来气：一本正经，道貌岸然，人家见了都认为他在思考什么了不起的大事，其实啊，我看他正在琢磨下次回国怎么去弄个仿造的 Fendi 来骗女人。

半杯滚烫的咖啡喝下去，我越发热血沸腾，一把拉起郑滢："跟我走。"

"到哪儿去？"

"你跟我来。"我一直把她拉到 Prada 店门口，"不就是像腌菜缸里捞出来一样的尼龙包吗？又不是买不起，我们进去挑一个吧！"

"你说什么？"

"我说我想买个 Prada 包包送给你，行不行？"我掏出钱包打开，"这张信用卡上限两千两百，还有这张，上限两千七百，总够了吧。哼，不就是用非常帅的姿势签名吗？我也会，老实说，真的 Prada 我还没见识过呢，今天借这个机会也开开眼界！"

郑滢瞪着我看了好半天，脸上是不可置信的表情。我朝她扬起眉毛："走啊，我难得这么大方的，机不可失，时不再来。"

她瞪圆的眼睛慢慢拉细、拉细，最后抿成两条线，笑了起来："你想做冤大头吗？"

"今天这个冤大头我做定了，反正没人查我的账。"

她拉起我的手："成全你，不过我们先换个地方。"

二十分钟后，我们坐在圆桌比萨饼店里分享一个三层饼料、外添一层起司的豪华型比萨饼。

郑滢已经很久没这么放纵胃口了，如同饿虎下山，左一块右一块，一个人吃掉三分之二。她咕咚咕咚灌下半听可乐："假如刚才我跑进去挑个包，你真的会帮我付账吗？"

"会。"

"不心疼？"

"废话，当然心疼。Prada 的包包，够我挣一会儿的呢，估计光交的税就比我身上这个包还贵。"

"你对我真好。"郑滢响亮地咂咂手指，很欣慰的样子，"不过，我才不会要你买。"

"我知道，以你的脾气，事后一定会还钱给我。其实呢，你真想要的话，我们可以合买一个轮流用。"

"不要，这个包我绝对不会自己花钱买。"

"为什么？"

"有些东西，女人是不能自己买的，比如戒指和名牌包。"

"那香水呢？"

"香水可以，因为香水是用来勾引男人的，就像钓鱼，你总要买鱼饵吧，可是，等到鱼上了钩，就没有理由放着不动，自己还傻乎乎跑到超市买生鱼片吃，对不对？所以呢，香水是合理成本，而什么钻戒啊、名牌包包啊，就是盈利，以小博大。这也就是刚才为什么我不让你做冤大头的原因，懂了吧？"

我懂了，做冤大头也有性别歧视，我充其量只有被宰一个比萨饼的资格。"你打算怎么办？"我有点担心。郑滢有一肚子经纬，却找了个错误的对象。

她的脸色又沉了下来，闷声不响地又吃掉一块比萨饼，抹抹嘴角的油："昨天晚上我做了一个梦，梦见他老婆生病死了。"

"什么病？"

"子宫癌。"

"你真是够毒，一箭双雕，又咒人家生不出孩子又咒人家死。"

"我没有咒她，做梦梦见的，有什么办法。"

"日有所思，夜有所梦。你敢否认从来没这么想过？"

"想有什么用？想想就能成真，我立刻就去买六合彩中它几百万。"说的也是，要是咒语真能实现，只怕我老早帮着郑滢一起咒。"那个女人也算倒霉，什么坏事没做，被我恨得咬牙切齿，"她接着说，"所以说男人不是东西，你辛辛苦苦把他栽培好，他就去找比你年轻漂亮的女人；偏偏越不是东西的男人还越会讨人喜欢，让人一点办法都没有。我现在算是明白为什么林少阳升得那么快，张其馨反而会不高兴，树大招风，吹啊吹的，总有一天吹出问题来。对了，你知道我为什么用鸦片吗？"

"想让自己显得成熟一点？"

她摇摇头："因为他老婆用鸦片，而他自己又不喜欢用香水，衣服上一旦沾了别的味道很容易闻出来。我也用鸦片的话，他老婆就不容易发现。"

"哼，换了我，就把另外一种香水死命地往他衬衫上喷，等回家以后让他老婆跟他刺刀见红，他总得有个交代吧。"我义愤填膺之下讲了一句后来差点后悔得自己打嘴的话。

郑滢突然眼睛发亮，"我怎么就没想到？关璐，你的香奈儿五号借我用一用。"

"干什么？"

"往他衣服上喷啊，我要让他老婆感受到我的存在。"我的天。

"派这个用途不用那么高级吧。"

"就是要高级，我要让那个女人明白我也是有档次的，不是什么阿猫阿狗。"后来，我那瓶香奈儿五号果然为这个馊主意付出了惨痛代价。

走出比萨饼店的时候，郑滢说："以后你来'老朋友'的时候不要摸我的头，晦气。"

"瞎说八道。你哪个庙里听来的？"

"上中学的时候我爸炒股票，开始做得很好，有一次我来'老朋友'的时候无意当中碰了他的脑袋，后来他就开始赔。我妈骂了我好几年呢。"

"那是你爸水平臭吧。"我哭笑不得。

"其实我也不太信，不过最近实在太倒霉，经不起再折腾了。"

"好，我帮你消灾，"我笑着拉她到路边的一棵树上摸了两下，"程明浩教我的，他说很灵。现在呢，祝你旗开得胜。"

郑滢说到做到，趁杨远韬不注意时把香奈儿五号喷到他的衬衫和西装上，严阵以待等他太太发作。结果，好几天过去，一点敌情也没有。她终于忍不住问杨远韬他老婆最近有没有说什么，答案是否定的。原以为会刺刀见红，结果对方却连刀都没亮出来。香奈儿五号这个香水品牌刚出来的时候，有人曾用"一个响亮的巴掌"来形容它何等沁人心脾、令人难忘，现在，郑滢这一个巴掌甩得响亮，却结结实实打在了棉花上，毫无反应，着实令人泄气。

"会不会是喷得不够量？"

"什么呀，你是没闻见，简直香飘万里。"

"或者他回家之前换过衣服了？听说现在有些男人狡猾得很，办公室里专门放一套备用的衣服呢。"

"应该也不会吧，他对女人的香水不那么敏感，到现在都还不知道我和他老婆用的是一个牌子。我看，要不是他老婆鼻子有问题，就是涵养功夫特别好。"

"肯定是后者，自己用香水的女人不可能鼻子不好吧。这种不动声色的女人最厉害了，让男人想同她翻脸都没得借口。"我突然对杨太太好奇起来，原本以为她是只一触即发的河东狮，现在看来未必如此。

"学学人家吧。要是哪天程明浩身上沾一点香水味，你老早一哭二睡三上吊。"郑滢无精打采地说。

"他身上只会有酒精味，才不会有香水味，"这个事件倒是变相提醒了我，"对了，将来我也绝对不许他自己用什么香水、须后水之类的，什么味道都盖不住，防患于未然，一有风吹草动，立刻明察秋毫，架起火盆来严刑拷打。"

"照你这么说，我算是'患'了？"郑滢有点不高兴了。我看得出来，她有点忌讳这种原配口吻。

我意识到自己说错话了，立刻改口，"你们的情况比较特殊，算相见恨晚，缘分转错了弯，只好打个 U-turn 绕回来，行不行？"

"随你怎么说，反正都一样，"她很低落，"现在他老婆也不跟他吵也不跟他闹，挑得他跟着一起装傻，真难办。"

"郑滢，算了吧，这种有家庭的男人麻烦一大堆。你有时间精力跟他老婆斗，在周围抓一把男人，总归拣得出个把像样的吧，等拣出来再慢慢调教好了。"

"不行，"她又抬起头来，"他明明爱的是我，跟他老婆之间现在充其量只是情义，凭什么要我让步？"讲得理直气壮。

回想起来，在青春的岁月里，我们或多或少都相信过所谓爱情，真的可以"攻无不克、战无不胜"。

两个星期后，郑滢的信念加倍坚定。她又给我看一个 Prada 包包，这回，是真材实料的，跟着那个包还有一叠银行对账单。

"这是他背着老婆私开的一个账户，每个月存一点，积下的钱给我买的，你看，这张是三月份的，说明他认识我不久就开始偷偷存钱了。他说，他一直想给我买一份像样的礼物，那次回国带个假包回来，其实自己心里一直很过意不去。这回本来想买条项链给我，看见我包坏了，就索性帮我买个新的。"她一脸骄傲。我翻着那些银行对账单，都是几十块几十块一存的，倒也称得上用心良苦，觉得啼笑皆非——一个年薪六位数的男人需要要这种把戏帮自己的女朋友买一个包，让人不知道该说什么好。

正宗的 Prada 使郑滢越发义无反顾，打定主意为杨远韬忍辱负重；与此同时，我却又为了一点鸡毛蒜皮和程明浩恶吵一架。

是从林少阳开始的。那一天，我的电脑出了点问题，程明浩来帮我修，弄到差不多的时候，他突然抬起头来说，前一天，他们有个项目告一段落，老板请手下的学生吃午饭，"你猜我在那家餐馆看见谁了？"

"谁？"

"林少阳，他跟一个女孩子在一起。"

"然后呢？"

他看看我，接着往下说："不是张其馨。"

"那可能是他哪个同事吧？工作午餐。"我心里猜林少阳说不定又认了个干妹妹。

"他们好像很亲密，手拉着手呢。"

我还是不说话。

他终于忍不住："他还在跟张其馨谈恋爱，是吧？"

"应该是吧。上次我们去看望她，林少阳炒菜炒得不要太起劲。他们还说要去夏威夷度假呢。"

他又看我一眼："那就当我没说，把螺丝刀给我。"

我拿着螺丝刀走过去，递到他面前，却不把手松开："你到底想说什么？"

"我是觉得，林少阳看上去有点……"

"有点什么？"

"你应该知道的。"

"我不知道。"

"那就算了。"

"你有话就说，行不行？我又不是你肚子里的蛔虫。"我把螺丝刀重重地往桌上一拍，转身走开，躺到沙发上去翻一本杂志。

过一会儿，他走过来，蹲下身，用手臂圈住我的肩膀："修好了。"

我不理他。

他用手盖住我面前的杂志，和颜悦色地又说一遍："修好了，起来验收吧，小姐。"

我抬起头来："我现在告诉你，林少阳是个纯种大情圣，昨天他八成在花女人，要不就是送上门去被哪个女人花，你怎么想？"

"花就花，他爱花谁去花谁，不关我的事。"

"关你事的，"我坚持，"否则，你为什么拐弯抹角地告诉我？"

"那你说，关我什么事？"

"你是想让我知道，然后去告诉张其馨，叫她提高警惕。所以说，关你的事。"

"我不是那个意思。再说，我也没什么确凿证据。"

"你还关心她，是不是？看见她被男朋友耍，有没有点心痛？"

"璐璐，你怎么会那么想？"他有点着急了，"我只是偶尔看见了，跟你说说而已。"

"你真的只想跟我说说吗？"

"算了算了，不说了，好不好？"

"你是可以不说了，可是我怎么办？按照道理，我好像应该去跟张其馨吹吹风，可你让我怎么开口？难道我告诉她，程明浩昨天看见林少阳跟人家约会，然后让她来找你对证？"我冷冷地说。

"那你要我怎么样？"他的眉毛拧起来，"我说都已经说了。"

"我……我不要你怎么样！"我骤然生起气来，却一点也不知道究竟是为了什么生气，"你走开，我要一个人待着，可以吧？"我从他的臂弯里挣脱出来，抱起一个靠枕蜷到沙发的另一边，朝他瞪起眼睛。或许，正是因为找不出合适的理由，才要用加倍的生气来壮自己的胆色。

"关璐，你要讲道理啊。"程明浩无可奈何地说。他已经很久没叫我关璐了，看来，他也开始生气了。

过了一会儿，我终于说："我不许你再提起她。"

"可你也认识她啊。"

"不管。"

"我也不许你再提起林少阳。"

"好，不提。行了吧？"

他又伸过手来抱我，我闪开，把头埋在膝盖上："我还是不高兴。"

我们僵持许久。我听见他叹了口气："关璐，其实我早就想跟你讲了，你不能老是这样任性。"

"我怎么任性了？"

"我觉得你喜欢抓住小节不放，比如刚才……"

"你认为那是小节？"

他点点头："我能跟你讲，就说明我并不把它当回事，对不对？"

"那我倒问你，你有什么事情不能跟我讲的吗？"我抬起头来，盯着他的眼睛，"要轮到什么样的大节，你会不肯告诉我？"话到这里，我都不知道自己究竟在为了什么吵，只是觉得横也不对、竖也不对，就像在高速公路上迷了路，只能一个劲开下去，等下一个路口再看究竟开到了哪里。

程明浩默默地在我身边坐下，一句话也不说。

"你说话呀，"我拍拍他的手背，他没有反应，我用力拉他的衣袖，"你说呀。"

好半天，他才开口："你要听什么？"

"问题不是我要听什么，而是你要说什么。"

"我没什么要说。"

我赌气地翻个身，又拿起那本杂志盖住脸："没话要说，那你就走吧。我现在想一个人待着。"

我本来以为他会再来哄我，可是，他真的站起身来，把车钥匙往口袋里一放，走了，还把门重重一关。

我把杂志往地毯上狠狠地一摔，越想越生气：居然真的走了，连句话也没有。算起来，这大概是我们第一次比较认真地吵架，为什么吵不好，偏偏是为了张其馨和她那个情圣男朋友。他居然为了张其馨和我耍酷，岂有此理！好，你和我耍酷，我陪你耍，看谁更加酷。我不相信我耍不过你。

第二天晚上吃过饭，程明浩又来看我。当时我正在换厨房里的灯泡，灯装得很高，我在一张餐桌椅上搭了个小凳子，站在那上面才能够着。听见门铃声，我下去开门，等他进来后，我也把门砰的一关，然后自顾自又要爬到凳子上去。

他按住我的肩膀："我来。"

我说："我自己可以。"我坚持自己换，他在下面一手按着凳子，一手扶着我的脚踝。

等我把灯泡换好，他立刻伸手把我抱下去："以后这种事情让我来做。"

"我又不是不会。"我挣开他的手，把凳子和椅子都放回原位。

"璐璐，昨天是我不对，别生气了，好不好？"

"你有什么不对的？是我任性，抓着小节不放，跟你兴风作浪，所以，我检讨，还要麻烦你老人家大人不计小人过，肚子里呢撑撑船，"我冷冷地回他，"你不待在家里整理我的罪状，跑来干什么？"

"你究竟希望我怎么样？"他脸上的微笑慢慢地消失了。

"我敢希望你怎么样？你不高兴了，会一摔门跑掉，我吓都吓得半死。"我忍不住又把声音提高半度。

那天的结局是，程明浩再一次一摔门跑掉。他走了以后，我开始懊恼：他明明是为了道歉而来，我却一点面子都没给他留，下次见面，怎么下台呢？

当时我还担心着下次见面，结果，后来的好几天我们都根本没有见面。他没有再来找我，连个电话也没打。

等到第五天，我真心诚意地后悔了，我想，他一定是在生我的气，而且，恐怕气得不轻。

我上班开始分神，一有外线电话就立刻拿起来，希望是他打的，结果都不是。

那天，我无精打采地回到家，一上楼梯就看见门口放着一盆花。别致的花盆我一眼就认了出来，是程明浩办公室桌子上的非洲紫罗兰。

我环顾四周，没有人；我把花盆拿起来左右打量，也没有字条什么的。

一个可怕的念头像闪电一样划过我的心，让我打了一个哆嗦：他，这是要跟我分手吗？

我呆呆地盯着那盆非洲紫罗兰，还没来得及细想，眼泪突然间夺眶而出，然后顺着脸颊一颗颗滚落到非洲紫罗兰深绿色的叶子上。有点像小时候夏天突如其来的雷阵雨，当头一个闪电，还没等人反应过来，水珠已经从四面八方的风里纠集成一团打在你头上身上，躲也没处躲，只是一个劲地诧异"怎么就下雨了呢"；北加州的夏天几乎不下雨，这倒是帮我重温了那种久违的感觉，不过，准确地说，是"怎么就哭了呢"。

正在这个时候，我听见脚步声。抬起头，看见程明浩朝我走过来，脸上是一样的诧异："怎么了？"他加快几步。

我本能地要去抹眼泪，可是手已经被他抓住。

"你把花放在这里干什么？"我低下头。

"刚才我在这里等你，想起车子的前灯忘记关了，马上跑下去关，就把花放在地上，反正周围也没人。你怎么了？"他伸过手来帮我擦眼泪。

"没什么。"我骤然意识到了自己的荒唐可笑：吵那么一次架好像并不至于就此分手；再说，就算真要分手，他也不应该是那种含糊其辞、扔下一盆花就走的人啊。什么时候，我变得这么患得患失了呢？

"没什么还哭成这样？"

"我刚才以为你要跟我分手。"我感到很窘，但又编不出另外一个理由，便只好实话实说。

"我，我为什么要跟你分手？"

"因为我们吵架了，你又好几天不理我，"我喃喃地说，"然后今天一盆花莫名其妙地放在这里，我当然会那么想，"说着说着又来气了，"就是，你莫名其妙地把花拿过来干什么？现宝吗？我又不是没见过。你有什么话就说，我最讨厌人家拐弯抹角了。"

我嘀咕了一番，抬起头来，发现他正认真地看着我的脸，半天不说话。

"看什么看？有什么好看的？"我知道自己那个样子绝对谈不上什么好看。

"璐璐，"他摩挲着我的头发，"我把花拿过来，其实呢，是想请你帮我养，因为我觉得你应该比我更加会照顾这些花花草草。"

"我帮你管花，那你干什么去？"

"我可以多腾出点时间管你啊。"他对我微笑。他的笑容很温暖。

"我比花麻烦多了。"我忍不住也微笑起来，心里的石头彻底落在地上，一切又敞亮起来。我伸手抱住他。

"所以我把容易的让给你，"他把我紧紧地拥在怀里，"你喜欢胡思乱想，心又那么细，看来我的确应该多花点时间。还有，刚才看见你哭，我突然明白了一个道理，就是，你在对我发脾气的时候，其实自己心里恐怕更加伤心。对不对？"

我把头靠在他的胸口，一面按他 T 恤衫领子上的纽扣一面问他："我是不是一个很无聊的人？"

"你是一个嘴硬心软的人。"

"这样的人最最吃亏了。我妈就是一个例子，刀子嘴豆腐心，弄得我爸讨厌她，老是跟她吵；吵完了我爸跑出去，她一把鼻涕一把眼泪拉着我诉苦，还叫我站立场，说什么不站在她那边就是站在我爸那边，烦死人了。程明浩，我很怕将来会变成我妈那样，哪里都不讨人喜欢。"

"你不会的，"他温柔地吻了吻我的鼻尖，"因为我绝对不会讨厌你。你要相信我。"

我在他的鼻子上摁了两下："你把我弄哭了，所以要双击。"

"你提醒我了，"他从包里拿出一个塑料盒子递给我，"送给你，这大概就是你说过的那种人体工学鼠标吧，还真有点像只卡通老鼠。"

那只银灰色鼠标底座拱起，宛如老鼠的背，让人的手可以正正好好搭在上面；左右两边各有一块深灰色突起的塑料片用来左击和右击，引人注目的是顶上那只醒目的红球，活像米老鼠的大鼻子。

"嗯，就是它了，我一直都想买一个呢，"我把鼠标拿出来玩，"这只老鼠长了个酒糟鼻。"

"说明书上说使用这个鼠标，可以舒缓对手腕和肩膀的压力。你不是说肩膀酸吗？"

"怎么对我这么好？"

"做错了事，当然要赔罪；不过，也是为了我的鼻子，你老是那么左击右击，我有点担心它不能保持领土完整。"

我伸手把他的头发弄乱："想得倒美，鼠标上班时候用，你的鼻子下班以后用，不能顶替的。"

这场风波告一段落。从那以后，穿着淡蓝色套鞋的非洲紫罗兰住到了我小公寓的落地窗旁边。白天去上班之前，我把百叶窗拉到半开半闭，因为我在书上看见非洲紫罗兰是一种需要光、但光线又不能太强烈的植物；晚上下班以后，我把窗户打开，让它透透气；我定时给它浇水，隔一段时间施一点花肥。大概我照顾得还算得法，它看上去越来越精神了。

我对植物并没有太大的爱好，上一回养花好像还是小学自然课的时候，那次买了来送给程明浩，其实也是心血来潮。然而，这盆花我养得很用心，因为我喜欢它的性格：很平凡，但又有一些不大不小的挑剔之处；未必要花多大的成本，却需要用心；而且，你要是真的用了心，它也知道的，会默默地用更多温柔而坚定的小花朵来报答，由不得你不感动。我觉得它有点像我。

如果每个人都有植物属性，那么，我大概就属非洲紫罗兰。

林少阳蓝杏出墙的嫌疑，我到底还是找了一个机会告诉张其馨。虽然我并不喜欢管这类事情，但毕竟还是不愿眼看她被当成傻瓜蒙。我知道张其馨对自己喜欢的男人简直百依百顺，所以，林少阳无论如何不该耍她。

老实说，林少阳算得上我见过的男人里比较全才的了，长得帅，工作能力强，人际关系面面俱到，一张嘴八面玲珑。我曾经偷偷地把林少阳和程明浩比较过，打了一下分，结果林少阳比程明浩高出足足五分。这种差别让我暗地里觉得很安心，林少阳条件那么好，张其馨应该就不会后悔放弃程明浩了吧。所以，即使为了这个自私的理由，我也希望他们能够恩恩爱爱，天长地久。

这也从另外一个角度印证了我那套打分系统的致命漏洞：我忘记了一

样非常重要而又无法用参数来衡量的东西。这样东西，叫作"爱"。

这一次，林少阳让我领教到什么叫作"道高一尺，魔高一丈"。原来，那个餐馆里的女孩他早已在张其馨那里备了份，说是他们家一个什么曲里拐弯的亲戚的女儿，小时候曾经一起玩过，这次来美国培训，林少阳当然要尽足地主之谊。林少阳的备份里还有一条重要信息：此女早已有了门当户对的男朋友。所以，他们是纯洁得像蒸馏水一样的异性朋友，他们之间的亲密不过是青梅竹马的遗物。

无形中，我的小报告倒成了林少阳忠贞不贰的见证。张其馨不无得意地说："我这个人不小气，只要他跟我把话说清楚，我一般都是通情达理的。"

我心里还是有点嘀咕，程明浩两只眼睛都是一点五，应该不会看错，他们的确手拉手。异性朋友可以拉手吗？好像不是不可以，然而，我和蒋宜嘉也算是异性朋友，但我可以保证，哪天我和他要是被人家看见手拉手，只有两种可能，要么他成了瞎子，要么我成了瞎子。

后来，我在有弹性椅背、可以调节高低、后靠六十度的人体工学椅和红鼻子鼠标的陪伴下，为着自己那个"坚决不被两件衬衫打发走"的宏图大志走过了一段相当艰难的日子：刚进公司，很多东西不熟，不知道什么人该怎么打交道，也不清楚哪些地方可以偷懒，只好处处做足功夫，不敢怠慢，不求有功，但求无过。马克留下来的工作固然让我扎扎实实感到"天生我材必有用"，可是，不久我就发现自己啃上了一块槽头肉：他原本负责的差不多都是旧版本产品的维修，和时不时应客户要求加些花样哄哄他们，创新比较有限。听说，产品新版开发时，他看不惯管理层某些急功近利的做法，在不太恰当的场合说了一些不太恰当的言辞，老处女索性不要他再插手；他呢，抱着做一天和尚撞一天钟的心态，也乐得眼不见心不烦。正是由于这点，当初部门里没有一个人愿意接马克的工作，老处女不得不把我招进来。难怪她开工资的时候舍得花本钱，那不仅是为了我，更是为了她自己，是做给马克和整个部门看的：以为你们很厉害吗？我叫谁走谁就得走，走了，不愁找不到人接。

明白了这点，我暗暗叫苦：这个岗位决非久留之地，我没有马克那样资本、头衔可以倚老卖老，要在公司里混、混得好，就必须想办法跳到比较核心的项目去，但是，手头的活呢，也一定要好好干，这是进公司的第一仗，不能给人家看笑话，否则，槽头肉都啃不好，还想指望里脊肉？

二十四岁这一年，我觉得自己好像没有从前精力充沛了。读大学时，为了应付考试通宵看书，和衣睡上两个小时，洗把脸、喝杯牛奶就去考场，等考试结束再跑到卡拉 OK 唱一个晚上，一点也看不出来；就算后来到美国读研究生，功课一大堆，考试测验像毛毛雨，也只是觉得烦而并不真正觉得累。现在好了，上一天班，很多问题像雨后春笋一样冒出来：眼睛发痛，腰背发酸，不用鼠标的那边肩膀总是不大舒服，也不知是电脑屏幕还是中央空调的关系，皮肤开始逐渐发干，面上看不大出，却能清清楚楚地感觉到，像超市里买来后在冰箱里放了一两天的苹果，表面没什么太大变化，其实已经不那么鲜润了。偶尔加班到深夜，第二天一定要早回家补一觉，否则绝对无精打采。

我有点着急，开始着手补救：办公室里放一瓶化妆水、随时补充水分，天天用热毛巾按摩脸颊，三天两头去健身房，开始涂一些也不知有无科学依据的延缓肌肤衰老的东西，时不时也会按图索骥拿药草煲一些很难喝、但据说可以养颜的汤。保养这个词触目惊心地闯进了我的生活。

我原以为这些症状是我独有的，问了郑滢，她也恨得咬牙切齿："女人老起来真是 ABS 也刹不住。"

"程明浩不是常常帮你捏肩膀吗?"杨远韬出差了，要两个月才能回来，她很羡慕这一点。

"有什么用，也不能随时捏啊，再说，他过几个月就到西雅图去了。"
"你舍得?"
"不舍得又怎么样? 他说那里条件好，镀一层金，将来容易找工作。"
"等他毕业，找到工作，你们就结婚吧，女人最好在二十五岁之前嫁出去。”

“为什么?”

“去菜场买过菜吧,女人二十五岁之前像早市的菜,随便怎么样就是新鲜,当然也贵;过了二十五岁,就变成了下午的菜,看上去也可以,不过时不时需要喷喷水;然后呢,到了晚上要收市的时候,管你喷多少水,也是‘鸡毛菜五分钱一斤,两毛钱一筐’,只怕人家还不要。男人呢,刚好相反,二十五岁,帮帮忙,青春期还没结束呢,三十岁开始发俏,四十好几还是流金岁月,你说不公平吗?是不公平,可是反过来想想,女人年轻的时候不也风光得很吗?这也叫作风水轮流转,二十五岁就像男人和女人的一个分水岭,在那之前,女人占上风,男人占下风;等过了那个年纪,就是女人走下坡路,男人占上风了,一点办法也没有。所以呢,最好还是顺其自然,趁早市的时候先卖个好价钱保险一点。”

“你打算二十五岁之前清仓?”

“我?运气不好,人家订了货突然发现没带钱包只好回家去拿,偏偏住得还特别远,恐怕难免要喷喷水了。”郑滢嘲笑起自己来一样毫不留情,“不过你可以啊,结了婚,再也不用担心以后行市波动。你不是老早就想嫁给程明浩吗?”

“谁说我想嫁给他?”我脸红了,“我还打算先好好玩几年呢。”

“好,知道了,你不想嫁给他。你只不过是找工作的时候就在为生孩子做准备而已。”她白我一眼,“假正经。”

“说真的,以前没想到这个行业看着神气,干起来这么辛苦,又伤眼睛又伤皮肤又伤脑子,动不动熬通宵,全身都酸,一点都不适合女人干。”我敲敲肩膀,开始抱怨。

“嗔,我从来不认为有哪个行业适合女人干,女人哪,最适合的职业就是找个有钱的好老公,然后在家相夫教子,打扮得漂漂亮亮,逛逛街打打小麻将,高兴了发发嗲,男人还觉得你温柔贤惠,又舒服又讨好,”她讲得眉飞色舞,突然脸色一转,“不过呢,有些女人就是身在福中不知福,一天到晚只知道把老公看得像只宠物狗，走到哪里都要跟踪追击，要不就拿信用卡账单和发票对来对去，唯恐天下太平，这种女人，换我是男人我也不要。"自从和杨远韬好了之后，郑滢说话的口气越来越尖刻，她自己大概没有觉察，我听着却替她感到心酸；做人情妇，无论心胸多宽，大概或多或少都有这种情绪，觉得好像自己去逛街时好容易发现一件期慕已久的孤品名牌，却偏偏已经被哪个平庸但好运的女人捷足先登捏在手里，凭你相貌三围赶得上《时尚》杂志里 Ralph Lauren 的模特也毫无办法；有些东西，讲的不是条件，是先来后到；你指望那件衣服争点气，自己从人家手里跳出来，谈何容易。

不过，一转眼，她的脸上又云开雾散，"杨远韬说这次回来以后想见见我的朋友呢，到时候我们找你和张其馨一起吃顿饭吧。"

"好啊，这样以后在公司看见他也不用装不认识了。"我看得出郑滢很开心，杨远韬想见我们，从很大程度说明了他的诚意。如果说郑滢已经打定主意来个"八年抗战"，这顿饭，说不定就是"台儿庄大捷"。

过了几个星期，郑滢果然约我和张其馨吃晚饭，地点在小意大利的一家餐馆，她说："杨远韬最喜欢这一家的提拉米苏。"

那天是星期五晚上，我下班以后回家换条裙子，稍微化了点妆就去餐馆，时间刚好，居然是第一个到的。我没事干，就对着甜点菜单研究那种叫作"提拉米苏"的蛋糕。郑滢告诉我，这种蛋糕是用奶油、巧克力加兰姆酒，一层叠一层浇出来，再撒上巧克力粉，相当费工夫，而且每样配料的多少都有讲究，尤其是兰姆酒，加多了太冲，加少了没味道，要"不多不少"，画龙点睛，全靠做蛋糕师傅的功夫。菜单上的蛋糕，果然很漂亮，价钱也不菲，小小的一块要七块钱，我不由得偷偷吐了吐舌头。不过，我还是打算要一块尝尝，那个时候，我对任何巧克力的东西都感兴趣，况且，这一顿是杨远韬请客，郑滢特地关照我们不要客气。

过了一会儿，郑滢来了，看得出，她刻意打扮了一番：一件合身的黑色无袖窄裙恰到好处勾勒出她丰满的胸部和纤细的腰，不知是不是由于又开始吃避孕药的关系，我觉得她的身材越来越引人犯罪了；一头乌亮的长发披散在肩上随着她的步子轻轻舞动；明眸皓齿，顾盼生辉，脸色晶莹匀净；无论在中国人还是外国人眼里，她都算得上一个大美女。说实话，我已经很久没有见她这么神采飞扬了。郑滢远远地看见我，微笑着轻轻挥了一下手里的小包，款款走过来，我能明显感觉到周围桌子上向她投去的目光，成分比较复杂，但基本上可以分两大类：色眯眯的和酸唧唧的，前者来自男人，后者来自女人。

郑滢见我一个人坐在那里，有点意外。她看看表，撇了撇嘴："杨远韬说他下了班就直接过来的呀，怎么还没到？"

"大概塞车了吧，"我说，"不着急，反正张其馨也还没来。"

十分钟以后，张其馨来了。我们各要一杯饮料，一边吃餐馆免费供应的那种香喷喷、里面嵌了碎核桃的面包，一边聊天。张其馨这个学期拿到硕士学位，她犹豫了半天，还是决定不读博士，出来工作，虽然导师一再挽留，说只要她再坚持两年，就争取让她拿博士学位。

"我爸不大高兴，他是很希望我拿个博士学位的，这样说出去好听。我告诉他我读书已经读怕了，要拿他自己去拿，"张其馨在一家化学器械公司找到了工作，公司不算大，工资也不能跟我和郑滢同日而语，但工作要轻松许多，"还有，女人学历太高了不大好。"她一心希望早点工作还有一个原因：林少阳只有硕士学历，她认为女人的学历不应该高过男人，也说不上哪里不大好，然而就是有点不大好。

"我这个人不喜欢跟人家争，只要有一份稳定的工作，不要太累，工资少一点也无所谓。"看上去，张其馨对自己的选择很满意。

我们把餐桌上一碟面包吃光，话也讲得差不多了，杨远韬还是没有现身。郑滢又看看手表，脸上已经明显开始不耐烦，两条精心画过的眉毛一起向中间皱，娇艳欲滴的嘴唇则往旁边抿成一条线。这个时候，她的手机响了。郑滢看看号码，拿起来就是一句："你怎么搞的？"那应该就是杨远韬了。

　　对方在说话，郑滢脸上的表情像旧金山湾上空的天，一会儿一变，最后平静下来，淡淡地说了一句："好，那就这样。"

　　她把手机放进提包，啪的一声用力拉上拉链，轻轻地吁一口气，抬起头来，伸手拿过菜单，朝我们展开一个微笑："他不来了，我们自己点菜吧。"

　　"怎么了？"我和张其馨异口同声地问。

　　"他有点事情，耽搁了。工作上的。"郑滢淡淡地说。我们都不大相信，看她的样子，又不好多问。

　　那顿饭吃得终生难忘，我们谁都不提起那个缺席的主角，还是谈笑风生，却多少有点意兴阑珊。等到提拉米苏上来的时候，话已经差不多讲完，只好说蛋糕。

　　郑滢一手托腮，对着小白碟子里的蛋糕微笑："这里的菜一般，真正出名的是蛋糕，有时候我会专门大老远跑过来吃呢。"我相信她嘴里的"我"其实应该是"我们"。

　　我挑一口蛋糕放进嘴里，果然甘甜润滑，回味悠长："真好吃，不过，好像没有什么酒味嘛。"

　　"这就说明做得恰到好处，你吃不出明显的酒味来，只是觉得特别香；哪天要是少那么一点点兰姆酒，立刻就不一样了。"

　　郑滢这句话让我听得出神：爱情，是不是有一点像这种加了酒的蛋糕呢？一道道的工序，像来来往往的揣测、试探和思念；烦琐的配料，仿佛是千回百转的心事，投了进去，人家吃的时候，未必品尝得出来；自己爱的人，说不上究竟好在哪里，心里唯一清楚的只是，假如没有他，立刻就不一样了。

　　付账的时候，我和张其馨提出 AA 制，郑滢却坚持由她结账："谢谢你们陪我吃饭。"

　　吃完饭，张其馨打电话叫林少阳来接她回家，剩下我和郑滢两个人往停车场走。路过一家酒吧,郑滢突然拉住我:"走,我们去喝一杯。"我拗不过她,于是跟进去,每人要了一杯玛格丽塔。郑滢痛快地喝了一大口:"这才叫酒,刚才蛋糕里那点酒顶什么用?"

"是不是他老婆不许他出来?"我决定开门见山。

她摇摇头,又喝一口酒:"真滑稽,其实他人都到餐馆门口了,结果发现我们后面一张桌子上正好坐着他老婆从前的一个同事,他说那个女人很喜欢传谣言,所以想来想去还是决定不进来了。"

偷情的男人大概都有眼观六路、耳听八方的本事,对周围环境的敏感不亚于侦察兵。说来也好笑,在一个女人的世界里顶天立地的男人,被某个八婆的眼光随便一照,竟然成了临阵脱逃的小丑。

"怕什么?还有我们呢,他老婆问起来可以说是同事聚会啊。"

"他心虚,"郑滢苦笑一下,"每次都是这样,去人多的地方,就怕被熟人撞见,感觉像做贼;去人少的地方呢,更加感觉像在做贼,心里特别委屈。"她把杯子里的酒一口喝干,"每次都是这样。"

两杯玛格丽塔喝完,郑滢还是不过瘾,一抬手要了一瓶威士忌,拿过来倒进杯子,也不加冰也不对水,咕咚咕咚开始往喉咙里灌,一杯完了,再倒一杯。我意识到她是在借酒浇愁,伸手要去抢她的杯子:"不要喝了,你这样会喝醉的。"

"让我喝嘛,"她一把推开我,把散在脸上的头发很潇洒地往脑后一甩,"今朝有酒今朝醉,你没听说过吗?"她半歪着脸,咯咯傻笑起来,几滴眼泪打在腮边的酒窝上,她伸手去把它们抹掉,然后擤擤鼻涕,"什么东西,王八蛋。"

"郑滢,跟他分手吧!"我心里好像有一只二十四响爆竹终于被点燃了导火线,噼里啪啦炸起来,一发不可收拾。我想起从前看过一篇小说开头的一句话,"那是个漂亮的女人,什么事情都占尽上风,就是运气不太好。"我觉得,用这句话来形容郑滢再恰当没有了。

郑滢已经半醉了,脸颊通红,听见这句话,抬头看我一眼,咧嘴笑笑,然后接着喝。

"郑滢，你想想看，那家伙根本就是个胆小鬼，什么老婆的前同事就吓成这副样子，真要跟他老婆短兵相接还了得？我告诉你，男人都是爱偷腥的猫，明明家里有猫食罐头，还偏偏喜欢钻到餐馆后门下水道去偷啃鱼骨头，等啃完了，再乖乖地回家去吃猫食罐头；哪天当真一盘鱼骨头摆在面前，他又会喜新厌旧想去吃虾米了。还有，我听说在美国离婚很花钱，他老婆又没有工作，就算真的答应，经济上也一定很吃亏，他会愿意吗？男人啊，其实骨子里比女人还看重钱，而且越有钱的男人越看重，为什么？很简单，没了钱，他们拿什么搭花架子，拿什么再去花女人？男人啊……"我开始振振有词地骂男人，从前小报杂志上七零八落看来的那些怨妇文章竟然也有了用武之地，开卷有益果然不假。

郑滢把头枕着手背，醉眼蒙眬地望着眼前杯子里金黄的威士忌，突然抬起眼睛来问我："我……我有个问题……假如那个什么程……程明浩已经有了老婆……不是你……你怎么办？你还会爱他吗？"

"他没有老婆。"

"废话，我是说假如……假如，就那么个男人，你就爱他，怎么办？"

"你有那么爱他吗？"

郑滢瞪我一眼："别看不起人。"

我呆呆地看着她被酒染上红晕、显得分外俏丽而带着几分凄凉神色的脸，在心里掂量着那个问题，突然意识到，如果把杨远韬换成程明浩，如果把郑滢换成关璐，我十有八九也会身不由己去打这场在旁人看来不值的战役。那么，还有什么说的？

道理，永远是讲给人家听的。

郑滢得意扬扬，大着舌头说："说不出来了吧，说不出来就不说，陪我喝酒！"她又拿过一个杯子倒了半杯酒，递给我，"喝！"一仰头先把自己杯子里的喝干，"昨天，我又梦见他老婆死了，这回生的是脑瘤。我是不是很阴损？"

"阴损什么？"我的心里突然充满了一种莫名其妙的侠义之心，开始和郑滢一起咒那个女人，然后豪情万丈地拿起酒杯往嘴里一倒。我以前没有喝过真正的烈酒，这一倒下去，只觉得一股液体火辣辣地烧进喉咙，酒精噌地一下腾上脑门，呛得我直咳嗽。

郑滢哈哈笑着来拍我的背："你……你他妈的真不像个男人。"

半个小时后，郑滢醉得趴在桌上，嘴里念念有词地说胡话，接着又唱起歌来，我在旁边手足无措。我想拉她起来，却拉不动，她力气比我大，喝醉了酒更加不听话。隔了几张桌子有几个男人开始对我们吹口哨，我害怕起来，于是，我拿出郑滢的手机给程明浩打电话叫他来。

二十分钟以后，程明浩来了，我们费了一番劲才把郑滢挪到他的车上去。当时的情景有点好笑，郑滢不知是不是把程明浩当成了那个双重陈世美，对他拳打脚踢，嘴里唱着"答应我你从此不在深夜里买醉，不让别的男人见识你的妩媚，你该知道这样会让我心碎"；程明浩只好像老鹰抓小鸡一样揪住她不让乱动，我在旁边忙着把郑滢脚上的高跟鞋脱下来，免得那两个筷子一样细的鞋跟踩到他脚上去。

《爱如潮水》里李宗盛写的歌词美则美矣，却和现实有一定距离：现实中，一个喝醉酒的女人，实在谈不上仪态万方；而那个别的男人半皱着眉头，打不还手，好像也并没有见识到什么妩媚。

不知是不是由于那一番挣扎，郑滢刚在车后座上坐稳，就"哇"的一声，一箭双雕把程明浩的车和他身边的女人一起吐了个一塌糊涂。

吐完以后，郑滢终于太平了，乖乖地伏在我的肩膀上。我一手捏着鼻子，尽量不去看自己胸前衣服上那一大片散发着酒气的污秽，一手轻轻地拍着她的背，有生以来第一次感到自己居然有点伟岸。

我们把郑滢搬回我家，让她躺下，我又去拿个脸盆放在床头防止她可能再吐。她嘟囔两句，沉沉睡了过去。

我把弄脏的裙子脱下来泡在盆里，换上T恤和睡裤，从冰箱里给程明浩和我自己各拿了一罐可乐，"今天谢谢你了。"

"她怎么了？"程明浩坐在客厅沙发上，拉开可乐喝了两口，问我。

"男朋友。"

"吵架了？"

"也不是，她的男朋友有老婆，今天本来是要请我们吃饭的，结果又没来，真不是东西，"我犹豫一下，还是把这件事告诉程明浩，"以后在她面前说话小心点，不要去提什么婚外恋、有妇之夫的话题，她可能会以为你在影射她。还有，明天要是问你她喝醉酒都说了什么，就说没听清楚，千万不要说她撒酒疯。"

程明浩点点头，笑了："难怪她刚才把我当仇人一样。"

"她现在大概恨一切雄性动物。"我歪着头靠在他身上，他闻到我身上的酒味，问："你也喝酒了？"

"就半杯威士忌，是陪她喝的，辣死了，一点也不好喝。"

"以后晚上不要到那种地方去，女孩子在那里很危险，不怕一万，只怕万一。"他再重重地加上一句，"还有，不许喝酒。"

"怕我酒后乱性被人家吃豆腐，还是吃人家豆腐？"我忍不住。

"我是说正经的。"

"知道了。噢，不好意思，把你的车弄脏了。"我感到过意不去，因为男生大多把车当宝贝。

"反正也是旧车。"

我叫程明浩留下来陪我。我们把电视频道转来转去，实在没有好看的节目，就索性打开 CD 机听张信哲的歌，是那首杀伤力很强的《让我忘记你的脸》。张信哲一遍一遍地唱：

　　不看见

　　但愿从此忘了往事

　　而拥有明天

不能再好像从前

以为你会出现

在转眼之间

不看见

决定好好安排自己

去面对明天

不能再轻信诺言

什么海誓山盟

直到永远

爱情好似云烟

　　我把歌听了两遍，笑起来，"张信哲唱来唱去都是女人辜负了他，可怜巴巴的，简直是贼喊捉贼，生活中，从来都是男人辜负女人。不过，也说不定就是因为这个，他才能那么红，因为女人老是被辜负，所以看见男人倒霉就特别高兴。"

　　我对程明浩说："跟你要一样东西。"

　　"什么？"

　　"你电子邮箱的密码，"我盯着他的眼睛，"我只是偶尔打开看看，不会删除你的东西，当然也不会去回人家写给你的信。我只是要……看看。"

　　程明浩望了我几秒钟，然后一声不响地从茶几上拿起一支圆珠笔，把我的左手摊开，在掌心上写下"gl761118"。

　　"我的 Yahoo 和 Hotmail 邮箱现在用的都是这个密码，你的姓名起首字母加上生日，"他对我微微一笑，"你挑了个很好的日子出生。"

　　"我妈说生我的时候预产期是十一月十五号，后来不知怎么搞的，推迟了整整三天。等我生下来，头发和手指甲都老长了呢。"我也笑了。

　　他把我的左手握成拳头，"人心脏和拳头的大小很接近，所以，你的心脏差不多就这么大。"

"就这么一点点?"我看看自己的拳头,有点诧异,"太小了吧?"

"可以了,那是心脏,又不是垒球。"

我叫他把手也握成拳头,放在我的拳头旁边,"你的心脏就要比我的大。"

"因为我比你高。"

"稀奇,"我用拳头轻轻砸了砸他的拳头,"不过,现在我明白了,我的心本来就比你的小,所以你要让着我,对我好,不许再说我小心眼。"

他把我的拳头放到唇边吻了一下,然后把它握在自己手心里捏成一个大一点的拳头。那一刻,他的心包容着我的心;我的心里,写着开启他电子邮箱的密码,而那个密码,是我的名字加生日。我的心里浮上了一点小小的罪恶感:另一个房间里,我最好的朋友刚刚在情场上中了一个飞弹,丢盔卸甲,恨死天下男人,我却在这里卿卿我我,而且觉得爱情很甜蜜。

我们拉着手开始漫无边际地聊天,从张信哲的情歌到美国的流行音乐,从西雅图那家研究所到我们公司里的鸡零狗碎,从蒋宜嘉细眉小眼的女朋友到郑滢男朋友开的雷克萨斯LS400。

"你没看见蒋宜嘉瞪着人家好车时的样子,简直口水都要流下来,笑死人了。对了,你喜欢哪种车?"

"丰田的4Runner。等我找到工作,大概会去买一辆。"

"为什么?"

"结实,耐用,哪里都可以开。"

"你想开到哪里去?"

"比如去爬山什么的,如果要搬家的话,也可以把所有的东西都放在车子里。"

"我还是比较喜欢轿车,"我伸个懒腰,把头埋在他的颈窝里,"我打算把那辆丰田佳美开上起码十年,总之开出本来。等那时候,如果我有钱了,我是说真的很有钱,说不定也去换辆雷克萨斯开开。哼,不就是雷克萨斯吗，有什么了不起的。"虚荣心大概也会传染，好车到底是好车。

我们本来说好聊一个晚上，可是没多久我便开始迷迷糊糊，头脑里最后一个印象是程明浩去拿了一条毯子替我盖在身上，后来我就真的睡着了。

一觉醒来，天已经大亮。程明浩跟我一起去把我的车开回来，然后他就走了。

郑滢终于酒醒，嚷嚷着头痛，我给她泡了一大杯浓茶。她坐在床上喝完，一边揉太阳穴，一边皱着眉头呆呆地看着我，"昨天我怎么回来的？"

"我和程明浩一起把你弄回来的。"

"我都说了些什么？"

"你叽里咕噜的，我们没听清楚，"看来和程明浩预先对好台词还是必要的，"不过，你把他车后座吐得稀里哗啦，他现在大概在搞卫生呢。"

"真不好意思，你看见他代我向他道歉。"郑滢突然客气起来，却让我听了浑身不自在。我问她："你不要紧吧？"

她摇摇头，一翻身睡回去。

快中午的时候，郑滢的手机响个不停，那个没种而皮厚的男人居然说想来看她，郑滢劈头把他臭骂一顿，扭捏半天，却还是把地址告诉了他。然后她起来洗脸刷牙梳头，拿冷毛巾把肿起的眼皮勉勉强强敷下去，扑上一点粉底，又躺到床上去。

杨远韬来了，我正好出去买菜，等我拎了大包小袋回来，满以为他应该已经把郑滢哄好，至少哄得差不多，结果却毫无进展：郑滢还赖在床上一言不发，没有一点起来的意思。走进浴室，我吓了一跳，杨某人正蹲在地上，很卖力地洗盆里的脏裙子，身上系着我那条查理·布朗和史努比的围裙，神情肃穆得像瞻仰陵园。他听见我的脚步声，抬起头来，挤出一个有点尴尬的微笑，随后他认出了我，笑得更加尴尬。

"我叫关璐，郑滢的朋友，跟她一个公司。"我干巴巴地自我介绍。杨远韬习惯性伸出手来，发现上面满是肥皂泡，便又立刻收了回去，"你好，我叫杨远韬。"他有一副低沉的嗓音，用时髦的话说叫作"有磁性"，配上他的宽肩阔背、浓眉大眼，在适当的环境下，可以把方圆若干米、甚至若干里之内的雌性统统化成铁钉。

"我认识你。"

他有点讨好地把笑容放大一圈，"我记得，上次在公司里见过你。"他那副样子让我想到一个溺水的人好不容易捞到了一根稻草。我想，郑滢刚才大概把他骂得够呛。

我到房间里看看郑滢，她拿被子捂着脑袋，一点动静也没有。

我回到浴室，问杨远韬："她怎么了？"

"她不舒服。你买了菜回来吧？放着，待会儿我来做饭。"他堂而皇之地把自己给留了下来。

我看他往裙子的污迹上倒洗衣液，然后翻过一面也倒上一点，仔仔细细地搓起来，动作熟练而到家，终于忍不住，"不要洗了。"

他不说话。

"真的不要洗了。"

他可能觉得自己这是在将功赎罪，机不可失，头也不抬，闷声闷气地说："不要紧。"

我觉得好笑："我说不要洗了，是因为这条裙子是我的，而我比较喜欢自己洗衣服。"

他这才抬起头来："噢，对不起。"他把衣服泡回去，换上一盆清水。

"裙子是我的，可是，上面都是她吐的，你怎么说？"那种感觉有点奇怪：在公司里，我未必够资格和他说话；而在这里，却对着一盆脏衣服居高临下朝他问话。

他沉默了一会儿，说："我会给她一个说法。"

杨远韬和我一起做菜，他身上的领导气质又回来了——肉丝切多细，姜放多少，水淀粉勾多厚，菜什么时候下锅，都是他说了算——尽管菜做出来以后，我没发现有什么太了不起。可是，他去哄郑滢起来吃饭时，又像是一个做错事情、不知所措的小孩。我突然明白为什么郑滢会对他难以割舍：一个在外人面前可以斩钉截铁、呼风唤雨的男人，却偏偏在你面前放下身段、温顺听话，这本身就有着巨大的杀伤力。男人，是一种让人又爱又恨的生物。

后来的一个周末，杨远韬专门请我们三个人吃了一顿饭，大约有谢罪的意思。他专门下厨，比较特别的是，他亲手做了一个提拉米苏蛋糕。

等杨远韬走了，郑滢把吃剩的小半个提拉米苏放进冰箱，兴奋地告诉我："他说他准备跟他老婆离婚。"

那是杨远韬嘴里第一次说出"离婚"这两个字，不是"和她好好谈一谈"，不是"解决问题"，也不是"想想办法"，而是干净利落、嘎嘣松脆的"离婚"，第二声的"离"加上第一声的"婚"，什么人都一听就懂。他到底算是给了一个说法。

"上个星期六我在床上耗了半天，总算没白费。"郑滢很高兴，她觉得一场宿醉换这个结果很值得，不但值得，简直是个里程碑。

当年李宗仁在台儿庄和日本人打的那一仗，固然是"大捷"，却也被称为"血战"：敌方溃不成军，尸横遍野；我军也是伤亡惨重，血流成河。但不管怎么说，胜仗总归是胜仗，即使付出很大代价，即使距离日军扯白旗还有好一段距离。

临睡前，我给程明浩打电话，他在为一篇要拿去某个刊物发表的文章核对资料。

我问他："如果你已经有了老婆，会为了我离婚吗？"

"我没有老婆。"

"我是说假如。"

"你怎么想到问这种问题？"

"你先回答。"

"你想听真话还是假话？"

"当然是真话。"

"说真话，我不知道。"

"什么叫不知道?"

"因为你问了一个现实中不存在的问题,我当然不可能知道答案。"

"假如我一定要你给个答案呢?"

他轻轻叹了口气:"你希望我怎么说?"

"我希望你说'我会'。"

"我会。"

"真的?"

"真的。"

我们一起笑了起来,我问他:"我是不是很傻?"

他说:"不早了,快点睡吧。听话。"

"嗯。晚安。你也早点睡。"我放下话筒,把头埋到枕头里,很快就睡着了。

我在艰涩而无味如过期牛肉干的工作里挣扎两个多月之后,终于看到了一点 T 骨牛排的影子:老处女有一个短期项目,主要是针对一个大客户的几项特别要求增强一个产品部件的功能。项目本身并不大,但时间要求很紧,这个客户又是典型的"爱哭的孩子有奶吃",一点什么不高兴就哇哇乱叫,嚷得公司管理层上下都知道,所以,老处女相当重视,打算派两个人一起干。她先说明这个项目是现行工作额度以外的,然后要我们自愿报名,我和另外一个同事 Chris 几乎一起举手。

我们公司的行政结构复杂得像满汉全席里的拼盘,小小一个部门、二十多个人里面足有差不多七八个层次,我所处的这个层次上有四个人:一个栗色头发、明眸皓齿的女孩子,每天一身漂亮衣服,平均两个月一个帅哥男朋友,情场得意之余,职场上也就不那么争强好胜;另一位中年女同事,与世无争;于是,力争上游的任务,就落到了我和 Chris 头上。

Chris 比我早进公司半年,长得颇为奶油,如果去掉脸上那几块雀斑,走路再把背挺直一点,简直有明星的风范。我有时想,他不进软件行业,大概也能去好莱坞碰碰运气——至少到肥皂剧里跑跑龙套应该不成问题。可能是为了再接再厉、锦上添花，Chris 永远打扮得一丝不苟，烫得笔挺的保罗衬衫，赤橙黄绿青蓝紫每天一种颜色从不重复，下配裤缝笔直的卡其裤，金黄的头发用发胶拉得根根直挺、怒发冲冠。他的拿手好戏是：在几百个人的大会上抢话筒问一两个煞有介事的问题，好像那么多人只有他竖着耳朵；在漫长的会议终于结束前一秒钟老板问"还有没有什么问题了"的时候举手"我还有个想法"，好像整个部门只有他在动脑筋。

我对 Chris 的第一印象还可以，可是过了没多久，就发现此人并非善类，因为我搬进马克的办公室后没几天，他逛过来聊天，聊着聊着眼睛就盯着我那把人体工学椅打转转，一会儿说这把椅子我坐好像太高了一点，一会儿说他一天到晚写代码要是有这样一把椅子就好了，我没接他的话茬儿，由他一个人说。结果他大概也觉得无趣，打住话题，谁知转个弯却说"这把椅子舒服是舒服，就是过去坐在它上面的人好像都挺倒霉，你小心一点"。这句话惹得我十分恼火：我不愿意把椅子让给你，你就要这么触我霉头？

还有一件奇怪的事情是我居然对 Chris 喜欢用的一种芬芳馥郁的须后水过敏，每次只要他一用，离我半米之内，我就开始打喷嚏。这是我第一次发现自己对某种东西过敏。

我觉得自己和 Chris 的命相可能也不大和，就像郑滢和程明浩那样。可是，他们至少可以少见面，甚至不见面，而我们却要天天见，周周见，月月见。这下更好，不但要"见"，还要"密切合作"。

Chris 在部门里以积极主动著称，果然，任务一下来，他就立刻给我发一个会议通知，说他有一些想法，要和我谈谈。我中计而去，结果他其实什么想法也没有，根本就是在套我的想法，等我不知深浅把自己的想法和盘托出，没几天，他居然把我的想法改头换面占为己有，先去跟老处女摇尾巴，等我发现已经为时晚矣，想跟他计较倒显得自己小气，弄得我有火没处发。

我的职业生涯教给我的第二件事是：就算做了哈巴狗，也要机灵一点，因为，狗狗永远比肉骨头多。

那天晚上下班后，和 Chris 又开了整整两个小时斗智斗勇的会，我把肚子里的不耐烦压下去，给程明浩打电话想找他一起出去吃饭。他说他已经吃过饭了，我问他在忙什么，他说在改论文。

我回到家，对着冷锅冷灶，一点做饭的兴致也没有。于是我直接跑去找程明浩，想让他帮我煮碗面条吃。程明浩煮的面条很好吃。

我到他楼下的时候，正好看见一辆车从大门里开出去，车子后挡板上一个深深的凹槽引起了我的注意。几秒钟以后我就确定那是张其馨的车：红色的三菱车，前不久后挡板才被人家撞过，不会有错。她在这里干什么？

我愣了一下，飞跑上楼敲门，程明浩来开门，看见是我，脸上满是诧异："怎么是你？"

"我想吃你煮的面。"

我看见客厅茶几上面有两个茶杯，杯子里的茶喝掉一半，还在微微冒着热气。

我问他："你的室友呢？"

"去洛杉矶开会了。"

"刚才有人来过吗？"

"没有。"

"你在干什么？"我努力地控制自己的声音。

"改论文。"

我终于忍不住："那么那个茶杯是谁的？不要告诉我你喜欢一个人喝两杯茶。"

他回头看看，脸色有点发白，低下头，把手插到裤袋里，咬了咬嘴唇，轻轻地说："刚才张其馨来过，她跟男朋友吵架了，想找个人说说话。"

"她要找人说话为什么不找我和郑滢，要来找你？"

"她说有些事情想听听男人的看法，"程明浩把手抽出来，交握在一起，"我们就是聊了聊天，没有别的。"

"你们到底聊了些什么？"

"比如她问我男人为什么明明现实中有了女朋友还要到网上去花心，我说我不知道，因为我基本上没有时间、也不太喜欢上网，就是这样，真的没有别的。"他急急地分辩。

"刚才我给你打电话过来，你就是在和她聊天？然后你告诉我你在改论文？"我盯着他的眼睛逼问。

他又咬咬嘴唇："是的。"

我的眼泪慢慢地涌出来，顺着脸颊向下淌："你刚才说谎的时候，我一点都没听出来，我真的一点都没听出来。程明浩，你怎么会说谎了呢？而且，还说得那么专业。"

他想来拉我的手，我躲到一边："我肚子饿了，麻烦你帮我煮碗面吃，多放点辣，好吗？"

他马上去煮面条，煮到一半他来问我："你要面条硬一点还是软一点？"

我说："越硬越好。"其实，无论是面条还是心，都应该硬一点才好。

那碗面吃得我眼泪不停地流：大概他放了很多辣，大概，我心里很难过。让我难过的，其实并不是张其馨来找程明浩，而是程明浩居然对我说谎——当着她的面对我说谎，而且，他说谎的口气和说"璐璐，我爱你"的时候是一样的。我，是绝对不会对他说谎的啊，因为我不会骗他，所以想不到他会骗我。

吃完面，我用纸巾擦擦眼睛，然后擦擦嘴，把筷子和碗递还给他："谢谢，很好吃，我要走了。"

他拉住我："璐璐，你听我解释，我不告诉你就是因为怕你知道了会胡思乱想。"

"我不胡思乱想，可以走了吧？"

"璐璐。"他不放我走，固执地看着我，好像要用眼光把我钉在原地，却什么也没说。

我看着他的眼睛，一个问题突然从脑子的某个角落里蹦起猝不及防地从嘴里滑了出去："你和她上过床，对不对？"问出来的时候，我自己都吓了一跳。他定定地看着我，最后点点头。

我的反应没有自己从前想象的那么激烈，好比一场战争，当时再惊心动魄，等结束之后凭吊遗址，剩下的不过只是俱往矣的苍凉。我只是牢牢地抓着他的袖管，一遍遍左右牵动："难怪你会为了她骗我，而且，眼皮也不眨一下。"

过了一会儿，我摇摇头："算了。"然后我放开他，跑到门边去扭锁。这间屋子闷得我喘不过气来，我要出去。门开到一半，我意识到今天这一步要是跨出去，前面不知道会是什么结局。我很怕自己这一步跨出去，一切就都结束了。这种想法让我感到绝望。

于是我反手又关上门，无可奈何地顺着门框蹲坐下去，把头埋在膝盖里："程明浩，你让我以后还怎么相信你呢？"我只是一遍遍重复着那句话，突然间，我被他一把拉起来抱进怀里。他的声音有点哑："璐璐，你不要这样，你可以相信我的，真的，可以的……"

我皱起眉头一个劲地摇头："我不要再相信你了……"话还没说完，我的嘴唇已经被他用嘴唇堵住。他用力地吻我，倒好像受了委屈的是他而不是我。我想推开他，可是手被他抓得牢牢的，一点也不能动。

随后，他的吻落在我的额头上、鬓角上、眼睛上、鼻尖上、脸颊上、脖子上，最后又回到嘴唇上，这一回，却温柔了许多，好像秋日的风揉擦过地上金黄的落叶，我不由自主地抱住他的脖子开始回应。他大概感觉到了，于是更加坚定而热烈地吻我。这时，他在我耳边轻轻地说："璐璐，对不起！"这句话却让我生气起来：说"对不起"就表示他做了什么不对的事情，我不要他做错了事然后再说"对不起"，那样的话，不管吃了什么亏，到头来我总会原谅他。我不要他伤害我，爱，是不应该用道歉来弥补的。

顷刻之间，我做出了一个让自己都惊讶不已的决定：我要跟他上床，这样，他以后就会最最爱我了。这个念头仔细想想并不合逻辑，可是在当时却像一道闪电深深刻进脑海，让我觉得天经地义。

我偷偷解开衬衣的一颗纽扣，拉着他的手慢慢伸进去，一直到他的手就贴在我的胸口上。我感到他的手微微颤抖了一下，"璐璐。"

"说你爱我。"

"我爱你。"

"那就好。"我把自己更紧地融进他的怀抱，加倍温柔地吻他。

我感到他的手在我的身上慢慢游走，呼吸也逐渐急促起来，一阵阵微妙的战栗通过神经末梢使我感到眩晕。终于，他把我抱起来，放到房间里的床上。

有足够的小说把所谓的第一次形容得花好稻好、妙不可言，也有足够的生理卫生教材谆谆教诲说第一次往往并不尽如人意。我做梦都没有想到，我的第一次，是发生在这样一种类似赌气的情形之下。而醒来之后，脑子里翻江倒海的不是甜蜜、不是幸福、不是生气、不是后悔、不是忧郁，却是淡淡的、笼罩着一点悲伤的茫然。

原来就是这样，做了，又该怎么样呢？那种感觉，有点像小时候去春游，期待了好久，等真正到了那一天，却下起雨来，大家穿着雨衣套鞋玩了一会儿就草草收场回家，脸上装得高高兴兴，心里却多少有点凄凉。

我看着程明浩沉睡的脸，他的脸在睡着的时候比醒着的时候更加好看，眉心却微微皱着。这一点，上次他在停车场等我的时候，我就发现了。不知为什么，程明浩内心深处藏着的那个孩子好像总是皱着眉头的。现在，他已经拥有了我，为什么还要皱眉头呢？难道，他也和我一样觉得茫然？

我想着想着，几乎想立刻把他摇醒问问他究竟在想什么。正在这时，一个更加实际也更加重要的问题浮了上来：刚才，我们没有采取任何措施，要是我怀孕了怎么办？

我吓了一大跳，一看已经六点多钟，立即穿好衣服开车去郑滢家。她睡眼惺忪地披了件睡袍来放我进门，看看墙上的钟，正要开骂，我一把抓住她："你现在是安全期吗？"她瞪着我看了一会儿，突然精神振奋、嬉皮笑脸起来："明白了，干柴烈火。"

"不要拿我开心了，现在要不要紧？"

她瞄一眼日历："不好意思，你现在中奖概率很高。假如程明浩运气好，估计过两个月我就要陪你去买早孕试纸了。"

"那怎么办呢？"我哭丧着脸坐到椅子上。

"天无绝人之路，"郑滢慢条斯理地从冰箱里拿出一个浅蓝色的小纸盒，打开来，里面是一颗白色的小药丸，"吃了吧，这是事后避孕药。"

她倒了杯牛奶，看着我把药片吃下去，然后说，"以后小心点。"

我说："没有以后了，除非我跟他结婚。"

"喂，你不会像电影里那样一把鼻涕一把眼泪逼他对你负责吧？"

"当然不会，我才没那么无聊。我要他心甘情愿跟我结婚。"

"这就对了，男人最怕女人那样逼了。不过话说回来，女人也要学会保护自己。我建议你去找个医生开点药备着。"

"你的妇科主治医生怎么样？"

"还可以，不过，我估计你不会喜欢，因为他是男的。"

"你找个男人看妇科？"

"女医生都被人家抢光了嘛。不过我倒也无所谓，我妈生我的时候，接生的医生就是个男的，也就是说，我一生下来就上上下下被男人摸了个遍。"

郑滢从墙上拿下一张名片递给我，"就是他。"名片上的英文旁边用黑色圆珠笔一笔一画写着"郑广和"三个字。

"你们五百年前还是一家呢。"

"就是因为这一点，我才从一堆男医生里把他挑出来的，要摸，也要肥水不流外人田。"

我忍不住笑起来："名字起得不错，是不是你每次去看病都有酸梅汤喝？"

"说起名字，他的自我介绍才好玩呢，'我叫郑广和，就是郑和当中加上一个广字'。"

"这有什么好玩的？"

"郑和不是三保太监吗？噢，假如你是个男人，姓李，你会说'我姓李，李莲英的李'吗？我跟人家自我介绍的时候可从来都说'我姓郑，郑成功的郑'。"她扬扬眉毛，"要不要？"

我把名片还给她，摇摇头："我还是想找个女医生。"

"就知道你这副样子，不过我提醒你，这一带看妇科的女医生实在很难找。"

"我总觉得男人当妇科医生有点奇怪，又看又摸的，假如碰到一个身材火爆的女人，比如说你，起了自然反应怎么办？算不算性骚扰？"

"这个我倒是从来没想过，"郑滢对这个问题产生了莫大的兴趣，"应该说是很有可能的呢，因为男人的某些生理反应是不受大脑控制的。可是，既然不受大脑控制，好像也就不应该算是性骚扰，而且，在这种情况下，女人好像也应该负一部分责任，谁叫她长得风骚让医生都想入非非了呢。嗯，下次我要注意一下，看郑广和有没有什么自然反应。关璐，我发现你好像是成熟了，连问出来的问题水平都高了一个档次。"

"瞎说八道。"我被她夸得啼笑皆非。

"今天中午我请你吃饭，地方你挑。"

"干什么？"

"庆祝你长大成人。"

那顿中饭吃到一半，我突然觉得脑门发热，全身皮肤痒起来，随后郑滢吃惊地说："你的脸……"

我对着化妆盒的小镜子一看，脸上不知何时布满了大大小小的红色斑点和肿块，我卷起袖子，手臂上也有同样的斑点和肿块，而且有愈演愈烈的趋势。

郑滢立刻陪我去看医生，结论是"严重过敏"，而最可能的过敏源是我今天早上吃的避孕药。原来，能让我过敏的不仅仅是 Chris 的须后水，过敏反应也远不止打打喷嚏那么客气。

郑滢觉得对不起我，"早知道你这么麻烦，不应该随随便便给你吃药的。不过，我自己吃那种药真的一点事也没有啊。"

我只顾愁眉苦脸看着自己快要肿成半个猪头的脸，"这下可怎么办？"脸上和身上的红斑和块块已经"农村包围城市"，奇痒无比，惨不忍睹。

我打电话去公司请了假，吃了脱敏药，躺到床上去，昏昏沉沉地睡了一个下午。如果说昨天晚上是一场赌气，那么，现在我正在为自己的不负责任而受到惩罚。

傍晚的时候，有人按门铃，我想那大概是程明浩。按了好几次，我没去开门，因为我实在不想让他看见我现在的样子。我的脸自己看了都怕，不要说别人。

到晚上，改成了电话铃，一遍一遍地响，直到我终于拿起话筒来。

程明浩在电话那头很着急地问："你怎么了？"

"没什么啊，"我努力让自己的声音听上去镇定一点，"我在睡觉。"

"是这样，"他的声音平缓下来，顿了一下，又问，"璐璐，你有没有觉得什么不舒服？"

"没有没有，"我脸上发热，导致整张脸加倍地痒。我一边用手掌揉着脸颊一边对着话筒说，"我很好，真的。"

"那我来看你。"

"不要不要，"我叫了起来，"你千万不要来看我。"

"我一会儿就走。"

"也不要，我……我现在不想见你，实在不想，所以我求求你不要来！"我着急了，声音提高好几度。

"你还在生我的气吗？"

"我不生你的气了，不过我也不想见你，我现在要睡觉，有什么事以后再说吧。就这样吧。"我几乎要哀求他。

"璐璐，"他的声音无比温柔，"以后我再也不对你说谎了，再也不了。"

"嗯，那好，"大概是脱敏药的作用，我的眼皮涩得张也张不开，头好像有千斤重，"那就这样吧。"

我挂上电话，马上又钻进被子里呼呼地睡过去，一觉醒来，已经是第二天早上，脸上、身上不再那么痒，我对着镜子一看，大部分的肿块已经平下去，红斑也不太明显了。我暗自庆幸，往脸上刷了厚厚一层粉底，修葺一番，上班去了。

在一个漫长的红灯下，昨天清晨的茫然心绪又冲上脑门：程明浩现在想什么呢？除了再也不说谎，他还能对我做出什么承诺？不知从什么时候开始，也不知从谁开始，大家都扬言要把"性"和"爱"分开，不管是否真的潇洒，至少要学着去潇洒，我想我也不例外，可是，从心底里，我还是忍不住偷偷地质疑：没有足够的"爱"，"性"究竟能有多少分量？我试图用"性"来证实"爱"，结果我也这么做了，却只证实了一点：我对避孕药过敏。实在令人沮丧。

再见到程明浩的时候，我努力装得泰然自若，他好像也心照不宣，总之，我们都绝口不提前一天发生的事情。两人独处的时候，我总是有点担心他会再提出要求，因为那样的话，我就不得不跟他探讨"采取措施"这个尴尬的话题，可是，他从来都没有再提出过，只是对我更加体贴，这让我感到很宽慰。

很早前看过的一本书上说，女人要是和男人发生了关系，身体里会自动分泌出一种物质，让她对那个男人产生依恋的情绪。当时觉得这种说法耸人听闻，现在看来却不无道理。在那场闹剧一样的初夜之后，我发现自己好像的确更加依恋程明浩了，每次见到他，我都情不自禁地要把他的手抓得牢牢的，而且让他的手指和我的手指交缠在一起，好像只有这样才能确认他千真万确就在我身边。

同一本书上也说，男人往往把已经同他发生关系的女人当成自己的占领区而失去兴趣。我希望那个作者是在胡说八道。

那一年我的生日，程明浩送给我的礼物是一台小小的、银灰色的摩托罗拉手机，每个月有两千五百分钟的通话时间，他把自己的手机号码设成我手机上的第一个快捷键："这样的话，你就可以随时找我了。"我说："我可不一定有空找你。"不过，心里却十分感动。

二〇〇〇年十二月，程明浩去了西雅图。他把两个大箱子塞进道奇车的后备厢，然后搓搓手，微笑着对我说："璐璐，好好照顾自己。"我看着他一脸阳光的笑容，突然之间很舍不得他，我拉住他的衣袖："你不要扔下我不管。"

"我不会的，"他轻轻抚摩着我的头发，"你的头发真暖和。"

我伸出手去，又想把他的头发弄弄乱，想起自己正好来"老朋友"，而郑滢说过这个时候摸人家的头是晦气的，立刻又把手缩了回来。

他看看我："怎么变乖了？"他已经习惯我把他的头发弄成一窝乱草。

我嘻嘻一笑："没什么，今天就饶了你。"

同一个月，我拿到计算机硕士学位，成了公司里一名正式员工。我把希望寄托在和 Chris 合作的项目上头，我想，把这个项目做好，有了一点根基，下次便可以做更加重要的项目。几个项目一下来，就有了吹牛的资本，到时候，要升级或者跳槽，都比较容易了。

郑滢向我感叹："我们其实已经错过了最好的时机，人家前几年毕业的，靠着公司的股票，好多已经成了百万富翁呢。"

我说："现在这样也不错啊，只要肯花工夫，总有出头之日的。"

没过多久，我就发现自己那句"只要肯花工夫，总有出头之日的"说得过于乐观了。

项目进行到一大半时，我和 Chris 约客户服务部门的一位负责人开会，目的是检验核对我们对产品所做的修正是否百分之一百符合要求，因为他直接和那个客户打交道，而基本上所有的客户要求都是通过他传达过来的。

会议进行得很顺利，眼看就要皆大欢喜地结束，那个负责人突然提出要我们把某个新增的产品功能改动一下，因为客户曾经提过好几次类似的要求，这样的话"他们一定很高兴"。那个功能正好是我做的，我觉得他提出的改动并不算难，而且听上去有道理，就照样修改了，也没放在心上。

谁知到了正式展示的时候，出乎意料，客户对那个产品功能的改动大有意见，问"原来的设计好好的，为什么突然变成这样"。当时，老处女、客户服务部门的主管，还有其他好几位我连名字都叫不全的大小头目都在，气氛尴尬起来。客户服务部门的主管首先沉不住气，问"谁做的决定"，言下之意"我不知情"，老处女立即附和，表示"我也不知情"，那个混蛋的负责人竟然马上转过头来问我"为什么要这么改动"，我被他问得目瞪口呆，说"这是你提出来的呀"，结果他巧舌如簧赖了个一干二净，说他的确讲过客户以前提过类似的要求，但并没有正式要求我们改动，是我理解错误了。我眼看着他空口说白话，转过头去求援地看着 Chris，因为那天开会的时候 Chris 也在场，我希望他能够出来说句公道话，可是 Chris 眼睛盯着天花板，装作没看见我，从头到尾一言不发，气得我简直想把手里的可乐浇到他喷满了发胶的脑袋上去。

阴差阳错，那天会议的结局是我们，其实就是我，负责把产品再修改回去，还有，与会的所有人都认为我是个连话都听不明白的大笨蛋。

散会之后，我在走道里叫住 Chris。当事情荒唐到了一定程度，人所能做的也只是微笑。于是我微笑着问他："Chris，你刚才为什么一句话也不说？那次他叫我修改的时候，你就坐在我旁边啊。"

Chris 抿抿嘴唇，耸耸肩膀："我不记得了。"然后大步流星地往前走，好像怕我的霉运随时会沾到他笔挺的紫色保罗衬衫上。

有时候，在大公司里工作是一种自相矛盾的经验：当你在电视上、报纸上、杂志上看到自己公司天方夜谭般的标语、广告，一股自豪感油然而生，觉得"我们真行"。然而，当你在钢筋混凝土大楼某间会议室里被人三拳两脚揍到某个角落里踩成一张相片的时候，你才发现，对你无情下手的、作壁上观的，也正是一群"我们"。

我去找老处女承认错误，因为我知道即使我不去找她，她也一定会找我，这顿骂反正逃不过。

结果老处女并没有骂我，只是说"以后凡是他们提什么要求，一律要保留书面凭证"，然后她看了看我，一字一顿地说："记住了，你要学会保护自己，人家嘴里说出来的话，一分钱也不值。"我突然明白，她其实心里很清楚在这件事情上谁是无赖，或许其他部门的主管也清楚，只是他们需要一个人来承担责任，这次算我倒霉，撞枪口上了。

那天回家的路上塞车塞得很厉害，我呆呆地看着前面庞大的车流，回味着老处女那句"人家嘴里说出来的话，一分钱也不值"，越想越觉得有道理，突然间莫名其妙地想起了一个风马牛不相及的问题：既然人家嘴里说出来的话不值钱，女人为什么还那么相信男人的承诺呢？

一月份，我终于找到了一位女妇科医生，做完年检之后，我提起有关避孕药的事情，她仔细地听完我的叙述，想了想，说我的身体既然可能对一种避孕药过敏，就不能排除对其他避孕药过敏的可能性，她说："我可以给你开一点试试看"，我想起过敏反应时的可怕样子就起鸡皮疙瘩，连忙摇头："不用了，不用了。"

有人说，看一个男人是不是真正爱你，就看他会不会让你吃避孕药。我不知道这种说法有多少道理，姑且相信它有一定的道理，那么，我的身体已经明确宣告，将来我必须嫁一个真正爱我的男人，因为他必须天长日久忍受我不能吃避孕药这样一个事实。

妙，简直妙极了。我气呼呼地想。

我找的那位医生还愿意接收新病人，于是我问郑滢她想不想也转过来，郑滢说："算了，我还是接着照顾那位本家的生意吧。"

"对了，关璐，上次那个问题，我问过郑广和了。"

"哪个问题？"

"就是男医生碰到女病人起自然反应那个问题呀。郑广和的答案是'男医生在从业时，首先是医生，然后才是男人'。假惺惺的。"

"你真的拿那个去问他？他还回答你？"我觉得不可思议，"当心他反过来告你性骚扰。"

"怕什么，我又不是在他办公室里问的。你猜怎么样，原来我跟他去同一家健身房，上星期六我在那里碰到他，正好他脱光了要往游泳池里跳，我都差点没认出他来，因为……嘻嘻嘻，你知道，通常情况下我跟他见面都是轮到我脱光的。"

"怎么样？有没有六块腹肌？"

"像只剥光的田鸡，"郑滢半眯起眼睛，"不过肩背肌肉倒还过得去，大腿其实也不错，比我原来想象的要性感一点。"

"然后呢？"

"然后我们各游各的，等到吃饭的时候，那旁边就一家餐馆，我又正好跟他搭一张桌子，没什么话说，就顺便问他那个问题。结果他居然还被我问得脸红了呢。"郑滢咯咯地笑起来。

"不是所有人脸皮都像你那么厚的。你们还说了些什么？"

"差不多都是他在说，这个人大概出了医院妇科就不知道该怎么跟女人说话，翻来覆去讲那家健身房如何好，设施如何齐备，年费如何合理，他如何每周都去，啰唆死了，难怪三十二岁都没结婚。"

"他告诉你他三十二岁？"

"他还告诉我以前谈过一个女朋友，谈了很久，后来因为性格不合分手。我看不是性格不合，是觉得他太无聊。"

"他对你有意思！他跟你讲健身房是希望你知道他体健貌端，跟你讲没结婚是希望你知道他还名草没主，跟你讲女朋友是希望你知道他不是同性恋。"我兴致勃勃地分析，"很可能他帮你做检查时早已经春心萌动。"

"那他也应该比任何人都清楚，我是有男朋友的。否则他开给我的那些药都是吃来杀蛔虫的吗?"说得也是，估计杨远韬都未必知道郑滢吃哪个牌子的药。

"不管怎么样，我不讨厌他。其实跟他交个朋友也有好处，以后看病说不定可以少排点队，检查也可以请他做得仔细一点。"

"那你不会觉得不自然?"

"有什么好不自然的，没听说过吗，男医生从业的时候，首先是医生，然后才是男人。"她学郑广和的腔调。我们笑成一团。

"他离婚离得怎么样了?"

"哪有那么快，他说要盘算盘算怎么弄才能尽量减少损失，我看是又开始心疼钱了。我不管，反正我告诉过他，我会嫁给二○○一年第一个向我求婚的男人。一年的时间，总应该够了吧。"

"万一到时候他离不掉，你怎么办?"

"到了那个时候再说，我现在总得先给他点压力吧。就像我们订工作计划，管它完得成完不成，先要写得像那么回事。"

一个月之后，Chris 和我的合作项目结束，他凭借其中的出色表现升了一级。他慷慨地请全部门吃了一顿饭，然后向老处女提出要求和我调换办公室，理由是他现在高我一级，按照级别，应该拥有一间转角办公室。

那个星期五下午，我用会议室的转椅把办公室里属于我的东西一样一样地推到了 Chris 那间其实小不了太多、只是窗户没有那么大的办公室里。原来差点把那张人体工学椅也带走，后来想想还是留在了原地：人家一定已经想了很久了，何必扫兴，只是不知道那句"这张椅子谁坐谁倒霉"的咒语会不会应在他自己身上。

过了没多久，Chris 笑嘻嘻地来找我，这个笨蛋有本事把椅子占过去，却不知道该怎么调高度。我试图教他不果，索性趴到地上帮他调。我把椅子调好，站起来朝他笑笑，拍拍身上的灰，第一次体会到了所谓力争上游最现实的意义——有时候，一扇稍微大一点的窗户，一把稍微舒服一点的椅子，在特定的环境下，代表了许多、许多。

回想起来，虽然刚工作的时候傻乎乎地一心求成又没找对门法，吃了亏受了委屈也不知如何应对，那一段时间却还是很值得怀念的。当时，公司好像很有钱，大概又一心要留住员工，动辄找名目组织活动：新项目要开始了，庆祝一下，找个地方吃海鲜；刚刚达到一个里程目标，庆祝一下，全部门一起看球赛；夏天到了，庆祝一下，到海边烧烤，公司报销一切费用外加汽油；秋天到了，庆祝一下，去葡萄酒园品酒，加州的葡萄酒久负盛名，品完了每人带一瓶回家；项目结束了，而且居然还提前两天，了不起，每人发一张礼品卡；圣诞节，废话，一年一度，不好好开个酒会怎么对得起大家？

伴随着物质而来的是精神上的优越感，人们都好像很乐观，很多中流砥柱级的人义无反顾地从大公司跳到小公司，怀着"只要公司股票一上市我就能赚个满钵"的信念；留在大公司里的人，年纪大的想着熬到退休拿公司丰厚的福利，年纪轻的想着稳定中求发展，在这里混上一两年，等有点资本再跳出去，身价更高，上班时大家忙里偷闲瞄着自己买的股票看是不是又往上涨了。每个人都向前看，每个人都觉得有盼头，每个人都相信明天会更好。如果时间也有颜色，那么，那是一个带着点粉红色的、短暂的片段，称之"流金岁月"并不为过。

一个同事说："我在公司已经快十年了，从来没有见它这么好。你们现在进来，运气不错。"然而，花无百日红，任何东西，好到了顶，就自然会走下坡路。

有人说其实二〇〇一年才是真正的所谓"千禧年"，我没有考证过，但我宁可它不是，因为，二〇〇一年在我的记忆里是严酷的一年，它粉碎了很多东西。

不知从哪一天开始，空气竟然真的开始带着"粉红色"了，新闻里、报纸上、杂志上、网上飘浮着一个久违的单词，叫"粉红条"。在英语里，给某人一张"粉红条"用来比喻通知一个人他丢了饭碗。二〇〇一年上半年，公司里第一次飘起了"粉红条"。我记得很清楚，那是一个阳光明媚的春日，公司赋予它一个煞有介事的名词——资源重组，听上去很有学问，郑滢说那个名词是一堆真正的狗屎，加了奶酪，西红柿镶边，再浇上一朵奶油花，还是一堆狗屎，发明那个词的人应该自己先吃一口，看他说不说"味道好极了"。

说来也奇怪，虽然已经听过好几次，有了一定心理准备，当"粉红条"真正飘起时，每个人的心里还是像经受了一次大地震。老处女召集我们开会，带着她招牌性的微笑缓缓告诉我们，"很遗憾，从今以后，我们部门将失去两名员工，其他人还是各居各位。"她真诚地祝愿那两位员工在别处能有更好的机会。当然，这个美好的祝愿，那两个人已经听不见了，因为半个小时前，他们已经在人事部门员工的陪同下，离开了公司。

剩下来的半天谣言四起，有人说这和第一季度业绩有关，裁员是为了把股票拉上去；有人说裁这么些人杯水车薪顶什么用，立刻被人一眼瞪回去，"你难道还希望多裁点吗"；有人说裁的主要是年纪将近退休的人；也有人说某个部门新招进公司的某某某和某某某跟着上司一起滚蛋了。听得所有人心里加倍发慌。

我坐在办公桌前越过电脑屏幕看着窗外碧蓝的天空，那天只是一味的蓝，毫不含糊，没有一丝忧伤，也没有一点同情心。我想起就在去年，公司招我进来时还发给郑滢六千块钱的推荐奖金，觉得美国不愧是一个让人经风雨、见世面的地方。

我每天晚上临睡前和程明浩通一次电话。我喜欢钻到被窝里，把手机放在枕头上，然后把音量调大一点，耳朵凑在它旁边，有时说着说着就睡着了。他告诉我西雅图天气不好，三天两头下雨，我说："谁叫你自己喜欢跑到那儿去，记住，我在哪里，太阳就在哪里。"

偶尔，我打开他的电子邮箱看看，他的电子邮件并不多，无非是从前的同学和朋友，都很简短，也从来没有看见张其馨的。几次下来，我也就懒得去看了。

一转眼两个多月过去，公司第二轮裁员让所有人彻底弄清了形势：过去的好时光是一去不复返了。相比几个月前的那一次，这一轮资源重组涉及面更广，来势更凶，而且，走路的员工获得的待遇更差。整整一天，公司里气氛沉重得像压了一块铅，大家彼此见面要先端详一番对方脸色再开口，唯恐人家刚刚被裁而自己说出什么会导致不必要的刺激的话来。

　　我在电梯间和那位客户服务部门的冤家不期而遇，自从那次被当众出卖，我见了他都绕道而行，今天不巧，迎头碰上，只好尴尬地笑笑。他手里抱着一个大纸盒，电梯门刚关上就开始骂娘——当然用的是英语，先骂公司过河拆桥，后骂管理层利用裁员整人，再骂员工之间内部倾轧（他大概已经忘了和我之间的过节），最后扔下一句"看好了，那帮人一个都没有好下场"，原来他们部门被裁掉了三分之一，他属于那倒霉的一员。

　　等电梯到了底楼，我已经不再恨他，也不再那么恨 Chris，因为我发现，我们这些人，不过都是一棵大树上的小猴子，为了抢那么一两个香蕉或者桃子你争我夺，然而，当面临树倒猢狲散的危险时，我们的命运，都不握在自己手里。

　　公司这一波裁员声势浩大，以致蒋宜嘉都打电话来关心我是否丢了饭碗。我说："到现在为止，我和你的老情人都还平安无恙。对了，你哪里得来的消息？"

　　"网上看见的，你们公司这一次下手很酷。"

　　"你很空嘛，还有时间在网上逛。"

　　"哪里，我是在随时关心有没有我自己公司的坏新闻。现在到处都裁员，人心惶惶，公司要动手的话总是把消息封得死死的，直到最后一分钟才让员工知道，所以往往外面传开了，公司内部的人才知道。真他妈的活见鬼。"

　　在这一轮裁员中，我们部门又失去了三个人。老处女召集几个项目经理开会，把他们的工作摊给剩下的人。大家各就各位，毫无怨言地接过分到自己手上或多或少的额外工作，好像那些人从来没有存在过。

人的适应能力是非常可观的，不知不觉间，大家变乖了，变勤奋了，变得任劳任怨了——至少面子上都做得像那么回事。再没有人星期五早下班，再没有人一顿午饭吃两个小时，就连那个爱情至上的漂亮女孩子也每天早上九点准时坐在办公室里；人们开始周末把电脑带回家有事没事发个电子邮件出来表示"我在干活"，人们开始耐心地揣摩主管的心思，原先的"我要如何如何"变成了更明确、更基本的"我要讨老板高兴"，而后突然发现，老板大概是世界上最复杂、最容易不高兴的生物了，据说部门里的那个马屁精加包打听甚至专门写了一套高深的代码，输入同事们的年龄、工资、年审评分等参数，凭之计算每个人相对于他被裁员的概率，以确定要对付的对象。裁员居然比海鲜烧烤球赛酒会礼品卡加在一起更能提高工作效率，这一点公司人事部门大概始料未及。那种情形让我想起中国的一句古话——棍棒底下出孝子。

　　工作比以前更加忙，人少了，所有原定的里程日期却还维持原样，虽然如此，我还是在五月底请了两天假，加上长周末，我打算去西雅图看程明浩。我记得，那个周末正好是他的生日。

　　我给他买了一块手表做生日礼物，长方形的表面，暗灰的表盘，指针在上面闪闪发亮。我觉得这块手表很像他。

　　临行前，郑滢笑眯眯地递给我一样东西，用粉红色的礼品纸和缎带包得像模像样。

　　我打开包装，是一盒避孕套。

　　她怕我不识货，还凑上来补充一句："这一种是这个牌子里最高档的了。"

　　我红着脸骂她："神经病。"

　　"骂归骂，你肯定用得着。关璐，我已经想好了，将来你结婚，我给你陪嫁一打三十六个大包装的避孕套，以平均一周四个计算，多退少补，可以用差不多两年，两年以后呢，我看你也差不多应该生孩子了，"她得意扬扬，"是不是想得很周到？"

郑滢自作主张的一片好意根本没有用武之地，因为，飞机一到西雅图，我就发现"老朋友"来了。我的月经通常很准，那是一个例外，也不知是因为长途旅行，还是临上飞机前吃的那一杯冰淇淋，抑或是某种奇特的心理暗示，总之，它提前了足足一个星期。

程明浩摸摸我的脸颊，说："你瘦了。"

我说："因为巧克力吃得少了，你又不在，没人给我买。"

他笑着说："我以后补给你。"

程明浩和一个刚毕业不久、在西雅图一家电脑公司工作的人合租一套公寓，我走进他房间的时候，看见床边的地上另外铺了一个床垫。他说："晚上你睡床上，我就睡这儿。"

我点点头，心里却有一点说不大出来的味道：这个问题我们从来没有讲明，他这么自然地解决了，我不由得想，难道他真的一点都不想要我？

我在他房间的窗边看见一个很别致的风铃，用贝壳穿成，看得出是手制的，风吹过，声音十分悦耳。我问他哪里来的，他说是一个同事做了送给他的生日礼物。

"是女同事吧？"

"是的。"

"她为什么要送你生日礼物？"

"前两个月我曾经帮她搬过一次家，她大概是感谢我吧。"

"她为什么要送你一个她自己做的风铃？"

"这……我不知道。"

我盯着他的眼睛看了很久，他没有回避我的目光，只是，我并没有从他的眼光中找到期待的那份坦然。

"你们关系很好？"

他点点头："只是工作上的。你不要乱想。"

我突然愤怒起来："工作上的好朋友碰到了生日送 Starbucks 礼品券，不是什么活见鬼的风铃！"

我的声音在小小的房间里显得尖锐，像一根被横空扯断了的铅丝，还在微微地抖，牵动着空气一起跟着发颤。我们两个人都吃了一惊，他动动嘴唇，却什么也没说。

　　我们面对面难堪地沉默着，每一秒钟都显得格外漫长，终于我无法忍受，脱口而出："对不起，我忘记你的生日了，所以没有准备礼物。"说完我又盯着他的眼睛，我想看看他有什么反应。

　　"不要紧，你来看我就已经很好了。"他的眼睛居然还是那么平静，一点失望也没有。我的心像被刀子狠狠划了一道：他甚至都不在乎我记不记得他的生日。我想起包里那块手表，恨不得立刻把它拿出来砸个粉碎。我恶狠狠地瞪着那个风铃："你把它还给人家。"

　　"这不大好吧？"

　　"你还不还？"

　　"这真的不好。璐璐，你听我说，我们的确什么也没有，只是比较好的朋友。"

　　"我不相信。"我一把扯下那个风铃，扔到桌子上。

　　"璐璐，你要讲道理！"程明浩的声音也提高了。

　　"我讲道理，可是，就不跟你讲道理！"我火气高涨。

　　他不再说话。我更加生气，一个劲地摇他的手臂，可他就是不说话。我的心突然被一阵绝望攥紧，当一个男人不听你说话、甚至不和你说话的时候，你还能做什么？

　　我突然意识到一个可笑而真切的事实：自从我认识程明浩以来，他的生活里好像总是有某些人、某些事，比我离他更近，我不知道那些人、那些事离他究竟有多近，所以只会害怕，变得有醋就吃，不管有没有道理。

　　开心的时候，我觉得自己是个通情达理的人，只有伤心难过了，我才会不讲道理。你嫌我不讲道理，那么，你为什么要让我难过？

　　终于，我低下头，拉拉他的手指："对不起，我今天情绪不大好。月经来了。"

他慢慢地把我的手握在他的掌心里揉着:"那你还要发脾气。"

我的眼泪立刻流出来了。

晚上,我开始肚子疼,等躺到床上,已经一阵阵定时发作,痛得我脑袋发晕,靠做深呼吸来分散注意力。

虽然包里有睡衣,我还是穿着程明浩的一件衬衫钻进了被窝。因为衣服上有他的气息,我喜欢他的气息就这样包裹着我。

程明浩替我把被子塞好,说声"晚安",也去睡了。我裹着被子,久久不能入睡,每到这个时候,我总是特别希望自己是个男人,可以免去这种无处去清算的烦恼,像程明浩,虽然躺在地上,我担保他老早睡着了,而且睡得很香。

不知多久以后,痛经愈演愈烈,我不由得开始辗转反侧,一连翻了几个身以后,我听见他问我:"怎么了?"他居然还没睡着。

我打开灯,告诉他我肚子痛。他问我:"很厉害吗?你脸色很白。"

我勉强对他微笑一下,"还可以,"然后把手按在肚子上揉,"不要紧,以前也经常这样,过一会儿应该就会好的。"

我关上灯,翻个身,一边揉肚子一边开始数羊。数到差不多一百二十只羊,我突然听见程明浩站了起来,轻轻地爬到床上,躺到我的身边,他说:"我帮你揉。"

我点点头。他从背后把我抱在怀里,一只手伸过来,缓慢而有力地替我揉着,像一只不会冷掉的热水袋。他用下巴蹭着我的头发,吻了一下我的耳轮:"这样是不是感觉好一点?"

我半闭起眼睛:"很好。谢谢你。"

过了好一会儿,果然舒服多了。郑滢曾经跟我津津乐道杨远韬如何体贴她,其中有一条就是她痛经的时候他会帮她揉肚子,当时我不以为然,现在才明白,一样是揉肚子疼,男人的手就是比较有效。

我对他说:"你对我真好。"过了一会儿,又有点心酸,"你对谁都好,

264

就像张无忌。"

他沉默了一会儿，然后说："我不是那样的。我和那个女孩子真的只是好一点的同事而已，她都从没来过我家。那个风铃，我只当是她的一片好意，没想到你那么在乎。要是真有什么，我为什么还要光明正大地挂在那里等你来发火？"

我说："谁知道你跟人家好到什么程度。"

他叹了口气："归根到底你还是不相信我。"

"算了，不要再提了，"我说，"我喜欢你这样抱着我，像查理·布朗抱着史努比。"

"查理·布朗是谁？"

"你没看过花生漫画吗？"

"有人说过我是土包子。"

我笑起来，开始给他补课："查理·布朗是花生漫画里的一个小男孩，也是主人公，史努比是他养的一只小狗。史努比是全世界最最可爱的一只狗，它长得胖胖的，和人一样可以站着走路，高兴的时候耳朵会竖起来拧成两个麻花。它不会说话——狗当然不会说话，可是很聪明，会通过表情和气球把自己的想法告诉人家，它还会用打字机写小说呢，"我打个哈欠，"查理·布朗其实是个挺倒霉的小孩，凡是他组织的球赛啊、游行啊，一定会下雨，他干什么好像都不大顺利，经常被人家嘲笑，但是他很善良，而且，在史努比的眼睛里，他是世界上最最厉害的人，因为他每天会定时把狗食放在盘子里。我想，史努比大概是唯一一个把查理·布朗当回事的吧，"讲到这里，我已经开始有点迷迷糊糊，"我真喜欢花生漫画，里面的人物一直都不变，永远长不大。想想查理·布朗也挺不容易，一只狗养了足足五十年，不知喂掉多少罐头，难怪史努比崇拜他。"

我听见程明浩在我耳边说："璐璐，我明白了。"他的呼吸拂过我的脸颊，暖暖的。

"明白什么？"

"我明白……查理·布朗是谁了。"

我笑笑："我现在好多了，你可以不用揉了。"

他的手停住，却慢慢地、温柔地向上移动，一直到我的胸口。他停顿了一下，轻轻地解开了我胸前的一颗衬衣纽扣，他的手已经触到我的皮肤，却在那里停住，过了一会儿，又把纽扣扣上，摸摸我的头发，"睡吧。"

那一夜，西雅图下着微微的雨，他就那么抱着我睡着了，像查理·布朗抱着史努比。那是一个温暖厚实的怀抱。

我把没有送出的手表和程明浩的衬衫一起带回了旧金山。那件衬衫，我当睡衣穿了几次，脏了以后，却一直舍不得洗，因为现在那上面有他的气息和我的气息，难分彼此。于是我把它挂在衣柜的一个角落里。

至于手表，我打算当成新年礼物送给他，或者就作明年的生日礼物也可以，不愁没有机会，还可以顺便看看它走得究竟准不准。

公司裁员之后的一次部门会议上，终于有人忍不住斗胆提出了那个听似简单、其实难度绝不下于电视节目《谁想成为百万富翁》里价值起码五十万美元的问题：我们要怎么做才能不被资源重组？问题一出口，大家的眼光齐刷刷地投向老处女，看她如何应对。

老处女耸耸肩膀，首先声明，任何资源重组的决策都是上层再上层做的，她本人知情决不比我们早多少，更没有决定权，言下之意就是"哪天我叫你滚蛋你别怪我，要骂骂公司"。随后字斟句酌地说："我很理解大家的想法，但你们也要明白，在现在风云变幻的市场环境下，公司所做的一切一切都是为了保持和提高竞争力，从长远来说，正是为了我们大家。所谓资源重组，以后可能会成为公司提高竞争力的一种手段，希望你们能够顺应潮流。"

这是个天大的坏消息，我们面面相觑，汗毛不约而同竖了起来，那一句"顺应潮流"听上去更像"节哀顺变"。以前，把我们当宝贝一样请进来的公司，现在，开始嫌弃我们了，如果赶走一些可以把股票拉高一个半个

266

百分点，它不会手下留情。

会变心的，不仅仅是男人。这种变心，连撒泼胡闹、一哭二睡三上吊的余地都不给你留。

老处女看吓着我们了，又满脸笑容、安慰似的说，她个人认为，在当今环境下，公司要资源重组，涉及的对象往往是那些技能已经不再为公司急需的员工，所以，作为员工，我们所能做的只是尽量努力工作，用工作成果去证明自己的技能是公司所急需的。

我们又一次面面相觑。我想起一个成语"翻手为云，覆手为雨"，曾几何时，每个人收到的录用通知上都写着"我们坚信您将成为本公司极有价值的资产"，突然间，他们好像不再坚信，资产们就需要去证明自己还是有用的，而这种优胜劣汰，搞不好几个月就来一次。早知如此，当初废什么话？

当资产们不约而同想到"一颗红心，两种准备"，偷偷整理简历打算另觅东家的时候，没料到美国的高科技行业本质上竟然和《红楼梦》里的大家族一样，一荣俱荣、一损俱损，你被抄家了吗，那么我也气数将尽。很多小公司一夜之间倒闭，大公司基本都境况不佳，或明或暗地在裁员，101公路两边原本寸土寸金的办公楼宇开始不断出现空位，一批又一批失去工作的人搬离，在这个地方，没有工作是根本无法生活的。

二〇〇一年，这个俗称为硅谷的地方跌进了一片愁云惨雾。

六月份，我们整个部门脚底朝天。好几个项目一起完工，人员又减少了差不多四分之一，大家要赶里程日期，要顶上分到手里的额外工作负担，以证明自己是公司急需的人才，忙得不亦乐乎。

大家开始向 Chris 自觉靠拢，在几百人的大会上排队抢话筒问煞有介事的问题，在漫长的会议结束前一秒钟争先恐后发言，每个人都意识到，从今以后的竞争会更加残酷也更加现实，因为，那已经不再是为了风头，为了意气，为了大一点的窗子或者舒服一点的椅子，而是为了——自己的立锥之地。

有人说，亚洲人忧患意识强烈，我也一直相信这一点，直到某一天在公司吃早饭，一个平日总是嘻嘻哈哈的美国同事青着眼圈苦笑："昨天晚上我做了个噩梦，梦见被裁员了，吓出一身冷汗。后来我就再也睡不着，开始算如果我真被裁员的话，以后拿什么去交房屋分期贷款，是不是从退休金账户里拿一部分出来折现，有哪些投资可以卖掉救急，还有孩子的教育基金怎么办，哪些东西可以抵税，一直算到天亮。"我突然明白，其实，无论在哪里，人心都是一样的。在这个很大程度上金钱等于尊严的社会，谁潇洒得起来？

差不多天天晚上加班，老处女每天七点半准时给我们送比萨饼当晚餐，然后坐镇办公室到大约十点。明是关心，其实是监工，老板都在，谁都别想走。

有一天，为赶一项工作，我从早上六点一直干到午夜一点，连续十九个小时——后来有人告诉我，那破了我们部门当时的加班纪录。我开车回家，马路上空空荡荡，只有一盏一盏路灯从视野里滑过。我的上下眼皮直打架，突然，它们合拢了，我的意识开始迷糊。过了一会儿，我猛然意识到自己是在公路上，吓得浑身一震，马上睁开眼睛，车子已经开过了好远。

我立刻打了自己两个耳光，然后打开两边的车窗，让风灌进车里，直到确信已经完全清醒为止。

我在最近的一个加油站停下，买了一罐可乐，回到车里，咕咚咕咚灌下去。

一点四十分，我坐在公路边的汽车里，呆呆地喝冰冷的可乐。刚才，我在七十英里的时速睡着了，而车子还在往前开，假如当时发生什么意外，此刻我说不定已经死了。

一阵深切的悲哀随着午夜的风席卷而来：生命是非常脆弱的。我们吹嘘它很坚强，其实，它就是非常脆弱，人可能会因为各种意想不到的原因而死去，就像刚才我可能会因为开车睡着而客死他乡。

要是真的那样，我岂不是很惨？连二十五岁都不到，辛苦了十九个小时，身边一个人都没有，还有，连婚都没结过。

要是真的那样，程明浩很快就会知道消息，我相信他会很难过，可是，他会不会后悔没有跟我结婚，让我黄泉路上的护照还写着"单身"？

郑滢听了我开车睡着的事情，点着我鼻子警告："工作上卖卖力就够了，犯不着去卖命。老实说，卖力也应当适可而止，那帮人现在只盯着数字，根本不在乎员工投入了多少，等这个季度业绩出来，不好，裁，还不见效，再裁，我们一点办法也没有的。"

"知道了，"我托着腮帮点点头，"不过，你知道吗，开车时睡着其实挺舒服的，童话里面的人物骑着鹅在天上飞，说不定就是那种感觉。"

郑滢白我一眼，"你有没有告诉程明浩？"

"没有。告诉他，他一定会训我一顿。"

"他一定会很心疼你。"

"我自己想想都后怕，用不着再拉个人一起怕。"

不久以后，我陪郑滢干了一件很无聊的事情：跟踪杨远韬的老婆。起因是郑滢在不知哪本书上（她现在很用心钻研两性关系，特别是有关"蓝杏出墙"的话题）看见说男人发生婚外恋情，一个很大原因是为了寻求自己妻子身上缺少的东西。郑滢对这个说法产生了很大的兴趣，她想看看杨太太身上到底缺什么东西。

我们选了杨远韬出差的一个周末，开我的车，停在他们家马路对面守株待兔。郑滢说："他老婆基本上每个星期六下午要出去美容，然后或者去健身，或者看看朋友什么的，然后大概六点左右回家，日子真好过。"情妇往往对原配的日程了如指掌，不管情愿与否。

郑滢今天穿了件上面画着个骷髅、还缀了几块亮晶晶金属片的T恤衫，下配条松松垮垮、麻袋一样的休闲裤和运动鞋，头发盘起来塞进浅灰色的鸭舌帽，像个高中生，以至于我刚看见她都差点认不出来。

她看看我披肩的长发和身上的粉蓝色亚麻布无袖连衣裙，大为赞赏："关璐，你今天看上去很有味道，"还没等我来得及"哪里哪里"一下，"这样的话，就算她发现，八成也会觉得你是那个狐狸精，太好了。"

"她见过你?"

"应该没有。"

"做贼心虚。"

郑滢的时间表很可靠，下午一点多钟，一辆本田车开出来，车里是一个女人。"应该就是了，"郑滢肯定地说，"他老婆开本田雅阁。"

我们跟着那辆本田雅阁一路到了一家商场。杨太太今天并没有去美容或者健身，而是去购物。我们跟着她，不，准确地说，是她的背影，穿过人流，转了好几个弯，最后走进一家服装店。

进去以后，打量一下四周，才发现这居然是一家孕妇装的专卖店。我看了郑滢一眼，她咬咬嘴唇，脸色有点发白。我们不约而同把目光投向那个女人的腰腹部，可是从背后，什么也看不出来。

那个女人挑了几件衣服，走进更衣室，久久不出来，那个架势不像试衣服，倒好像要就地把孩子生下来。

我翻了翻衣服的标价，令人咋舌，顺口说："想不到怀孕这么花钱，"随后意识到自己说错话了，立刻补上一句，"不过，我知道有些人喜欢买孕妇装当睡衣穿，因为觉得舒服。"

然而，我说什么都没用，因为郑滢铁青着脸，根本不在听我说话。

那个女人终于走出来，付了账，拎着店里精致的提袋朝我们的方向走来。我们一起做贼心虚地转过身去。

那天的经历证实了一点：情妇往往低估了原配的侦察能力。因为那个女人走过我们身边的时候，停了下来，然后轻轻地说，"你好。"一股淡淡的鸦片香水味通过空气传递过来。

我们不得不尴尬地转回去，有一刹那，我真的害怕她把我当成狐狸精一个大耳光甩过来。

我和郑滢几乎同时暗暗倒吸了一口气。杨太太的个子差不多一米六八，象牙色的皮肤，弯弯的眉毛画得恰到好处，碧清的一双眼睛，天然有点上翘的唇角给整张脸增添了一些风趣和俏皮。她穿一条蓝底嵌白条纹的松身裙子，看得出价格不菲，身上唯一的首饰是左手无名指上的白金戒指，清清爽爽。站在她的面前，我们在身高上和心理上都不由得立即矮了一头。

　　这一会儿，我们看明白了，杨太太的肚子的确微微鼓起，她来买孕妇装并非摆空城计。

　　那是一个相当漂亮而有气质的女人，和杨远韬简直天生的一对，我想他们以前大概也是金童玉女。看来，男人觉得外面的世界很精彩，并非一定是由于里面的世界不精彩，只是他们想拥有两个世界而已。

　　杨太太并没有被郑滢小太妹似的外表蒙蔽，微笑着问她："你是郑滢吧？"

　　郑滢愣了好一会儿才回过神来，然后豁出去似的点点头。

　　"我先生跟我提起过你。他说你人很好，也很能干，"她说话的语气低沉而温柔，"像你这样聪明漂亮的女孩子，一定有好多人追吧？"

　　郑滢没有回答她那个问题，其实她也不用回答，因为无论说"有"或者"没有"好像都不对头。她只是死死地盯着杨太太的肚子。

　　杨太太显然注意到了她的眼光，优雅的神情里露出一股难以掩饰的胜利者的骄傲："我们早就想要个孩子了。"

　　郑滢终于抬起头，抿了抿嘴唇，干巴巴地说了一句"恭喜"，我看见她的眼睛里有点亮晶晶的东西在闪。认识这么多年来，头一次见她如此露怯。

　　我意识到自己闯进了一个角斗场，两个女人正在一堆孕妇装旁边不动声色地你死我活，而一个胎儿成了最有力的武器。没有流血，却一样残酷无情。

　　我装模作样地看看手表，然后拉拉郑滢："三点钟了，陪我去剪头发吧。"她点点头，勉强对杨太太微笑了一下说："我们先走了。"

杨太太还是维持着她优雅的笑容："再见。对了，香奈儿五号其实并不太适合你们小女孩子，喜欢香奈儿的话，可以试试看 Coco。"她大概并不知道，用香奈儿五号的，其实是我而不是郑滢。

　　回家的路上，我们一句话都没说，因为我知道她在想什么，也知道她现在更愿意一个人发呆。所以我让她发呆，同时心里忍不住想：香奈儿五号怎么了？

　　曾经以为青春是最值得骄傲的本钱，但那天，那个比我们老了不知几代的女人轻轻巧巧的一句话就像砂纸一样把我们的自信心打磨掉一层——她说"香奈儿五号其实并不太适合你们小女孩子"，真实含义恐怕是"你们小女孩子其实并不太适合香奈儿五号"。我看看郑滢，她正靠着车窗瞪着外面马路上的车流。我想，她受的刺激比我要大得多得多。

　　后来，我去一家香水店专门比较了一下，发现杨远韬太太并没有说错，香奈儿的 Coco 的确显得更加年轻，然而，我并没有买，因为割舍不下香奈儿五号那种坦诚相见的芬芳馥郁。我觉得，那是一种可以用一生的香水。我喜欢永恒不变的东西，它们总是让我觉得安心，既然可以用一生，早了几年又何妨？

　　郑滢终于开口了。她把汽车遮阳板翻下来用上面的小镜子照照自己的脸，问我："你说她漂亮还是我漂亮？"

　　我刚想说都漂亮，随即觉得这种说法骑墙而混账，想了想，改成"你比她年轻"。

　　她叹了口气："除了年轻，她还少什么呢？"

　　是啊，除了年轻，我也说不出杨太太究竟少什么；或许，那就是杨远韬要从郑滢的身上寻找的，他也的确找到了。可是，年轻这个东西是皇帝人人做，今年到我家，每个女人都会年轻也都会老去，所谓"如花美眷，似水流年"，怎么讲呢？

　　时间是每一个女人的滑铁卢。

　　我想，假如我是男人，无论拥有杨太太还是拥有郑滢，都会觉得心满意足了。可是，真正的男人偏偏就觉得一个不够，难怪有人说男人和女人来自不同的星球。某个星球上的人，也不知怎么进化来的，天生比较贪心，脸皮也比较厚。

关于他太太怀孕的事件，杨远韬对郑滢的解释是"意外"，绝非他的本心；他说他很后悔，究竟是真是假，无从考证。

"其实我也知道他在他老婆那里肯定要定期交货，可是，他怎么就——就不当心一点呢？"郑滢咬着嘴唇，一脸恨铁不成钢，"早知道，我先送他一打三十六个大包装的避孕套，一个不够，用两个好了啊，真是的。"

"你们打算怎么办？"

"他说先等孩子生下来再说。哼，我怀疑他根本就是故意的，因为我说过今年之类要嫁出去，他当真了。"郑滢把一个喝空的可乐罐啪的一声捏瘪，"我已经不相信他了。"

我以为郑滢会跟杨远韬分手，可是，后来我发现他们还是在一起，郑滢还是在吃郑广和开的药。她有一次这样自嘲："他现在找我比从前要勤，也不知道是不是因为他老婆怀孕了需要保胎。早知如此，不如当时咬咬牙先怀个孩子然后逼他离婚，看他怎么办，"随后愣了愣，又苦笑一下，摇摇头，"简直像在说梦话，万一他不离婚或者离不掉，难道我去做单身妈妈？再说，现在这种形势，要是真的怀孕，只怕生完孩子就会被公司裁员，到时候，要多凄惨有多凄惨。"

我心酸地发现，郑滢被她的爱情逼到了一个何等尴尬的境地。这是美国，誓言比什么都昂贵，连做情妇都格外艰难。

过了几天，郑滢在同事的推荐下去做一种稀奇古怪的按摩——用海草和浴盐把人层层包裹起来然后再做推拿，据说很放松，她要我跟她一起去，我坚决不肯，因为那让我想起腌咸鱼。结果，她和一位久违的老朋友不期而遇，的确久违了，那是许文磊。

大才女宝刀不老，三下五除二让原本想散散心的郑滢加倍自卑。郑滢是去开开眼界，而她是那里的常客；郑滢为找工作半路出家学计算机，而她把博士一路念到了底，并且根本不准备急找工作，因为她早已结婚，打算先要个孩子，"反正现在不容易找工作，等风头过去再说"；许文磊的先生属于硅谷全盛时期正好捞到全脂牛奶上的油膏的那一族，不知什么原因在二〇〇〇年聪明地全身而退，卖掉手头几乎所有的公司股票，所以现在，她其实根本不需要工作；最后，致命的一击，许文磊的老公来接她回家，郑滢满心希望他长得猥琐一点让她好歹心理平衡一下，偏偏人家也是仪表堂堂。总而言之，她什么都有。

郑滢很难过："我现在算是明白了，真正聪明的女人什么地方都聪明，你看，考试的时候人家能考满分，上学校人家能上一流的，嫁老公又能嫁个样样都好的。我们呢，老是觉得自己很聪明，其实傻得要命。"

"有个人要是知道了，说不定比你还失落。"

"谁？"

"蒋宜嘉。男人知道自己从前女朋友嫁得特别得意，多少都会有点发酸。"

"我怀疑那个时候许文磊就是为了这个人把蒋宜嘉甩掉的，哼，难怪那么潇洒。""四点半"要是知道她的如意郎君其实是经过如此"一传""二传"才到了自己手上，不知是不是会格外珍惜。

Chapter 5　不吃巧克力的海鸟

郑滢一本正经地看着我:"关璐,我觉得我们都在浪费青春。"

我看看她:"我们?"

"我应该抓紧时间,像许文磊那样嫁个好老公,根本不用这么辛苦。其实,你也完全可以找个比程明浩好的人。"

"他挺好啊。"

"不是说好,是要靠得住。起码,不让你累得半夜三更在高速公路上自己扇自己耳光。"

"他又不知道。"

"他就算知道了,又能怎么样?"

郑滢毫不留情地盯着我,我避开她的目光。餐厅的落地窗外,草坪尽处,是一大片北加州的蓝天。我心里浮起那天在公路上睡醒过来一刹那间的感受,假如我撞车死了,此刻的天一定还是这么蓝,它不会懂得为我默哀。

经历过生死一线间的人,大概是会改变一些想法的。比如我,虽然并不太爱听郑滢的那句话,却不得不承认它有道理:他,又能怎么样?

过一会儿,郑滢突然笑起来:"其实也没什么了不起。青春,不就是用来浪费的吗？能浪费的时候不浪费，本身就是一种浪费。"

我跟着她微笑。

郑滢问我："你相信爱情吗？"

我犹豫了一下，说："我相信。"老实说，我并不知道爱情究竟是什么样子，第一次见到程明浩，也并没有什么触电的感觉，只是一看见那个和他俊朗脸型毫不相称的圆鼻头，就情不自禁地希望他对我微笑，希望他对我好，希望他有一天对我说"璐璐，我爱你"，仅此而已。而且，每当涉及和爱情有关的问题，我就会犯迷糊，做一些心里没底的事情。我说我相信爱情，是因为我知道，无论我选择相信还是不相信，我都在追寻这种比意大利餐馆菜单还让人看不懂的东西；既然已经在追寻了，相信，总比不相信要好吧。

我觉得我很爱程明浩，然而，他是不是也一样地爱我？

马克·吐温这个名字的原意是"水深两浔"，水可以用"浔"去衡量，爱情又该用什么去衡量呢？

那天回家的车流里，我第一次认真地思考这些问题。因为希望他对我微笑，我先对他微笑；因为希望他对我好，我先对他好；因为希望他有一天对我说"璐璐，我爱你"，我做了很多自己想想都觉得肉麻的事情。到现在，我手里的最后一张牌已经扔了出去，接下来，又如何呢？

假如我已经把手里最后一张牌扔了出去，而他还迟疑不决、在心里暗自掂量，那是多么令人难堪的场面。

有人说，女人使男人成长。我不知道自己在他的成长中扮演了一个什么角色，然而女人老得比男人快，我担心等他长大，我已经变成一块用皱的纸巾正好可以去废纸篓。郑滢说青春就是用来浪费的，我没有她那么潇洒，我害怕在青春的尽头是一场空。

那个周末，我和公司另一个部门的一位男同事一起去爬山。硅谷很多高科技公司里男人太多而女人太少，这种现象被俗称为"狼多肉少"。我们公司也不例外，而且，我们公司里的狼在狼群中不算竞争力最强的，已经饿得前胸贴后背、两眼冒绿光，以至于每个未婚的女孩子，也不管你有没有男朋友，都有几个或明或暗的追求者：总有那么一两个人不经介绍就知道你的名字；聚餐时主动替你拿蛋糕；周末加班会"顺便"来问候一下，叫你别太辛苦之类的。

这个同事是在一次开会时认识的，因为我们不约而同地一边看报告一边用左手转圆珠笔，而且，用的都是无名指。他说："我还是第一次看见有人也用左手无名指转圆珠笔呢"，他大概也看见我那个手指上没有戒指，所以，过几天，他约我周末去爬山。

那个人很好，但是，除了都用左手无名指转笔之外，我们并没有太多共同语言。回家后，我在电话里告诉程明浩，我和郑滢一起去爬山。随后心里非常难过，我不许他对我说谎，可是，我却对他说谎了。

过了几天，那个同事又给我打电话来，像所有本分的男人一样告诉我他对我"印象很好"，问我周末是否愿意一起看电影。我拒绝了。

我打电话给程明浩，告诉他上个星期其实并不是和郑滢一起去爬山，而是和另一个男人。我以为他会很生气，质问我为什么骗他，结果他什么也没说。

我终于忍不住，问他："假如有一天，我碰到一个比你更加好的人，你会放我走吗？"

他问我："那个人，他比我好吗？"

"没有。"我老老实实地回答，"可是，如果有一天我真的碰到一个人，对我比你更好，你会怎么办？"

他许久没有说话，最后轻轻地笑了笑："要真是那样，我会放你走。"

我愣在那里不知怎么回答。我满心以为他会说"不会"或者"你怎么问得出这样的问题"，却万没想到他那么干脆地说"我会放你走"。他都说"会"了，我还能说什么呢？

我十分后悔问他那个问题：不问，起码不至于得到这样一个答案。

郑滢知道这件事，痛心疾首："你，你，你可傻得真有水平啊。要脚踩两条船是这么个踩法的？要么你继续跟那个人约会，等成功了再跟程明浩摊牌，要么你就此打住，哪有这样一面给人家吃皮蛋一面自己乖乖招供的呢？你当心两边捞不着。"

我笑笑："反正我现在也没有两边。"随后突然害怕起来：程明浩让我来去自由；这一次，我遇见的人没他好，但下一次呢？会不会有一天，我真的遇见一个更好的人，他就那么大大方方地放我走了？我越想越难过。

六月终于过去，好几个项目做完，大家空闲下来，心里却一致开始偷偷发慌，因为仔细想想，正是那些无穷无尽的工作、那些每个人一天咒三遍的里程日期使我们对公司而言有价值，现在，项目告一段落，该如何去证明自己还是为公司所急需的呢？

风水轮流转，我手头上那些又老又涩的工作突然抢手起来，因为老版本产品的客户已经相当稳定，也就是说，总会有活干。好几个同事向老处女提出他们想"提高自己这个领域的技能"，最后被 Chris 拔了头筹，分配来和我交换一部分工作，用老处女的话说，"这样有利于部门里技能平衡"，其引申意义不下于"这样我随时叫谁走都可以"，听得人汗毛凛凛。

和 Chris 一起工作是对智商和情商的双重锻炼：他很懂得"不耻下问"，从不介意浪费我多少时间，而且，妙就妙在，他甜言蜜语地慷慨挥霍了我的时间之后，有其他人在场的时候，绝口不提，好像一切都是他自己无师自通。等稍微熟悉了一点点，便开始故态复萌，把肚子里的半瓶水拼命晃荡，指手画脚，让我又恨他又佩服他：有些人的牛皮就是吹不破，你也拿他没有办法。

七月份，我突然接到杜政平的电话，他来旧金山培训，想约我见面，我犹豫半天，还是去了。

杜政平穿了件斜条纹的 T 恤衫，一见面就热情地跟我握手。他没怎么变，想想也是，才一年多，能变到哪里去？

我们坐在一家 Starbucks 橘黄的灯光下看窗外的风景。我说："你们公司不错嘛，舍得送你到旧金山来培训，简直像在度假。"

他笑笑："我还是第一次来加州呢，"顿了一顿，又说，"这里天气真的很好。"

我们交流一番近况，终于无话可说了。我喝我的薄荷摩卡，他喝他的卡普奇诺。

他问我："程明浩好吗？"

我点点头："好。"也问他，"你女朋友好吗？"

他喝一口咖啡："我们分手了。"

"怎么会？"随即意识到这个问题好像并不太适合由我来问。

"她说跟我在一起看不到将来，"杜政平摇摇头，"你们女人真的很奇怪，她说我没有诚意跟她结婚。可是，问题是，她从来没跟我提过想结婚，我怎么会知道她想结婚？她又怎么知道我没诚意？"

"女孩子当然不会跟男人说'我想结婚'。她是觉得你爱她，就应该知道。"

杜政平苦涩地摊摊手："不好意思，我爱她，但我真的就不知道。"

我想了想，说："可能她爱你更多吧。"

杜政平转过头来看看我。我望着窗外远处高速公路上的车水马龙，淡淡地往下说："有时候，最痛苦的不是你爱的人不爱你，而是那个人明明爱你，可就是没有你爱得多。老是付出付出付出，是很累的，而且觉得特别不公平，因为连骂他的理由都没有，离开他的借口都找不到。"

那一刹那，我佩服起那个女孩子来，她为了看不到将来离开一个自己爱的男人，心里一定比杜政平更难受，但她至少做到了。我从程明浩身上一样看不到将来，却只是蒙着眼睛不去看，自欺欺人。

杜政平还是一脸茫然。我对他微笑一下："我瞎猜的。"我想，男人不会理解，女人的爱情，很多时候就是玉石俱焚的。

两杯咖啡喝完，杜政平说："你好像不大开心。"

我说："没有，是最近工作太忙了。"

他沉默了一会儿，突然说："我说句你大概不会爱听的话，当时去追我女朋友，有点也是为了和你赌气。"

我又笑笑："谈恋爱是不能赌气的。"

他也笑了："你不如说谈恋爱赌气也没用。"然后问我，"说实话，今天出来见我这个老情人，是不是先跟程明浩请示过，得到了他的批准？"

我摇摇头："他这方面很民主，从来不约束我。"我想，就算真的告诉了程明浩，他也未必会吃醋。

我们在街口分手，我们交换名片，说"保持联络"，但是，我们心里都明白，那是一句空话。

郑滢过二十五周岁生日，没有什么排场，只是一些在旧金山的朋友凑在一起吃了顿饭。杨远韬没来，或许是他老婆现在管他更紧，或许觉得我们都知道他的底细害怕尴尬，但是人不到礼到，他送给郑滢一条白金手链，细细的链子上缀着几朵精致的小花，手工很细。为了这条链子，我猜他大概又存了很久的私房钱。

郑滢把链子戴在手上，晃了几下，问我："像不像手铐？"

我说："比手铐漂亮一百倍，肯定很贵。"

她笑起来："你觉不觉得我现在心理承受能力强多了？记得那次，为了他请客吃饭放我们鸽子，我还喝醉过酒呢，真是夸张，"然后又自言自语似的说，"男人送的首饰，除了戒指，其他统统不值钱。"

我并不喜欢郑滢语调里透出来的玩世不恭，但这句话的确有道理。首饰中，女人最最宝贝的大概就是戒指了。公司里结了婚的女同事，再不喜欢首饰，多半都戴着戒指；我们部门有个女孩最近订婚，每天都把未婚夫送给她的那颗硕大的钻戒骄傲地戴在手上，逢到开会，在会议室暖融融的灯光下宝光四射，搞得大家都不由自主分散注意力。她还发给每个未婚的女同事一本那家珠宝店的目录，我把它带回家随手翻开来看看，不得不承认，戒指，就是特别迷人。迷人的，并不是那块金属或者石头，而是附带的一个承诺，因为不是每个男人都给得起，给得起的，也未必肯给。

饭吃到一半，林少阳的手机响了，他出去听电话。张其馨鼻子里轻轻地哼了一声，凑过来跟我们说："我看又是他哪个女网友。"张其馨吵过几次，加上每次林少阳公司组织活动，凡是可以带朋友的，她都积极出席，让大家都知道他已经名草有主，林少阳在生活中收敛了许多，却把拈花惹草的劲头用到了网上，并且加倍卖力。

"他以为我不知道，其实我一清二楚，不拆穿而已，"张其馨很不高兴，"他最爱去那个风骚的网站我也看过，肉麻得要命，男的统统标榜帅哥，女的全体自称美女，一天到晚哥哥妹妹，根本就是一帮丑八怪在意淫。"

"他的网名是什么？"我好奇起来。

"春风十里。"

郑滢噢哟一声："这么土的网名能泡到女孩子？"

我问："林少阳是扬州人？"

"不是，他喜欢小杜的诗。"

"小杜？杜政平？我从来不知道他还会写诗。"郑滢一头雾水。也怨不得，念书时她交过很多专业的男朋友，就是没有喜欢古文的；大学语文课上老师慷慨激昂地讲解《将进酒》和《行路难》时，她正在教室最后一排埋头钻研《鹿鼎记》里苏北奇男子韦小宝无与伦比的骂人技巧。

张其馨心情不好也禁不住扑哧一声笑了："是杜牧。比杜政平老了上千年呢。"

郑滢恍然大悟："我说呢，难怪那么土。"

"网上有个女人看见他叫春风十里，也起个名字叫卷上珠帘。够露骨吧？"

郑滢说："嘿嘿，挺性感。他们勾搭上了？"

张其馨翻个白眼："天天调情。那个女人真不要脸，开口闭口春风哥哥，他呢，珠帘妹妹、珠帘妹妹叫得我恨不得把他株连九族。对了，那个女人还关心他有没有老婆。"

"他怎么说?"我们异口同声地问。

张其馨把筷子往桌上一拍:"这就是我最恨的,他跟人家说,你发张照片给我我就告诉你,那个女人这下子倒知道摆斯文了,假模假样不肯给他,然后两个人接着网上调情。你们说气不气人?"

"你怎么不跟他讲?"

"跟他讲,他抵赖得比谁都快,还会反过来说我小心眼,因为他们除了敲敲键盘调调情,的确什么都没干,"张其馨叹了口气,"看得见、摸不着总比看得见、摸得着要好吧。无论如何,网络总还是虚幻的。"

这个时候,林少阳回来了,一脸阳光灿烂,让我想到他那个春风十里。他笑眯眯地问:"说什么呢?"

张其馨刹那之间又恢复了平静和温婉,轻描淡写:"噢,我们在说关璐做手术的事情。"看得我和郑滢目瞪口呆。我想她过上几年,涵养大概和杨远韬太太有得一拼。

林少阳立刻又体贴入微地为她布菜拿纸巾,完全标准好男朋友的样子。我觉得他是爱其馨的,那么,他又为什么要去打野食呢?窝边草被拔光了还要到因特网上去找?难道男人天生就不会专心地爱一个女人?

那一年,因为从九月份开始公司将不再补贴员工的近视矫正手术,好几个同事都在夏天去做了手术。我本来并不特别想做,所以下定决心是因为有一次开会隐形眼镜掉了,半个部门的同事嘻嘻哈哈地钻到会议桌下去帮我找,而且,自从戴隐形眼镜以来,我的近视已经加深了好多,我很怕会接着深下去。

我两个月前去看过医生,做了检查,正式手术定在七月底。我跟程明浩早就说好,到时候他回来陪我一起去,可是,手术前一个多星期,他突然告诉我,可能赶不回来,因为他的一个项目快要结束,时间很紧张。

我很生气:"你怎么不早点告诉我?"

他说:"临时出了点变化,我也是才知道的。可以改期吗?"

我问医生手术是否可以改期，他说那样的话就要排到十一月份以后。于是我告诉程明浩："算了，到时候我叫郑滢陪我去。"

他说："对不起。"

我失望地说："你说话不算数。"

手术在下午，结束以后，郑滢把蒙上眼罩的我送回家，一路骂骂咧咧程明浩什么东西。她扶我到沙发上坐下，自己到厨房去做晚饭。这个时候，程明浩突然来了。

郑滢一看见程明浩，立刻开溜。

我问他："你怎么来了？"

他说："前几天把工作赶了一赶，不过还是晚了。"

程明浩走来，一路凑到我鼻子跟前研究我的眼睛："你感觉怎么样？"

"比以前不戴眼镜的时候看得稍微清楚一点点，医生说慢慢地会越来越清楚。"

他伸出两个手指："这是几？"

"三。"

他又伸出三个手指："这个呢？"

"四。"

他着急了，又伸出四个手指："那这个呢？"

我笑起来："第一次是二，第二次是三，这一次是四。刚才是跟你玩的，谁叫你现在才来。"

他舒了口气，也跟着笑起来。他淘好米，把饭锅放上电炉，打开冰箱搜索："好像没什么东西了。你晚饭想吃什么？"

"我想吃炖蛋，上面撒一层葱花。"

"有番茄，番茄炒鸡蛋吧。"

"我喜欢吃炖蛋。"

"炖蛋可能对伤口不大好。"

"那也叫伤口？"

"番茄炒鸡蛋，上面撒一层葱花。"他开始打鸡蛋。

"你都决定了，还问我干什么？"

他把饭菜端到茶几上，叫我吃饭。

我说："把勺子给我。"

他说："我来喂你吧。你这副样子像《X档案》里跑出来的，我怕你会吃到鼻子里去。"

于是我们你一口我一口地分享一盘番茄炒鸡蛋，吃了几口，我问他："你放了几个鸡蛋？"

"四个。"

"那怎么轮到我吃，全是番茄？"

他不好意思地说："刚才水放少了，鸡蛋有点炒焦了。"

"其实做番茄炒鸡蛋是根本不用放水的，只要早点加盐，把番茄里的水分吊出来就可以。放了水，反而淡了。"

吃完饭，我忍不住问他那个陈词滥调的肉麻问题："医生说明天应该就可以恢复视力了，假如到时候恢复不了，我的眼睛坏掉怎么办？"

他说："应该不会。现在这种近视矫正手术的成功率在百分之九十五以上，美国医生就怕人告，挑病人的时候也会特别小心，没把握的根本就不会去做，失败概率不到百分之一。即使真的失败，也可以再动手术，不至于造成永久性伤害。所以你不用担心。"

"你怎么知道？"

"我有个同事前一段时间也做了这种手术，医生发给他一盘资料带，我借来看了一下。本来我挺担心的，看过之后放心了很多。"

我没想到他会这样回答，因为标准答案好像应该是"如果你眼睛坏掉，我会养你一辈子"，花色一点的还有"如果你的眼睛坏掉，以后我就得一边开车一边看地图了"，"如果你的眼睛坏掉，吃饭就得我负责看菜单了"，"如果你的眼睛坏掉，以后看电影我就要一边看一边跟你讲情节了"，等等。但是程明浩的那个回答我也挑不出什么错来，因为反过来想，假如我眼睛真的瞎掉，就算他养我一辈子，一边开车一边看地图，吃饭负责看菜单，一边看电影一边跟我讲情节，又有什么了不起的幸福可言？

晚上没有什么好的电视节目，我们躺在床上聊天。因为前一晚上心情紧张没有睡好，一会儿我就迷迷糊糊睡着了。恍惚中好像看见老处女敲敲我办公室的门告诉我，我某个项目的设计方案有很多问题，她不能批准，我请她再给我一点时间修改，她微笑一下说："不用了，我已经叫 Chris 全部修改好了，以后你就不用管了。"

我"哇"的大叫一声，坐起来，一身的汗，才意识到那个设计方案其实要下个月才交，Chris 的确曾垂涎三尺，但老处女最终还是决定让我一个人做，而且，就算真的出了什么问题，她也绝对不会跳过我去找他修改。刚才，不过是一场可笑的梦而已。

程明浩不知是一直没睡着还是被我叫醒了，他打开灯，伸过手来替我擦额头上的汗，问我是不是做噩梦了。

我问他："我刚才说梦话了吗？"

他点点头："不过，你说的是英语，还特别快，像在跟谁吵架，我没听清楚，好像是有关什么东西通过不通过的。"

我苦笑一下："那是我在梦里上班呢。公司用我，是不是很合算？现在几点了？"

"才十一点多。"程明浩给我倒了杯牛奶。

我把牛奶喝完，想起刚才的梦，心里很难过。我问程明浩："你能不能让我高兴一点？"

"我给你讲个笑话。"

"我不想听。"

"那我给你做脑筋急转弯。"

"没意思，做来做去还不是那几道题目。"

程明浩想了一会儿："那我唱歌给你听，保证你高兴。"

"原来你会唱歌啊？"我好奇起来，因为我从来没听过他唱歌：每次要他和我一起唱，他都抵死不肯。

"你听着。"他清清嗓子，开始唱《爱如潮水》。等唱到"爱如潮水将我向你推"，我已经明白他为什么以前从来不愿开口：这个人唱歌严重走调，碰到张信哲的歌高音不断就更加夸张，三句两句之后离题十万八千里，到天涯海角转了一圈居然还能摸回原来的调门，非常好玩。

我听得笑起来。他唱完一首，一本正经地问："怎么样？"

我吹个口哨，拍拍巴掌："再来一个！"

"你点吧。"

那天，他一共为我唱了七首张信哲的歌，一直到我笑不动为止。

说来有点奇怪，我熟悉的人大部分都很会唱歌：郑滢、张其馨和我之所以成为好朋友，就是因为大学一年级时一起排了一首 I Swear 代表化学系参加学校的外文歌曲大赛；杜政平能把齐秦模仿得惟妙惟肖；蒋宜嘉擅长刘文正费玉清的老歌。程明浩是个例外，他声音低沉厚实，说话很好听，唱起歌来却乐感全无，叫人大跌眼镜。

我说："程明浩，不是气你，你唱歌好难听，不是假的，是真的难听。"朦胧之间，我看到他凝视着我，丝毫没有生气，相反，脸上挂着心满意足的微笑。我的心里流过一股小小的、温暖的电流，我把自己的手放到他的掌心里。

我开始跟他"想当年"："刚开始，我们三个人还不熟，排 I Swear 的时候，大家都想抢主唱，结果每人唱一遍，只有我能把最后一句的高音唱上去，就轮到我主唱。那一次很出风头，不过，好像也只有那一次。"

记忆里，那大概是我唯一一次盖过郑滢和张其馨，其他方面，她们好像都比我厉害：郑滢精灵漂亮、伶牙俐齿，张其馨温柔可爱、说话得体，和她们在一起，我总是那个最安静而不太引人注意的。郑滢对我说过，她将来结婚，我是当伴娘的最佳人选：个子没她高又不算矮得太过分，长得没她好看又不算拿不出去。有时候，我怀疑，我们之所以一直可以做最好的朋友，就因为我是个天然的陪衬——她性格那么强，碰到个一样强的，不吵翻天才怪。

我说："人要是长不大该多好。"

"你是压力太大了，连做梦都想着工作。"

"有什么办法，公司已经裁员两轮，大家要保住饭碗，抢起业绩来一个个都像德国狼狗。想想真烦，什么都要抢，我本来就不大聪明，只好加倍用功，否则，更加抢不过。其实我现在就抢不过人家，有时候明明被人家占了便宜都没话说……"我讲不下去了，因为我突然想起了张其馨和西雅图那个送风铃的女孩子，心里像被一块大大的石头堵住了：这个世界上，有很多女人比我聪明，比我漂亮，比我温柔，我知道的；我很怕她们来跟我抢程明浩，因为我抢不过。我费了好多好多工夫，好不容易才让他喜欢我，我很怕再失去他，就格外小气，格外计较；偏偏小气和计较都讨人嫌，于是我更害怕；因为害怕，我变得加倍小气和计较，更不招人喜欢。

我叹了口气："你是不是觉得我很笨?"

"你不笨。"

"我不相信。"

他轻轻地抚摩着我手掌上的纹路，过了很久，慢慢地说："其实，璐璐，你有很多好处，自己不知道，比如说，比如说，你懂得做番茄炒鸡蛋不需要加水，应该早点放盐，把番茄里的水吊出来，对不对?"

"那算什么。"

"我就不懂。"

我不由得微笑起来，心里有点小小的得意："我还知道煎鱼的时候先用姜擦擦锅子就不会粘底；还有，在红茶里加几片苹果煮一下，茶会特别的好喝；还有，用剩的柠檬可以拿来擦菜刀，你肯定也不知道。"

"不知道。你看，我说得不错吧。"

"你真会哄人开心。"我躺回枕头上，"借你的手用一下。"

我把脸颊枕在他的手背上，这样正好可以搁住眼罩："我睡觉了。"

我闭上眼睛，过了一会儿，又睁开来："有件事情告诉你。"

我隐约看见他正在翻一本什么东西，想起是上次拿回来的那本珠宝店的戒指目录。我脸红了，立刻解释："这是一个同事送的。她订婚了，手上的钻戒大得像麻将牌，一开会就摊在桌上展览，有几个女同事因为戒指上的钻石比她的小，都不好意思坐她旁边。"说着说着，一个念头划过我的脑海，假如程明浩现在向我求婚，就算拿一个两块九毛九的情绪戒指，我大概也会高兴得要命，马上答应。

　　他合上那本目录放到桌上，问我："你要告诉我什么？"

　　"噢，上次我见到杜政平了，他来旧金山培训。你不会生气吧？"

　　他摇摇头："他现在好吗？"

　　"挺好。不管怎么说，投资银行总比我们这种什么高科技公司稍微稳定一点。幸亏你当时没有转学计算机，这个行业卖青春，累得要命，还动不动裁员，不累死也吓死。对了，你什么时候开始上班？"程明浩在一家科研机构找到了工作，工资不算高，不过比较稳定，而且在旧金山，有这两点，我已经很满意了。

　　他说："还没定。"

　　我说："等你回来以后，陪我去看浪管风琴，我要听它唱歌。"

　　"好，"他用另外一只手摸摸我的头发，"不早了，睡吧。"

　　我闭上眼睛，脸颊贴着他的手背，隐隐约约几乎能感受他的脉搏在跳动。我睡得很好，没有再做梦。

　　第二天，等我已经能够看得清清楚楚的时候，程明浩拿出一个深蓝色的绒布盒子："送给你。"

　　我的心跳猛然加速："是什么？"

　　"打开看看。"

　　我望望他，他看着我微笑。我揭开盒盖，里面是一条项链，细细的白金链条，一个圆圆的挂件，挂件上刻着细致的玫瑰花纹，非常好看。我把项链拿出来，发现那个挂件其实是一个薄薄的小盒子，打开来，里面刻着同样的玫瑰花纹。

他帮我把项链戴在脖子上，我照照镜子，问他："怎么想到送我项链?"

他说："有一次走过一家商店橱窗，正好看见，觉得你大概会喜欢。就买了下来。说起来，我还没送过你像样的礼物呢。你喜欢吗?"

我说："喜欢。你看，这个挂件盒子里还可以放一张小照片呢。"却有点失望：为什么不是戒指呢？随后觉得自己有点可笑：是不是受郑滢影响太深，也想着二十五岁以前清仓?

我剪了一张和程明浩的合照想放进那个挂件盒，结果还是太大，我想来想去，把照片上的自己剪掉，留下他，放进去，正正好好。

几个星期以后的一个周六下午，四点多钟的时候，郑滢突然打电话来，声音很哑，语调也有点不对劲："关璐，你过来陪陪我。"

我马上去她家，门开了一条缝，我走进去，郑滢穿着睡袍坐在浴室的地板上，头发蓬乱地覆盖在肩头上，她抱着膝盖对着马桶发呆，手上戴着杨远韬送给她的那条手链。

我走过去，叫了好几声，郑滢才抬起头来，她脸色苍白，眼睛哭得发肿，无神地瞪着我，眼白比眼黑还多。我觉得不对头，蹲下来问她怎么了。她只是一个劲地摇头，却死也不开口。

我着急了，用力地拍她的肩膀："怎么了？你倒是说话呀!"

她还是不言不语。

"你怀孕了?"我开始猜测。

郑滢这才"哇"的一声把头埋在我的怀里，又歇斯底里地大哭起来。我抱着她，轻轻地帮她拍背，像史努比抱着在沙漠里吃苦受累的史派克，并且开始刮脑汁想在美国怀孕了该怎么办。

郑滢哭了足足有十分钟，才渐渐平静下来，断断续续地开始说话。

我听了好几遍，才听明白，原来她并没有怀孕，而是刚才，杨远韬正在和她温存，突然接到医院的电话，杨太太在高速公路上出了车祸。几辆车连环相撞，她的本田雅阁被挤在当中，目前究竟怎么样还不知道。

"关璐，你知道吗？我咒过她出车祸的呀，我咒过她出车祸的呀！"

郑滢抓住我的胳膊，抬起哭得发红的眼睛，皱着眉头，无助地看着我。

"那又怎么样？她可能被你撞死，不可能被你咒死，"说起来，我大概还帮她一起咒过，"你去撞她了吗？没有。"

"我知道她不可能被我咒死，可是……你知道吗，刚才我们在床上，他的手机突然响了，他不接，后来电话响个不停，他说关机算了，我说还是接吧，说不定真有什么要紧的事情。然后他就接了，然后就知道他老婆出事了……我突然就很想吐，我觉得他很恶心，我也很恶心，恶心得要命！"她把手指插进两鬓的发间，闭上眼睛，一个劲地摇头："你知道一个男人一面跟你做爱一面铁板着脸问'我太太现在到底怎么样'是什么感觉吗？"

我说不出话来，因为我不知道，但是，可以想象那应该是一种没齿难忘的经历。我试图用手指帮她梳理头发，却一点也梳不通。

终于，我说："你不要太自责。"

郑滢已经平静下来，拉拉睡袍，淡淡地说："我不是自责，就是觉得有点恶心。你说他老婆会不会死？"

"难说。车祸最凶险了。"

"假如他老婆死了，他岂不是不用离婚了？"郑滢抬头看看天花板，唇边泛起一个苍白的微笑，"不过，那样的话，大概我每次跟他做爱，都会想起那个女人。唉，还是她厉害，不过，"她叹口气，"够惨，惨得我都佩服。有时候，我晚上睡不着，就想假如我是那个女人，日子可怎么过得下去？这么一想，又觉得她很了不起。"

原来，钩心斗角、你死我活的对手，常常也免不了惺惺相惜。

晚上，杨远韬打电话来告诉郑滢他的太太没死，只是受了点伤，不过，孩子流产了，叫她"不用担心"。男人通知情妇"不用担心"，因为原配没死，细想起来，实在有点滑稽。

"知道了，"郑滢很平静地挂上电话，拿了块毛巾洗脸，"关璐，我们出去吃饭。"

我以为自己听错了，她朝我笑笑："饭总要吃吧，就当庆祝他老婆没死好了。"

我们去北滩那家以提拉米苏著称的意大利餐厅。郑滢今天胃口出奇地好，吃完前菜、套餐，轮到甜点，一连吃掉三块提拉米苏蛋糕，"越难过的时候，越是要多吃，否则更加难过。"她这么说。

她问我："你知道提拉米苏在意大利语里是什么意思吗？"

我摇摇头。

"是'捡起我吧'的意思，因为它做得烂塌塌的，一叉就散开来，所以叫这个名字。说起来好笑，提拉米苏是以前意大利经济萧条的时候，家庭主妇没有原料做新鲜的甜点，就灵机一动，用隔夜的奶酪、面包和咖啡一层层摊上去做出这种蛋糕给小孩子吃，根本不上台面；谁想到现在大家都拿它当回事，还一本正经跑到餐馆里来吃，以为高雅得了不起。"她把最后一口蛋糕送进嘴里，认真地舔舔嘴唇，"哼，我觉得我自己就像一块'捡起我吧'，看上去漂漂亮亮，标价也像模像样，其实骨子里贱得要命。现在好，人家捡起来，吃完了，拍拍屁股就走，却忘记结账，不要说小费。"

"你不要这样说，"我听得难过到都不知怎么安慰她，同时却不由得想：或许，在所爱的人面前，我们或多或少都会变成一块提拉米苏蛋糕，光鲜神气的外表下面掩饰着的，是一颗患得患失、忐忑不已、卑微如同隔夜面包的心，只希望老天开眼，对方"捡起我吧"，怕就怕"捡起来，吃完了，拍拍屁股就走"。

杨太太车祸过后，告诉杨远韬她同意离婚，但是，郑滢终于还是决定跟他分手，还准备搬个地方去去晦气。正式搬家那天，张其馨、林少阳和我一起去帮忙。郑滢说："不用麻烦林少阳了。"张其馨眼睛一瞪："还是麻烦麻烦他吧，否则，帮他省下时间正好到网上去花女人。"

我们到的时候，郑滢已经把大部分的东西都装好箱。张其馨和林少阳把客厅里的纸箱抬下楼，我和郑滢在房间里整理最后一些零碎。

郑滢对着床头的一个小茶几发了半天呆。她说:"当初我买的时候先是挑了一个有棱有角的,后来他看见了,说那样走路不当心可能会撞痛,硬是帮我去换了一个圆的才安心。"她擦擦眼睛,"男人对你好的时候,真是像小孩子一样,让你想恨都恨不起来,他们不知道这样最最可恨了。"

"你为什么决定跟他分手?"我问。

郑滢用手一下一下抚摩着那个小茶几的圆边,淡淡地说:"上个星期,他来找我商量以后怎么办,那时候他老婆还没说答应离婚。我们商量来商量去没个头绪,索性上床,结果你猜怎么样,他居然不行了。还是头一次这样,当时,我们都很吃惊,他盯着我看,我也盯着他看,看着看着,我突然有一种很奇怪的感觉,好像我跟他之间有一根带子,就像电视上轮船开船的时候扔出的那种五颜六色的带子,他拉着一头,我拉着另外一头,船开了,带子越绷越紧,慢慢地变成很细很细、蜘蛛丝一样的线,我就看着他离我越来越远,越来越远,最后线啪的一声断掉,他把他的心收回去,我也把我的收回来。他大概也有这种感觉吧,后来我就说,我们分手吧,估计我不跟他分手,他大概也会跟我分。"

"你还爱他吗?"

"做爱都做不起来了,想爱也不行,"她叹口气,"我觉得做爱大概也有份额,做完了,由不得你不服。有时候,身体最诚实了。"

"他老婆现在还要离婚吗?"

"老公都已经浪子回头,还离什么?自然眼开眼闭,大家当没那回事,你以为女人真有那么争气?就是可怜了那个流掉的孩子,听说她以后倒是还可以再生,不过说来说去,女人总是比较吃亏。算了,不跟她抢了。你看我干什么?"

"我觉得你其实心蛮好的。"

"也是为了我自己,否则,只怕真的每次跟他做爱都会犯恶心。"

郑滢没有把杨远韬送给她的手链还掉,她说:"反正他付不起账,这就留着当小费吧。"

八月份，程明浩回到旧金山。我叫他陪我去买巧克力："你说过要补给我的。"

走到一半，他突然说："璐璐，有件事情跟你商量一下。"

"什么？"

"有关我的工作……我可能暂时不会回旧金山了，"他告诉我，有一家明尼苏达州的制药公司决定录用他，条件非常好，而且，估计进去不久就能负责一个实验室。

我抬头望着他："你想去吗？"

他点点头："机会的确很好。"

我问他："你什么时候开始和那家公司联系的？"

"很久以前，不过，他们上个月才叫我去面试，又过了两个星期才发录用通知。"

"那也就是说，上次我动手术，你回来看我的时候已经知道了？"

他犹豫一下，点点头："当时没告诉你，是怕会影响你的心情……璐璐，我想……"

我的心里像一块好不容易拼好的拼图骤然被一把拆开，一时间连个头绪也找不到。我想起那天晚上，我问他工作的情况，他说"还没定"，原来那个时候，他心里早已有了决定，只是为了不影响我的心情，不肯告诉我——他倒也知道那会影响我的心情！在我希望他早点回到我的身边、然后永远不要离开的时候，他却惦记着半个美国之外某个地方的前程，何等讽刺！

我打断他："那家公司在哪里？"

"明尼阿普勒斯。"

"假如我说不要你去呢？"

他脸上浮起一层为难的表情："璐璐，这就是我想跟你商量的。"

我凝视了他一会儿，摇摇头，心底那张拼图还是乱七八糟。我终于挤出一个介于微笑和冷笑之间的笑："你都已经想好了，还跟我商量什么？其实，我这个人很通情达理的。不是说好男儿志在四方吗？明尼阿普勒斯算得上什么？小意思，你想去，就去吧，我没问题。"

"璐璐。"他拉住我。

"干吗？我都同意了，你还啰唆什么？"

"你在生我的气。"

"我没生气，我好得很呢。走，先陪我去买巧克力。"

他顺从地陪我走到那家卖糖果的商店。我找到那种椰丝巧克力——说起来，已经有好久没吃了，然后，拿起店里最大型号的纸袋，对程明浩说："把它装满吧。"

我们一起往纸袋里装巧克力，记不清抓了几把，反正最后袋子装得沉甸甸的。

程明浩付了账，我们走出商店，我说："谢谢你。"

他问我："这么多，你吃得完吗？"

我对他微笑一下："慢慢吃，总归吃得完的。"

不知不觉，已经走过金融区和中国城。我们沿着缆车路线爬上一个僻静的坡，隔着生满常春藤和三角梅的矮围墙，远远可以望见碧蓝的旧金山湾和魔鬼岛上的白色灯塔。

"我还没去过魔鬼岛呢，从前看《石破天惊》的时候我就想着，将来假如能到美国，一定要去看看，"我喃喃地说，"不过要坐船。其实，旧金山好多地方我都没去过。"记得有一次，我差点就去了，后来想起他也没去过，就没去。我想等他回来以后一起去。

"等一下我陪你去。"

"不用了，"我突然转过身对着他，吸了一口气，说，"我们分手吧。"其实，一路上，我一直在想应该用什么样的口气、什么样的神态说出这句话，但当我听着自己说出来，却平静得像是别人的声音，在说别人的事情，心里不由得诧异起来。从前想都不愿想的事情，现在真的发生了。

我站得比他高，正正好好直视着他的眼睛，认识这么久，好像还是第一次同他肩并肩、面对面说话，感觉有点奇怪。程明浩脸上的表情在一刹那间冻结，好像没听明白我在说什么。过了几秒钟，他的眉毛慢慢地往一起皱，眼睛紧盯着我："璐璐，你刚才说什么？"

"我说我们分手。"我的心头一阵发紧，随后痛楚逐渐蔓延开来。原来，刚才只是一阵短暂的麻木，就像手上被刀子划开，一开头并没有什么感觉，过了一会儿眼见鲜红的血珠浸润伤口，一点一点冒出来，直到一发不可收拾，才明白伤得实在不轻。

"你说我们分手？"他居然还没听懂。

我开始不耐烦："是的，我说，我——们——分——手——吧！"我的声音尖厉地划过空气，惊得旁边树丛里的两只鸟扑簌簌飞走了。这一次，好比在伤口上泼了一瓢盐水，让我痛得眯起眼睛。

"为什么？"他终于反应过来，扳住我的肩膀，"就为了我想去明尼苏达工作吗？"他的眉头拧成一个结，声音里有些惊诧、有些不解，甚至有点愤怒。

我甩开他的手，一时间不知该怎么回答。我看着他的眼睛，脑子里蒙太奇般地闪过很多片段：从第一次见他，到那条银灰色的围巾，到海盐拼成的彩虹，到浪管风琴，到非洲紫罗兰，到套鞋花盆，到冬日风里的第一个拥抱，到旧金山湾边的散步，到雨夜里的查理·布朗和史努比，真是谈了一场色彩缤纷的恋爱。我们曾经离得很远很远，远到我觉得自己在发神经，远到他不相信会有结果；后来终于渐渐接近，一直近到此刻碧空白云下的四目相对，近到我以为可以牵手一生的距离。然而，每一次，都是我在向他靠近，而他，却要把自己拉得越来越远，远到我够不着，还在这里问我"就为了我想去明尼苏达工作吗"。

"为了……为了……很多事情，"我结结巴巴地开口，一面说话一面感觉血往脑门上涌，我努力把声音控制得还算平静，"不是你的工作，是你……你总是让我很难过。"

我黯然地垂下头，"跟你在一起，我好像总是很难过，谈恋爱，不应该越谈越难过，对不对？"我抽了一下鼻子，"你真的很厉害，有各种各样的办法来让我难过，我吃不消，我想我大概需要一个不让我难过的人。"

他把手插进裤袋里，慢慢地握成两个拳头，许久没有说话。我们陷入了难堪的沉默。

过了差不多半个世纪那么长的时间，我终于无法忍受，解下脖子上的项链，又从背包里拿出手机，一起递给他："还给你。"

我把手机和项链捧在手上，等他来接，他却一动不动。

"还给你，我不要了。"我重复一遍。他还是不动。

"你没听见吗？"我用力把他的手从口袋里抽出来，扳开手指，把两样东西塞进去，"就这样吧。"

说完"就这样吧"，我有点茫然地看着他。在我看过的日韩爱情片里，这个时候，男主角大多会冲上来指天说地表白一番，或慷慨激昂，或缠绵悱恻，或赌咒发誓，或大言不惭。而女主角根据剧本通常有两种反应：欲擒故纵、想跟他继续下去，就泪水涟涟带着万般委屈扑进他怀里说两句肉麻话，例如"你真坏，害得我想离开你都不行"之类，然后雨霁天晴；要是下定决心一刀两断，则泪水涟涟带着万般委屈推开他夺路而逃，一口气穿过若干个红绿灯，最好还冒出一辆火车——没有火车起码也要公共汽车，没有公共汽车起码也有一排出租车什么的夹在当中，让他追了半天追不上，无限怅惘地凝望着背影悔之晚矣。

我已经打定主意照第二种情节演，可是男主角不大配合。程明浩盯着手机和项链看了一会儿，才慢慢地开口："璐璐，我真的让你总是很难过吗？"

"是的。"

"为什么？"

"你自己知道。"

他突然坚定起来："我不知道。"

没想到临分手还要做这么一篇记叙文："好，你不知道，我来告诉你。

你和我的好朋友谈恋爱，还跟她上床，我很难过；你同她分了手还私下见面，还对我说谎，我很难过；你跟我上床害得我去吃事后避孕药还过敏，我告诉你，我难过死了；实习你要跑到西雅图去，弄出来一个送风铃的女孩子，废话，我当然难过；现在好了，你大概觉得西雅图不够远，不过瘾，看上明尼苏达的哪个鬼地方，天晓得你在那里又会碰到谁，你说我难过不难过？"

他倒是知道抓重点："那天你是在过敏？"

"长了一脸痘痘呢，"我泄气地说，"丑得要死，像小时候出风疹一样。"

"难怪你不肯让我去看你，"他抿紧嘴唇，"璐璐，我真的不是故意的。其实，后来，我也想过……不过，那个时候，我以为你后悔了，讨厌我……对不起。"

"对不起管什么用？我最不要听你说对不起。"

"不过，以前的事情我都跟你解释过的啊，你怎么老是抓着不放呢？你这样让我怎么办呢？这次找工作，我承认是我不好，没有早点告诉你，可是——"

"可是，没有可是了，"我感觉到自己的耐心已经像一个吹到顶的气球，马上就会吹弹欲破。于是，我决定不理那个不照规矩出牌而且强词夺理的男主角，开演我自己的那一场："程明浩，以后你归你，我归我，你奔你的大好前程，我预祝你马到成功；我呢，想办法去找一个不让我难过的人，皆大欢喜！"

我转身要跑，突然被他一把拦腰抱住："璐璐，你听我说……"

"我不要听，你立刻放开我，"我想挣开他，可是他把我抱得很紧，并且在我耳边急促地说，"你说我总是让你难过，可是，你有没有想过很多时候你是在让自己难过？其实我一直都想跟你说，我觉得你好像总是不相信我……"

岂有此理，他居然把帽子扣回到我头上来了。我火冒三丈，加倍用力挣扎，用足吃奶的力气拳打脚踢，还是没用。当一个男人不让你的时候，你骤然发现，他的力气真的很大。

终于，气急败坏之间，我猛地低下头在他手上咬了一口，又用胳膊肘往他肚子上狠狠一顶，趁他两手松开，立即用五十米冲刺的速度飞跑而去。

等我气喘吁吁跑过两个街区，已经是三个坡之外了。我停下来，忍不住回头，想看看他会不会追过来。等了一会儿，他没有。

我呆呆地站在那里。他是不是刚才被我打得很痛？还是觉得我心狠？或者，他其实追了，只是看不见我，以为我已经跑得很远，就不追了？

那一天，我发现，那个爱情片的经典镜头在很多城市都可以演得很漂亮，催下一桶桶眼泪，但在旧金山却偏偏不行。因为，这里的坡又多又陡，注定不可能把要分手的男人和女人拉进一个镜头；明明只是隔了几道坡，因为看不见，以为对方已经走远，就很容易放弃；也是因为看不见，以为对方不在乎，就更加没有勇气回头。当心变得脆弱，一道山坡，就是一个天堑。

我漫无目的地在这个高高低低的城市游荡，吃完了整整一袋椰丝巧克力。黄昏的时候，我沿着市场街来到一号码头旁的栈桥。

栈桥上空荡荡的，我一个人坐在长凳上听脚边海湾里的涛声。一只海鸟飞过来，停在我正前方的栏杆上，一本正经地盯着我。我没有理它，它却迟迟不肯飞走。我想它可能是肚子饿了，翻翻包，唯一能找到的食物就是几颗吃剩下的巧克力。我把巧克力掰碎，摊在手上放到它面前。它果然是肚子饿了，立刻低下头凑过来嗅了嗅，迟疑一下，又把头转开，终于意识到我这里没有什么油水，拍拍翅膀飞走了。

我有点失望，随后觉得自己可笑：鸟，怎么会喜欢吃巧克力呢？

那一个瞬间，我突然意识到，我和程明浩对于彼此，说不定就像那只海鸟面前的椰丝巧克力，本身并没有什么问题，但放在一起，就是不对头。

我们的身高不般配，怪不得他——他拥有可以把 Ralph Lauren 西装穿得恰到好处的身材，是因为我只有一米五八；我们不能一起唱歌，怪不得我——我不用伴奏唱蔡琴的老歌都不会怯场，是因为他五音不全；他对我很好，却偏偏让我难过，怪不得他也怪不得我，是因为他给不了我想要的东西。

可是，我到底要什么？坦率地讲，我自己也不知道。但是，不对头，就是不对头，不去多想了。

太阳慢慢地西斜，我站起来，回头朝市中心那一片高楼大厦走回去。

栈桥是一样很美的东西，它远远伸展到海里，让人领略在岸上无法看到的风光；它同时也是一样洋溢着哀愁的东西，因为走得再远，风景再美，到头来，总是要回头。

我去找郑滢，告诉她我和程明浩分手了。

郑滢叫起来："他甩了你？"脸上摆出一副随时要去手刃陈世美的神情。

"我甩了他。"

郑滢更加惊讶，好像不相信我居然还能有这份出息："为什么？"

"我们不配。"

"怎么不配？"

"不配就是不配。"

郑滢盯着我看了一会儿，不怀好意地笑起来："是不是他某方面表现欠佳？要不，过佳，你吃不消？"

我哭笑不得："胡说八道。拜托你别问了好不好？我心情已经够差，还不快来安慰安慰。"

郑滢摇摇头："不是我说你，要甩也不趁早，辛辛苦苦等到人家博士毕业，找到工作再甩，把愣头青调教得八九不离十然后端在盘子上奉送给别的女人，你以为你是巴顿将军，功成身退吗？"

我没好气："我是麦克阿瑟，耀武扬威，统治的却不是自己国家的领土。"

郑滢勾住我的肩膀，摆了个很洒脱的姿势："不配就不配，失恋也是人生必不可少的经历。走，买酒去！"

我们去爱伯森氏买酒。我说买啤酒，郑滢一摇手："啤酒也算酒？"她要买威士忌，我坚决反对，因为我怕喝醉了像郑滢上次那样发酒疯。最后，我们停在一瓶硕大的雪宝莉酒前面。

"买这个吧！"郑滢握住酒瓶上的小把手，"这种酒有一个很出名的典故，就是酒瓶一旦打开，要一次喝完，否则，第二次喝，它会变成醋。"

我打量着瓶子里粉红色的液体将信将疑："是真的吗？"

"老实说我不相信，不过听上去很浪漫。"

我微笑起来："有点像谈恋爱，开始的时候总是很美好，时间长了，就发生问题，最后变成一瓶醋。聪明的人知道应该速战速决，笨蛋才会想着要慢慢喝。就买这个！"

我们把一大瓶酒搬回郑滢家，门上插了一张字条，是程明浩写的，叫郑滢给他回电话。电话留言机上红灯不断，有程明浩的好几个留言，都是问有没有看见我，听上去很着急。最后一个留言是张其馨的，问关璐是不是失踪了，因为程明浩也去找过她，用她的话来说，"急得像没头的苍蝇"。

郑滢有点疑惑："你们到底分了没有？还是你在吓他？"

"我跟他说得很清楚，再说，我也不会拿这种事情吓人。"

"他好像很在乎你。"

我从鼻子里哼了一声："做做样子吧，得了便宜又卖乖，让人家觉得都是我的错。他再打来，就说你没看见我。"

"我不喜欢说谎。"

"放心，他以前说过的谎比这个严重，骗他一次，不损阴功。"

我们打开雪宝莉酒。雪宝莉比葡萄酒略淡，清甜甘洌，甜里微微透出一点酸来。郑滢一杯下肚，咂咂嘴："不错嘛，的确有点像爱情，甜甜的，嗲嗲的，哄得人高高兴兴。"

我说："比爱情好，爱情酸多甜少，是个王八蛋。"

话音刚落，真正的王八蛋又打电话来了。郑滢照我的意思回答，放下话筒后说："他在你家门口等你，听口气是要不见不散。"

"不管他。爱等就等，接着喝，今天晚上我跟你睡。"

等瓶子里剩下薄薄一层酒，我们两个人都有点飘飘然起来，郑滢说："这些留着做实验，看它会不会变成醋吧。"

我摇摇头，把酒统统倒进杯子："还是喝了吧，真要变成醋，多可惜。"

我仰头把最后一杯酒喝干，心里突然像被什么东西用力勾了一下——我到底还是不愿意让雪宝莉变成醋。我站起来，对郑滢说："我回去了。"

"你不是说要跟我睡吗?"

"算了，我睡觉喜欢卷被子，不折磨你了。"

"我看你还是舍不得他吧?"

"才不是，我只是想跟他说说清楚，免得他再到处骚扰人。"

"你这样子能开车吗?"

"我做着梦都能开，怕什么。"

我开车回家，上楼，程明浩果然靠在门边的墙上，低着头，两手插在裤袋里，咬着嘴唇，一脸严肃。他看见我，眼睛一亮，如释重负地笑了，几步跨过来："你到哪里去了? 我找了你整整一天。"

"我没去哪里，就是到处转转，"我打开门，"进来吧。"我请他在沙发上坐下，倒了一杯茶给他，他双手捧过去。

他大概闻到了我身上的酒气，皱起眉头问："你喝酒了?"

"一点点，"我对他笑笑，"叫雪宝莉，以前从来没喝过，味道很好。放心，不是为了你。"

"你自己开车回来的?"

"我又没喝醉，其实，就算喝醉了也无所谓，这个时候路上根本没什么车，上次我还一边开车一边睡着了呢，醒过来以后扇了自己两个大耳光……"我发现自己多话起来，想说的不想说的一起出口，看来雪宝莉喝着像糖水，后劲却不可低估："程明浩，我教你，以后开车开累了想睡觉，就打自己耳光，一左一右两下，人立刻清醒，很管用的……"

他的脸色沉下去，眉毛越皱越紧："你怎么不告诉我?"

"告诉你干什么? 告诉你，你会说我一顿，叫我当心，然后，跑到你的明尼苏达去，隔了……"我对着墙上的美国地图数，"内华达，犹他，怀俄明，南达科他，也不多，才四个州……你隔了四个州来关心我，对不对？"我伸手拿过他手里的茶喝了一口，把茶杯递还给他："程明浩，其实你是个很好的人，就是不合适我。"

他把杯子放到茶几上，随后蹲在我面前，抬起头，用手臂环抱着我的肩膀："璐璐，我不去了。"

我愣了一下，程明浩接着往下讲："我不去明尼苏达了，就留在这里，好不好？"

"为什么不去？"

他抓住我的手："为了你啊。"

我呆呆地看着他，他温柔地凝视着我，灯光下，他的脸上全是深情，看得我心头一阵发颤。他那么高大，此刻却像个孩子一样仰视着我；他已经说会为我留下来，我知道，只要我笑一下，点点头，顺势扑进他的怀里撒撒娇，一切就都过去了。

但是，我身体里一种奇怪的力量紧紧地拉住了我，随后我想起下午看见的那只不吃巧克力的海鸟。当他终于开口说了我想听到的话，我却不由得开始怀疑，这些话，对于我来说，究竟有多少意义，而我们之间的不对，是不是他选择留在我身边就可以解决呢？

于是我摇摇头："算了，还是去吧。你不是说机会很好，放弃太可惜吗？"

他更加用力地握紧了我的手："我已经想好了。"

"你弄痛我了。"

他松开手："对不起。"

我用两只手相互揉着，一言不发。他坐到我身边，伸手把我搂进怀里，我顺从地靠在他肩膀上，他的身上有一股淡淡的烟味。我以前还从来没有在他身上闻到过烟味。

"你抽烟吗？"

"今天下午抽了几支。"

"几支?"

"四支。"

"抽烟不好。"

"我一般不抽烟,今天找你找不到,着急了。"

"还是不好。"

"那我以后不抽了,其实我本来就没有烟瘾。"

"不过,你抽烟倒是不难闻。还有,我听说过,香烟也叫忘忧草。"

我把手贴在程明浩的胸口,他的心脏在我的掌心下面坚实有力地跳动——那是我一直想去却没有去成的地方。我把头埋在他衬衣领口,贪婪地呼吸着他身上夹着淡淡烟草味的气息。

我莫名其妙地想起某本书上看到的一个统计,说从金门大桥上跳下去是旧金山一种历史悠久的自杀方式,而在这些自杀者当中,大部分的人都选择从金门大桥北侧、面向旧金山的方向往下跳,只有少数人才从桥南侧、面对太平洋的方向跳。有关专家经过研考,提出推断,说这是因为大桥北侧的水温度略高,而且旧金山市区较浩瀚的太平洋显得更加温暖一点,导致自杀者做出这种下意识的选择。

那时候,我觉得这种推断啼笑皆非:一心求死的人,会去贪恋那一时片刻的暖意?直到这一刻才明白,这种说法搞不好还真有道理,因为,当我终于有了足够的勇气去跟一个人告别,却无法抑制地加倍留恋起他的体温和气息。

过了半天,我说:"程明浩,你还是去明尼苏达吧,以后我们各走各的路,大家都自由。"

"你怎么还这么想?"他把我抱得更紧。

"我一直都这么想的。今天早上我说分手,你以为我是在吓你吗?"

"为什么?"

"我累了。"

他把我拉开一点，正视着我的眼睛："璐璐，我已经说过我不去了，还不行吗？"

雪宝莉的后劲愈演愈烈，我朝他笑笑："你以为我那么不通情理？说实话，你能有那么好的机会，我很高兴，替你高兴……你要是真的为了我留下来，看着挺感人，可以后万一工作不如意，就算不说，心里大概也会怪我，我怎么担当得起。你要是去了呢，我又不知道以后会怎么样，其实我这个人很没用，玩不起也输不起……当初我就是为了你到旧金山来找工作的，那时候工作好找，无所谓，可这一次，我是真的不敢再冒险了，现在经济形势这么差，我又没什么大本事……所以，我呢，就不跟你去了，我怕这样跟下去，总有一天会落得很惨，"我把手放在发烫的脸颊上捂着，一肚子的话借着酒劲往外冒，"不过，程明浩，我已经很努力了……很努力，我觉得我努力得比你多。谈恋爱的时候，女人不能太努力，太努力的话，叫犯贱……我早就知道你根本不适合我，不适合我，其实，我都知道的，就是不相信，可不相信又有什么用呢？"

他问我："那你觉得什么样的人适合你呢？"

"什么样的人适合我？比如……比如，呐，杜政平吧。他为了我转学，后来还说要为了我到加州来找工作，他会为我干很多事情，你，就不会，呵呵，不是我看扁你，"我冲着他傻笑，"你害得我跟他分手……看，人家现在肯定也不会再要我了，都怪你，要不是你，说不定我早就跟他结婚了呢。"我说出来的话越来越离谱，但自己却无法控制，相反，看着他的脸色越来越阴沉，心里竟然隐隐有些高兴——我觉得终于伤到他了。

他目不转睛地看着我，终于，咬紧了嘴唇，从牙齿缝里挤出一句话："关璐，你……真是这么想的吗？"

那句话让我清醒了一点，我抬起头，正对着他的眼睛，不由得打了一个哆嗦，他的眼神里交融着惊讶、痛苦，还有一些我看不懂的东西。我也不甘示弱地睁圆了眼睛，而且扬起眉毛，鼓起两个眼珠子，心想："我还怕你不成。"那个情形就像武打片里动不动就喜欢决斗的剑客，约在什么雪山之巅，你瞪我我瞪你，一面冻得牙齿打战、浑身发抖，一面互相揣摩对方会出什么招数，直到其中一个突然拔剑，闪起一道寒光。

我们僵持不下，终于，我拔出了剑。我说："是的。"

他盯着我的脸看了半天，最后咽了一口唾沫，苦笑着摇摇头："原来这样。"

"哪样？"

"原来我不但让你难过，还让你后悔，"他放开我，叹了口气，"这样说起来，你是对的，我应该去明尼苏达。你既然觉得我不合适，以后……以后我们就……分手吧……"他的声音越来越轻，到"分手吧"这几个字，像一根吊在空气中的蛛丝，却直钻进我的耳膜里去，然后变形成一根又硬又长的铅丝，扎得脑子一阵阵发晕发痛，没有余力去思考。

我低下头，黯然看着脚下地毯上的花纹。他沉默着一口一口喝茶，等一杯茶喝光三分之二，他下定决心似的说："这样也好，我走了，璐璐，以后——保重吧。"然后突兀地站起来，却好像不知道门在哪里，久久没动。

我抬起头，他抿紧了嘴唇看着我，两只手的手指深深地抠进手心。有那么一个片刻，我几乎想去帮他把手指扳开，但终于没有，我听见自己微弱地说，"你也保重。"

他轻轻地关上了门，锁舌嗒的一声扣进去，像扣到我的心里。就这样了？我呆呆地坐在沙发上，墙上的钟显示十一点四十五分，二十四小时之前，一切都还好好的，现在却已经完全翻了个样。再过十五分钟，又是新的一天，我还是我，却已经没有他了。

楼下有汽车发动的声音，我立刻冲到窗口。我看着那辆熟悉的道奇车开出去，到了路口，右边车尾亮起黄灯，转过弯，加速。程明浩开车一向很小心，我总是笑他一个弯能转半天，今天，他好像转得特别快。我曾经很多次目送他这样离开，今天是最后一次了。我想，他大概会去买一辆丰田 4Runner 把所有家当都装在里头一路开到明尼阿普勒斯，把道奇车和关于我的过往一并扔下。今后他再碰到的人，不会知道他开过这么一辆东倒西歪的破车，遭遇过这么一个莫名其妙的女人。

我目送他消失在路的尽头，摸摸自己的脸，还是滚烫，却没有一滴眼泪。我想，我大概变勇敢了。

几分钟后，我发现自己根本没变勇敢，只是时候未到。因为，当我回到沙发前坐下，拿起那杯剩了三分之一的茶，把嘴唇贴在他刚才喝过的地方，才喝了一口，我突然把杯子扔到地毯上，一头埋进靠枕里号啕大哭起来。人家说酒后吐真言，为什么我吐出来的真言像一堆臭狗屎？

我睡不着觉，一遍遍地听张信哲的《爱如潮水》。当潮水退去，沙滩上除了海草和贝壳，什么也没有，多么悲哀。

第二天是星期天，我一觉睡到下午四点，星期一照常去上班。我暗暗地期望程明浩会打电话来，可是又不知道该期望他说些什么，因为话的确已经说清楚了。一天，两天，三天，一个星期，他都没有打电话来。十天以后，他突然打过来，却是跟我告别，说第二天一早就要出发去明尼苏达了。

他真的要走了。

我问他："你买了新车吗？"

"买了，因为我打算自己开过去。按我们公司的政策，自己开车搬家，还能拿一笔补贴。"他的声音很平静，几乎不带什么感情。

"4Runner 感觉怎么样？"

他顿了一顿："我买了一辆佳美。想来想去，还是觉得这个车型比较省油。"

我心里突然牵动了一下，然后不知从哪里冒出来一股勇气，"上次跟你讲的，有一大半是气话，你不要放在心上。"说完以后又觉得荒唐，都分手了，还指望人家放在心上？

他沉默了一会儿，然后说："不要紧。其实，我觉得你讲的很有道理，"他的声音渐渐柔和起来，"关璐，有几句话我也不知道该不该说，想到就跟你说了吧。没有性别歧视的意思，不过，我觉得女孩子是应该嫁得好一点。这个地方条件好的人也不少，你去花点时间，看准机会，完全可以找到一个比我，不要说我，比杜政平条件都好的人……当然最好有绿卡，钱多一点，不过关键还是人，绿卡这个东西，没有的时候当然觉得要紧，等你一旦有了，就不会再那么心心念念……挑个身体脾气都好一点的，同事顶好不要，其实，最好都不要同行业，这样的话将来免得一棵树上吊死……还有……"

我惊讶地发现这个男人居然也能如此婆婆妈妈。我听着听着，眼泪渐渐流下来。

等他终于告一段落，我问："假如……我找不到呢？"

他悠悠地说："你不去找，怎么知道找不到。"声音又恢复了最初的平静。

我接着问："假如我就是找不到呢？又要身体好，又要脾气好，还要最好不同行业，挺挑剔的呢……"说到这里，我感觉到自己的心怦怦直跳。

他又沉默了。我紧紧地握着话筒，下意识地开始用手绞电话线。过了好久，他轻轻地说："我相信，你能找到。"

一滴眼泪掉在我嘴唇上，我伸出舌头去舔舔，很咸。我明白了：他已经决定放弃我了。

"你很现实。"我擦擦眼睛，深吸一口气，不让哭腔传到电话那头去。

"你不是也很现实？"

他话里淡淡的讽刺激怒了我，我昂起头，清清嗓子，对着话筒装出一副轻松的声调："我当然找得到，说不好我年底之前就找一个人陪我过圣诞节，年底之前找不到，我肯定找一个人陪我过情人节，你看着好了，不，也用不着你看……你呢，就混得出息一点，到时候，大丈夫何患无妻，连找也不用去找，只要等着兔子一只只扑上来，清蒸红烧随你的便！"

"璐璐，"他突然提高声音叫了我一声，又没了下文，只是轻轻地干笑了一下，说，"那就这样吧。"

"嗯，就这样吧。"

"保重。"

"保重。"

随后我们握着电话，等着对方说再见。终于，我先开了口，"再见。"既然提出分手的是我，好像应该我先说再见。

"再见。"

挂上电话，我知道一切都结束了。雪宝莉真的变成了醋，在我的心里晃荡。感觉好像小时候过年过到正月十五晚上，在冷风里放最后一支炮仗，怀着告别的心情点着了，看着它飞上天，在空中炸开，发出一声巨响，顷刻间化成千万片散向四面八方。因为是最后一支，所以听得格外真切，也格外凄凉。

我百无聊赖地在网上闲逛，突然间，我发现自己又去了那个叫mapquest.com 的网站。我在目的地里打入明尼阿普勒斯，在出发地里打入旧金山，电脑告诉我，明天早上，他有可能会先过海湾大桥去奥克兰，然后一路往东取道科罗拉多的丹佛，再北上去明尼阿普勒斯，那是很长的一条路，要开好久，州际公路通常空旷而无聊，又没有旅伴，他可千万不要在路上睡着。

为了"庆祝"失恋——郑滢现在的论调是"只要还活着，任何事情都值得庆祝"，我们两个去租了整季的《Sex and the City》，叫张其馨一起过来看。其中有一个情节吸引了我们的注意，夏洛特说一段失败爱情的疗伤期等于爱情期本身长度的二分之一。

"妈呀，关璐，你是从什么时候开始喜欢程明浩的?"郑滢一边很酷地往腿上涂脱毛膏一边大惊小怪地叫起来。

"四年以前。"我难堪地说。

"那就是说你要疗伤差不多两年，"她伸起两个手指煞有介事地说，随后又立刻修正，"不对，那是美国女人的算法，到中国女人这里应该起码乘个 1.2 的参数，到了你那里，哼，我看应该起码再乘个 1.2。关璐，我看你三年之内不必谈恋爱了。"

张其馨不同意："我听说过治疗感情创伤最好的药就是开始另外一场感情，"她突然停住了，难为情地看着我，"关璐，你是不是还想骂我?"

"骂什么?"

"那个时候，我去跟程明浩谈恋爱，就有点这个味道，"她转头去看看郑滢，"是不是有点卑鄙?"

"不是有点卑鄙，是非常卑鄙，"郑滢斩钉截铁，"占着茅坑不拉屎。"

"他有多喜欢你?"几年之后，我终于问出了这个问题。

"咦，你问出这种问题叫人家怎么回答?"郑滢反过来打我五十大板。

张其馨看了我一会儿，微笑起来："你为什么跟他分手?"

"我们不合适。"

"可你还在想他。"

"是啊，我在想他本事怎么这么大，足足浪费我四年青春，害得我疗伤都要疗三年。"我一边说一边往脚指甲上涂一种红得发紫、紫得发黑的指甲油。

"关璐，你要还吃醋，我告诉你，程明浩很喜欢你，比喜欢我多，满意了吧?"

指甲油把我的脚趾染黑了一块，我手忙脚乱地找纸巾来擦，"瞎说。"

"那一次我去跟林少阳吵了架一气之下跑去跟他发牢骚，后来被你撞见，你大概臭骂了他一顿吧，反正他后来专门找了个机会叫我不要再去找他。"

"那说明什么?"

"他说不想再让你难过。"

"他又没告诉我。"

"难道你还指望他跟你表功?"

"都分手了，怎么还去找他?"我自己都听得出自己声音里的赌气。

"我们分手的时候就说好还是朋友的啊。"

"朋友，朋友，我跟他分手，他可没这么说。"我嘀咕着，想起程明浩临走前谆谆教诲我怎么嫁男人，气不打一处来。

"你希望他跟你做朋友吗?"张其馨问我。

我想了想，摇摇头:"算了，我不稀罕。"

"那就是了，太爱一个人，要么成要么散，根本做不了朋友。我想，我们之所以分手还可以做朋友，大概就是因为爱得都不够深。"

"可是他帮你捡鞋。"

"什么?"

我忍不住搬出那件让我一直耿耿于怀的事:"那年夏天，他在街上帮你捡凉鞋。我们都看见的。"

"但是后来他几天没有跟我说话。那时候，我就猜他心里其实一直都没忘记你。他在街上帮我捡鞋是顾全我的面子，却让他在你面前丢了脸，换我是他也会发火。所以，后来你们恋爱，我一点都不意外。"

郑滢饶有兴致地看着我们，脸上的神情像一个不养狗的人看着两个女人津津有味地讨论哪一种狗食罐头更好，然后打个哈欠，耸起眉毛:"我总结出来了，程明浩是只小笼包。"

然后她开始阐述理论:"有的男人像比萨饼，三拳两脚把肚肠翻得满地都是，几片香肠几个肉团统统堆在上面让人家一目了然，比如杜政平，蒋宜嘉嘛，哼，他也算，不过有点烤焦了;有些男人像小笼包子，汤汤水水外面统统看不出来，等你一口咬下去，要么好吃，要么烫得嘴发麻，程明浩就是这个类型。"

"那林少阳是什么类型?"张其馨问。

郑滢眼珠子骨碌碌一转，嬉皮笑脸地说:"他是烘山芋。香得一条街都闻见，大家都跑来买，结果吃到嘴里，嘿嘿，也就是一只烘山芋嘛，吃多了还会放屁。所以，张其馨你离我远一点。"

我笑得倒在沙发上，张其馨涨红着脸举起靠枕去打她。

那天晚上，我们看完碟片，意犹未尽。郑滢拿出电脑，我们干了一件相当无聊的事情。

我们在网上搜索起以前交过的男朋友，从记忆里发掘出那些曾经在情场上为我们当过炮灰和让我们当过炮灰的人，看看他们现在过得怎么样。

因特网实在很厉害，我们脑子里的那些名字居然七七八八都在各种网页上显现出来，虽然很多不过只言片语，却已经可以看出他们的大致境遇。

陈志骅做了一个什么科长，郑滢啧啧两声："科长，科长呢。关璐啊，你不出国，现在说不定当上了科长夫人，也就是他管的这个科的第一夫人。"

"稀奇。"

"我还记得大四的时候，这个家伙穿件中山装，撑把花伞在我们宿舍楼下逼你表态的样子。我本来还以为你会放弃出国的。"张其馨说。

"嗤，'要我，就不要去美国'，这种话像个男人说的?"郑滢一翻眼皮，"关璐才不是那种会被男人左右前途的人。"

我笑笑，没说什么。郑滢虽然了解我，这一次却没有说对。我或许是个会被男人左右前途的人，只是那个人左右了我的前途，又离开了我。

郑滢的男朋友阵容比较强大。法学院的三辩先生当了律师，仪表堂堂，更加像周华健了；物理系那个曾发誓为了郑滢终身不娶的小帅哥后来去了哈佛念书，春风得意，而且找了一个很像关之琳的美女做老婆，让我们都看得几乎流口水；中文系的才子读了研究生留校，专门做了一个网页写他的歪诗，封面上一首是：

把爱情

和进陈年的酒

然后

一口一口

喝下去

你刹那的美丽

我永远的心痛

张其馨眨眨眼："看着眼熟啊，噢，那个时候你要跟他分手，他不是就写了一首像这样的东西来吓人吗？不过，那个上面可是说要把敌敌畏和进陈年的酒，然后一口一口喝下去的呀。怎么改爱情了？"我也想起来了，那位忧郁型才子的诗让我们着实心惊肉跳了一个晚上。

总之，所有曾经在分手之际信誓旦旦、痛苦得几乎寻死觅活的人，现在个个都生龙活虎。年少时的爱情，真有点像过家家，说尽小说电视里看来的山盟海誓，排演半天，才发现大家都不过是 B 角，而 A 角，还没出现。

终于，我们看到了那么一个网站。某个我们认识的男人结婚了，而且跟老婆头凑头抱着孩子在照片上笑。张其馨的脸一下子变得惨白。那是田振峰，而且，他身边的女人并非当初那个"戴眼镜、没张其馨好看"的女人，而是另外一个——虽然也戴眼镜，虽然也没张其馨好看。

张其馨把电脑搬到面前，一张张照片往下翻，脸上有了点颜色，却也好看不到哪里去。从照片上看，那是一个典型的和睦家庭。

我一边看一边心里琢磨，那个田振峰甩张其馨时拿来做挡箭牌的女人哪里去了？

英雄所见略同，张其馨把所有照片看了两遍，转过头来看看我，再看看郑滢，自言自语似的吐出一句话："他结婚，也不跟我说一声……他也不跟我说一声！这一个，也没我好看嘛！你们说，她有我好看吗？"

时光倒流，噩梦从头开始。我们不当心踩响了回忆里一个深埋的地雷。

我和郑滢面面相觑，我从桌子底下伸过脚去踢她，没料到她同一时间伸脚来踢我，她的脚指甲刮在我的脚底，我们两个人同时怪叫一声，随后马上明白该怎么办了。

郑滢一马当先往田振峰身上泼粪："跟你说，他有脸吗？看看，他还比我们早一年来美国，现在混得怎么样？哼，什么时候变得这么爱读书了，光硕士就一口气拿两个，了不起，今年又开始念博士了，真是大器晚成，可惜就是不知道猴年马月能找着工作。他当初跟你分手，谢天谢地，那算是放了你一条生路。"

我不甘落后，把矛头对准那个无辜的女人："田振峰怎么搞的，找个老婆比他还黑，对得起观众吗？这要是让以前那些迷他迷得发昏的小女生看见，大概会一个个去买豆腐撞死。难道他们那个地方狼多肉少比这里还厉害，连午餐肉罐头都抢手？"

"就是就是，还有，穿什么不好，红毛衣外面要罩一件紫背心，这种配色上千年前西门庆就专门批判过了！"郑滢得意扬扬。她看过的唯一一本还勉强称得上古典名著的就是《金瓶梅》了，读完后感慨西门大官人服装美学造诣之深，如若活在今日，去迪奥之流做做顾问应该没有问题。我们一唱一和，估计田振峰和那个倒霉的女人此刻正在耳朵发热。

我和郑滢极尽恶毒之能事，却好像并没奏效。她的小手指大概又在发痛。

张其馨终于用力把电脑一合，爆发了："他跟以前那个女人分手的时候为什么都不来找我？他可以来找我的呀！他怎么不来找我，要找这么一个呢？"

我们这才弄明白，到头来，原来她最恨的，并不是田振峰结婚，而是田振峰明明可以，却没有来找过她。

怎么说呢，人生里有些时候，你还对一个人念念不忘，以为人家多少也难以释怀，结果却发现自己完全是自作多情。这种事情，不发现，老是念念不忘，当然不好；可是，发现了，又觉得还是不知道比较好。

我和郑滢的情绪一下子也低落下去。我想，如果哪天程明浩娶了一个不如我的女人，我会不会也这么难过？那样的话，宁可不知道。

就在我们走神之际，张其馨飞快地拔下电脑上的电话线插回去，照着田振峰个人网站上的电话打过去，居然接电话的就是他。

张其馨打通了电话，却又不知道该说什么，结结巴巴几句，从新婚一直贺到弄璋之喜，倒好像专门去问候他的。我们以为她已经冷静下来了，直到她突然对着话筒叫起来："幸福，幸福你个大头鬼啊！"扔开电话，扑到我的身上，鼻涕眼泪流了一脸，我们才明白她心里正在经历一场大地震。

张其馨伏在我的肩膀上号啕大哭，我一个劲地递纸巾给她。她一边哭一边不停地说："他说祝我幸福，他说祝我幸福……真是个王八蛋。"

我哄小孩一样地拍拍她，用我能挤出来最温柔的声音说："那你还不争气一点，幸福起来啊，你要很幸福，比他还幸福，有什么稀奇的，不就是幸福吗？"不知怎么的，我的眼睛也酸起来，我曾经很恨张其馨，觉得她抢了我的幸福，其实，她并没有，因为程明浩不能让她幸福。那个夜晚，我终于在泪光中谅解了她。

爱情里，我们做过浪子，也都守候过浪子；我们往往不记得被自己辜负的人，而只是一心一意地等着心目中的浪子回头。"祝你幸福"是一句奢侈的话，是离去的浪子最后一次温柔的回眸，不是每个人都有资格说，有幸听到的，都是倒霉蛋。

许久之后，张其馨从我的肩上抬起头来，低声而坚定地说："我一定要把林少阳拉回来。"

当只剩下一只烘山芋的时候，她想通了，虽然不过是烘山芋，吃多了还可能会放屁，但好歹管饱。

"拉，好，拉，我们去把他拉回来！我们就……"郑滢一拍大腿，却没了下文，"怎么拉？"

林少阳刚刚升了一个小部门的主管：前一阵子他们公司两个部门主管之间结束了一场百年大战，势力小的一个败北调走，赢家趁机把手下最得力的爱将，也就是林少阳派去当接收大员。

公务更加繁忙，他对网恋的兴趣好像并没有减少。张其馨带我们到那个他喜欢去的网站，春风哥在那里果然左右逢源，时不时有各种妹妹对之抛以青眼，当然最"青"的要数那位珠帘妹妹。

"咦，林少阳在吹牛吧，你看这个，今天秘书休假，我忙得不可开交，他新官上任就有秘书吗？"

张其馨苦笑一声："有也算有，不过是和另外八个主管共用的，凭他的资历，根本差不动人家。"

"还有这儿，现在的下属普遍缺乏敬业精神，唉，没办法，口气好像他做了多久的官，还没办法呢，"我也嘻嘻笑起来，"够幽默，不认识的人看了，真拿他当回事。"

珠帘妹妹的答复是："能者多劳嘛，不过，春风哥哥也要保重身体，否则我要担心的噢。"

郑滢一拍胸膛做了个欲吐的姿态："对不起，我吐会儿，恶心。"

"他看了可骨头发酥呢。"张其馨冷冷地说。

当初美国军方为了信息交流创建因特网模型时，一定没想到它还有这么一大好处：打造莫须有的帅哥美女，树立不存在的权力地位，满足人们多方面的虚荣心。

往下看，春风哥哥和珠帘妹妹居然开始对诗词了，唐诗宋词元曲，无非一些教坊歌谣，偶尔还随口诌出几句来，像模像样。

"嗯，倒是有两下子。"郑滢自己古文不通，于是对五言七绝像瓜子壳一样蹦进蹦出的女人一律敬佩三分。

张其馨瞪她一眼："你以为这两下子我就没有吗？"她当过我们班的大学语文课代表，当然也有这两下子。

然后问题就变成了：张其馨明明也有这两下子，他何以还要去打电子野食？

张其馨很难过："他在网上同人家说的那些肉麻话，从来都没跟我说过；他大概觉得我没有人家活泼，其实是他不给我机会，我又不好自己开口去跟他肉麻。"她突然眼前一亮，"要么……"

那个"要么"的结果是一个为情所困的女人和两个穷极无聊的女人决定合作打造一个才貌双全的网络美女去与卷上珠帘抗衡，把林少阳抢回来，然后再让他发现那就是自己朝夕相处的身边人，让他羞愧难当。

当年合唱 *I Swear* 是为了拿奖出风头，如今再度联手，却是为了挽回一个男人，真是走下坡路。

郑滢一本正经地阐明这个项目的重要性——"林少阳现在是三房合一子"，我差点笑出来——我要有一个像那样的儿子或者侄子，老早几个大巴掌打得他满地找牙。然而，友谊当中的一个重要环节是，无论你怎么把一个男人当草，都必须尊重这么一个事实：你的朋友由于某种很奇怪的原因把他当成块宝；要维持友谊，天下太平，最好也给他"宝"的待遇，无论真心假意。

张其馨喜欢李商隐，所以我们的那个美女叫作"沧海月明"。然后分工，我们约好轮流发帖：张其馨负责风花雪月，郑滢负责卖弄风骚，我不会风花雪月也不善卖弄风骚，就捡了剩下的——展现风度。我们希望通过此举，集思广益，直捣黄龙，夺过卷上珠帘在那个地方头牌花旦的地位。

那天晚上，我赖在郑滢那里过夜。月亮圆圆的，嵌在苍蓝的天幕里，旁边有一点星在闪烁，像一滴哭痣。那是一轮他乡明月，他乡明月，注定是挂着哭痣的，不知道什么时候就会掉下眼泪来。

她一觉醒来，我还没睡着。

她问我："你在想什么？"

我说："我在想，我们很落魄。你觉不觉得我们很落魄？"

她转过身去，叹了口气："其实每个人都这样，本来心气很高，碰点钉子，还是很高，直到有一天碰得醒悟过来，发现人到底还是要跟现实妥协。一妥协，什么都好了，也就不会觉得落魄了。"

我想起张其馨告诉我有关程明浩的事情。跟他在一起的时候，多半是我在唧唧呱呱，而他微笑不语。他并没告诉过我曾经去找张其馨澄清过，每次我拿凉鞋的事情来难为他，也只是淡淡地说"以前的事还提它干什么"，白白挨了我很多嘲讽。他不告诉我，我怎么会知道呢？真是只小笼包子——土包子。

我心里突然起了一种冲动：那只土包子还有多少事情没告诉我？

我推推郑滢："我好像有点后悔。"

316

"后悔什么?"她又迷迷糊糊了。

"后悔跟程明浩分手。我觉得,我还不了解他。"有人说,人是因为不了解而相爱,因为了解而分手。我都还没有了解他,怎么就分手了呢?

"你给我算了吧,"半梦半醒之间,郑滢流露出她把程明浩当草的真实看法,"我看程明浩本来就未必是个做好丈夫的料子。他人看着是不错,可是那种家庭背景长大的,小时候又那么穷,多少有点影响,不理想。"

"照你这么说,家庭背景不好的人,就不要结婚了?"

"我是说,他跟我们不是一路的人。他应该去找个他那一路的人结婚。"

"我们是哪一路的人?"我很生气,"现在到了美国,随便哪路的人不是一样做民工?民工还分档次?"

"关璐,你是没吃过苦头不知道,"郑滢翻身回去,不再理我,"反正,小笼包子既然已经掉到地上,就不要再去捡了。"

我还是睡不着。程明浩去了明尼苏达之后,没有再给我打过电话,也不知道他现在怎么样了。他的手机号码是……突然之间,我发现了一个有点荒唐的事实:我并不知道程明浩的手机号码。他送给我那个手机的时候,把自己的号码设成第一个快捷键。我从来不需要拨号,所以我从来不记得他的号码。后来,那个号码被我随着手机一起还给了他。

他的号码里好像有3、5、7和4这几个数字,可是其他的呢?那一天晚上,我辗转反侧,无谓地思索着如何把一些模糊的数字拼成一个电话号码。

最后我放弃了,想不出就算了吧。谈一场恋爱,居然连人家的手机号码都不知道,散了,也就散了吧。

月亮快落下去的时候,我想得头昏脑涨,终于迷迷糊糊地睡着了。脑海里闪现的最后一个画面是跟程明浩分手的时候,我狠狠地在他手上咬了一口的情景。配合这个画面的是一个奇怪的念头:那只小笼包子烫得我满嘴起泡,可他自己大概也被咬得很痛吧?

走的固然是下坡路,我和郑滢、张其馨之间默契依旧。不出几天,我们已经在网上为沧海月明安了家，各司其职，按部就班：张其馨向来拈酸——这个素质用流行的词汇来说好像也叫小资，开篇自我介绍里引经据典，行云流水，又是"绿树白花的篱前"，又是"明月装点了你的窗子"，又是"嘚嘚的马蹄声是美丽的错误"，又是"当华美的叶片落尽"，自然少不了那句"沧海月明珠有泪"，才华像打翻的番茄酱溢了个四面八方，看得人倒牙；郑滢走亲和路线，主攻双向交流，没几天就和各行各路的哥哥们打成一片，点名道姓轮番撒娇、打情骂俏，一待某位哥哥喜滋滋以为战退群狼博得芳心，她已经潇潇洒洒"笑渐不闻声渐杳"另寻目标，让人家自己在那里"多情却被无情恼"，不过，她一直没有去招惹春风十里，因为我们的计划是让他自己最终忍不住踹掉卷上珠帘来参加角逐。

"展现风度"这个任务听上去有点玄，其实很简单，只要东转西摘再稍加整理，上一些带有信息含量的帖，目的是让人家觉得沧海月明有一定品位，反正网上谁也看不见谁，相当于一场开卷考试。我的具体操作是每周上五帖，内容轮流为：服装或化妆品，文学，旅游，饮食，音乐，哪天高兴了找本旧时尚杂志翻译一段或从武侠小说里拎个把大侠出来评点一番，不亦乐乎。在让沧海月明显得博学多才的过程中，她也让我学会了不少东西。

英文里有个谚语"两个脑袋好过一个"，三个脑袋更不必说，两星期不到，"沧海月明"已经袅袅婷婷出落成一个博古通今、亦庄亦谐、集风趣幽默和温柔细腻于一体的女孩子，让我们自己都叹为观止——难怪每家公司都强调团队精神，有道理。

沧海月明在那个网站人气飞涨，风头压过卷上珠帘，吸引了一批登徒子尾随其后，胆子大的光天化日之下伸咸猪手，含蓄一点的写来电子邮件，无意中为我们三个人还了一个愿——收电子情书。

我们一起浏览那些肉麻却着实过瘾的情书，无数金庸小说里美女才当得起的形容词随便谁看了都会飘飘然。只可惜，一号种子选手"春风十里"迟迟没有行动，照例跟卷上珠帘你来我往。那种感觉就好比你穿上最亮丽、雅致、性感、高贵的衣服，走在路上，无数人投来仰慕的目光，偏偏你在意的那个人视而不见，加倍令人沮丧。

"他倒是挺专一的。"张其馨气呼呼的。

"不会是看出什么名堂来了吧？"郑滢有点担心，随后立刻拿出她工作中那种"只要还有一个人可以怪就打死也不怪自己"的作风，一眼横过来，"关璐，都是你，上次写香水，写什么不好，要写'午夜飞行'？"

"名字够浪漫啊，而且价位也不算最高，"我有点委屈，又自知理亏，"不是你说的吗，要让人家觉得这个女孩子有一定品位又不太难养？开口香奈儿闭口三宅一生，人家掂掂钱包觉得自己养不起，掉过头来教训她贪慕虚荣，那不是偷鸡不着蚀把米？我可是用心良苦，谁知道她就喜欢用这个牌子。张其馨，其实这正好从另外一个侧面反映了你又有一定品位又不太难养，是件好事情唉。"

"林少阳要真有那么关心我，知道我用什么牌子的香水，我们现在也不用这么干了，"张其馨叹口气，"再过两个星期不见分晓，我看就算了吧。我自己都觉得无聊。"

无巧不成书，春风十里还没乱方寸，沧海月明收到了一封文采斐然、深情款款又优雅得体，可以荣登世界情书大全的电子邮件，来自一个从来没见过的网名，叫"蓝田日暖"。

优秀的情书和杰出的工作报告有异曲同工之妙：一、要脚踏实地、言之有物，不让人觉得浮夸；二、要上纲上线，把所有蛛丝马迹，凡是好的，提它起码两个高度；三、要够肉麻，一旦认准方向，拍起马屁来决不手软；四、也是最考验功力的，要恰到好处、有力而不露骨地抬高自己，让人家心里有数——我很听话，但绝非等闲之辈；我并非等闲之辈，却偏偏听您的话。一二三四，待对方的虚荣心爬上云霄飞车，东风一吹，便可以放火了，一烧一个准。

蓝田日暖先生深谙其中三昧，写出来的情书有理有利有节，堪称典范。先是脚踏实地，把沧海月明自我介绍里引经据典的文字一一点评出处后低调一下——"时间久了，不知是否记错"；再上纲上线——"感谢你让我回顾起年少时光里许多美好的东西"；随即转入正题开始拍马，说"已经很久没有看见这样毫无矫饰却感人至深的文字了，让我不由自主想去认识那个网名背后的人，文如其人，你清新、活泼的文字背后，有一颗感性的心"；然后，万分诚恳地"请原谅我的唐突"，暗示自己有钟子期之才——"您提起的诗人我恰好都非常喜欢，不知道这算不算也是一种缘分"，顺便撇清一下他绝对不是个可能会三餐不继的文学青年——"再次感谢您让我在繁重枯燥的工作中拥有了轻松的一刻"，最后含情脉脉地"很希望我能有资格成为您的朋友"。

马屁像大蒜，旁边的人觉得臭不可闻，当事人乐在其中。从一开始，我们就约定不回任何邮件，但这一次，张其馨专门打电话来，"这个人文采很不错。我看是不是回复一下？"

我说："一个大男人同时喜欢李商隐、卞之琳、席慕蓉、郑愁予和聂鲁达，是不是有点奇怪？我看他搞不好是从网上现炒现卖讨你高兴。"

张其馨不高兴了："你自己现炒现卖，还要说人家。再说，就算他真的现炒现卖，也要有这份心啊。"

郑滢的看法更胜我一筹："嘻嘻，搞不好就是林少阳，想左拥右抱呢。张其馨，你在现实生活中可是大的，怎么到网上去做小了？"气得张其馨说不出话来。

第二天，我和郑滢惊讶地发现沧海月明真的给蓝田日暖回了邮件，投桃报李密密麻麻一大篇，语气又酸又甜。

蓝田日暖文字固然花哨一点，人倒好像挺实在，两个回合后就开了一张履历过来，基本交代了自己的成长历程和目前境况，讲明单身。他的说法是，"很想了解你，所以我想让你先了解我"。从照片上看，那个男人长得相当不错，他说自己在一家银行做投资顾问。此举彻底证实了他不是林少阳，且让张其馨对他的印象分大增，请他从此把电子邮件发向另外一个地址，也就是她的私人邮箱。"感性"扔下"清新"和"活泼"单独行动了。

渐渐的，那个网站上的很多人发现沧海月明的风格有所变化，用他们的话来说"不知怎么搞的，你最近好像少了那分清纯"，我看了摊摊手——对不起，本末倒置，两个脑袋就是没有三个好使嘛。

没料到事情居然会有如此戏剧化的进展。郑滢说："你说那个男人会不会是骗子？"

"应该不会吧，什么都说得有模有样的，我看他蛮正经，是想找老婆。"

"在网上找老婆？感觉像是在沃尔玛买结婚戒指，当然也可以，但多少有点奇怪。这样下去，张其馨说不定会出问题，她好像已经忘了我们本来是想干什么的。我看干脆把沧海月明给干掉吧，否则每天要去风骚也挺占时间的。"郑滢刚刚升了项目经理，踌躇满志，一天到晚盘算着怎么树立威信，早已心不在此。

"再等一等。"虽然现在卷上珠帘已经又把人气抢了回去，而且更加紧盯春风十里，我还是想看看林少阳到底会不会上钩。

搞了半天，最无聊的人是我。

"9·11"发生的那一天，我在公司里一边隔着走道看电视一边给杜政平打电话。他公司的电话打不通，我找出他很久以前的一封电子邮件照上面的号码拨到家里，也没人接。我很替他担心，留了好几次言请他听到就给我回电。

晚上五点多钟，杜政平打来电话，说他没事："曼哈顿的地铁停开，我一路走回来的，走了大半天。"他的声音听上去很疲倦。

我心里一块石头落到地上："真可怕。"

"是啊，很可怕。谢谢你打电话来。"

我们讲了一会儿白天的情况，最后我说："你好好休息吧。"

没多久，铃声再响，还是杜政平。他说："我刚才把你的留言一个个又重新听了一遍，关璐，你还是很关心我的，对不对？"

我想了想，然后说："我一直都把你当成好朋友，好朋友，当然要关心。"

和他通完电话，我打开电视机，当时大概全美国人都在看电视。每个频道播放着大同小异的画面，舆论推测漫天飞，其中一种是说不能排除美国其他城市的知名建筑物也会成为袭击的目标，讲得很吓人。我立刻跳起来打开电脑，从搜索引擎上找到明尼阿普勒斯的城市网站，看了半天，并没发现什么特别知名的建筑，心里才定下来，随后觉得这样的担心有点荒唐，因为我自己生活在一个显眼得多的城市里。

这个时候，电话再度响起。我心不在焉地拎起来，才"喂"一声，心马上吊到了嗓子眼。

程明浩问："旧金山没出什么事吧？"

"没有。"

"那就好。这几天，你不要到金门大桥附近去，海湾大桥也不要去，也不要去金融区，那里房子太多，一旦出事的话很危险，对了，还有，下班以后不要一个人留在公司里……"他像叮嘱小孩一样左一个不要右一个不要。

我的心像一片茶叶，被他的话泡开、泡软，舒展开来，缓缓地荡漾起来。终于，我忍不住打断他的"不要"，"我有点想你。"我的声音很轻，但他肯定听见了，因为电话那头骤然鸦雀无声。

他沉默了一会儿，却好像没听见我那句话，文不对题地说："你自己当心。"

我紧咬着嘴唇，手里一片饼干捏成了碎片。我已经扯了白旗，而且把台阶一直铺到他面前，只要他说一句"我也是"或者就叫我一声"璐璐"，我会马上掉下眼泪来，不管三七二十一告诉他我其实不是有点想他，是非常想，还有，我也很牵挂他，还有，我希望他在我身边，把我的手放在他的掌心里，那样的话，就是立刻到金门大桥、海湾大桥还有金融区一圈兜过来，我也不会害怕。

可是，他仍然不理我。他既然不愿理我，又何必来问候，还叫我"自己当心"？他这个电话，不如不打。我感到绝望。

挂上电话，我突然意识到忘记问他的电话号码，而我的电话又没有来电显示。他能打给我；我，不能打给他。

我真的恨他：一个伤透你的心，却还能让你思念的人，除了可恨，没有别的词语来形容，而且，那样的思念，注定了是刻骨的，动不动痛个龇牙咧嘴。

当沧海月明让我也开始感到厌倦，张其馨和蓝田日暖进展神速，从每天一封邮件，到发即时信息，到打电话，最后，接上头了。

她对那个男人的评价印象很不错，称赞他细心、含蓄而且有风度，"现在很少见到这样有修养的男人了。"她肯定地说。

"帮帮忙，在网上看见个顺眼的，连是男是女都没搞清楚就一封情书飞过来，叫含蓄？你不要吓我。"郑滢嗤之以鼻。

"他说他开始也觉得这样不好，后来想来想去，还是情不自禁，"张其馨替那个人辩护，隐隐透出得意，又看看我，专门补上一句，"人家本行是读文科的，底子厚得很呢。"言下之意，世界上真的有同时喜欢李商隐、卞之琳、席慕蓉、郑愁予和聂鲁达的男人，你自己孤陋寡闻。

事情越来越不妙，终于发展到不可收拾。张其馨提出要搬出林少阳的公寓，理由是"需要一个人静一静"。我们一听就明白，她这个"静"其实是为了"不静"。

一得到消息，我和郑滢当机立断结束了沧海月明在那个网站上短暂而辉煌的生命历程，并串好口径，一旦林少阳来兴师问罪，充其量承认是"从犯"。世事莫测，谁知道挽救"蓝杏"的正义之举会唱成"红杏出墙"的闹剧；原先计划好的"诺曼底登陆"不知不觉中演变为"敦刻尔克大撤退"，即使那位爱抽雪茄的英国首相称之为"历史上最高尚的时刻之一"，"撤退"，总还是"撤退"。

没多久，杜政平告诉我，他打算到旧金山一家公司工作："那家公司本来就想要我去，这回我算是下定决心了。怎么样，帮你的好朋友找找房子吧？"

我告诉他北加州目前形势很惨淡，他说："总比纽约好，我现在胆子已经被吓细了，走在路上都心惊肉跳，随时抬头看看天空。"

我们聊了一会儿，他问我程明浩工作找得怎么样，我说找得很好，但是我们已经分手了。他在那头愣了几秒钟，然后笑起来："关璐，我说你啊，怎么样，认了吧？"

我苦笑一下："认了。"

杜政平来加州那天，我去机场接他。飞机晚点，我坐在靠近落地玻璃窗的椅子上等他。当飞机终于降落，我看着他走出闸门，穿过人群向我招手，背后是明朗的蓝天，突然有点感动，觉得他像个失散多年的好朋友，原以为后会无期，却于不经意之间又见面了，跟着来的是回忆里原以为已经隔断的好多往事。

杜政平走到我面前，耸耸肩膀，我朝他微笑，他也朝我微笑，随后拍拍我的肩膀："走吧。"

那天晚上，我带他去渡轮码头看旧金山湾的夜景。那一带的夜景并不算铺张，周围也没有什么人，让人心里很宁静。我们坐在石凳上喝了几罐啤酒，他提议唱歌，于是我们一起唱《且行且珍惜》。

唱完之后，他看着天上的星星说："没想到会有机会再跟你一起唱这首歌。"

"你的声音真是不错，"我由衷地赞叹，"要是给蒋宜嘉听见，肯定会激动不已，然后说'一棵好苗子'，他在这个方面最喜欢自封伯乐。"

他笑笑，低下头又喝了几口啤酒，然后回过头来，定定地看着我："要是真不行，还是我们两个吧。你不觉得……我们其实挺般配？"

一个月后，我和杜政平重新开始谈恋爱。那是在逛一家商店橱窗的时候，他突然而自然地拉住我的手："走吧。"

郑滢说过"人总要和现实妥协"，张其馨说过"治疗感情创伤最好的药就是开始另外一场感情"，我不知道她俩哪个更有道理，但有一点是肯定的，杜政平是个很不错的男朋友，长得不错，有一份不错的工作，待我不错，总之，一切都不错。毕竟，我们本来就是老情人；毕竟，没有人可以像他一样和我一起把《且行且珍惜》唱得水乳交融。

到加州以后，杜政平买了一辆宝马车。他兴致勃勃地带我去兜风，那是我第一次坐宝马，感觉的确不一样。买车的时候我提醒他："你一来工作就买这样一辆车是不是太铺张了。"他一摊手掌："你没看见我们部门里同事的车，根本就是奔驰雷克萨斯宝马三分天下，我要买辆丰田或者本田，不是显得太寒酸了吗？而且，我们公司给我的签约奖金就已经差不多够半辆宝马了。"

我白他一眼："我看你们公司把你们宠坏了，当心以后裁员。"

他很自信："应该不会，我们公司的客户有许多都是政府部门，订单很稳定。再说，你老公还是很有两下子的，否则人家为什么在这么人浮于事的情况下还千里迢迢把我从纽约挖过来？就算真的裁也轮不到我。老婆，你看好，三年之内，我起码不会比林少阳差。"不知是现在流行，还是从他前任女朋友那里得来的教训，他现在开口"老公"闭口"老婆"。

在杜政平把林少阳当成一个里程碑去超越的时候，那个目标本身却有点灰头土脸。

在张其馨正式搬出去的几个星期后，林少阳约我和郑滢吃饭。在一家日本餐馆，他大刀阔斧地把一块蘸了芥末的生鱼片塞进嘴里："女人……我现在真的弄不懂女人了！"

原来，他老人家前一天去跟踪了想静一静的张其馨，结果发现她居然在跟另外一个男人约会。林少阳恶狠狠地嚼着鱼片，不知是不是把它假想成了自己的情敌。

"那个人，哼……她要找，起码也找个上台面一点的吧！"林少阳愤愤不平。我和郑滢递了个眼色——那一对吃起醋来的口气倒是一模一样。

有人说，男人和女人，特别是一个善于照顾人的女人同居过之后，独立生活能力会逐渐减弱，退化，直到某一天变得像婴儿一样地依赖那个女人——那个时候，女人就算熬出头了。

张其馨善于照顾人，所以，虽然林少阳离婴儿期还有相当一段距离，当他把干净内衣裤穿完、冰箱里所有东西包括囤积的碗面吃完、卫生纸用完的时候，自然而然怀念起张其馨来。

"她说我不重视她，其实，生活本身不就是很平淡的吗？她难道希望我一天三次围着她叫心肝宝贝？"他振振有词，好像受了天大的委屈，"你们女人都这样的吗？"

他那个"你们女人"激怒了郑滢，她不顾我的眼色，一气之下翻出卷上珠帘去质问林少阳："你们男人都这样见一根电线杆撒泡尿，然后再去找下一根吗？还春风十里，不要脸，想过一回嫖客瘾是吧？"

林少阳愣了足足三十秒钟，才反应过来原来他的劣迹已经早在张其馨掌握之中，口气一下子软了半截："那个，那个，哎呀，那个网上的东西，她也当真？真是无聊，无聊……"

这一下，连我也被激怒了。两个义愤填膺的女人不约而同违背早先定下的攻守同盟，把沧海月明的身份揭穿，气得林少阳话也说不出来。

这家伙倒也善于见风使舵，猛吃几只炸虾之后，认清敌我形势，发现主动权根本不在他手上，堆起一脸苦笑："我看，以前的事就不要提了吧，都算我不好，你们就帮帮忙，劝劝她，好不好？"

"劝什么？劝她回心转意，替你做免费老妈子，让你又好腾出时间花痴你的姐姐妹妹？"

林少阳像所有能言善辩的男人一样开始信誓旦旦，内容无非悬崖勒马、改过自新、洗心革面、重新做人之类，赢回了我和郑滢的同情，那场脱口秀里关键的一句话是："你们大概觉得我很花，我也承认我是有点花，但是，我是一直把其馨当作未来的妻子看待的……我这个人表面上嬉皮笑脸，认真起来也很认真的，你们别不相信……"尽管我们想象不出这个一天二十四小时眉开眼笑的小生认真起来是怎么一副样子，他这几句话的确打动了我们的心。那顿饭吃到甜点，我们已经同他狼狈为奸，开始策划如何把那根长了脚的电线杆搬回来。

林少阳没有食言。十月底的一天，他拿出神风敢死队的精神，带上他能买到最贵的一瓶午夜飞行，在张其馨新搬的公寓门口，被她臭骂了三顿并威胁报警之后依然坚持阵地站了足足一个晚上，等张其馨早上起来开门，发现他居然还像只哈巴狗一样忠实而可怜巴巴地蹲在门边，终于心软，红杏和蓝杏热泪盈眶地尽释前嫌，紧紧拥抱在一起。

不仅如此，林少阳趁热打铁，发挥他干事业"要么不做，要做就要取得最大收益"的原则，顺手牵羊用一束红玫瑰和一只一克拉钻戒把张其馨彻底套牢了。

后来，张其馨告诉我们："那天我想，要是他肯等一个晚上，就原谅他；他等不了，就拉倒。"

这句话让我想起那天程明浩在我家门口等我的样子。如果我不回去，他或许也会等一个晚上的吧。我不舍得让他等一个晚上，却又跑回去亲自把他赶走，实在愚蠢。

我想，这大概就是我不如张其馨的地方：她知道什么时候该见好就收，我不知道。这也大概就是程明浩不如林少阳的地方：他知道什么时候该厚颜无耻，他不知道。所以我们注定分手。

重新和杜政平谈恋爱之后，生活又变得热闹起来。他对我很好，出差记得给我带礼物，周末会安排节目，时不时还会买一束花送给我。郑滢来我家里，看着杜政平送给我的全套花生漫画玩具，点点头："这才叫谈恋爱嘛。"其实我对他也相当好：帮他洗衣服，烫衬衫，做饭，烘各种各样低糖的巧克力饼干让他带去公司分给同事。

有一次，杜政平在我那里过夜，无意中看见了书架上的那块银灰色表面的手表。手表上落了一点灰尘，那是五月份我买给程明浩的，那份没有送出去的生日礼物。我当时以为有的是机会送，结果我错了。他问："这个表哪里来的？"

我说:"减价时买的,准备送给我爸。"

过了一会儿,他突然问:"你爸戴这么时髦的款式?"

我笑笑:"你别小看我爸。"心里面突然有点难受,程明浩如果知道,大概会觉得我水性杨花吧。

杜政平公司同事好像很喜欢搞活动,而且每次都叫上一大帮人。自从有一次他的几个同事随口说了一句"你女朋友很可爱"之后,他就经常拉我去参加他们的活动,大概觉得我能替他挣点面子吧。有一次,参加完一个烧烤活动回家的时候,他跟我说起有个同事刚刚离婚,那位老兄前两年回国经人介绍娶了一位如花似玉的太太,结果人家到美国没多久就另觅高枝,还扔下一句气得人吐血的话——"在同一个环境中,其实你是配不上我的"。

他一面倒车一面说:"小方就是没搞明白一点,好老婆根本不是找来的,是栽培出来的。"

"什么叫栽培?"

"就是说找老婆不能光看长相,其他方面的素质也很重要,比如脑子好不好使,性情脾气怎么样,生活能力强不强,还有,发展潜力如何。像小方那样,娶个大美女回来供着,好看是好看,太难侍候,什么事都不干,一分钱挣不来还整天冲他发号施令。他们说那时候他对他老婆宝贝得要命,公司里再忙,中午也要回家去给老婆做饭,好到了顶,现在人家还不是一脚把他踢开?所以我刚才就建议他下一次找女朋友,长得不用太触目,脾气好一点,最好自己能挣钱,可塑性强一点,找来了再慢慢照着自己希望的方向栽培就可以了。"

我好奇起来:"那我的素质怎么样呢?"

"综合素质一流,没得话讲,"他嬉皮笑脸地凑过来,"我老婆,能不好吗?"

我在他脸上轻轻地拍了一下:"那我是你找来的还是栽培出来的?"

"也找,也栽培。"

"你什么时候栽培我了?"

"你忘了那时候是谁督促你转学计算机的?谁帮你弄'考古题'的?谁替你做作业的?"杜政平脸上泛起几分得意,"那就是我在默默地栽培你。要不然,你现在说不定还在念那个化学博士,辛辛苦苦,毕业了充其量也不过找个博士后做做吧,当然也不错,但肯定没目前好。你知道吗,我们公司里好几个同事都羡慕我女朋友工作好,英语好,性格好,会跟人打交道,他们不知道我下过多少功夫。"

我笑起来,从反光镜里对他敲了个毛栗子:"搞了半天我都不知道自己还欠你这份人情。杜政平,下次你要是再帮我做什么事,先说说清楚,让我有个心理准备,免得过三年五载再翻出来说是在栽培我。"

"说着玩玩,"他也笑了,"还是那句话,我对你是一见钟情,否则,换个别人想我栽培,哼,我还不奉陪呢。"

"那后来我跟你分手,你不是鸡飞蛋打了吗?"

"那没办法,谈恋爱跟做生意的原理一样,首先要看准对象,不见兔子不撒鹰,一旦对象出现,绝对不能犹豫,要舍得下注,以本伤人,否则,机会错过就没了。不过话说回来,你现在不又是我的女朋友了吗?那说明命里注定,是我的,就是我的。"他突然转过头来,含情脉脉地看着我,"关璐,这一次我绝对不会再让你跑掉了,永远都不会。"

"肉麻,开你的车吧。"我笑着摇摇头,拿出 CD 塞进唱机。听着听着,不知怎么的,突然有点怅惘,原来,天下没有不要钱的午餐。虽然很有道理:这个时代男女平等,女人要嫁得好,男人当然也要娶得好;女人要调教老公,男人自然也想栽培老婆,天经地义。我们这一代人,大多成长得一帆风顺,委屈了谁也不会委屈了自己。然而,不知怎么的,我心里有一个小小的角落好像平整的沙发布被拉皱了一块,看不大出,也讲不大出,却感觉得到。

我把杜政平的栽培理论讲给郑滢听,她拍手称快:"有道理,太有道理了!"我和她正坐在上次林少阳请我们去的日本餐馆吃午饭。公司的餐厅质量越来越糟糕，所以我们有时候索性就出去吃饭。

郑滢说："我有一段时间特别相信柏拉图的什么寻找自己的另一半，现在看看完全就是几千年前的老头子吃饱饭没事做信口开河。根据美国精神，与其去死命地找，还不如自己拿个毛坯来锉锉磨磨，加工成自己想要的样子，又顺心又方便，这一个跑了也不要紧，有了经验，换个毛坯再锉。找找找，到头来，找没找到，连做毛坯的资格也丢了。"

"你找到毛坯没有？"

"在找。不过，有时候，哼，真说不出是我在挑毛坯还是毛坯在挑我。上次跟一个男人约会，三句两句都开始关心我的经济状况，无聊透顶。现在的男人，都现实得很呢。这么一想，还是张其馨那个喜欢背诗的网友有点味道。"

"他们怎么样了？"

"网络上的露水夫妻还能怎么样？"沧海月明和蓝田日暖很友好地分了手，名副其实的友好——那个男人免费帮张其馨做了一套投资计划，而作为回报，张其馨介绍了两个同事做他的客户。张其馨说，仔细想想，还是林少阳条件更好、更有前途，毕竟，现实生活用不上朦胧诗，在美国的现实生活更加用不上。与此同时，春风十里郑重其事地在网上张贴了一份告示说他于即日退出网络江湖，由于公务实在太过繁忙，并把卷上珠帘的电子邮件地址归入拒收。还真应了那一句，"春风十里扬州路，卷上珠帘总不如。"

"他们明年初就要结婚了，"郑滢吃一口饭，"我再不承认，还是有点羡慕。现在我在公司里名声又不好，谁敢来追？"八卦是一种国际通行的爱好，无分国籍地域种族，有些男同事已经在背地里议论她风骚，"哼，连本家也不要我这个病人了。"郑滢刚刚在郑广和的大力推荐下转到一个女医生那里，虽然她早先的确提过这个要求，但是郑广和迟不转早不转，偏偏挑这个时候转，她不由得起了身世之感，觉得所有的男人都抛弃了她。

那天，餐馆里推出一款新的甜点，叫绿茶提拉米苏，我们一人要了一客。蛋糕上来了，嫩嫩的淡绿色中间夹一层层咖啡和奶酪，做得赏心悦目，叫人都不舍得下口。

可是，一口下去，我们立即有点失望：味道虽然也不错，但比意大利配方的提拉米苏还是差了一截。分析一番之后，恍然大悟：缺了一味料。餐馆别具匠心地用绿茶入蛋糕，企图做出日本风味，却不知道，一份好吃的提拉米苏，就是离不开那么一丁点儿的——兰姆酒。没有它，就是不一样。

和郑滢吃完饭回到公司，刚坐下，部门里那个长年像花蝴蝶一样在草丛（既然男人叫"花丛"，换成女人大概就要叫"草丛"了吧）里打转的漂亮女孩拉了 Chris 来找我。

她闪身进来，利索地关上门，冲我迷人地一笑："有件事情想麻烦你们两个人核实一下。上个月，你们曾经说过 Nancy 替你们的项目写测试方案，错误率太高以致事后需要返工？"Nancy 是个单身母亲，一个人带两个孩子，忙得焦头烂额，工作中难免有点心力不济，两个月前，她帮我们写的那份测试方案，二十个测试情境里一半有问题，弄得后来我们不得不重新搭起环境，核对修改，加倍费时间。有一次吃午饭，我和 Chris 随口发发牢骚，让她听见了。

我看看 Chris，他也在看我。随后，我们点点头，但不知道她现在翻出这个来葫芦里卖什么药。

她下一个问题逼过来："如果艾米来问你们，你们也会这么说吗？"

这一下，我们都觉得不对劲："你什么意思？"

她又摆出一个迷人的微笑，把事情的原委告诉了我们：她正在和 Nancy 合作一个项目，进展很不顺利，到现在为止，一连几个里程日期都没能按时完工。眼看老处女就要来兴师问罪，她决定找找原因，一找，眼前一亮，原来是合作伙伴太差劲，她再优秀也独木难支。自己明白了这一点不算，她还要让主管也明白，于是正在准备一份书面报告，列出她搜集来 Nancy 工作中的各种差池，数据翔实，时间地点事件人证物证，还有累计浪费全部门多少时间，拿到法庭上都能用。她说："我只是希望老板能了解真相，这样对其他人也有好处，一个团队不应该老是包庇工作不力的人。而且，这可能也从另一个角度反映了这份工作未必适合她啊。"

我和 Chris 傻眼了，但话已出口，悔之晚矣。后来，我听说，真正驱动她这个动作的是由于公司里传起谣言说年底之前很可能要再度裁员，她去马屁精那里算了一卦，发现自己在部门里的竞争力很弱，情急之下想起这个计策：爬不到别人头上去，就想办法把别人踩在脚下，结果是一样的。

下一个星期一快下班的时候，Chris 敲敲我办公室的门："艾米叫你去。"Chris 穿着鲜红的保罗衬衫——他每周一的制服，脸色却像块铅，我走过他身边时听见他轻轻说了一句"Damn"，我一下子明白是怎么回事了。

十一月中旬，公司果然再度资源重组，好在规模不大，我们部门里只裁掉了一个人，大家事先都多少心里有数，除了 Nancy 她自己。想起来实在凄凉，我们每个人都吃过她做的香蕉蛋糕和苹果派，关键时候却没有人站出来说话，相反做了帮凶。她境况不好，很需要工作，也不知道要过多久才能再找一份；可是话说回来，哪个人不需要工作呢？已经自顾不暇，还去管别人？黑锅有人背了，谢天谢地。

至此，我的职业生涯教给我第三条，足以受用一辈子：狗，改不了吃屎。人都是动物变的，大难临头，自私自利，适者生存。什么公平地道，选择还不够严峻而已；什么众志成城，利害关系还不够明显而已；什么光明磊落，环境还不够残酷而已。

想不到成长就是这样，真实而令人泄气，毫无诗情画意。

这件事情之后，我和 Chris 之间的关系融洽了许多。我依然不喜欢他，觉得他夸夸其谈，贪功好赏；我知道他也还是不喜欢我，大概认为我寸土必争，斤斤计较。但我们都明白了：只要不踩你，不在背后捅刀子的，就已是好人；有人真心愿意帮忙，那叫有贵人相助。老处女有一次问我们要不要让那个挤走 Nancy 的女孩子来分担一点工作，我和 Chris 头一次心有灵犀、不费唇舌就达成一致，同仇敌忾，"不要，谢谢。"自己多辛苦一点，无论如何好过身边有个定时炸弹。后来我们一直合作愉快，年底还联名申报了一项专利。

感恩节周末前的那一天傍晚，我把房子里里外外打扫了一下，一边有一搭没一搭地看电视，一边烫一大堆洗好烘干的衬衫。

新闻里放到亚特兰大机场由于发现不明身份的人私闯安全区而关闭，所有航班停飞，我正拿着熨斗往一件淡蓝色的衬衫领口上喷水，突然，我发现那件衬衫既不是我的也不是杜政平的。那件衬衫，是我从西雅图带回来的，是程明浩。我曾经用它当睡衣穿，他曾经轻轻地解开了一颗扣子又小心地把它扣回去，然后怀抱着我睡着。衬衫上融合了他的味道和我的味道，我怎么会把它洗掉了呢？

我拿起衬衫里里外外嗅着，汰渍漂白型洗衣液充分展示了威力，它横扫其他一切味道，只留下无辜而可恶的清香。

我呆呆地坐在沙发上，屏幕上，数以千计的乘客依然被困在亚特兰大机场，我的心比他们还要惶惑：满心欢喜买了票奔向新的目的地，到最后一刻，却发现无法起飞，而且不知道要在原地滞留多久。

这个时候，电话铃响起来，我跑过去接。拿起来，对方却已经挂断。我对着话筒上那些小孔，突然闪起一个念头：这个电话，有没有可能是程明浩打来的？会不会，我在看着一件衬衫没来由地牵挂他的时候，他也正好想起了我？

假期过后，我马上去装了来电显示。说不出究竟为什么，大概，我希望他万一下一次再打来，不等我接就挂掉，我也可以打回去，"喂，你到底想干什么？"

那年十二月三十一日，我和杜政平吵了一架，起因是一瓶香水。

杜政平纽约时代的印记之一是变得喜欢用香水，他家里的男士香水林林总总加起来足有近十种，其中他最喜欢的有三种：一种最后一层有西瓜的甜味，一种淡淡的麝香味，一种苦苦的草药味。所以，他身上的气味大多在西瓜味、麝香味和草药味之间徘徊，并且把那瓶西瓜味的香水放在我的洗手间里。

那天我们正准备去参加一个新年聚会，他对着镜子打扮好之后洒上香水，忍不住又赞扬两句："这个牌子真不错，一点不张扬，什么时候都能用。"

我说："还不张扬呢，几米之外都闻到了。说真的，你弄得像朵花一样干什么？我就不喜欢男人香喷喷的。"我想起 Chris 爱用的那种能让我鼻涕一把眼泪一把的须后水，摇摇头。

他从镜子里看着我，脸色突然沉下来："他是不是不用香水？"

我一时没有反应过来："谁？"

"你知道我说谁。"那是我们重新恋爱后他第一次提起程明浩。

"不关他的事。"

"他用不用？"他又问一遍，脸上没什么表情。

我吸口气："不用。"

他牵起一边嘴角笑笑："我就知道。"

我有点生气："知道你还问我。"

我正要转身，突然一声巨响，低头一看，那个装香水的方形磨砂瓶子在我脚边碎成几片，熏蒸的香气腾空而起，直冲进鼻，让我眼睛都有点发痛，一小块碎玻璃溅在我脚上，触目惊心地瞪着我。

他也吃了一惊，呆呆地看着我，一句话也没有，好像不相信真的亲手砸碎了他最钟爱的香水瓶。

过了许久，我微微颤抖着说："你这个习惯不大好。杜政平，我们先小人后君子，我告诉你，这个瓶子刚才要是砸在我身上，我一定会报警。现在，你能不能告诉我，我到底哪里招惹了你？"

我们站在芬芳得呛人的空气里大眼瞪小眼。杜政平比我早冷静下来，努力摆出一副比较轻松的表情："你反正不喜欢，我留着它干什么？"

"我只是随便说说，你犯得着发这么大的火吗？再说，你也讲过香奈儿五号是暴发户专用的，要不要我去拿来一起砸掉算数？"

他一言不发，去厨房拿了张厚纸巾，回来弯下腰把地上的碎玻璃一片一片捡起来。当他把最后一片，也就是我脚背上那一片捡起之后，抬起头来："关璐，你看不上我。"

那天晚上，我和杜政平没有去参加新年聚会；反之，我们留在家里做爱——从二〇〇一年做到二〇〇二年，可谓旷日持久。西瓜味的清甜像水一样漫进房间，柔美而迷惘，像爱情的反反复复，叫人随之浮浮沉沉，却半点不能做主。

凌晨一点二十分，杜政平突然摁亮了台灯，侧过身来问我："你爱不爱我？"

我的眼睛好一会儿才适应光线，等终于能看清时，我惊讶地发现他的眼睛里充满了痛苦。那种眼神像根根幼细的蚕丝勒进我心里，越勒越紧，我太熟悉它了，因为，我自己也曾经用同样痛苦的眼神去凝望过一个人。他这么看我，心里一定非常非常难过。我明白了。

我把头埋进他的怀里："我爱你。"

"真的？"

"真的。"

"关璐，你不知道，我很爱你的，"他把我抱得紧紧的，语气里带着小孩子般的固执，"我真的很爱你。"

我有点震惊地发现，在杜政平的心目里，我其实是个不折不扣的浪子。

我把手伸到他的胳肢窝下面轻轻地挠："我知道，我当然知道。你要是不爱我，为什么要来栽培我呢？栽培一个人，其实是很辛苦的……"

第二天，在开始实施新年计划之前，我干了一件计划外的事情——我翻箱倒柜找出所有和程明浩有关的照片，把它们统统烧掉。我不想再看见他。

二〇〇二年杜政平过生日，我特意去买了一瓶阿曼尼的 Acqua Di Gio 送给他，算是补上被砸掉的那瓶。他笑着接过去，却没见他用过；事实上，后来，我没在他身上闻到过任何香水味。

好几个月，那股西瓜味在我的浴室里阴魂不散。直到如今，无论在什么场合，人山人海里要是哪个男人用 Acqua Di Gio，我只要闻一下，立刻就能分辨出来。

郑滢曾经感叹天下所有的男人都抛弃了她，事实却正好相反：她的本家把她转给自己的同事——而且是女同事，不是"不要她"，恰恰是为了"要她"。那以后没多久，郑广和对郑滢展开了地毯式的追求，死缠烂打加柔情万种，用事实证明了这个男人对女人的了解是远远超越了生殖系统的。

情人节那天，郑滢捧着一个插着一打玫瑰花的菱形花瓶来找我："给你摆摆。"

"好漂亮的花！"我叫起来，"哪里来的？"

"郑广和送的，我办公室里都放不下了。"郑滢的脸唰地红了。原来，我们公司为了减轻收发室的负担，明文规定不为员工接收花店送的花——很不浪漫的规定，郑广和医生大脑袋一转，有了，自己去买来十二打玫瑰花，配上形状各异的水晶玻璃瓶，亲自开车送到我们公司。当郑滢接到电话到底楼大厅去见他，整整两排沙发都被玫瑰花占据着，浩浩荡荡，蔚为壮观，像个小型的阅兵式。郑广和就站在两排玫瑰花之间，笑得像拿破仑——当然，他比拿破仑高。

郑广和这一招实在够厉害：一、一百四十四朵玫瑰花大兵压境，哪个女人见了不感动得稀里哗啦脑子发热？二、替郑滢在公司里挣足了面子：女人有了男人宝贝她，身价立刻不一样，何况她是那年情人节唯一一位收到玫瑰的女员工，铺天盖地，给其他人留下极其深刻的印象，几年之内传为佳话；三、变相给自己拉了选票：让郑滢周围的女孩子们既羡且妒，众望所归认定他是个模范好男人；四、摈除了我们公司里可能存在的竞争对手：嘿嘿，愣头青，你撒泡尿照照自己，可有我的魄力乎？没有吗，一边凉快去。

副产品是顺便还让很多女孩子的男朋友挨了一顿骂，第二年情人节吸取教训，诚惶诚恐地当鲜花快递员。

综上所述，此举几乎赶得上战国时代燕国的太子丹收买荆轲的架势，二话不说，情重如山，让人唯有以身相报，刺秦王也得干。

二〇〇二年的春天是个结婚的季节：三月份，张其馨和林少阳结婚；五月底，郑滢和郑广和结婚。

郑滢要结婚的事情，杨远韬不知从哪里拐弯抹角地打听到了，把一份礼物寄到她公司，郑滢把我叫过去一起开封。打开外包装，浅蓝的纸盒立即告诉我们那是一件 Tiffany。

我们对看一眼，郑滢从黑色丝绒盒子里小心翼翼地拎起一条白金项链，下坠一个简单而雅致的挂件，两个同心圆，用碎钻嵌出几个罗马数字，看上去有点像个时钟。

盒子里有张卡，上面只有四个字，很漂亮的笔迹——"祝你幸福。"

郑滢把它戴到脖子上，问我："好不好看？"

"很好看。"杨远韬的品位无懈可击，只是不知道他送这个时钟究竟是希望郑滢能和她的夫婿天长地久，还是在抱愧自己曾许诺过却不能给予的天长地久。

郑滢把那张卡仔细看了两遍，然后撕掉："送不起戒指的男人就喜欢送链条，把人家套了起来，又不知道该怎么办。"

"你打算把这条项链怎么办？"

"戴啊，这可是我的结婚礼物，"郑滢仰起脸冲我一笑，竟是一脸神采飞扬，"Tiffany is Tiffany。你以为我会舍得还掉？"

从那天之后，我心目中最勇敢的女性形象由海伦·凯勒让位给我的好朋友郑滢。为了她有勇气对着老情人送的结婚礼物神采飞扬地微笑然后说"Tiffany is Tiffany"；她收下一条项链，放走了心中那个浪子，影子都不留。

比怀念难的是怨恨，比怨恨难的是忘记，比忘记更难的，是直面。说句或许会让鲁迅先生在黄泉之下跺脚的话，真的猛士一定得谈过恋爱，如果没有，应该马上去谈一场，因为经历过爱情残酷而狰狞的时刻、见识过那些不流血却久久不愈的伤口的人，绝对有足够的勇气去直面惨淡的人生，正视淋漓的鲜血。

走出郑滢的办公室，我想起程明浩送给我的那一条有玫瑰花图案的项链，摇摇头。郑滢说得有道理，送不起戒指的男人就喜欢送项链，把人家套了起来，又不知道该怎么办。

对于高科技行业的许多公司而言，每年的第四季度是业务的重头，很多客户会在年终做来年的预算并决定是否下订单，所以这个季度的业绩在全年中占相当大的比例。二〇〇一年底，"9·11"加上安龙事件引发的大公司信用危机给原本就很不景气的美国经济雪上加霜，纳斯达克指数吃了秤砣铁了心，以一天几十点甚至上百点的速度一路跌破两千点的心理防线仍然飞流直下，让人心寒到底后反而多少生出一分黑色幽默——"死猪不怕开水烫"，我倒要看看情形究竟能坏到怎么个程度。

二〇〇二年，公司明显地开始节衣缩食：新员工是早就不进了，裁员都来不及，还进新人，开什么玩笑；能用临时工就坚决不用正式工，能用实习生就坚决不用临时工，能不用人就坚决不用；出差住旅馆一律降一个档次；寄快递邮件要主管批准，主管不在，不好意思，等他回来再说，活生生把快递变成慢递；取消免费供应的咖啡、甜点、爆米花、可乐等等。

最让人难以忍受的是洗手间里提供的卫生巾也每况愈下，先是护翼不翼而飞，然后棉制网面不见了，随之越变越厚，直到变回我中学时第一次月经来潮时用的那种卫生巾；更糟糕的是还三天两头断档，因为公司把清洁人员减少了一半，一个清洁工管足足半栋楼。吃过几次亏，我索性买了一大包卫生巾放在办公桌底层抽屉里，而郑滢重新开始跟我伸手要卫生巾。

那一天她一路小跑过来要了一块卫生巾，并且嘴里嘀咕："我看公司以后招女员工不如加一条必须已经绝经，可以彻底省下这笔开支。"我看着她的背影有点发呆——这个星期郑滢已经来跟我要过好几次卫生巾了，我自己的月经却还没来。

我拿着鼠标在屏幕上乱点，不会是怀孕了吧？

我心乱如麻，终于忍不住告诉郑滢："我已经推迟了五天，有没有可能？"

她歪着脑袋煞有介事地思考了一会儿，一本正经地问："你觉不觉得想吐？"

我哭笑不得："就算真的怀孕也没这么快吧。"

下班后，她陪我去药店买验孕试纸。我趁左右无人，从柜台上取下一盒，拉起郑滢就要走。

"急什么急？又不是做贼，这个牌子在买一送一呢。"郑滢堂堂正正地背着双手研究保险套的广告。

"郑广和不是妇科医生吗？还用得着自己买保险套？"

"什么话，他给人看病用这个？不吃人家的耳光也要吃我的耳光。"

我推推她："我很怕是真的。"

她抬起头来看看我，我当时大概显得很紧张，于是叹口气，安慰我："小姐，不要自己吓自己，你以为怀孕那么容易？告诉你，美国有七分之一的夫妻想生孩子都怀不上呢。"

"别忘了我不能吃药的。"

她把两盒保险套放进推车："那又怎么样？真怀孕了，你们就结婚，年底生个孩子，有什么不好？"她说得顺理成章。

"那我今年的升级肯定敲掉，搞不好连位子都保不稳。"

"那又怎么样？你以为小杜养不起你？还是不肯养你？不想生就说不想生好了，假模假样。走吧！"

我看看她，说不出话来，心里很迷惘。

验孕的结果是：没有怀孕。两天之后，我的月经来了，它，不过是跟我开了一个小玩笑。

这一次月经来的时候，我居然高兴得几乎跳了起来，随后像有一样什么东西重重地、钝钝地在我脑门上敲了下：原来，我真的很害怕怀孕。并不是为了工作，为了升级，为了保位子，而是因为一旦怀孕就要结婚，然后生孩子，然后，一切就木已成舟。我不要木已成舟。

四月份，我陪郑滢去现代艺术宫拍婚纱照。他们关系发展实在迅猛，导致了眼看这位老兄要把我的好朋友娶回家，我才有幸跟他见上第一面。郑广和长着一张产妇看了能够舒缓压力、婴儿见了会觉得世界很美好的脸，他的长相揭开了我悬在心头多年的一个疑问：小时候看动画片《聪明的一休》，总是想那个可爱的一休小和尚将来长大了会是什么样子，见了他，我茅塞顿开，明白了，就是这个样子！难怪他可以做妇产科医生。

他们拍了大半天，到将近傍晚时分，眼看着天阴沉下来才告一段落。我突然记起浪管风琴应该就离这里不远，于是叫他们先回家，我想到海湾旁边走走。

那天的天气很奇怪，早上到下午都阳光灿烂，四点多钟却开始下起小雨。我在现代艺术宫后门的博物馆门口找到个工作人员问他知不知道浪管风琴在哪里，他伸手指指路对面："过街再走一段就到了。"

我走过街，沿着旧金山湾往前走。慢慢地，雨越下越大，海湾上的风吹过来，透过我身上薄薄的开司米毛衣，我开始发抖，心里非常后悔没有带件风衣。

这一路上人很少，走了很久，已经差不多到了金门大桥下面，却还是什么都没看见。我觉得很不对劲，绕到停车场旁边的一家纪念品商店去问路，才知道我转错了弯，早先过了街，应该朝右，而我，想当然地朝左转了。

我已经没有力气走回去，身上的衣服也差不多湿透，只好搭公共汽车回艺术宫去开车回家。转上高速公路的时候，我对着观后镜里的自己苦笑一下，笨啊，近在咫尺的东西都找不到。

郑先生和郑小姐的婚礼极其浪漫，在位于富兰克林街的哈斯·莉莲索屋举行——那所典型安女王式的老房子始建于十九世纪，奇迹般地幸存于一九〇六年大地震，是旧金山两栋对外开放的维多利亚式房屋中比较精美的一栋。

我对郑滢说:"你老公花样真不少。"随即发现她毫不逊色——她的戒指上面不仅有一颗麻将牌一样的钻石,而且,那家珠宝店为了拉生意,出奇制胜附送了一个终生承诺:日后,如果她愿意,可以随时把戒指拿回去换一颗钻石,只要分量相同,式样自选。郑滢说她打算五年去换一次。

我笑她:"你当心人家以为你五年嫁一个新老公。"

郑滢不以为耻,反以为荣:"要的就是这种效果。美国不是流行女人再嫁次数越多身价越高吗?我呢,再嫁就算了,不过,做做样子也好。"这是我有生以来见过最奇特的虚荣心。

我实践了九年之前在学校浴室和她挤一个淋浴喷头时许下的诺言——当她的伴娘,杜政平做伴郎。礼成之后,郑小姐,不,郑太太,也不知是被幸福冲昏了头脑还是有意表达她的美好祝愿,学了美国人那一套把手里的百合玫瑰花束背对着大家朝着我的方向扔过来,花束在空中划了个优美的弧线,在我和杜政平都毫无思想准备的情况下一屁股(如果花也有屁股的话)稳稳当当地坐在了我们两个人前方正中的地上。我们眼看着它掉下来,却不知怎么搞的,谁也没伸手去接。

一屋子的人都把目光投在我们身上,几秒钟之后,我反应过来,碰碰杜政平的手,他如梦方醒地立即低头去捡起那束花递到我手里。身后几个女人拍着巴掌呱呱大叫起来,她们大概觉得这个场面十分浪漫;我的脸涨得通红,心里只是恨郑滢怎么也不事先提醒一声:幸亏她不准备再嫁,否则,下一次自己去找伴娘。

哈斯·莉莲索屋是一栋非常漂亮的房子,里面荡漾着一股旧时代特有的、融合了许多可知与不可知往事的和婉气息,让人不由得跟着温柔起来。

在一间卧房的墙上,我看见了一张古老的结婚证书。泛黄的纸张上字迹由于经年历久,已经变成一种淡淡的紫灰色,却还是清晰可见。上面写的是美国加利福尼亚州旧金山市市政府颁发此证书,证明某个男人和某个女人自一八八〇年七月三十日开始结为夫妇,地址就是这栋房子,下面有证婚人的签名。

我目不转睛地盯着那张纸，文字是一样奇妙的东西：当所有的人都作古，甚至连屋舍都已经易主，它还在万分固执地、坚强地、死硬地对每一个走过的人倾诉一段许久许久以前的姻缘。两个人把名字写在一起，便是一个最郑重的约定。婚姻，是值得尊重的，非但尊重，简直肃然起敬。

这个时候，我的手被人拉住了。我转过头，正好碰到杜政平的目光。他一动不动地看着我，我也一动不动地看着他，突然，好像有一阵风从心里某个角落吹过来，像地铁将来时隧道里夹着滚滚车声的那一阵风。我能感觉到，有一个问题，虽然谁都还没开口，但离我们是越来越近了，虽然还不知道是哪一条线的车，能不能去得了目的地，有车总比没车好。

六月份，我升了一级，而且很意外地当上了项目经理。起因听说是老处女和部门里势力最大的项目经理之间有点摩擦，好像觉得他功高震主，于是出了一个新花样，把部门像比萨饼那样切成小块，从基层选秀女，提拔几个项目经理分管，变相来个杯酒释兵权。于是，我和Chris，还有其他两个同事一起被她提拔了上去。

新选上的秀女们心情激动地去参加所谓的部门核心讨论，也就是关于下半年度工作和人员分派的会议。老处女用投影仪嗖地放出一张标得密密麻麻的箭头图，箭头上烤肉串一样挂满了大大小小的方格，红方格代表产品新版本当前的重要里程日期，绿方格代表旧版本的各式补丁，方格叠方格，红红绿绿，煞是神气。

老处女把箭头图解释一番，然后巡视一周："你们有什么想法？"

鸦雀无声。那个烤肉串显示了史无前例的工作量，大家四顾会议桌前的两三只小猫，再把没来开会的小猫凑在一起，实在想不出那些方格怎么搞得定。

老处女一眼洞透小猫们的心思，斩钉截铁地消灭了大家最后一个幻想："我已经试过去别的部门借人，一个都借不到，现在每个部门都人员短缺，但是，这张图上所有的日期都已经定了下来，除非出现意外，不大可能再改动。也就是说……"

然后她跟我们讲了一通理想和现实的差距，也就是说，我们拼了老命或者小命，也要在年底之前把肉串给烤熟了再抹上点沙嗲酱，让她老人家去向上级表功——看，我的部门用百分之七十五的人力完成了百分之一百二十五的工作。

当时，所有与会的人已经大多知道自己会负责什么项目，不知道的是自己会分到什么样的人。走出会议室的时候，我和Chris都颇为沮丧，因为他分到一个实习生和一个由于去年工作表现欠佳而从另一个部门转过来的同事，而我，分到一个实习生和一个怀孕的女同事，预产期就在明年一月份。部门里比较得力的人都被几个资深的项目经理不由分说地瓜分了，就好比他们把比萨饼中间堆满了料的部分吃了，抹抹嘴，然后把帮子推给我们。

我们都做过实习生，也对曾经提携过我们的人心存感谢，然而此一时彼一时，公司景气的时候，人手足，无所谓，到现在已经瘦身瘦得差不多，一个萝卜顶一个坑，实习生相对来说就很不好用了：不在正式编制，公司严格控制加班时间；很多实习生进来的时候对产品一无所知，需要相当一段时间的训练，等训练好，实习期也快结束了；最要紧的是，这些孩子们关心的是未来的工作——当然应该关心，一旦发现公司不招员工，立刻就松懈下来，惦记着张罗自己的前程，不可能跟你休戚与共，而你又不能逼得太紧，毕竟，人家是来实习的，有三分客人的味道。

Chris说："你比我好，轮到一个博士生。"他分到一个硕士研究生。

我苦笑一下，心想，博士生长两个脑袋四只手吗？

郑滢听了我的部下阵容，立刻一翻眼皮："你亏大了。想想看，他那个人再不济，还可以管，可以骂，可以告状，出了问题，实在不行就把责任推下去；你呢，不要说骂，讲话都要小心，万一逼狠了，人家搬出一尸两命来威胁你，你告到老板那里她都不敢帮你。"

我越听越懊悔："别说了，谁叫我没用，抢不过人家。狗咬狗，小狗只好啃没肉的骨头。"

郑滢摇摇头，点着我的鼻子："看好了，你这个监工做得连长工也不如。"

七月份，一个大项目收尾，老处女出人意料地弄到一笔钱，组织她手下的几个基层部门的人去一个葡萄园品酒，所谓品酒，其实不过就是大家稍微搞点活动，看看风景，喝几杯当地产的葡萄酒而已。本身并不太稀奇，可这一次大家踊跃参加，因为不知道什么时候会有下一次机会。

那是一个星期五。早上我有点睡过头，又碰到堵车，等开到那个葡萄园，露台前面的停车场上已经停满了车。这个地方我来过两次，知道假如这里没有车位的话就要一直绕到后面山腰上的另一个停车场再走下来。于是我一连转了两圈，希望能有一个空位。

终于，我在一个角落里发现一个空车位，可是对面不知从哪里冒出来另一辆车也朝它开过去，离得比我近，眼看就要转进去。我恨恨地念了一句倒霉，正要掉头，那辆车却突然掉转了方向，车里一个戴墨镜的男人示意我用那个车位。我喜出望外，以为正好碰到哪个有绅士风度的男同事，立刻二话不说开过去。两辆车缓缓擦过，我隔着车玻璃朝他微笑，笑容却突然僵在脸上。因为，那个人是程明浩。

他来旧金山参加一个会议。他们公司是主办方之一，在会议最后一天邀请一些有长期关系的客户来这儿活动。葡萄园有两个尝酒的大厅，我们包了一个，他们包了另一个，难怪停车场那么挤。

我心不在焉地应酬了一会儿，就到露台上去，他正好站在那儿，而且是一个人。我在离他三步远的地方停下来，看着他，不知该往脸上摆什么表情。他对着我微笑，很大方地说："你好。"他的态度很沉着，仿佛我们以前所有的事情都一笔勾销了。

程明浩穿一件米色棉衬衫，胸口有他们公司的标识，很配那条咖啡色卡其布裤子。一年没见，他黑了一点，显得比以前更结实，也更精神了；只是他把头发剪得很短，不仅短，而且还用发胶定型，使之一丝不乱，脑门前的几乎根根直竖。现在很多男人留这种发型，也挺好看，但他也怒发冲冠，却让我心里生起一分莫名的难过——我再不可能把他的头发弄乱了。

我们开始聊天，名副其实是聊"天"，我们从加州的天气聊到明州的天气，再从明州的天气聊回加州的天气，待所有与天气有关的事情都聊完，终于不可避免地要回到"人"。

"你不如把头发再剪短一点，不像香港特首也像澳门特首。"我说。

他笑笑，把声音压低一点："你们公司还好吧？前一阵子我看到好像又裁员了。"

"好，裁归裁，至少现在还能跑来喝酒，"我抿了一口酒，"不过，说真的，这酒好酸。"

"加州的红酒都偏酸，"他也抿了一口，"你等一下。"

他走开了一会儿，回来的时候，手里拿着一罐七喜："其实雪碧效果会更好。"

我们把七喜打开倒进酒里，果然可口多了。

"人家看见会不会笑我们？"

"笑什么，这样明摆着好喝多了。要是在家里，我会直接往里面加糖。"

"土包子。"我扑哧一声笑出来，摇摇头，又喝了一口掺了七喜的酒，抬起头，发现他正在凝视着我，眼光很温柔，里面有一些东西，像酒一样让我感到微微的眩晕，本来想说什么都忘记了。

我们默默地各自喝酒，过一会儿，他突然问我："你结婚了？"

Chapter 6　　**会微笑的戒指**

　　我吃了一惊，抬头看看他，发现他正盯着我右手无名指上的那个情绪戒指。那个戒指，最早是杜政平买给我的，后来我还给他，再后来重归于好，他又还给了我。那个戒指大概正好就是六号的，戴在中指上有点嫌紧，我就一直把它戴在右手的无名指上。

　　我把手在他眼前晃了一下："这不过是一个玩具。再说，这是右手啊。"

　　他看看那个戒指，笑笑："很漂亮。"

　　我说："谢谢。"突然意识到他大概还不知道我现在又和杜政平在一起了。我一边琢磨假如他问我有没有男朋友的话该怎么说，一边黯然地想：他知道了，说不定会怀疑我跟他谈恋爱的时候，就还想着杜政平，所以跟他分手之后又兜回原地，我说也说不清。其实，并不是那样的，可是看起来却实在很像，换了我或许也会这么想。

　　正在出神，程明浩下一句话让我着实吃了一惊："我以为你和小杜已经结婚了呢。"

　　我望了他好一会儿，才反应过来："你怎么知道……"

　　"噢，去年底，好像是十一月中旬吧，我给你打过一次电话，是他接的。他告诉我你们大概会今年结婚，还准备去大溪地度蜜月。"

"杜政平?"我叫起来,杯子里的酒差点泼了出来,"他说我们要结婚?"

程明浩看看我,脸上的表情介于诧异和尴尬之间,好像在说:"难道不是吗?"过了半天,他点点头。

"他……他还说了什么?"

"他还说你们公司很忙,你经常要八九点钟才能下班。"

"还有呢?"

"还有,他说你们圣诞节去太浩湖滑雪,然后我们随便聊了一会儿,其他也就没什么了。"

我呆在那里,脑子里像有本日历,一页一页飞快地翻回到去年十一月份,十一月中旬,想起来了,那个时候,我刚刚给了杜政平我公寓的钥匙,他有时候下了班就直接过来,然后我们一起吃晚饭。那一段时间,我比较忙,经常到家的时候他已经坐在沙发上看电视了,难道……

不错,我们公司是很忙,我经常要八九点钟才下班,去年圣诞节我们的确去了太浩湖滑雪,而且玩得很开心,但是,但是,谁说我跟他今年要结婚的呢?

自从几个月前和他一起看见那张老掉牙的结婚证书之后,我的的确确开始想,就这样把名字和他写在一起,或许就是我需要的幸福——幸福这个东西,看不见摸不着,没有经历过,事先怎么会知道呢?我甚至想,假如他提出结婚,就答应吧。可是,早在去年十一月份,他怎么就未卜先知了呢?

那是我第一次发现杜政平做了一件不光明正大的事情——一句谎言夹在好几句真话当中,变得像真的一样,换了我是程明浩,也会相信。然而,说那是谎言,好像也不完全正确,他不是在我家接我的电话吗?我们不是的确一起出去度假吗?

我定定地看着程明浩,原来,他找过我的,只是我没有接到那个电话。

我木木地说:"我们还没结婚。"

"噢……那,有计划吗?"他有点意外,认真地看着我。

"有……可能，有可能明年吧，"我感觉好像回到小学课堂里，躲在下面看连环画被老师猝不及防叫起来，连问题是什么都还没听明白却又觉得不得不给个答案，心里又急又窘就随便说一个凑数。我又喝了一口掺了七喜的红酒，味道却已经不对了，好像又酸又苦，"你找我干什么？"

他低下头看着自己的脚尖，看了好一会儿，才说："讲出来……你不要笑，"他自己先微笑了一下，淡淡地说，"当时，我是想跟你说对不起……我知道你很讨厌我说对不起，可是又实在想不出还有什么可以说，所以我想，索性被你痛痛快快骂一顿也好。"

"你有什么对不起我的？"

他舔舔嘴唇，接着往下说："记得吗，你跟我分手的时候说我不适合你，还说我没有小杜好，当时我一气之下跑了，临走之前还叫你去嫁人，后来想想，实在混账，不知道自己是怎么搞的。其实……其实那天我开车去明尼苏达，在路上就老在想你，好几次恨不得马上掉头回去，又觉得那样太没面子。可惜，"他苦笑一下，"等我明白过来，小杜竟然又把你追回去了，那个家伙真是无孔不入。现在我倒是承认他比我好，他不是为了你到加州来了吗？我呢……"他摇摇头，"不过这样也好，正好让我断了念头，把心思统统放在工作上，去做该做的事情……不管怎么说，我都当你们是朋友，结婚的时候……通知一声。"

我看着程明浩，他脸上的表情越来越平静，到最后，平淡到几乎没有什么情绪。他眼睛里曾经闪现过的刹那温柔——那种往日的温柔，又不见了，换上一分亲切，像是对一个久别重逢的老朋友诉说从前犯过的错误，随后泰然地一笔抹去"都不提了"。

我觉得喉头发涩，嘴唇发干，刚刚喝下去的酒溶进血液一阵阵往脑门上涌。照那么说，他并非如我想的冷酷无情，在我想念他的时候，他或许也在想念我，而且的确打过电话希望重新开始，只是，晚了一步。

他轻轻地笑了一下，然后自言自语一样地接着往下讲："去年感恩节前几天，我和一个同事去佛罗里达一家公司看仪器，回程在亚特兰大转机，正好碰到机场发生紧急事件关闭，我们在那里等了五六个小时。现在想想也没什么，但当时乱糟糟的，大家不知道会发生什么，都很紧张。我那个同事的太太知道了，急得要命，每十分钟给他打一次电话，问有没有什么新的情况。到后来，他都有点不耐烦了，我却在旁边越看越羡慕，因为没有人给我打电话，当时，差不多周围所有的人都在打电话，所以我都不知道该干什么好。我在那里想，如果我们没有分手，你大概也会那样的吧……你一定也会那样的……你以前对我那么好。"

"后来呢?"

他停了一下，看看我："后来我突然心血来潮，就给你拨了个电话过去。照说不应该，而且，就算我们没分手，我也不愿意让你担心，可是那个时候，我真的……真的很想知道你究竟还会不会为我担心。"

"然后你没等接通就挂掉了，对不对?"我盯着他问。

"我拨了号码以后，又觉得自己很可笑。再说，要还是碰上小杜接，我怎么说?"

"那天是我在家，我去接电话的，结果你自己挂掉了，"我轻轻地说，"还有，当时我如果知道了，会担心的。"

他不说话。我低下头，问："你是不是觉得我很不好?"

"没什么不好，人总要往前看，我们都一样。"他平静的语调像冰水一样慢慢地浇到我的心里。我怨恨地看了他一眼：刚才那些话，为什么不早一点，或者，晚一点告诉我，或者索性就不要告诉我? 反正无论如何不该现在告诉我，现在告诉了我，然后加上一句"人总要往前看"，让我看也得看，不看也得看。他自己大概是想通了，不在意了，于是和盘托出，大概觉得了却一桩心事，也不去管人家想通没想通，在意不在意。我觉得他很自私。

"太阳出来了。"我说。人的话题聊得差不多，只好又回到天气上去，天气总是比较容易聊。后来，他告诉我，他买了一本花生漫画，"史努比的确招人喜欢。"

"它现在是花生漫画系列里人气最旺的，"我漫不经心地说，"真可笑，那么多的人物，大家却最喜欢一只狗，可见人没有狗好。"

程明浩他们公司的境况的确比我们好，活动结束时每人发了一瓶酒。他问我："你要不要？"

我笑笑："你自己带回去加糖喝吧。"

他拿出一张名片，又在背面写上自己的手机号码，递给我。我也给他一张名片："我不用手机。"

我的名片刚刚重新印过。程明浩看看上面的职务，笑起来："我想不出你管人是什么样子。"

"很凶地管啊，谁不听我的话我让谁吃不了兜着走，"我也笑起来，"老实说，我也想不出你管人是什么样子。"

跟他道别后，我一个人望着远处泛黄的山坡，回味着他早先说的话，突然拔腿往山腰上的停车场跑过去。那段路很长，而且是上坡，我在太阳底下跑得满头大汗，等我跑到那里，他正好把车开出来。

他把车停在我的面前，降下车窗，看着我："什么事？"

我脱口而出："你不要走。"这句很久以前就应该说却没有说的话，一直存在心里，此刻猝不及防地蹿了出来，让我们两个人一起怔住了。

他摘下墨镜，看了我一会儿，轻轻地说："我还要去赶飞机。"

"你是不是结婚了？"

他摇头。

"有女朋友了？"

他还是摇头。

"那就不要走，"我把眼睛睁得大大的，几乎能感到眼泪在里面凝集，"我不许你走。听见没有？"

他清了清嗓子："上车说吧。"

"不，你下来，"我强硬地说，"你给我下来。"

他打开车门出来，站在我面前。我抬头看着他，他也看着我。他问："你想怎么样?"

"我不要你走,"我执拗地重复着,"那个时候,我就不要你走的。"刚才跑上坡的时候,我的心里想起了好多话,可是不知怎么搞的,真的到和他面对面的时候,翻来覆去却只是这一句。

他脸色严肃下来:"那你要什么?"

"我要你。"

他审视着我的脸,我努力不让眼泪掉下来。他苦笑着摇摇头:"关璐,你不要孩子气了。"

"我没有孩子气,谁说我孩子气?"我怒气冲冲地瞪着他,并且用力咬着下嘴唇,"你从前自己孩子气,否则我们根本就不会分手。"

他抬起头越过我看着远处的山,过了好久才把眼神拉回来,好像在想什么很重要的事情。终于,他一个字一个字地问:"那你呢?你为什么不多给我一点时间?"这个时候,我看见他的眼睛里有一种积郁许久、受了伤的愤怒,像闪电一样灼着我的心,"其实……只要……只要几个月就够了呀……"

"我怎么知道?!我给过你机会的呀,'9·11'那天你给我打电话,我不是说我想你吗?你叫我自己保重,是你叫我自己保重的呀!"

"那你怎么不想一想,我干吗要给你打电话?那天,我一直都在担心你,上班也心不在焉,生怕旧金山万一也出什么事情你怎么办。说来可笑,我有好几个同学就在纽约,可是我却只想着你。做了一天思想斗争,还是忍不住给你打电话。璐璐,你说过,我个子比你高,所以反应比较迟钝,你忘了吗?你既然知道,你,你,你为什么就不等等我呢?"

一阵山风吹来,蓦然刮下一阵眼泪:"你知道你让我多伤心吗?"我冲着他嚷嚷,"你还来怪我?你怎么好意思?"

他一把抓住我的肩膀:"可你知道,你让我有多伤心吗?等我终于下定决心回去找你,我真的想,随便你怎么骂我,要我怎么样都认了,可就是没想到你已经……小杜还告诉我你们要结婚,这种味道,你自己去尝尝看?"

我抓住他的手:"我不是……"话却说不下去了。事情到这里,好像已经分不出谁对谁错。就像一个水彩画盘上,左一道右一道颜色飞上去,越描越黑,再也看不出底色。

许久,他扳开我的手,把我放开:"对不起。我这个人不大会说话,也不喜欢什么事情都挂在嘴上,所以就比较吃亏,也让你受了很多委屈,我自己知道。不过,有一点我一直弄不懂,我跟你谈恋爱之后,心里就装不下其他人了,你老不相信我,怀疑这个怀疑那个,我以为总有一天你会明白,可是,你自己却一跟我分手就……你让我怎么相信你呢?我虽然不太聪明,可也不是傻瓜,只要你等一等,稍微等一等啊……你怎么就等不及了呢?"

我的眼泪一个劲地往下流,流进嘴角,咸咸的,涩涩的。他去车里拿了盒纸巾给我,我不要,把眼泪都擦在衬衣袖子上。

等我的眼泪差不多擦干,他也平静下来,柔和地说:"我说你小孩子气,是因为我觉得有时候,你可能不知道自己究竟想要什么,得到了又觉得不好。所以,以前的就算了吧,我送你下去。"

"你觉得我朝三暮四,对不对?"

"我有点累了,和你无关,真的。其实,我看你大概也累了。"他坦然地看着我,那种目光让我彻底绝望了。查理·布朗不要史努比了。查理·布朗怎么可以不要史努比呢?

很多决定在刹那间做出,做完了之后就没有回头的余地,其实也不应该回头,只好往前看;程明浩是这样,我也是这样,而已经发生的事情,一定是正确的。否则,日子怎么过下去?

那天回到家,差不多精疲力竭。杜政平正在看电视里一部很老的越狱片,我把程明浩的名片放到桌上的名片盒里。

吃饭的时候,我问他:"有个地方叫大溪地,什么地方?"

他看看我:"是太平洋里的一个岛,算是度假胜地。"

"在哪里?"

"靠近夏威夷吧。想去吗?"

"我不是想去,只是想告诉你,下一次同人家说我们要去度蜜月,起码挑个我知道的地方,我可以替你把话编圆,免得穿帮。"

他转过头来,我趁他发问之前说:"我今天碰到程明浩了。他们公司组织活动,正好和我们在一个地方。"我把程明浩的名片拿给他看。

"这么巧?"

"嗯。"

他不说话了。

那顿饭吃得庄严肃穆。我收碗的时候,杜政平指着那张名片:"这个,你觉得有必要留着吗?"

我们对视了半分钟,我微笑了一下,把名片拿过来,慢慢地撕掉:"我觉得没有。"然后把碎片扔进了垃圾袋,又把垃圾袋扎起来。

晚上,杜政平已经睡着,我在迷迷糊糊之间,忽然想起好久之前想了一晚没想明白的问题:程明浩的手机号码是多少?今天他写给我的时候,我看了一眼,很快又忘记了。我对数字,尤其电话号码的记忆能力很差,不写下来根本记不住。最后四个数字是"3457",不对,是"3754",好像也不对,"3547"应该差不多了吧。这个毫无意义的问题把我越弄越清醒,搞不好又要一夜无眠。

我轻轻地下床,到厨房的角落里,小心地解开那个垃圾袋,在一堆菜叶、剩饭、脏纸巾、塑料袋和可乐罐当中寻找那张名片的碎片。并不是余情未了,只是,只是我想看看我记得对不对。

"关璐,你在干什么?"

我的手猛地一抖,回过头,杜政平正站在水槽前看着我,他的脸色在日光灯下白得可怕。

"我,我在找一张发票……我昨天去超市买的那瓶、那瓶洗发液有三块钱的厂商退款,我突然想起来……"

他默默地点点头："噢，是这样。那明天再找吧，我帮你一起找。"他好像很相信我的话。

"好。"我听话地跟他回房间去。回想起自己刚才干的事，觉得不可思议，而日光灯下的两个人都面目可憎，行为猥琐。爱情，难道真的能让人沦落？

那一夜，我们两个人都没睡好。我们又一次不约而同地都感觉到一个问题在慢慢地逼近，不是上次那个，是另外一个，虽然，谁都还没有开口，但它已经埋伏在那里，像一只藏在草丛里的豹。

第二天一早，我醒来，杜政平在桌上留了一张字条，说他去公司了。我去厨房做早饭，发现那个垃圾袋已经被扔掉了。那天是星期六，他们公司也并没有忙到要加班的程度，我心里明白，他只是为了避免和我见面。晚上七点多钟，我刚把饭做好，他开门进来，把一盒德芙黑巧克力放在桌上："给你。"

我拿起来看看，对他笑了笑，把巧克力放进冰箱："谢谢你。"我没有告诉他，其实，上次去检查牙齿，医生说我有两颗牙齿变得敏感，列出很多种建议少吃、最好不吃的食品，巧克力首当其冲。我很怀疑是那次一口气吃完一大袋椰丝巧克力的恶果：吃的时候纠集了太多的情感，连牙齿都吃不消，变得敏感，用实际行动抗议："不跟你玩了。"

那天，他吃完饭就回去了。以后几个周末，杜政平都没来找我，我也没去找他。我们心照不宣地保持距离，连打电话也客气了几分。我们的感情好像被放在了秋千架上，一下一下在风里左右晃荡，越晃越高，随时可能会飞了出去。两个人一起胆战心惊地看着，却不知该怎么办。

八月份一个星期五的早上，十点多钟，杜政平突然打电话到我办公室，问我身边有没有林少阳的号码。我问他什么事，得到一个触目惊心的答案——我们公司把员工当韭菜，一轮轮割，让人时不时痛并快乐着，被割到的痛，幸存的窃喜；他们公司却是把员工当萝卜，平时养得肥肥的，一旦动起来，就很酷地连根拔起。今天早上他去上班，接到通知去参加紧急会议，公司为了节省开支，决定关闭旧金山分公司，大约百分之三十的员工有机会转去设在中部不知哪个角落里的另一家分公司，剩下的百分之七十就地解散。杜政平的整个部门，包括主管，都属于那百分之七十；覆巢之下，焉有完卵。

我立刻把林少阳的电话号码找出来给他，然后马上打电话给蒋宜嘉，他前不久也升了部门主管，我想问问他们公司里有没有空缺。蒋宜嘉正忙得不可开交，不能多讲，于是约我一起吃午饭。

我们约在离他公司不远的一家泰国餐厅，我坐捷运过去。时间过了二十分钟，他还没来，我把午餐菜单研究两遍之后打他手机。当一个男人迟到二十分钟，你打电话过去，男朋友诚惶诚恐地说"真对不起，我马上来，你先随便叫点什么吃，千万别饿着"，而男性朋友理直气壮地说"真对不起，我马上来，你先点菜，替我叫三号黄咖喱鸡套餐，告诉他们里面不加芝麻，腰果换成花生，饮料要樱桃可乐"。

又过了十分钟，这个爱喝樱桃可乐的男人现身。他一屁股坐下，打个招呼，咕咚咕咚地拿起饮料干掉半杯，然后直呼一口气："累死了，真是累死了，被客户骂了整整一个上午。"

蒋宜嘉走马上任的是新成立的一个部门，叫质量管理。我说："你们公司真滑稽，让五个人去质量管理，那么其他人就不需要管了？"

"唉，不是，说得好听叫质量管理，说得不好听，就是专门吃屁。"他们部门的职责是听取客户意见，协调市场、客户服务、开发、测试等部门，纠正已有问题，改进产品质量。他抱怨，"又空洞又辛苦，还要到处挨骂，里外不是人，公司政治玩起来，你推我我推你，谁都摆不平，摆不平就拿不出业绩，好容易摆平，有点业绩了，我的妈，一帮人不知从哪里跳出来跟你抢个死去活来，难怪人家都不愿意做才轮到我。"

我们言归正传，他听说杜政平丢了工作，皱起眉头："怎么大家都一起倒霉。"原来，他女朋友"四点半"前几天也被公司裁员了。

"关璐，你叫杜政平赶快寄份简历给我，我试着去推荐一下。不过，你们最好不要在我这里寄什么希望，公司现在虽然又开始进人，可是非常少，一个位子刚腾出来，半天之内就有几十份内部推荐的简历，很多还都是上层的人那里来的，我人微言轻，根本不起什么作用。"他恳切而无奈地说，"我自己女朋友都没有希望呢。"

我点点头："那你们打算怎么办？"

"还能怎么办，我跟她结婚啊，"他咽下最后一口咖喱鸡，抹抹嘴，"说起来好笑，前一阵子她去参加了一次同学会，看见几个同学嫁的老公好像比我出息，回来就有点不安于室，问什么假如她碰到比我好的男人，我会不会成全她。"

"你怎么说？"

"我火冒三丈，说你碰到比我好的男人就赶快滚，滚得远远的不要回来，她和我大吵一架。结果没几天，好，她丢了饭碗，我说算了，太平点嫁给我吧，工作找不到就趁机生孩子，我爸妈连孙子的名字都起好了，她激动得像哭丧，抱着我说还是我最好，"蒋宜嘉居然不无得意，"你们女人啊，不见棺材不掉泪……"官升了，他的嘴还是那么臭。

"你叫她滚的时候，心里真的想她滚吗？"

"废话，当然不是，我心里不知多难过，可男人总不能像你们女人那样一把鼻涕一把眼泪说不要离开我吧。话说回来，她真碰到问题，我还是要托这个底的，否则，我不管谁管？"

我看着蒋宜嘉微笑，想起程明浩也说过如果我遇见比他好的人他会放我走。他是不是心里也不想那么说的呢？假如我碰到问题，他可否也会为我托底，觉得我不管谁管呢？那时候，他一定会的；现在，不会了。

"喂，你看什么？"当你盯着一个男人微笑超过二十秒钟，男朋友觉得你很爱他，男性朋友觉得他可能出了什么洋相。

"我觉得你现在变得很男人。"

可惜蒋宜嘉并不太欣赏这种赞扬，他叫起来："什么话，我本来就很男人!"

他顺道送我回捷运车站。他还开着那辆七成新的日产，车子里放着一首唱得缠绵悱恻的英文歌，那个声音似曾相识。

"谁唱的?"

"猜猜看，你应该很熟悉。"

我猜了几个美国歌星的名字，他都摇头："英文歌又不一定要欧美歌手唱。"然后把 CD 盒子递给我。

那是张信哲的一张英文专辑。张信哲的英语非常好，但是听着听着，总觉得多少有些不尽兴，他那种中国式的温柔含蓄融进西方流行音乐的旋律，英雄无用武之地，显得几分尴尬，几分局促。

我看看蒋宜嘉，他果然有同感，叹了口气："每次听这张碟，我都想，我们这些人有点像张信哲唱的英文歌，用足功夫，也不是不好听，就是好多本身的优点用不上，凡事照美国人的套路边学边做，先吃亏三分，想跟人家拉平就得多付出。不过，既然开了头，硬着头皮总要把歌唱到底。"

那一刻，我发现，异国他乡的生活在以一种惊人的速度使我们成长起来：我们慢慢扔掉小女孩的稚气、尖酸，去学着做平和、温柔而坚强的女人的过程中，那些小男孩不知何时也悄悄退去了身上的青涩、鲁莽，逐渐向成熟、宽厚、有担待的男人靠拢。

下午，我跟其他几个熟人也联系过，基本上没有什么结果。晚上，杜政平来找我，他的脸色铁青，不用问，我看得出他的运气也不好。二〇〇二年的夏天，在 IT 行业找一份工作比登天还难，而难上加难的是，要在一定的时期内找到工作，否则，杜政平在美国的身份就会过期，他如果不想黑掉，要在限期之内离开美国，而那个限期，是可以扳着手指数完的。有工作的时候，人称高科技精英；一旦丢了饭碗，就立刻成为超市打折架子上的罐头。

当生存都成为问题，没人去顾及晃悠在秋千架上的感情了。我们拿出各自的通讯簿，把认识的所有有工作的人不论亲疏不分种族列成一张表，准备一个一个去联络。那张表极其详尽，一切我们能想到的社会关系统统包含在内。杜政平甚至问："郑滢以前不是有好多追求者吗?"我想了想，说："算了，这种人情，一旦欠下来，你叫她怎么还?"

我的手指一页页翻过他的通讯录，快翻完的时候，停在了一个名字上。我看看他，他沉默了一会儿，点点头。

我把程明浩加到表格最后一栏。他的公司有一个很大的IT部门，而他，说过把我们当朋友的。

那个周末，我们打了整整两天的电话，把一张表格画得五花八门，可是，大部分的人给出的答复都让人当场失望，还有一部分像蒋宜嘉那样要了简历，却加上一句"不要寄太大希望"。也可以理解，大家都自顾不暇，帮忙更是力不从心。

星期天晚上，我终于给程明浩发了一个电子邮件。一个小时之后，他打电话来："你马上寄一份小杜的简历给我，我明天晚上给你们答复。"

我说了声谢谢，把杜政平的简历寄给他，然后疲惫不堪地站起来，发现杜政平已经不在屋子里。我打开门，看见他坐在外面的楼梯上喝啤酒。我拿了一罐啤酒，坐在他旁边，一边喝一边告诉他我替他寄了份简历给程明浩。

他自嘲似的笑笑："真是不争气，要情敌来帮这种忙。"

我说："他现在不是你的情敌了。"

他低下头："我还是不争气。"

我转过头，吃惊地发现突如其来的失业可以让一个人发生这么大的变化：杜政平的胡子两天没刮，眼睛充血，脸色发青，他原来的神采飞扬、热情开朗一下子消失得无影无踪，整个人颓废了一圈，让我越看越难过。

我拉住他的胳膊："说不定明天就会有好消息的。"

他看看我："你觉得会吗?"

我避开他的眼睛，说实话，我一点都不乐观，一般公司都在年底进新人，八月份的工作机会凤毛麟角，而且竞争肯定非常激烈。我们心里都清楚，整个周末的忙碌，有点死马当作活马医的意思。

"你们公司真不是东西，这么大的事情都不早点打个招呼，让人家怎么办？"

他叹口气，"就是因为事情太大，才绝对不能打招呼，否则还不天下大乱？算我倒霉，"过了一会儿，他看着手里的啤酒罐笑了，"我现在感觉自己就像有钱人家的末代子孙，什么眼界都开过，以为好日子能一直过下去，结果……结果落得一场空，"他摇摇头，"你知道我找工作的时候有多少家公司要吗？价码一个比一个开得高，"他伸出七个手指，"现在这些王八蛋都哪里去了？"

"你不要这样。"我心痛地看着他。对于很多人来说，那一段"往事不堪回首"，我们差不多都是"要什么有什么，喜欢谁就是谁"，太过顺利，所以现在越发难以承受这种落差。

他突然站起来，恶狠狠地把啤酒罐捏扁，"凭什么？凭什么呀？你说我是哪里差劲？关璐，你说呀，凭什么人家都好好的，我要去倒这种霉？你倒是说呀？"他的五官扭成一团，拧成非常痛苦的表情。

我用力拉他坐下："你不要这样。倒霉的又不是你一个，我们公司一会儿就有一大堆人倒霉，说不定明天就轮到我。你们还算倒霉一起倒，我们是你踩我我踩你，气都气死人。不过，再倒霉，总归过得下去，总不至于会死！"我用力在他耳边喊着，声音在夜色里有几分凄楚。

他捧着头，两手大拇指用力按在太阳穴上，终于平静下来。我轻轻地抚摸他的后脑勺。

我们很久没有说话。突然，杜政平抬起头来，把手搭在我的肩膀上："关璐，现在只有跟你在一起还可以稍微舒服一点。"

"那就跟我在一起吧。"

"我是说一直跟你在一起。"

我转过头去，他抓紧了我的手，脸上有一种满溢了天真的悲伤，像极花生漫画里那个总是抓着一块毯子、一旦放手就心神不宁的莱纳斯。莱纳斯让我心疼。只是，我从来没有想到，有朝一日，杜政平会变成莱纳斯；而我，会被他当成那块毯子。

我脑子里过电一样闪过那天在山坡上程明浩看着我说"我有点累了"的神情，心里泛起一阵苍凉：程明浩累了，杜政平累了，我也累了。就这样吧。

于是，我点点头，微笑一下："那就一直跟我在一起。"

他把头轻轻地靠在我的肩膀上，头发像松针一样刺着我的脖子，像五年之前在飞机上一样。我突然意识到，几年来，我们一起经历了那么多起落，共同拥有了那么多回忆。这些，加在一起，还不够吗？很多人，不就是凭着情义过一辈子的吗？

第二天晚上，程明浩打电话来，杜政平正好不在，是我接的。

他告诉我他们公司的 IT 部门现在没有空缺，声音很抱歉："我已经把所有认识的人都找遍了，实在不行。对不起。"

"不要紧。谢谢你费心了。"我真心诚意地说。一个晚上，我已经接了差不多七八个这样的电话，早已麻木。

"我也想过自己部门里的位子，可惜小杜的背景差得太远了一点。真是对不起。"他又说一遍"对不起"，口气倒好像他欠了我们的。

"谢谢你费心。"我也又说一遍。

他问我有没有其他的机会，我说没有。

他迟疑了一下，问我："那你们打算怎么办？"

我老老实实地告诉他："再不行的话，我们就结婚。"说那句话的时候，我心里幽灵一样地蹿起一种小小的、报复的快乐。不管你在乎不在乎，我要结婚了，比你先结，结给你看；至于和谁结，为什么结，与你何干？

他沉默了，过一会儿，换一种干脆利索的语气说："关璐，我再去想想办法。"

"不用了。我知道你已经尽力了。"

"让我试试看。说不定……"

"真的不要了，"我打断他，"车到山前必有路。"

"璐璐，"他突然叫了我一声，"听话。"

我被他叫得愣住了，半天才反应过来："干吗听你的话?"

然后，我把电话挂上。

这个时候，杜政平回来了。电话铃又响，他去接，我知道那是谁打来的，低着头，却用心地聆听他的每一句话。

杜政平说了几句，内容和我刚才讲的大同小异，然后挂线。他说："程明浩说他明天再帮我想想办法。"随后，看看我，又加上一句，"看不出他这个人挺热心的。你说会有戏吗?"

我把一件衣服从椅背上拿下来，挂到衣架上，回头看看他，说："我看没戏，他们毕竟是做药的。他也算是尽力了。"

那天晚上，我正在刷牙，杜政平突然把头探进浴室来："要不，明天我们去结婚吧。"他脸上又是那种莱纳斯一样天真而哀伤的表情，两眼一动不动地盯着我，看得人心里直发酸。我把牙齿里里外外刷了个遍，终于对他点点头，莱纳斯永远让我心软。等我把那口牙膏泡沫吐出来，发现上面有一摊血。

我们分别打电话回家报告，只是说准备结婚，没提他失业的事情。双方的父母发现我们同居之后，就一直在催着快点结婚，所以都很爽快。

第二天，我请了半天假，和杜政平一起去登记。到了市政厅才知道，原来在美国结婚有两个步骤，先要领一张三个月有效的结婚许可证，然后在有效期内举行仪式。我们填了一张表，交了一百三十多块钱，拿到一张电脑打印出来的纸，第一格列着他的姓名地址出生日期教育程度等等，第二格列着我的，下面几行文字，基本意思是说美国加利福尼亚州旧金山市政府准许我们结婚。当原本以为遥遥无期的事情突然变成现实，那种感觉有点像刚从一场不太深的梦里醒来，懵懵懂懂，不知究竟是真的还是假的。

市政府也有一个小教堂，可以举行最简单的结婚仪式。不过，当天和第二天都已经排满，我们登记到星期四下午两点半去举行结婚仪式，我们拿到的收条上写着"两点半到两点四十五分，请提前二十分钟到达"，我问"十五分钟够吗"，窗口那个女人一边把信用卡收据递给我们一边干脆地说"足够了"。不知怎么的，我心里觉得有点悲哀。我想起郑滢结婚的时候，光是开车去参加婚礼就花了一个多小时。

走出市政府，我看着那张纸问杜政平："他们也只不过看看驾驶执照而已，其他都是我们自己填的，这个结婚许可证究竟有什么意义？"

他笑笑说："我想大概是可以借机多收一次钱吧。"然后我们开始算加州平均有多少人结婚，州政府可以收到多少钱。

回家的路上，杜政平突然说："我觉得很对不起你。"

我淡淡地说："有什么对不起的，反正是迟早的事情。我妈昨天知道了，开心得要命呢。"

"以后我们再补结一次婚好了。"

"算了，我这个人本来就怕麻烦。"

我们去买了一对指环，他要给我买个钻戒，我说："不用了，其实也没什么机会戴，戴出去又会担心掉了。"但他坚持，说："你老公再落魄，这点钱还是有的。"于是我挑了一个二分之一克拉的白金钻戒，钻石切得又匀又干净，他帮我戴在手上，我微笑着说："真漂亮。"

那天下午，我戴着戒指去上班，告诉同事们我星期四要结婚了，他们一哄而上恭喜我，然后责备"怎么也不早点告诉我们"，我说"我们都比较低调"，心想，我自己也是昨天晚上才知道呢。

半天下来，我左手戴戒指的地方居然起了一圈小小的泡，有点痒，我想，大概是皮肤过敏吧。来美国之后，很多人都开始过敏，我属于情况比较严重的，对很多莫名其妙的东西过敏，可是万没想到，居然对钻石戒指也会过敏。穷命。

第二天，我把戒指放回盒子里，在手上涂了点薄荷油去上班。快中午的时候，程明浩突然打电话到我办公室。他说："现在有时间吗？我马上要见你。"

"你在哪儿?"得到的答案让我大吃一惊,他在我公司对面的一家餐厅里。

我跑到那家餐厅,他坐在靠窗口的一个位子,隔了几排座位朝我微笑。我在他面前坐下,低头看着桌上放盐和胡椒的罐子:"你怎么来了?"

"有办法了。我有个亲戚,是我爸的表弟,在圣何塞开一家小公司,我今天一早去找过他,他已经答应让小杜到他手下去工作一阵子。他的公司其实并不太需要用人,所以工资一定不会高,不过至少可以保住身份,等到年底或者明年初再另外找份好一点的工作。我刚才给你家里打电话没人接,也不知道小杜的手机号码,所以才来找你,你告诉我他在哪儿,我下午就带他过去。"

我抬起头看着他,心里好像桌上的盐和胡椒罐一起打翻,腌了个结结实实,说不出话来。

过了好一会儿,我拿起桌上的冰水喝了一口,轻轻地说:"我看不用了吧。我们明天结婚,戒指也买好了。"

沉默。

沉默。

沉默。

我低着头把冰水喝完半杯,突然,我听见他几乎是咬牙切齿地问:"璐璐,我不是说了让我再去想想办法的吗?你——你为什么就,就不肯稍微多给我一点时间呢?!你……你……"他说不下去了。

我站起来:"真不好意思,让你白跑一趟了。"

程明浩一把将我拉回到凳子上,一句话也不说,只是死死地盯着我,看了好一会儿,他吸了一口气,换一种比较平静的声调说:"把小杜的手机号码给我。"

"你要干什么?"

"干什么?告诉他我帮他找到了一份工作,"他补上一句,"放心,我就当不知道你们要结婚。"

我把杜政平的手机号写给他："不过他现在不在旧金山。"杜政平今天去摩根山的一家公司，他有个朋友在那里。虽然人家已经摆明只招美国员工，他还是希望能通过引荐碰碰运气。

程明浩立刻拨电话过去。电话通了，他和杜政平讲了一会儿，脸色越来越难看，等放下电话，他一拳捶在桌子上："早知道这样，你们还不如不要告诉我！"引来好几张桌子的人朝我们看。

"你轻点，"我已经猜出八九分杜政平刚才拒绝了他的好意，"那个时候，我们还没想到要结婚，所以到处拼命找工作，现在问题已经解决，能不麻烦你也就不麻烦你了，再说，你也要欠人家的情，"我说着说着垂下眼睑，"其实倒霉的又不只我们，蒋宜嘉的女朋友也被裁员了，他打算跟她结婚。等过了这个难关……"

"等过了这个难关，你知道这个难关什么时候过得去？"程明浩打断我，"不错，你是能帮小杜过这个难关，可是你自己呢？你知道你们公司的股票跌到多少了？你以为你们现在还有钱去喝喝小酒，情况就很妙吗？你能保证年底之前不会再裁员？到时候万一你也丢了工作怎么办？就算能保牢饭碗，你们公司几次裁员裁到电视上去，移民局肯定知道，如果我没猜错，外籍员工的绿卡申请一定难办，你什么时候能拿到绿卡？拿不到绿卡这种提心吊胆的日子你知道要过多久？"他问得咄咄逼人。

我看看他，说不出话来。他说的话都在理，只是我和杜政平好像都没考虑过，或者说，我们根本没有时间精力去考虑那些。我顺着他的话想下去，心里很难过，觉得前程一片灰暗。

他双手交叠把下巴搁在上面，侧过头去看着窗外，苦笑一下："说句老实话，我看你们是顺境走得太多了吧。"

我瞪他一眼："用不着你管，我们自己会慢慢解决的。"

他没说话，我也不说话，把桌上的餐巾纸拿过来撕成一小条一小条，程明浩默默地看着我撕。等一张餐巾纸差不多撕完，他突然说："不要嫁给他。"

我愣愣地看着他。

"你不要嫁给他，他没办法了，自然会来找我。"

我摇摇头，过了一会儿，慢慢地说："这样的话，他说不定会以为你要跟他抢老婆，会恨你的。"

"老婆是抢得来的吗？"他按住我的手，眼睛里的光一下子让我的心怦怦直跳，好像随时要从胸口蹿出来掉到桌上。我如坐针毡，想把手抽出来，可他拉得很紧，"真的，不要嫁给他。这样对你们都好。"

"不行，"这个时候服务员来问我们要不要点菜，我趁机抽出手，"我还有事，先走了。"然后拿起包拔腿就往外跑。我知道自己很失礼，起码，起码应该请他吃饭，但我真的没有办法在那个位子上坐下去，再多坐一秒钟，我可能就会透不过气来。

在路口转弯的角落里，程明浩抓住了我："璐璐，不要走！"

"你放开我！"我挣扎着，他牢牢地钳住我的手臂让我动弹不得。我情急之下转过头又要去咬他，"你不放手我叫警察了！"

"你敢咬我也叫警察了——别忘了这里过街就是你们公司！"

我没有办法，只好把身子站直，无可奈何地看着他："我不走，你松手。"

他松开我，我们沿着街道慢慢地往前走，谁都没有说话。好一会儿，程明浩掏出一根烟："不介意吧？"

我摇摇头，他点起烟，深深地抽了一口。

我问他："你现在抽烟了？"

他点点头。

"抽烟对身体不好。"

他看看我："我知道。"脸上有一种"你拿我怎么样"的表情。

翻过两个坡，我终于说："其实，我和杜政平并不仅仅是因为这个才结婚的，我们本来就……还有，我的父母和他的父母都很希望我们结婚，所以……"说这些的时候，我心里感到有点滑稽，倒好像我在跟他打申请。

他把一支烟抽完，掐灭烟头，终于开口："你们要结婚，什么时候结，怎么结，其实都不关我的事。哼，不要说什么大溪地，就是去火星度蜜月我都管不着。可是——"他的声音突然温柔下来，"我不知道也就算了，现在我知道，眼看着你这样把自己嫁出去，就觉得不行，就是不行。我……我舍不得。"

"那……那你到底想怎么样？"我皱起眉头，无可奈何地问他。

他低下头，咬着嘴唇，好半天才下定决心似的说："所以……所以我想帮他先解决了这个问题，然后，然后我们再公平竞争好了。"

"竞争什么？"

"你。"他脸涨得通红。

我死命地盯着他看，这一次，变成他逃避我的眼光。

"竞争？竞争我干什么？"看了半分多钟之后，我问他。

"再给我一个机会。"他喃喃地说。

"你什么时候也学会说这么花哨的话了？哪里看来的？"我突然感到心里好像火山一样有股岩浆喷涌而出，"竞争，那我问你，早到什么地方吹风去了？"我举起手表，"我明天下午两点半到两点四十五分结婚，你现在说你要竞争，开什么心？哼，我看你不如帮个忙给我们做证婚人吧，有没有带西装？没有的话……"

他抓住我的手："璐璐，你不要怪我，这大概……大概是我最后一个机会了。"

我甩开他："你没机会了！因为，你老早老早就把自己的机会统统都用光了！程明浩，你以前有过很多很多很多……很多很多很多机会的呀，你都跑哪里去了？现在跳出来又算什么？你说呀，算什么？"

"以前都是我不对……"他恳切地看着我，"我知道错了。"

我镇定下来，觉得身上一阵阵发冷，眼睛发涩，我想找个地方坐下，但周围什么也没有。我无力地说："知道错了，你也不用改，就简单一点，放了我吧，我，我求求你，不跟你开玩笑，你放了我，我感恩戴德。真的，婚礼你也不要来参加了，没什么花头，你呢，现在就去打点打点，然后飞回明尼阿普勒斯去，明天一觉醒来，发现街上女人还是一大堆，顺手捞一把哪个都比我好。"

他不说话，只是用一种温柔而忧伤的眼神看着我，那种眼神不像莱纳斯，不让我同情，是叫我彻彻底底跟着一路痛进心里去，痛得恨不得把心挖出来，却明白就是挖出来也没用，因为那不过是用一个更大的伤疤去掩盖已有的伤疤，欲盖弥彰。

"你不要看，"我痛得吃不消了，大声对他叫了起来，"看什么看，有什么好看的？没见过吗？"然后飞快地转过身，"我回去上班了，一点钟要开会。"

"你不要走。"他又要拉我。

我闪身躲开："我知道我们公司的股票只剩下几块钱了，再开会迟到，说不定真的被裁员，让你神机妙算！"

然后我咚咚咚一路跑回去，一连翻过几个坡，这一次，头也不回。

回到公司，电话上已经有一个他的留言，我不理。等我开完会，他又打过来："下班以后我们谈谈好吗？"声音里几乎在哀求，"我真的需要跟你谈谈。"

我想了一会儿，慢慢地说："算了吧。"我把电话挂掉。

那个下午我的工作效率几乎等于零。部门里的同事凑钱买了一张礼品卡算是结婚礼物，老处女叫我放假回家，我说不要紧。大家觉得我很敬业，其实我只是需要找点事情做，可是又偏偏什么也做不来。

后来，杜政平打电话来，告诉我他那个朋友留他吃晚饭，回旧金山会比较晚，我问他面试情况怎么样，他说："看来没什么希望。"我正要挂电话，他突然说了一句："老婆，我现在只剩下你了。"

我的心里像被扎了一根针进去，好一会儿，才反应过来："你开车小心，不要喝酒。"

挂上电话，我一直发愣到下班，然后木木地拿着包走出公司。

程明浩站在我家门口等我，看他的样子好像已经等了很久。我在他面前站了一会儿，做了一个"请走"的手势，他摇摇头。

我投降，请他进去，给他倒了一杯茶，他双手捧着接过去。动作似曾相识，感觉恍若隔世。

我搬了张凳子坐在他面前，两手放在膝盖上："谈吧。我听着。"

他半天没说话，随后缓缓地从上衣口袋里拿出一样东西递给我："好不好看？"那是一个小小的、金属的环，顶上有一点东西，在傍晚的阳光下微微地闪烁着。

我伸手接过来，那是一个细细的戒指，环上浅浅地旋刻玫瑰花纹，托着一颗很小很小的钻石，跟上次杨远韬送给郑滢的项链上的碎钻差不多大——但她的项链上足足有二十颗；然而，那真是一个可爱的戒指，因为钻石小，反射出的阳光毫不刺眼，暖融融的，好像在对人微笑。那是一个会笑的戒指。

我抬起头看着他，他拿出另外一样东西，是我还给他的那条同样嵌玫瑰花纹的项链。他打开圆形的挂件盒，拿掉里面自己的照片，摩挲了一会儿上面的花纹，然后递给我，轻轻地说："它们其实是一套。那次你做完近视矫正手术后我来看你，开始准备送给你的，我是想趁你眼睛一能看清楚就给你戴到手上去，不过，后来，后来又拿掉了，就只给了你一半。"

我一手拿着戒指，一手拿着项链，定定地坐在椅子上，他低下头看着杯子里沉了一半的茶叶："这个设计很别致，我看见就喜欢，觉得你应该也会喜欢……你向来喜欢那些稀奇古怪的东西，所以我就买了下来。买的时候，我还在想，这样的话，既好看又实用，比如你平时可以把戒指戴在手上，需要洗手的时候可以把它拿下来放在挂件里，不会丢……其实当时有两种设计，一种是玫瑰，另外一种是星星月亮，我挑来挑去，还是觉得玫瑰比较吉利……"

"那，那你后来怎么没给我呢？"我颤着声音问他。

"我看见你床头放的那本珠宝手册，"他停顿一下，喝口茶，"里面好像随便哪个戒指上面的钻石都是一克拉两克拉，还有，你告诉我，有个同事订婚，手上的钻戒像麻将牌，吓得别人戒指没她大的开会都不敢坐她旁边。我觉得，我觉得这个实在拿不出来，后来我就想，算了，等我以后多挣点钱，也去买个像样的戒指，还有，混得好一点，再要你嫁给我吧。"

我呆呆地瞪着那个戒指，一直到上面暖融融的光开始模糊起来："我又没说要多大的……戒指要那么大干什么，又不能当饭吃……其实，我没那么在乎的……"我的喉头哽住了。

他抬起头，眼睛里有一点亮亮的东西在闪动："可是，可是我在乎啊。我不要你也不敢坐在人家旁边怕人家笑，觉得你男朋友真穷酸……其他人看见说不定也会那么想……那样的话你一定会觉得很没面子。我怕你在我面前高高兴兴地收下，心里又偷偷地委屈，还不肯跟我说。"

我的眼泪终于流下来："关他们什么事？我的戒指关他们什么事嘛？你莫名其妙……要送就送，不送就不送，送一半，恶不恶心？程明浩，你这个大笨蛋，大傻瓜，大臭虫，大狗屁……你……你，活该你找不到老婆，活该！"

眼泪滚到脸颊上，我想去擦，可两只手都不空。他伸手来替我抹掉："这种心态现在想想有点可笑，我娶你做老婆，你就是我的人了，以后只要努力，总有机会对你好，想怎么对你好就怎么对你好，想送你多大的戒指就多大，对不对？可是当时也不知道为什么……"

"你是不是为了这个才决定去明尼苏达那家公司？"

他点点头。

"那怎么不告诉我？"

"我不是他们的第一选择，实际经验也不多，自己心里一点没底，但想来想去还是觉得既然有机会就应该试试，如果能把位子坐稳，发展空间就大了。我知道你总希望我留在旧金山，说不定会觉得我是故意的……你这个人心思重，容易多想。后来我突然想，索性我们结婚吧，虽然男人二十五岁结婚好像早了点，不过那样大概可以让你安心，然后我就去买了那个戒指……只不过，临到送出，才发现不上台面……我当时想，再等一段时间，也就是一两年吧，等未来有点眉目了再跟你说，"他又喝了一口茶，抿抿嘴唇，"我甚至还想，等我那边差不多定下来，前景要真的不错，就让你跟我过去，大不了将来我养你，反正那里房子也没有加州贵。没想到后来你一下子跟我说要分手，我一逞意气就答应了……也是因为这个，后来我知道你和小杜又在一起之后会那么生气……"

他静静地看着我，说话的时候语气和脸色都很平和，像在说一件久远的往事。这些想法，他从来都没有对我讲过，所以我不知道；我以为他的人生规划里没有我，我错了；我以为他的心里没有我，事实却恰恰相反，他把我藏得那么深，就像郑澄喝醉那天晚上他用拳头紧紧把我的拳头包在里面一样，深到我自己都看不见。有些事情，我们以为有足够的时间，去说，去做，去了解，其实却没有；我们的时间凝固在那块没有送出的手表上面。

程明浩的话像雨水一点一点渗进我心里的每个角落，我忍着鼻子发酸："我又没说要你养。你养得起我吗？我很难养的。"

"我知道现在可能还不行，不过，我总是想，我如果能尽量混得好，你至少心态可以好一点，不用像现在这样担惊受怕，一天到晚又怕工作做不好又怕裁员又怕被人家欺负，一点点事情都提心吊胆，连梦话都说的是英语……你那副样子真让人心疼。在美国混不太容易，有时候走错一步就全盘皆输，所以我希望你能多一点选择，可以做自己喜欢的事情，不做自己不喜欢做的事情，活得稍微轻松一点，"他碰碰我的脸，"还有，你现在比出国的时候还瘦，人家到了美国都变胖，就是你越来越瘦……"

"那叫苗条，好多同事都羡慕呢，吃饭的时候偷偷看我到底吃什么能不胖。"

"一身的骨头有什么好羡慕？我不吃那套，我要你高高兴兴的，长得胖胖的，就像——就像史努比一样。"

当一个男人语气坚决地要我向一只狗看齐，我心里所有的眼泪都喷涌而出——在他默默下定决心把所有的艰难一肩挑的时候，我却在拼命地猜忌、妒忌、生气，也给他气受，他心里一定也很委屈，又要装作若无其事，真难为他了。

"璐璐，别哭，别哭，不许哭了，"他把我从椅子上一把拉过去，贴在他的怀里，他衣服上有一股烟味，我一边捶他的肩膀一边哭得更凶："叫你不要抽烟，我叫你不要抽烟的，你不听话，你不听话……"

说到这里，我的嘴唇已经被堵住了，他用力地吻我，好像要把所有的废话都挡回去。透过烟味，我闻到了他身上久违的气息，不由自主地闭上眼睛，我已经好久好久没有闻到他身上的味道了；他一边热烈地吻我一边开始抚摸我，让我一身的骨头刹那间酥软无力，没有思考的余地，只觉得一颗心像被搁在火焰上摇摇晃晃的空气里，热热的，被蒸得微微发晕，又生怕随时会掉了下去。

朦朦胧胧之间，我感到程明浩把我抱了起来，一直抱进房间，用他的身体把我压在床上。他滚烫的嘴唇一路吻过我的额头、眼睛、鼻子、脸颊、嘴唇、脖子，然后接着往下，他的喘息声变得越发急促，一边吻我一边呓语一样地说"你是我的，是我的"，我顺着他的动作微微战栗，紧紧地抱住他。他几乎有点粗暴地扯开了我的衣服，随后去解自己的衣服。

就在这时，电话铃突然响起，几声后，留言机响起，传来杜政平的声音："老婆，我在路上，前面出了车祸，特别堵，估计还要一个半小时，你饿了就自己先吃吧。"他的声音低沉而疲倦，只字不提面试，显然很不顺利，过一会儿，他轻轻地说了一句"I'm sorry。"

电话挂上了。

我和程明浩默默地看着对方。他的脸上有一种深深的痛苦，反射到我的眼睛里，每一丝、每一毫我都体会得清清楚楚，一样让我痛彻心扉。当所有的伪装的坚强、自尊和自卑都被现实剥落，我终于看见他为我痛苦不堪，却发现那一点也不好看。

床头的小柜子第一个抽屉里有一个深蓝色的绒布盒子，里面是我的婚戒。杜政平说："你老公再落魄，这个钱还是有的，"他还说，"我现在只剩下你了。"

他已经这样了，我还要雪上加霜吗？

程明浩仿佛明白我的一切想法，我们就那样抱了很久，他伸手把我抱住贴在自己身上，他的脸埋在我散开的发间，仿佛贪恋一种毫无安全感的拥有，像一个绝望的姿势。他抱得我有点痛，但我没告诉他，一旦告诉他，他就会松开手，我不要。我的手插进他的头发里，他今天没有用发胶，头发听话地伏在我的手指间，像刚长出来不久的草地，头发短了，他后脑勺的那个旋露出来，我用手轻轻摸着。

"你们那儿冬天很冷吧，你怎么还把头发剪这么短？"

"那次跟你分手之后，我去剪头发，突然想起以前你总是喜欢玩我的头发，心里难过，就索性把它剪掉了。"

"那不叫玩。"

"不叫玩叫什么？我看你每次都玩得很开心，像个小孩子。"

"为什么总觉得我是小孩子？"

"因为我第一次看见你，你就像个小孩子，"他轻轻地笑了一下，"那个时候，你对着我的脚研究半天，然后抬起头来一笑，笑得很神气，好像在说'咦，这土八路好玩'，然后又一本正经地跟我握手。"

"什么叫神气？"

"就是很可爱，一笑露出一排牙齿。"

"谁笑不露出一排牙齿？所以你觉得我太好？不要赖，你以前女朋友说你跟她分手时候讲的。"

"说太好是在找借口，说老实话，那时候，我觉得你未必适合我，我也未必适合你。你看上去像是那种一路顺风、什么苦也没吃过的类型。"

"你当时觉得什么类型适合你？"

"脾气好，能吃苦，好养，可以一起打天下。"

"农民。我要去告诉张其馨你就是凭这个找她做女朋友的，她保证吐血。"

"不许笑我。"

"那就是说你觉得我脾气不好，不能吃苦，不好养，不能一起打天下啦？我……我脾气是不好，可是，其他的……"

他轻轻点了一下我的鼻子："我知道，我现在都知道了。那个时候没追你，你是不是很恨我？"

我点点头："倒追男人都追不到，一点面子都没有。"

他沉默了一会儿，说："璐璐，我以前谈过三个女朋友，大学里两个，都是开始没多久就分手了，因为人家觉得我家庭条件太糟糕，后来是张其馨，也分手了。可是你跟其他人都不一样，你……不知为什么，你很把我当回事……"

"当回事？"

"那次在西雅图，你跟我讲花生漫画的故事，说'史努比大概是唯一一个把查理·布朗当回事的'，我突然觉得我就是查理·布朗，其实很普通，百无一用，从来没什么人把我放在眼里，你呢，像那个史努比，那么在乎我，好像我真是块宝，在乎得让我心痛。璐璐，你这个人骨子里很好强，有时候都分不出你是真的坚强还是在逞能……那天我抱着你睡，你的心就在我的手上跳，我想，既然你这么把我当回事，我就要加倍把你当回事，好好养你，守着你，将来不让你吃苦，让你一直那么神气，日子好过一点，脾气自然也会变好，你又不是个不讲道理的人……"

我紧紧咬着嘴唇，不让眼泪流出来："没想到你不但农民，还大男子主义。"

他抬起头看着我的眼睛："璐璐，你再给我织一条围巾，我们重新开始，好不好？"

"以前那条不好吗？"

"好，就是……好像薄了一点，我们那里冬天冷得要命。"

"美国买不到毛线。"

"买得到的。"

"买不到的。"

"一定买得到的，"他也变得孩子气起来，"我买到了，你帮我织。"

"不跟你烦了，你现在怎么这么多话。"

他捧着我的脸，看了半天，认真地说："等会儿小杜回来我去跟他说，他想把我怎么样就怎么样。"

我在他的手掌里摇摇头。

"以后我会一直对你好，我这个人说话算数。"

"我已经跟他结了一半婚了。我对他老是说话不算数，人，不能总是说话不算数的。"

我们久久地凝视着对方，直到把彼此眼睛里的痛苦都看了个透透彻彻，又变成一种凄凉回到心里去。突然间，我抱住他，把头紧紧地贴在他的胸口，因为我体会到了那次郑滢说的感觉：我们像一对告别的旅人，一个在船上，一个在岸边，他拉着彩带的这一头，我拉着那一头，眼看着船慢慢地开出，带子越拉越紧，直到绷成细细的一根线，然后啪的一声断开，断头弹在手指上，先是没什么知觉，而后麻辣辣的痛。原先或许不用告别的，总是一个先去买了船票要走的，或许也挽留过，也哀求过，然而终于还是走了；到了此刻，真要拼了命，跳下水去或许也能游回岸边，但是船开都开了，渐行渐远，有多少人会那么做？历来不是只有泪眼相对、无语凝噎的吗？

郑滢没说错，最坚决的告别是在床榻之间，在本该最最亲密的时候。这样的告别，连后路都一起切断了。我，放弃了他。

程明浩终于慢慢地放我。我穿回衣服，他掏出一支烟，又放了回去："带你去看一样东西。"

半个小时之后，我叫他把车子停在路边："我不要去看了。"

"我答应过要带你去看浪管风琴的。"

"我不要看了。"

"那好，"他低下头，"帮个忙，把它戴上，让我看看，好不好？"他把门打开一点，让车里的灯亮起，然后把那个玫瑰花纹的戒指递给我。

我把戒指戴在左手无名指上，那颗小小的钻在暖融融的灯光下微笑，他脸上有一种满意的神情。戒指稍微大了一点，我说："总比太小好。"

我把戒指拿下来还给他。他把它放进项链上的挂件盒，看了一会儿，摇下车窗，突然把它扔出窗外。那条链子在夜色中划了个弧线，迅速消失得无影无踪。我惊愕地看着他。

他转过头来："这样也好，以后可以不想你了。再也——不想你了。"

我的心里一阵痛："你——要给我好好的。"

他点点头。

我们沉默了一会儿，他说："走，送你回去。"

我叫他在离我家一个街区的地方停下来："我自己走回去。"

他伸手过来轻轻地抚摸了一下我的头发："叫小杜赶快转回学生身份。还有，你也要好好的。"

我点点头，车门开到一半，听见他说："祝你幸福。"我回过头，他正一动不动地盯着前面，两手紧紧地握着方向盘，手指关节挣得发白。

我也轻轻地说了句："祝你幸福。"眼泪又一次淹进心里。"祝你幸福"是浪子最后一次温柔的回眸，讲出了口，便没有退路；只是，到了此时此刻，我们之间，已经分不出谁是浪子。

程明浩的车亮起红灯，缓缓开动，喷出一股白汽，散进夜色，像一声叹息。

我回到家，杜政平正站在冰箱旁边吃一杯酸奶。他问我哪里去了，我说出去随便走走。我脱下鞋，光着脚走到他面前："什么时候回来的？"

"刚刚回来，"他正舀起一口酸奶，勺子停在嘴边，又送到我面前，"要不要吃？蓝莓的。"那是我最喜欢的牌子中我最喜欢的口味，上个星期他去买菜时忘记了，回来后想起又专门去跑了一趟。

我点点头，张开嘴，他把勺子送进我嘴里。酸奶又酸又甜，小粒的蓝莓滑过我的舌头，凉凉的。

他自己吃了一口："你吃东西怎么总是喜欢舔勺子？"

"不浪费啊。"

他又舀一口送到我嘴里："傻瓜，又少不了这么一点。"

刚才进门前的刹那，我的确闪过念头，把下午的一切都告诉他，然后去找程明浩，可是，那个念头像霉菌一样被一杯蓝莓酸奶消灭掉了。酸奶杯对面的人，跟我相依为命。

二〇〇二年八月某个星期四下午两点三十分，我和杜政平结婚。我穿着上次去参加郑滢婚礼时的那条裙子，那是我来美国以后买的最像样的衣服——其实是郑滢替我买来衬她的新娘装的，婚礼结束后就送给了我。

郑滢和她先生当证婚人。她很担心，在洗手间里对我说："这样的话，你的负担就重了。"

我淡淡地说："会过去的。"

下半年，眼看一个个交货日期越来越近，我们承诺的烤肉串还是半生不熟。上上下下一起加班，测试部门开始三班倒，天天早上把发现的问题列成一大张表贴得到处都是，后来甚至贴进洗手间，让人在五谷轮回之际不忘修理程序。

那段时间过得十分辛苦。我费了一番心力，终于婉转而坚决地让那位名校出身的实习生明白实际上没有人对他在若干科研杂志上发表的文章感兴趣，也没有人需要他来对现行工作流程提什么观察和想法，只需要他干，点通之后，他固然有点失望，工作起来倒也尽心尽责；比较令我担心的是那个怀孕的女同事，她本人固然敬业，胎儿却不甚合作，反应非常重，工作效率当然受影响——任何事物都有两面性，公司制度下，女人不因怀孕受到歧视，也就不可能得到什么优待，尤其是这样的非常时期。

我对郑滢抱怨："真没办法。"

郑滢说："所以我打算以后怀了孕就辞职。"她和郑广和正在努力制造一个爱情结晶。

"有了吗?"

"哪那么快，刚开始呢。"

事实证明，郑医生任何方面效率都不低，两个月后，郑滢拿着一叠文件到我的办公室来："帮我复印一下。"

"你们的复印机又坏了?"

"不是，我怀孕了，"郑滢居然脸红起来，"我现在复印、打字间都不进了，连电脑也尽量不用，怕辐射。"

"那么严重?"

"不怕一万，只怕万一。"

三个星期后，郑滢辞职。我有点失落：刚刚有了那么一丁点拉帮结派的可能性，帮派却扔下我走了。

我们公司在高科技泡沫期间的最后一次资源重组进行得相当丑陋。二〇〇三年一月，忙碌了半年的项目接近尾声，公司看准时机再度裁员，几个测试和客户服务部门被连窝端掉，一间间空旷的办公室像一颗颗被拔了牙的牙洞，看得人心里发涩。其他部门多多少少受点影响，我们部门里被重组掉的，正是上一轮裁员中的那位漂亮的告密者，说实话，没有人同情她。兔死狗烹，鸟尽弓藏。

两年以来，我们所有人像参加了一整套海军陆战队心理训练，由手忙脚乱、惊慌失措变得训练有素、沉着冷静，真正做到了前面的人倒下去，后面的人不动声色地端起他的枪接着往上冲。如果大家集体度假，完全有实力组团去亚马孙河的原始森林探个究竟，什么食人部落，发扬团队精神，三下五除二把部落酋长捉来，然后就地开会讨论怎么个吃法，清蒸还是油炸，刺身还是叉烧。吃得饱饱的，回来以后，用软件画出电子版路线图发送全公司，推荐别的部门去。

二〇〇三年初，杜政平收到南加州一所大学的奖学金去念博士学位。他说："真好笑，我开着宝马车去上课。"我听得出他声音里的苦涩，生活中有些圈子实在兜得莫名其妙。

杜政平的学校在洛杉矶，每隔两三个星期回一次旧金山。他对我很好，记得我喜欢吃什么牌子的酸奶，记得给我带他们学校附近面包房某种很好吃的巧克力面包，记得天天准时打电话来说"老婆晚安"。正当我们开始逐渐习惯所谓婚姻和各自的角色时，一件不可思议的事发生了。

六月的一个周末，我从纽约出差回来，不知是不是在外面吃错了什么东西，我的手臂上长出一些小小的红水泡，根据经验，我估计那又是过敏反应，立刻拿出一颗过敏药吃下去。

可能是舟车劳顿，加上过敏药的作用，不到十点钟，我就有点昏昏沉沉了。那天，杜政平回旧金山，我们做爱之后，他突然问我："刚才你在想什么？"

"什么？"我迷迷糊糊地问。

他打开台灯："我是说，刚才，你在想什么？"

"我没想什么。"

"你好像……很不起劲。"

"我累了，坐了六个小时飞机。"

"我也累了啊，开了六个小时车。"

我睁开眼睛，愤怒地看着他："你到底想说什么？"

他咽下一口口水："也没什么……我刚才看你那么冷淡，以为你想起了他……"

"活见鬼！"我抓起枕头朝他打过去，一面打一面开始流泪："你冤枉我，你冤枉我，你冤枉我……"他一个劲地认错。

我的眼睛像坏了的水龙头，泪水只是不住地往外流，夹在眼泪里的翻来覆去只有一句话——"你冤枉我"。我从来没有觉得这么委屈：我知道他以为我想起了程明浩才表现冷淡，其实，我刚才什么也没想，什么也没想，我只是吃了一粒过敏药而已。

他到底还是介意的，因为程明浩是我第一个男人。他或许以为我冷漠的时候是在想程明浩，我热情的时候是把他当成了程明浩，然而事实上，并不是这样的，他冤枉我了。可是，从另一个角度来说，他也并没有完全冤枉我，无论怎么刻意遗忘，回忆中的一个片段常常会猝不及防地再现眼前：西雅图的那个雨夜里，他温柔地抱着我，轻轻地解开我胸前的一颗纽扣，他的手指触到了我的皮肤，犹豫一下，又轻轻地把纽扣扣了回去，然后摸摸我的头发说睡吧，像查理·布朗抱着史努比。我的心在他的掌心上跳动，一个捧着我的心睡着的男人，我能忘记吗？

我很想忘记，也真的忘得差不多了，可是，很不巧，这么一个片段偏偏从记忆的墙缝里漏了下来，能怪我吗？

那天晚上，我哭了整整一夜，毫不怯场。以前我说过每人身体里都有个孩子，现在我身体里的孩子不知是饿急了还是尿湿了，哇啦哇啦哭个不停，我根本无法控制。真的，不是我想哭，我管不了他。

杜政平给我倒了一杯水，我喝下去，接着哭；他又倒来一杯，我又喝下去，还是接着哭；最后他拿来了一整瓶矿泉水，我咕咚咕咚灌下半瓶，还是接着哭。好像已经没别的事情可以做，只能哭它个地老天荒。

哭到后来，我的喉咙已经哑掉，眼泪把床单打湿了一大片。杜政平把一条毯子盖在我身上，隔着毯子抱住我。

那是一种很苍凉的感觉：你要问我人与人之间最远的距离是什么，我会说，就是一条梅西百货买来、二十九块九毛九的毯子的厚度。

快天亮的时候，他终于忍不住，穿上衣服出去了。

从前孟姜女用眼泪淹倒八百里长城为了寻找一个男人，现在我用眼泪活生生把一个男人淹走了。从这个意义上说，我跟她有得一拼。

二〇〇三年八月，杜政平提出离婚，我答应了。我们的情分，仅仅挨到纸婚年。

Chapter 7   下一个永远

　　我终于做了一件让郑滢和张其馨刮目相看的事，代价是我的嗓子哑了差不多一个月。小说里动不动就是天天夜不能寐，以泪洗面，告诉你，那是假的，你去试一夜就受够了。

　　杜政平的爸爸和我妈后来知道了我们结婚的真正原因，现在听见说要离婚，想当然地跳着脚在越洋电话里骂他忘恩负义、过河拆桥，我说不出话，他一声不响地把黑锅都背了。

　　我们没什么家当，加上分居两地，一拍两散，简直像玩了一场过家家。最后见他那一次，他买来很多蓝莓酸奶放在冰箱里，上下两格都塞得满满的，起码够我吃两个星期。他临出门，突然转过头来问我："关璐，你到底有没有爱过我？"

　　我看着他，点点头。

　　"不够跟我过日子对不对？"

　　我犹豫了一下，摇摇头。

　　他沉默了一会儿，苦笑一下："你怎么……怎么就不肯努力一下呢？"

　　我低下头。

　　这个被我用眼泪淹走的男人把门轻轻关上。我觉得自己失败得不能再失败。

在又能说出话来的第一天，我走进老处女的办公室，交上一份初步计划书，申请负责部门里新开始的所谓客户服务项目。一月份的裁员中，客户服务部门几乎被砍到最低限度，公司就号召所有人员提高服务精神，老处女对上级精神从来是见风使帆，专门设立一个客户服务项目，以加强和客户之间的联系，提高对客户反馈意见的回应。部门少壮派里好几个人都摩拳擦掌，我幸运地拿到那个项目，他们都很羡慕，说做好了明年一定再升一级。我笑笑，升不升级倒还在其次，我只是想多找点事情做。

那个月底，郑滢生了一个男孩，名字是郑广和的父母起的，郑老太太懂点不知什么麻衣相术，照着孩子的出生时刻算出五行缺木，便起名郑嘉森，谐"加森"的意思，英文名字正好就叫Jason。

我想来想去，不知该买点什么送给她，又不想送一张礼品卡算数，在公寓对街的超市的婴儿用品部门转了半天，还是拿不定主意，最后买了一大堆各式各样的纸尿布——我想他们肯定用得着，浩浩荡荡地搬回家。过街的时候，我突然觉得后背有点发热，回头一看，又没人。我耸耸肩，接着往前走。

我用粉蓝的礼品纸把尿布包裹好，写一张卡放进去，送到医院去。孩子很可爱，产妇和产夫都喜气洋洋，郑滢一直暗暗担心的产后忧郁症一点影子也没有。

我问她："很痛吧？"

她一拧眉毛，抽抽嘴角，摆出一个废话的神情："知道吗，世界上的痛分成十个等级，一级最低，十级最痛，第九级是拿烧着的烟头烫皮肤，你知道第十级是什么？就是女人生孩子！"她嫁了医生老公后说话专业不少。

郑广和在旁边呵呵笑着："算很顺利的，很顺利的，顺利得很，真的，顺利得很。有录像带，以后放给你看。"他不敢给自己的太太接生，却不务正业地把整个分娩过程都拍了下来，显然对自己的摄影技术很得意，一再邀请我以后去他们家看。

我正在琢磨如何婉拒这份盛情，郑滢瞪他一眼："说得轻巧，你倒是来生生看！"

这个时候，该喂奶了，护士把孩子抱来，请我回避。郑广和笑嘻嘻地把我送到门口，然后关上门，我心里第一个反应是"干什么我回避他就不要回避"，随之发现这个想法是多么可笑，却还是有那么一点不服气——我和她睡一个枕头的时候你在哪里。我站在医院走廊的窗前，心里非常失落：人有远近亲疏，对于郑滢来说，现在，那扇门后面的，才是她最亲近的人。那么，我呢？

几个月后，张其馨也生孩子了，是个女孩，长得几乎是林少阳的翻版，眯眯眼，动不动就眉开眼笑，可爱极了。他们起名叫林达，英文名字Linda。

张其馨生孩子的时候出乎意料地坚决不许林少阳进产房，她不知从哪里听来，说男人看过太太生孩子以后就会失去什么神秘感。我后来问郑滢有这回事吗，她不以为然："听她瞎说，照这样，我老公不但看，还帮女人生孩子，岂不是早就不举了？"

后来，郑滢背地里跟我说："张其馨跟我讲过，将来我们可以攀亲家，我心想算了吧，女儿像爸，林少阳拈花惹草的脾气我又不是没见识过，将来要是继承下来，我们Jason怎么吃得消。"

我笑了起来："儿子像妈，你以前风流倜傥的时候可不比他差，要搞定个把Linda应该还是绰绰有余的。"

我终于忍不住把程明浩最后一次跟我见面说的话都告诉了郑滢，她听完，想了一会儿，拍拍我的肩膀，说："算了吧。"

她的理论是"男人对感情就像对保险套一样，当时再投入，过后就会扔进垃圾桶，不会捡起来用第二次的"。

我说："不是所有男人都这样的吧。"

"我问你，假如你现在去找他，他已经有了别人，或者他已经不爱你了，你受得了吗？"

"我不知道。"我想起程明浩把戒指扔出车窗时的样子,心里像被什么东西揪了一下。他是个比我坚决的人。

她认真地看看我,叹了口气:"你够胆就自己去试试吧。"

那天晚上,我打开电脑,进入 Yahoo 邮件网站,颤着双手打进他的电子邮件地址,再打入那个他从前告诉我的密码——我的生日。我和自己打了一个赌,假如这个密码还有用,假如他还用我的生日去开启他的邮件信箱,我就给他写信;如果不行,就算了。

同自己打赌的结果是,不行。他已经改了密码。我不知道是赌输了还是赌赢了。

接手客户服务项目有两个直接后果:一个是需要经常出差,一个是需要经常挨骂,两个我都不喜欢,相比之下,更不喜欢后者。各级主管在大会小会上信誓旦旦地"无论如何我们都不在质量上妥协"和大学二年级男生分手时爱说的"无论如何我都等你"一样听听可以却万万信不得;由于人手缺乏,去年的烤肉串出门之后,隐藏的问题一一暴露出来,客户投诉达到了几年以来的一个高峰。我负责联系客户,把投诉分级,然后根据不同等级定出处理方案,问题够大的话,就需要亲自上门或者组织同事去。部门其他同事去了几次,发现这种差事基本就是送上门去挨骂,挨完了还要保持良好的精神状态去帮客户把问题搞定,便你推我推你,弄到最后,很多时候只好我自己硬着头皮去。开始很难受,后来逐渐发现挨骂也有所谓边际效应,第一次觉得痛不欲生,第二次就好些,第三次更加习惯,到后来,变成工作流程的一部分:顾客就是衣食父母,表现不好,爹妈不要打屁股吗?

那一段时间,我去了美国很多城市,然而来去匆匆,印象最深的只是它们的飞机场而已。每一次上路,我都带着那个银灰色的手提箱,那上面画着一条小小的彩虹,独一无二,让我在无论哪个机场的行李转盘上都能一眼认出它;每次一眼认出来,心里会微微一颤,当初程明浩给我买这么一个牢得可以挡子弹的手提箱，是不是注定了日后我要走天涯海角的路。后来有一次把箱子托运以后，我坐在窗口的位子上看见地勤人员把行李装上飞机，一个大胖子狠狠地把我的箱子扔进舱，看得我心疼，从此再也不托运——这个箱子，我可是打算用很久的呀。

我们那一代人骨子里的土气在我离婚之后表现得淋漓尽致：每一次周末，假如我在旧金山，必然有人热心地帮我张罗配对，逼着我去盲约，本质就是把一男一女放在一起，让他们掂掂对方的半斤八两，掂得差不多，就开始考虑将来往一张床上睡的可能性。他们心有灵犀，一致认为我不应该这么闲荡着，应该早点再找个男人。

郑滢一门心思地伺候儿子，百忙之中还忘不了叮嘱老公替我张罗人选。郑广和替我安排了他的一个学弟，是个皮肤科医生。他请我去了一家很有格调的西餐厅，我们客气地互相吹捧一番，他啪的一声点起打火机把自己的刀叉仔仔细细地烧了一遍，然后伸过手来也要帮我的刀叉消毒，我立刻明白这或许是我这辈子吃过最卫生的一顿饭，但绝对是和这个男人吃的最后一顿饭，因为他脸上的理所当然实在叫人怀疑他日后上床前也会拿出酒精来替太太好好消毒一下。林少阳撮合他同事的表弟，热情奔放，约会两次之后就要在车里拉我裙子的拉链，吓得我不敢见他第三次。张其馨甚至想到蓝田日暖，我说"算了吧，我又不会吟诗"。后来居然连蒋宜嘉也出场来干这种他认为只有你们女人才喜欢的勾当——由此可见他们认为我情况严重，他头脑冷静、严格遵循"竹门对竹门、木门对木门"的原则，找了一个在高科技浪潮中不当心做了运输大队长的男人，而且在人家面前把我塑造成一个类似的受害者——痴情女子为了保住男朋友的身份，以身相许，人家过河拆桥，落得孑然一身，当然，此刻痴情女子早已想通，断然不会吃回头草的，时刻准备着迎接一份新的感情。人家大概很有同是天涯沦落人的感觉，三句两句之后诉起衷肠，尽数从前老婆的不是，越数越气，最后居然说："老实说，我知道她现在在非法打工，哪天高兴了，检举到移民局去，让她吃不了兜着走。"那顿饭我无比坚决地付了一半钱，包括小费——这样的男人，欠他一分钱都会于心不安。

如此若干回合下来，几乎所有的人都放弃了我，不，应该说，他们终于放过了我。

偶尔和郑滢、张其馨凑到一起，百分之六十的时间她们讨论孩子，百分之三十的时间她们讨论老公，剩下百分之十的时间用来教育我。

郑滢说："关璐，你已经都二十七岁了，还离过一次婚。"

我说："你不是说在美国，女人离婚次数越多身价越高吗？我才一次而已。"

张其馨比较婉转："我看你呢，是眼界太高了一点，当然眼界高不是坏事，不过，慢慢地也应该适当考虑降下来，否则……"

"我眼界不高。"

"你说这句话，就说明你眼界太高，还不承认。"她们异口同声，然后得出一个结论，就是我越活越不懂事了。

我看看她们，闭上了嘴，她们总是对的。这两个生过孩子的女人现在动不动就教训我，她们已经完全不记得从前把脑袋靠在我肩膀上歇斯底里、把发酵一半的意大利菜吐在我衣服上的时候了，哼，好了伤疤忘了痛。

私下里，我想来想去，还是觉得自己眼界不算高。我要一个什么样的男人？

我要一个男人，对我好，不对我凶，不许我喝酒，尤其不许酒后开车，会在我加班的时候，在车里默默地等我，然后送我回家；下面条会问我喜欢面条硬一点还是软一点；不大会炒菜，做个番茄炒蛋把鸡蛋炒焦，然后自己偷偷吃掉，把番茄让给我；会帮我买一个够硬够牢可以挡子弹的箱子；明明唱歌走调却连唱七首张信哲，用自己最可笑的缺点逗我开心；会温柔地抱我睡觉，让我的心在他的掌心上跳；知道我这个人嘴硬心软，有时候坚强，而更多时候不过是在逞强；想要把我养胖，像史努比一样。嗯，就这些，好像差不多了吧。

真的，我眼界不高；她们说我眼界高，瞎说八道。

假如有一个这样的男人，我想，我也会对他好。我又不是傻瓜。怎么对他好？让我想想，其实也没什么了不起的，我大概会给他织一条又长又厚的围巾，到阿拉斯加都可以围，南极恐怕就不够了，不过，我才不许他到南极去；我会走很远的路去看他；在天晴或者下雨的日子里惦记他，帮他着想；会给他买块手表；会给他做饭、做菜、做汤；会给他讲花生漫画的故事；会把他的头发弄乱然后说"土包子"。好像，好像，也就这些了吧。

二〇〇三年圣诞节前夕公司搞活动，有一个竞猜节目，各部门编成组，抢答不同门类的问题。那些问题我大部分连听也没听说过，却在最后一轮中回答出一个关键的地理问题，四两拨千斤，我们部门赢得了一棵小圣诞树。

问题是：密西西比河的源头在哪个州？

答案是：明尼苏达州。

两个部门都没人来自明尼苏达，所以让我拔了头筹。同事惊讶我怎么会知道，我说是猜的。其实不是，我看过一本明尼苏达的旅游书，所以知道很多关于那里的事情。你问我为什么看明尼苏达的旅游书，长点知识总好啊。

新年前一天，我去市中心买了点东西后在联合广场搭地铁，一个个子高高的男人远远地朝我微笑，然后穿过人群向我走来。那是个典型的美国男孩子，但是刹那间，某些久远的回忆扑面而来，让我不由自主地也还了他一个微笑。他擦过我身边，礼貌地说了一句"不好意思"，兴高采烈地朝我身后墙上的换钞机奔去。原来，他不是在对我笑。

我立刻跑回地面上去，穿过好几个街区，走进一家书店。我找遍了园艺部的书架，没有发现一本上面印着非洲紫罗兰的书。肯定卖掉了，四年还卖不掉一本书，叫什么书店？

二〇〇三年十二月三十一日晚上，我在一家超市里看见雪宝莉酒买一送一，立刻就买了两瓶。拿回家之后，我打开一瓶，慢慢地把它喝光，脑袋开始有点发晕，不知怎么搞的，把另一瓶也给打开了，才突然想起，这种酒开了瓶就要喝完，否则会变成醋，于是，我把它也喝了。慢慢的，我眼前的酒瓶和酒杯悠悠地跳起华尔兹。

酒劲让我睡不着觉，于是我在网上闲逛。逛到一个网站，是专门写网络日志的，供人把自己的思想、生活片段像生鱼片一样陈列给人看。我从来没有对这种东西产生过兴趣，可是那天的雪宝莉让我突发奇想，也开了一个网络日志，我给它起名字叫《我们这样长大》。我要写一个关于成长的故事。

我给自己起了个网名，叫天路，也就是把关璐拆掉两个偏旁。我很喜欢这个名字，它使我想起以前看过的一本书——《天路历程》，而且，天上的路，多浪漫。

然后，我写了一个史努比式的开头，"那年夏天，一个风和日丽的早晨，我踏上了来美国的班机……"天色发亮的时候，我居然一口气写出整整五大页，雪宝莉功不可没，难怪李白要喝醉了才写得出诗。

我把写出来的东西贴到网上去，第二天清醒过来，自我感觉良好，于是接着往下写，写着写着，编出一个故事来。那是一个有关恋爱的故事，并无新意，无非是 A 爱上了 B，B 不爱 A，偏偏去爱 C，C 呢又爱上了 D，可惜那个 D 君不知从哪里找来一个 E 暗恋，要命的是 E 干什么不好，一定要跑到 A 和 B 之间插上一脚……三两个回合之后就把人物关系搅成一锅粥。我其实很想写个出息一点的题材，只可惜回想一下成长历程，很多时间的的确确都是浪费在谈恋爱上。

酒不能天天都喝，兼之要上班，每天只能写一小篇，写到十几篇，居然真有人看，发来电子邮件鼓励我接着往下写。我骨子里某种叫作"人来疯"的物质起了作用，于是乐颠颠地接着往下编，并忍不住告诉郑滢。

郑滢第一个反应是："好，这样你说不定也能找到个男人。"她已经对我现实中的表现绝望，开始寄希望于网络。她现在不用上班，婆婆又刚从中国来探亲，帮着看孩子，所以有很多时间可以挥霍，比如——看我涂的鸦，不过，她比较关心的是"怎么还不上床，再拖下去当心人家觉得那个男的性无能"，还专门打过招呼："你要是不会写，说一声，我帮你捉刀"。

写到四十几篇的时候，我有点累了。我的文采本来就不算好，编故事又要考虑前因后果，很麻烦，好几次都想停下算了。可是，每次决定要停下，总有一种奇怪的力量从心里某个角落冒出来，逼着我写下去。好在爱情大概是人类活动中最最没有逻辑可言的东西，怎么千奇百怪的情节，山穷水尽了，来上一句"不知怎么搞的"，总又能硬着头皮往下编：心情好的时候多编一点，差的时候少一点；被老板表扬了情节欢快一点，挨了客户的骂，那天的情节就比较凄惨。写到六十几篇，一个奇怪的现象出现了，故事里那个女人的个性仿佛很像我，而那个男人，他……他也变得似曾相识……

逐渐逐渐，看的人越来越多，评论也越来越多，有说好的，有说不好的。有一天，我去郑滢家玩，她拿来一叠打印纸放在我面前："都是骂你的。"

我拿过来仔细一看，很多人在骂我小说里的女主角，有些人用英文骂，更多人用中文，好像觉得骂女人这种重要的课题怎可随便托付了番邦的语言。

"说句实话，你的人物刻画有问题，"郑滢一本正经地清清嗓子。我正襟危坐，聆听她这辈子的第一份文艺批评，"写女人给男人看，不是你这个写法。"

"那怎么写？"

"记住了，要'三大一小'。三大，眼大、波大、屁股大，一小呢，就是脑子要小，不但要小，而且最好像刚出笼的馒头，连个纹路也没有。男人一看，又漂亮又容易上手，想叫春的叫春，想发骚的发骚，你的人物就算是刻画好了，"然后回到正题，"你这样，是找不到男人的。"

我啼笑皆非，"又不是花花公子，"随后扑哧一笑，"照这个标准，你婆婆人气大概很旺。"郑滢的婆婆我见过几次，货真价实的眼大波大屁股大，加上嗓门大，一定坚持要给我算命，算出来说我有什么旺夫运。我心想，旺夫，怎么旺？把男人当成煤炉拿扇子扇吗？同时庆幸没告诉她我不久前才离婚，免得她改口说我克夫。

郑滢像所有的媳妇一样，和婆婆之间有些不大不小的摩擦。那天她在房间里对我抱怨了整整一个多小时，因为她无意听见婆婆和邻家另外一个来探亲的老头聊天，口气里好像觉得家里媳妇掌管经济有点乾纲不振。

"哼，自己生出来的儿子，有点什么毛病都不知道？郑广和除了会给女人接生没什么别的本事，尤其不会管钱，我哪次洗衣服不从他口袋里翻出几张钞票来？还好意思说，他管钱，我跟他一起去喝西北风。"

我说："算了，她是自己没管着，心理不平衡，只要你老公肯让你管，关她什么事。"

郑滢笑笑，叹了口气："我想将来孩子稍微大一点，还是要出去工作，省得莫名其妙听这种废话。其实男人也挺不容易，一个人养家，太辛苦了，我能工作，总是减少他一点压力；退一步讲，男人也不是百分之一百可靠，万一他将来出出花样，或者碰到个什么车祸意外，我不能独立，岂不是措手不及。"我算是彻底领教了郑滢的百无禁忌，我想，假如世界末日真的来临，大家都绝望了，她一定还能找出办法来活下去，顺便把她的夫君也从废墟里拉出来，成为下一个人类纪元的亚当和夏娃。

我们接着鉴赏人家扔过来的臭鸡蛋，有些人或许比较豪爽，觉得骂骂故事人物不过瘾，直接照顾到作者头上来，用词不大好听。

郑滢说："太过分了，明天我也去注个网名，把他们骂个狗血喷头。"

"算了。人家要骂就骂。"我淡淡地说，"有人骂总比没人理好。"

"你是不是挨客户的骂上瘾了？"她皱起眉头看着我。

"我是无所谓。"

我看着她的眼睛，不知道该怎么告诉她，其实，我并不是挨骂上瘾，只是不在乎。那些人，他们再骂，伤不着我。不要说他们，客户点着我鼻子一口气骂上半个小时，伤不着我；和同事在会议上恶吵一架还是被人家占去便宜，伤不着我；老处女把我叫到办公室里去话里藏刀地训一顿，固然令人难过，也伤不着我。其实，这个世界上，真正能够伤着我的，只有一个人，没有人能够像他那样让我伤心，因为，我自己愿意被他伤害。

从郑滢家出来，我又去买了两瓶雪宝莉酒，因为我的故事快编不下去了，我需要它来刺激一下头脑。

我把酒当果汁那样一杯一杯喝下去，然后打开电脑。懵懵懂懂间，像有人在我面前开了一扇门，我突然明白了天路究竟在干些什么，不是玩头脑游戏，不是炫耀思想，不是自虐虐人，而是，而是，一个不知究竟是坚强还是脆弱的女人，想抓住最后一根稻草。我天天制造些无中生有的文字堆到网上，是希望——有一天，或许，他会看见，也觉得似曾相识，然后看着看着，猛然发现，那个天路其实就是他的璐璐——as always。

只要他仔细地去看，就会发现我很不开心。他曾经说过见不得我不开心，或许他还在乎我，或许他就会来和我打个招呼，或许，我就会有机会把很多话告诉他——以前曾经说过的，和没说过的。

或许。

原来，这并不是一个关于成长的故事，也不是一个关于爱情的故事，这是一则寻人启事。

那天晚上，我把《我们这样长大》改名为《最寒冷的冬天是旧金山的夏季》。十三个字的题目，不高明，却再贴切也没有了。真的，再贴切也没有了。

某人自己说过的话，不会记不得了吧。

从那一天起，我开始用功：每天下班回家的路上一边开车一边编故事，到家就写，然后在同一个时间贴上新的一章，风雨无阻，因为老处女教过我们，"按时交货、言而有信是提高客户满意度的最重要因素之一"；每一章都多多少少翻点花样，单恋完了暗恋，暗恋完了明恋，明恋完了三角恋，还有苦恋网恋远程恋，慢慢地把故事变成一篇恋爱大全，好像除了同性恋和老少恋，其他无所不包；隔几天，看看读者反应，如果他们不大起劲了，我就搞搞笑，吊吊胃口，甚至开开黄腔。上次沧海月明项目的经验让我受益匪浅。

现在我在乎人家的反应了，很在乎。每次有人夸我，我都很高兴，并且希望他们夸完了能替我把文章转到别的网站去；有人骂我，也不错，骂得好，喝口水，消消气，明天千万别忘了接着骂，要知道，骂，也是能把人给骂出名的呀。

我希望人人都来看我编的故事，希望天路能够出名——管它什么名，希望《最寒冷的冬天是旧金山的夏季》这个令人费解的题目能够遍布网络的四面八方，像夜色里散在机场地面上无穷无尽的引航灯，每一盏，都是一声小小的召唤。马克·吐温先生要是知道我拿他的幽默感来搞这种名堂，不知会不会鲤鱼打挺从墓穴里跳出来。

故事越来越长，我的酒量也越来越好，两瓶雪宝莉已经不在话下，开始慢慢向贝莉、马莉布、杜松子酒发展。酒总是让我心情愉快，思如泉涌。好东西。

郑滢和张其馨一有节日假期就叫我去吃饭，让我感受一点家庭的温暖。她们大概认为自己在做善事，我却觉得好像在受罪，因为我和她们之间的共同语言已经越来越少了。农历新年，我们五个人在郑滢家里吃饭，都是他们说话，先轮流抱怨一番：郑广和抱怨现在做医生要买越来越高的保险否则一旦被病人告就死定；林少阳抱怨下属不听话干活不认真还跟他摆龙门阵；郑滢抱怨儿子每天早上三点钟开始哭简直比闹钟还准时；张其馨抱怨体重增加了好多而且手臂抱孩子抱得有点痛。

终于抱怨完了，接下来是叽里喳啦：汽油价格叽里喳啦叽里喳啦；湾区的房子叽里喳啦叽里喳啦；孩子的教育基金叽里喳啦叽里喳啦；夫妻税表是分开填还是一起填叽里喳啦叽里喳啦；人寿保险叽里喳啦叽里喳啦……基本上，把他们的话都摘录下来，再稍微编辑一下，就可以出一期MONEY杂志。

我没什么好抱怨，也没什么好叽里喳啦，正巧坐在酒瓶旁边，就一杯杯倒来喝。那天开的都是加州的红酒，好酸。突然，周围没声音了，我抬头一看，八只眼睛正注视着我用做实验的标准手势把糖倒进酒杯。

我对他们傻笑一下："这样，酒就不酸了。"

那四个人停止叽喳，把杯子挪开，开始教育我，人生了孩子以后可能就会不由自主地倚老卖老。郑滢说："你就不能积极一点？"张其馨说："我建议你适当扩大社交面。"郑广和说："天涯何处无芳草？"林少阳说："我手下有个人不错，要不什么时候见一下。"没一个讲到点子上。他们大概觉得我在借酒浇愁，其实，我真的只是想把酒变甜一点罢了。少见多怪，啰嗦什么。

我酒没喝过瘾，回家以后，又跑出去买了一瓶雪宝莉，对着瓶子喝。喝到飘飘然，做起白日梦来：假如我和程明浩生个孩子，会长得像谁？假如生个女孩，应该比较像他，那很好，不过，个子不要太高，太高了将来选择结婚对象余地就小，也不能太矮，像我这样，一天到晚看人家的鼻孔，会产生自卑感；假如生个男孩，更加应该像他，否则，将来打架怎么打得过人家？早知道，去吃什么避孕药，怀孕就怀孕好了，总会有办法的，那样的话，现在我说不定也跟着他们一起叽里喳啦，倚老卖老。我心底里还是有点羡慕他们的。

我拿出电脑，上了很久以前和郑滢、张其馨一起去过的那个同学网站，找到我们学校的生物系一九九七届毕业班，然后一个个班级找过来——还是第一次发现生物系有那么多班。终于，我在某一个班的名册上发现了程明浩，立刻翻那个班的留言簿，找到他一条很短的留言，时间是今年一月份，说他换了工作，在新泽西一家公司上班，那个地方叫新布朗斯维克，什么名字。搞了半天，我弄明白了密西西比河起源于明尼苏达，他却已经不在那里了。他还说，欢迎在东部的同学去找他玩——会有女同学吗？

我趴在桌上睡了一夜，第二天早上醒来，看见还剩下小半瓶雪宝莉，立刻把它喝完。

我继续写《最寒冷的冬天是旧金山的夏季》，很多人不喜欢里面那个女主角，我开始担心，因为我逐渐发现他们并没有骂错——在过去的岁月里，我的确曾经犯过那么多可气、可笑、可恨的错误，我怕哪天程明浩要是看见了，也不喜欢，怎么办？于是几次想悬崖勒马把她挽救回来，变得"三大一小"，却不知道该怎么挽救，绝望之际，却突然意识到，还挽救什么，我的所有缺点、毛病、错误，其实，其实，他都是知道的呀！他又不是因为我有多好才爱我的，他爱我，是因为我把他当回事，是因为我和别人不一样，是因为我，是我。那，我还怕什么呢？

我又高兴了。不改，打死不改，我要让他一眼就能认出我来。

时间一天一天过去，故事越编越长，看的人比从前多了，我每天观察网站上的点击数。那个数字让我很受鼓舞，它代表一个面目模糊的人群，越来越大，我期望着，某一天，在人山人海里会变戏法一样露出一张熟悉的脸，朝我微笑，然后，穿过人群向我走来，问我："你等我很久了吗？"

我想，真要有了那么一天，我大概会高兴得掉下眼泪来，然后说："才不是等你。"

我负责的客户服务项目在二〇〇四年一季度结束时告一段落，出差又出差、挨骂无数次的成果是我们部门负责产品的客户投诉率降到比去年同期还低百分之二十，远远领先其他部门；锦上添花的是那位长得像贝多芬、连"请坐"都没来得及说就骂我半个小时、每隔三句话来上一句"我们要起诉你们公司"的客户不知是不是有点于心不安，专门写了一封长长的电子邮件来把我狠狠夸了一顿。老处女在上级面前很露了一下脸。在项目开始的时候，我满心希望借此再往上爬一级，可是，到了收尾的时候，却发现爬不爬都已经没有意义了，因为，根据种种迹象表明，公司打算把我们这一片的大部分项目转移到海外子公司。

谣言从去年下半年就开始飞了，印度的子公司开始派员工来培训，来了一拨又一拨，学的就是我们做的工作。管理层开始不承认，后来终于不得不承认，用个模模糊糊的发展海外业务来掩人耳目，但是大家心里越来越清楚，这一波迟早会来，到时候，比任何一轮裁员都要可怕。我们营营役役，像一群小鸟辛辛苦苦地在大树上筑巢，天天数着窝里有几个蛋了，然而天气一变，都被雨打风吹去。

终于有一天，大家都着急了。因为马屁精周末来加班，无意中在公共打印间里看见了一张老处女打印的文件，这一次，他忍不住把这个消息广播给所有人听，因为的确休戚相关：我们的老板在卖房子。不得不承认，现在是卖房子的好市场，然而，以老处女宝贝她房子的劲头，卖房子，绝对不简单。

大家表面上不动声色，背地里，老员工忙着打听现在被公司解散的行情，看看是不是趁机退休算了，少壮派都开始偷偷地为自己张罗后路。

《最寒冷的冬天是旧金山的夏季》已经写过一百集，我的脑汁被榨得差不多了，心情也越来越沉重，因为我知道故事总会收场，如果，如果到了收场的那一天，还是我在唱独角戏，怎么办？

我对骂和夸都已经习惯了，心情有点像看一部自己导演的电影，是午后场，坐在最后一排，回放那些过去的日子，那些聪明和愚蠢，那些错失的缘分，看着观众或感动、或悲伤、或不以为然。电影总会散场，下午场完了还有夜间场，这一部放完了还有下一部。等那个大大的"完"字打出来，灯光亮起，不得不走，或许有人会对我说"真不错"，"谢谢"，但是，没有人会来温柔地拍拍我的肩膀，接过我手里的可乐和爆米花，说"璐璐，我们回家"。

没有。

我害怕那种曲终人散的凄凉——此刻再感动，时过境迁，可还有人记得我？

我要一个记得我的人。

强将手下无弱兵。二〇〇四年美国国庆节前，老处女最后一次在她家后院的游泳池边请我们吃烤鸡腿和热狗，并暗示大家另觅出路时，大部分的人已经有了着落：有打算退休的，有转行搞地产经济的，有坚决与硅谷共存亡、准备等经济复苏再慢慢找工作的，大部分人另寻东家。

八月份，我们的产品总监正式宣布老处女手下的部门在美国的开发计划中止，除了极少数并入其他领域，大部分项目迁往印度子公司。我们每人有一个月时间自寻出路，公司这次做得比较仁慈。老处女升级调往洛杉矶分公司做另一个产品的总监，从某种意义上，可以说是"一将功成万骨枯"。

马屁精在拉斯维加斯找到工作，想想也对，高科技原本就该是无所不在的，而且那种地方哪个行业都是包赚不赔，饭碗应该比较容易捧牢，他得意扬扬地对我们公开了那套用来计算部门同事竞争力的代码，果然设计精密、干净漂亮，和他工作上得过且过的作风全然不同。Chris的去向让全体人跌掉眼镜，这位老兄不知怎么钻营弄到了一个外派印度的名额，因为这样相对容易升级，他已经买好一打保罗衬衫，立志到那个东方文明古国蹲点三年五载，有了点功名再杀回美国来平步青云，证实了他的确是所有人里最有宏图大志的一个，原来美国人也相信天将降大任于是人也，必先苦其心志，劳其筋骨。我凭去年做客户服务项目的经验和人脉在达拉斯分公司找到一份工作，虽然不算很对口，但感觉比较稳定，新老板同意保留加利福尼亚的工资，我已经很满足了。

同事们聚在一家印度餐馆吃饭，Chris挑的地方，说这里有全市最好的印度菜——他现在对任何同印度有关的东西都大感兴趣。刚进公司的时候我立下志向，将来哪一天走的时候要部门所有同事来送行，现在实现了，只是没想到我同时也给他们送行。我们一边大嚼咖喱鸡咖喱猪肉咖喱牛肉咖喱羊肉咖喱蔬菜一边骂老板拿人血染红顶子一边忙着留通讯方式，气氛空前融洽，甚至依依不舍起来：没有了利害关系，人都变得可爱三分；钩心斗角的人一旦惺惺相惜，通常更容易欣赏对方。

月底，林少阳启程回中国，这两年，他随着从前的老板一起又升了两级，终于发现小池塘里容不下大鱼，跳槽到另一家公司担任中国分公司的技术总监。林少阳本来希望张其馨留在美国，用他的话来说留个后路，张其馨却断然辞了工作陪他回去，说"老公不在，我一个人待在美国有什么意思"，我和郑滢私下里觉得她是担心林少阳旧病复发，弄出点什么花头。七年前，她来美国是为了一个男人；现在回去，却是跟着另外一个男人；她的牺牲精神依然无人可比。

那天下午，下了一场雨，我正在公司底楼的图书室里还参考书，无意中透过两道玻璃窗看见一道斑斓的颜色轻轻柔柔地搭在对面楼外的一个转弯角里，直扑入眼。我愣了好一会儿才反应过来，那是一条彩虹。它像座小小的桥梁在草坪上凭空架起，让人看着心里又踏实又舒服，宛如哭过的天空还给大地一个微笑。有这么一道彩虹，下多大的雨都值得。

我看着看着，心里激动起来，马上跑出去，跨过草坪，叫住几个同事，他们也微笑着赞赏一番，但我知道他们并不明白我到底为什么如此兴奋。后来，彩虹慢慢散掉，我却高兴了整整一个下午，因为，我终于见到真正的彩虹，它比装在瓶子里的还要好看。

郑滢生过孩子以后母性越来越强，知道我调去达拉斯，难过得眼泪在眼眶里打转，她说舍不得我，"你一个人跑到得克萨斯去干什么？"

"得克萨斯怎么了，没有州税，房子又便宜，钱经用，多好。"

"那么远，气候又没这里好。"

"你忘了我们那时候想来美国差点都打算申请阿拉斯加的学校？"

"此一时彼一时，"她嘟起嘴，"不知道为什么，我看见你一个人跑那么远，心里就难过，难过得要命。他妈的。"

我搭住她的肩膀，眼睛也有点酸：仔细想想，十一年了，我和郑滢几乎就没有怎么分开过，一路手牵手磕磕碰碰走来，在中国在美国都大大方方地枕一个枕头睡觉、在街上勾肩搭背，见识过彼此最最尴尬难堪的时刻，我给她提供卫生巾，她给我提供避孕药，我骂过她的男朋友，她也骂过我的男朋友。都不是信奉两肋插刀的人，却差不多做到了肝胆相照；然而，千里搭长棚，哪有不散的宴席？

她说："得州大概比这里更加难找男人。"

我说："不一定要急着找男人啊，玩两年也好。"

她看看我，突然问："你是不是还在想着他？"

"没有。"

"骗人，你文章里的那个人就是他。"

"我只是有时候会想起他，不是在想着他。你难道不会偶尔想起从前的人吗？"

"我不会想出一篇小说来天天自己揭疤。"

那天回家的路上碰到堵车，望着车窗外随处可见的棕榈树，不由得也难过起来。刚来加州，看见棕榈树，大惊小怪了很久，现在看惯，却又要走了。

达拉斯我去过一次，是拜访一个客户，匆匆忙忙停留了三天，对它只有两个印象：一、有一位美国总统在那里遇刺；二、那个城市的机场叫 Love Field——"爱情田地"，听着很浪漫，其本身设计也和爱情一样扑朔迷离，让人动不动迷路。不久，我又要去那里，住不知多久，然后说不定又会搬去另一个地方，然后说不定还有下一个——可能是芝加哥、亚特兰大、纽约、波士顿、休斯敦，谁知道呢？

在这块太平洋和大西洋之间的浩荡版图上，干什么都不大容易，唯有流浪，实在太容易了。

其实刚才我并没有说实话。我并不喜欢达拉斯，那儿没有州税，房子便宜，钱经用，却也没有我认识的人——连个 Chris 都没有。跑那么远，会孤单的。对了，程明浩一个人跑来跑去，他也曾觉得孤单吗？

我还是坚持天天写故事，看的人比从前少了，大部分人都觉得情节索然无味，我想出很多办法来搞花样，却还是索然无味，好些人写来电子邮件问打算什么时候结局。说老实话，我不知道，我甚至不知道会是一个什么样的结局。我心底里暗暗盼望的是，某一天，会有人出来帮我写那个结局，可是一直都没有，我依然面对着一个庞大而陌生的人群，没有那张熟悉的脸。还是，他明明在里面，却不肯告诉我？因为他还在生气，或者嫌弃我，或者，更加糟糕，他已经有了别人，根本不爱我了？这些可能性让我感到绝望。

我好几次想给他写电子邮件去，写好却又删掉，因为我太害怕我的猜测会成真：他现在比以前混得好了，也更帅了，脾气又好，应该也会有女孩子喜欢他的吧，假如人家比我可爱比我温柔比我听话比我会织围巾，他有什么理由拒绝呢？换了我，也不会拒绝。糟糕的是，要比我可爱比我温柔比我听话比我会织围巾，并不是太难做到的呀。假如他说"欢迎你来找我们玩"，我怎么说？真要那样的话，我宁可不知道。

我给自己定下一个期限，到在旧金山分公司工作的最后一天，他还不来找我，就算了；然后我像史努比一样接着用功，矢志不渝地将《最寒冷的冬天是旧金山的夏季》写成一块鸡肋，把上面仅余的肉都啃光，眼看着满地引航灯一盏盏熄灭，熄灭一盏，就有一根刺扎进心里，到后来，那颗拳头一样大的心变成了仙人球。不会有人喜欢捧着仙人球睡觉吧。

他，没来找我。

我三下五除二把故事里的女主人公整得很凄惨，让人家来同情，随后在结局里把她发配到某个天涯海角去开始新生活、明天会更好。读者反应不错，觉得她长大了、成熟了。我有点不明白：长大就是这样？好像意思不大。要真这样，我宁可长不大。

有人写来电子邮件说："我的经历和你小说里的那个女孩简直一模一样，看了你写的结局，我知道该怎么办了。"吓得我汗毛都竖起来。误人子弟，罪过罪过。

以后的日子飞快地过去，我忙着和加州的朋友告别，整理东西，把不多的家当能卖的卖，能送的送，余下的一些打好包，准备寄去达拉斯。九月初，我的公寓租约到期，郑滢又正好和老公一起回国探亲去了，我便带着不多的行李搬到一个同事家里的客房暂住。

离去达拉斯上班还有一个月，我决定再好好看看旧金山。

现在我每天有大把时间在街上闲逛。我不是一个很有想象力的人，所以逛来逛去也就那么几个地方。

旧金山湾边的码头还是安安静静，像功成身退的老兵，悠悠地坐在那里晒太阳。

一号码头旁边栈桥上的路灯换过了，栏杆好像也漆了一下，漆成一种很好看的绿颜色，我喜欢。

渔人码头永远人挤人，那个卖海盐的地方现在换成了一个贝壳手工艺品的摊子。

那家巧克力商店关门了。也难怪，东西卖那么贵，不关才怪。

我去了一次魔鬼岛，自己去的。以后我应该习惯一个人去玩。

有一次，我突然发现自己站在北滩一个僻静的坡上，那里，隔着生满绿色常春藤和紫红色三角梅的矮围墙，远远可以望见碧蓝的旧金山湾和白色灯塔。我望着望着，生起一个奇怪的念头：犯罪心理学说罪犯事后往往会一再返回作案现场，那么，他有没有回来过这里？我们曾经在这里一起谋杀了一段感情，将之毁尸灭迹，现在我回来了，那我的同谋呢？

郑滢曾经评价我越变越感性了，她嘴里的"感性"基本上等同于"神经"。有人说，旧金山这个城市不宜久留，它会让人变得多愁善感，消磨意志，或许是真的吧，这里山太绿，水太青，风景太美，回忆太多。所以，离开这里，对我有好处；我不能多愁善感，我要意志坚强。

在觉得把所有该去的地方都走遍之后，我脑门上突然亮起一个灯泡，还有一个地方没去。那个地方，怎么能不去看看呢？

我从现代艺术宫后门出发，过马路，向右拐，绕过游艇俱乐部，一直走到防波堤的尽头，我终于看见了——浪管风琴。网上说，这几年来，由于经费问题，这些其貌不扬的管子没有专人照顾，连它们，也被抛弃了。

我沿着石阶走下去，坐到一根管子旁边，管子上结了一层蜘蛛网，我把它抹掉，然后把耳朵凑上去，里面隐隐约约传来水声，却听不见其他的。于是我换一个，再换一个。其实我知道，浪管风琴效果最好是在清晨五点钟潮汐来临的时候，黄昏往往听不见什么，但还是换一个，再换一个，一直换到最后一个，水声中缓缓传来一阵模糊而温柔的旋律，像一只小小的手把音符送进我的耳朵。我仔细地听了很久，终于听明白了，它是在唱歌呢，唱的是一支离别的歌；它今天专门加了个班为我唱这首歌，是代表这个依山傍海的城市，代表这里的一千多个日子在跟我说再见。

我的眼睛里慢慢地盈起水光：难怪上次我没找到，它是不希望我见到它在风雨里哭泣的样子。这就是旧金山的告别，不是在乌云和阴霾中哭哭啼啼，而是在晚风斜阳里，轻轻地、温柔地唱一支歌，在泪光中微笑，好像在说"一路走好"。

唉，这个倔强而又深情得叫人欲语还休的城市，你叫我，你叫我说你什么好呢？

蒋宜嘉和他太太给我饯行，告诉我他上个星期去洛杉矶开会，见到了杜政平。他又结婚了，娶的是一个同学。

我说："很好。"

"连他都走在你前头，"蒋宜嘉摇摇头，"以后去了达拉斯，就更难了……唉，真要不行，我看你也可以考虑找个美国人。"

他太太热心附议"美国男人其实也有不错的啊"，口气好像美国男人低了一档，而且有一个排在那里等我挑，这不知算不算一种逆向歧视。

我把达拉斯的好处重播一遍，免得他们没完没了地可怜我，然后岔开话题，问候他太太肚子里那个名字在两年多前就已经起好的小蒋。

蒋宜嘉立刻起劲，再三强调他儿子踢起他老婆肚子如何有节奏："我儿子，乐感能差吗？"他得意扬扬。讲到这里，他突然想起什么，"哎，张信哲出新歌了。你知道吗？"

二〇〇四年九月十日，张信哲在沉寂歌坛几年后出新专辑，名为《下一个永远》。他接受访问时表示不会改变路线，继续唱情歌。

"现在的人爱听情歌吗？"蒋宜嘉有点怀疑。

"当然，他们推出之前，肯定做过市场调查。"我说。我心里想的是，情歌是关于爱情的歌，只要还有人相信爱情，就会有人爱听。比如我。我就相信爱情。

我去网上找来这首歌听，歌词写得很有意思，说是恋人分手，希望能够从此相忘，"有天偶然再遇见，我们都各自拥抱下一个永远"。

怎么搞的？永远就是永远，本身没有尽头，哪来的下一个？口口声声念着下一个永远的人，恰恰就是放不开这一个永远。自欺欺人。

只剩下最后几天了，我把家当和汽车都运去达拉斯，把最后几样行李小心翼翼地装进那个银灰色的手提箱。

有一位作家写过，每个人心中都有一座古玩铺，而收藏家，都是孤独的。我的古玩铺里东西不多，有一件洗得干干净净的浅蓝色衬衫，一块银灰色表面的男式手表，和一个形状活像套鞋的花盆。我把那棵非洲紫罗兰送给了同事，她把它移植在房子后面的花园里。我这个同事喜欢也善于摆弄花花草草，把非洲紫罗兰送给她，我很放心。那个同事建议我利用剩下的几天去度假，我问她可以去哪里，她耸耸肩膀："找个你以后不大有机会去的地方啊，比如说夏威夷。"

"一个人去夏威夷？"

"那么西雅图？"

我笑着摇摇头，心里想到了东部的某个地方——从来没去过，以后估计也不会有机会去。

第二天晚上，我又想起那只套鞋花盆，把它从箱子里拿出来端详，淡蓝的底，鞋帮上还画了两朵兰花，很漂亮。看着看着，一个念头突然划过脑海，为什么不去试穿它一下呢？

我坐在地板上，脱掉鞋袜，把左脚伸进花盆，脚尖触到了鞋尖，脚跟碰着鞋跟，凉凉的。我吸了一口气，把右脚也往里伸——曾经在哪里看见过，说人的右脚比左脚要稍微大一点，慢慢的，我的右脚居然也放进了那个花盆。我把两腿伸直，看着那个稳稳当当地套在我脚上的花盆，发了好一会儿呆后，突然泪如雨下。

程明浩是对的——他买这个花盆的时候猜我说不定可以拿来当鞋穿，

现在我果然穿得下！

我想起那一次，他去新墨西哥，把这件事告诉我，我怀疑地看着他说："你叫我拿一个花盆当鞋穿"，他看看我的脚、抓抓头发说："看起来你的脚比它稍微大一点，估计穿不下"；还有那次，我在他的办公室，把一只脚放在花盆旁边比着玩，他说："恐怕还是小了一点"，我说："嗯，好像就差那么一点点"。

然而，如果我真的脱了鞋袜穿进去，就会发现，它其实却是正正好好的呀，从前，我们为什么，为什么都不相信呢？为什么没有尝试过，就急着否定了呢？？？

我看了看手表，九点四十分，东部时间应该是十二点四十分了。我想了想，立刻打开电脑，去订能找到的最早一班去新泽西的机票。

我一面颤着手指输入信用卡信息，一面仿佛有个严厉的声音在敲打着我的头脑：关璐啊关璐，你有胆子写出二十万字的垃圾来让不相干的人把你从内到外再从外到内骂个淋漓尽致，怎么就没有勇气去找他、告诉他你已经离婚了你以前错了你还在乎他你很想念你希望他能原谅你所以请他想骂就骂，你，你还爱他呢？！

我的心里突然明亮了：四年前那个清冷的冬天，程明浩因为看见这个花盆，立即开了十几个小时的车去找我，他怕一旦去晚，我就被别人追掉了；现在花盆在我手上，轮到我还这份情，我要去找他，免得为时太晚，他被别人抢掉。我不要噩梦成真，若干年之后再碰见他，他微笑着向我介绍身边的女人——"这是我太太"；我要站在他身边，让他对人家微笑着说这是我太太，或者老婆，或者妻子，或者内人……贱内就实在太难听了，不许那么叫，前面四种应该已经够用了吧……什么可爱温柔贤惠，我就算不够，总可以学吧，学着学着，不就变成真的了？有什么了不起的。

凌晨三点四十分，一架飞机从旧金山起飞。我拉开舷窗板，黑沉沉的玻璃映出我发亮的眼睛和嘴角的微笑。我发觉自己的笑果然神气，一笑露出一排牙齿，心里很受鼓舞。

我要站在他面前，不管三七二十一，问他"你还要不要我"，假如他说"要"，我就会立刻高兴得跳起来抱住他的脖子，像史努比那样耳朵拧成麻花。

阿弥陀佛，但愿他现在没有别人，但愿他心里还有我，但愿他说"要"，不对，美国好像归上帝管，无所谓，你们哪个有空就来管一下吧，我一样给红包，好了吧？

来美国的时候，我隐隐约约觉得在这个异国他乡的某个角落里，会有我想要的幸福。现在，我已经知道那个角落在哪里了。对了，那个城市叫什么？新布朗斯维克，唉，什么名字。

飞机在九千多米的高空稳稳滑行。天气真好，一点气流也没有。我像第一次坐飞机时那么激动，连果汁都多要了一杯，坐在空荡荡的机舱里，思维天马行空。

我一遍遍回忆着和程明浩从认识到现在的来来回回、反反复复、莫名其妙，突然想到，或许那是真的，我们的人生路注定会纠结在一起，说不出什么道理，却会不由自主地一次次碰头：彼此辜负又彼此等候，彼此期待又彼此背叛，彼此伤害又彼此原谅。而冥冥中决定这一切的，不是什么所谓的命运，而是——爱情。是爱情让我们一次次绕回原点，浪费那么多时间，自己都不知道是为什么，现在终于明白过来，很简单，太简单了，我们，不过是在岁月的迷宫里寻找走散的旅伴而已。

青春，就是拿来浪费的——只要那个人值得。我们都曾经在爱情里蹉跎，而回首望去，那些浪掷的光阴竟然如此的无怨无悔。

我不相信命运，但我相信爱情。一直都相信。

如果有人问我相信什么样的爱情，让我想想，有了，我相信的爱情既不是"寒光耀目流星没"，也不是"沉沉天际苦勾留"；我相信的爱情，是一道彩虹：让人灿然欣喜，又踏实又舒服，不会天天出现，也不用天天出现——总瞪着看眼睛会累的，我们以前想过要把彩虹装进瓶子，多傻。因为见识过那奇迹般的景象，所以安心，因为领略过那瑰丽的色彩，所以放心；安心放心之后，接着往前走……哪里的路都不太好走，总有坑坑洼洼，说穿了谁能真正顶天立地，无论一米五八还是一米八五，都有不得不低头甚至看人家鼻孔的时候，然而，当人生的际遇宛如狂风暴雨席卷而来，我会把手放在你的掌心，替你结上围巾，帮你一起看路——我的眼睛现在也都是一点五噢；你会帮我穿上套鞋，不让我踩进水塘，为我撑一把伞——撑天实在有难度，伞就可以。别人或许会欺负我，但你不会；别人或许会让你吃亏，但我不会。你像查理·布朗，觉得做人最要紧的并非快乐而是不要不快乐，我像史努比，认定生活的终极意义是"当一只好狗"，平平凡凡，却一结多少年的缘分。当尘埃落定，青春梦醒，我们的容颜老去，却还能拥有孩子般清澈的眼光和神气的笑容。我看，这样也就差不多了吧。

风雨之后，天边挂起彩虹，又慢慢散去，知道吗，彩虹会散去，却不会消失，永远都不会，因为，它原本不就是空气里无处不在的水汽？平时弥漫在我们呼吸的每个瞬间，只消一场雨，便又奇迹般地呈现，哪里的天空都下雨，不是吗？

这，就是我想要的爱情。

咦，我怎么也讲得出这么酸的话来，真不好意思。

飞机终于在新泽西降落，我一夜没睡，却异常清醒。我开车去新布朗斯维克，一路上琢磨着见到他应该用什么口气说那句"你好"，同时心越跳越快。

到了他那家公司，我直奔前台告诉接待员我要找一位员工，我不知道他的部门、分机或者办公室号码，我甚至都不知道他在这里到底干什么，但我有很要紧的事，非常要紧。

那位接待员叫我等等，在电脑上查了一会儿，拨了个电话，好像没人接，她又看看电脑，再拨一个，讲了几句，带着遗憾的表情告诉我，程明浩不在公司，他的一个同事说他从昨天开始休假一个星期。

"去哪里了？"

她摊开手："不知道。"

我央求她再去问一下，因为我必须找到他。她犹豫一下，礼貌而坚决地说："对不起，我们就算知道也不能透露员工私人度假的行踪。"

上帝和佛祖一起怠工了。

我垂头丧气地走出他的公司，不知道该去什么地方，在这里，我一条路也不认识。一个星期，他会跑哪里去了呢？还有，有人同他一起去吗？

我慢慢回到现实中来：几天后，我就要去达拉斯分公司报到，不可能留在这里等他；而且，就算我真的等，等来等去，等来的不是一个人，那时候，他拿我怎么办？我又拿他怎么办？我真怕他说"对不起"。

事实上，我对他的境况一无所知。

我越想越灰心：昨天半夜三更逞着意气从西海岸飞到东海岸，不过是一场想当然。我真能折腾。

晚上，在目的地旧金山的美洲航空班机上，我找到一排空位躺下，用毯子把自己裹得严严实实，飞机上的毯子粗糙扎人，一点也不舒服，但我还是马上睡了过去，毕竟，太累了，明天上午还要搭飞机去达拉斯的什么爱情田地。狗屁。

一觉醒来，不知睡了多久，我迷迷糊糊坐起来，想揉眼睛，却发现脸上全是泪水，凉的，好像挂在那里已经很久了。刚才好像没做什么噩梦，怎么就哭了呢？我觉得很奇怪。

我用纸巾把眼泪擦掉，明白了：是我身体的那个孩子趁我睡着的时候痛痛快快地哭了一场。我已经累得哭不动了，但她还不甘心，不甘心啊。孩子，比大人更加不容易放弃，也更加不讲道理，她只知道，没找到自己心爱的人，受委屈了。

乖，不哭，我们已经尽力了呀。

窗外已是深夜，随着机翼的轻轻摆动，下面海市蜃楼般出现一块灯火辉煌的织锦地毯，旧金山到了。

七八个小时之后，我又回到机场，左手拖着一个银灰色的行李箱，右手拎着一瓶用硬纸捆好的雪宝莉酒。达拉斯应该也买得到酒，但能带的话，还是带一瓶吧。

上飞机前是例行的一番慌里慌张，我总是要到最后一分钟才去钱包里翻驾照，身上又通常会有钥匙手链手表皮带硬币之类的东西让安全警报器呱呱乱叫。费尽周折终于过了安全检查，我把手链戴上，手表戴上，硬币和钥匙各就各位放回口袋，穿上外套，系回皮带，穿上左脚的鞋，再穿上右脚的鞋，这时，有个男人把我的箱子和酒瓶拎过来放在我面前，我抬起头对他微笑，一句谢谢却钉在舌头上。因为，那个人是程明浩。

我曾经想过见到他要不管三七二十一，问他"你还要不要我"，真正见到，却发现这个计划完全行不通。相反，我的脸滚烫，一心只是想着用箱子去遮盖那个酒瓶。

他先开了口："真巧。"

"嗯，是很巧。"他还是又高又挺，头发还是短短的，眼光还是和从前一样温煦清澈，身上却穿了一件山青水绿花样毫无规则的衬衫，像是把一条彩虹放进搅拌机里转上一分半钟又勉强拼起来，说实话，很难看。

他眼也不眨地盯着我看，我对他笑笑，心里十分懊恼，早知如此，至少应该用冷水敷敷脸，让肿起的眼泡消下去。

他把眼光慢慢地移到我脚边的酒瓶，问："这是什么酒？"

我咽了口口水："雪宝莉。"然后加上一句，"不是自己喝，是带给朋友的。"

"你真的不喝？"

"不喝。"我扬起眉毛和嘴角，坚定地扯谎。

他仔细看了我一会儿，摇摇头，很温柔地微笑起来："你不喝酒，怎么写出来的文章里足足有六种酒的喝法呢？还都写得很地道。"

我一时没反应过来："什么文章？"

他从背包里拿出厚厚一叠纸："是你写的吧？"

我看了看，明白他在说什么了，开始结巴："你，你也看见了？你，你怎么看见的？"

"说起来很巧，前两天有人安排给我相亲，我去了，吃饭的时候，没什么话讲，就问那个女孩子喜欢看什么书，她说最近在看网络上的一篇小说，题目叫《最寒冷的冬天是旧金山的夏季》，我问她是谁写的，她说作者叫天路。我回家后立刻到网上把这篇小说找出来，我通常不在网上看东西，这还是第一次，看了整整一个晚上。看完就给你打电话，没打通，后来，我把其他人的电话一个个打过来问他们你现在怎么样了，只找到蒋宜嘉，他说你这两天就要去达拉斯，还说，你离婚了。所以，我就飞过来了……不过，你已经搬掉，我就想你说不定已经走了，不如索性到达拉斯去找……"

我低下头，用左脚搓右脚，再换右脚搓左脚："你是不是觉得我很无聊?"

"你很厉害。"

"怎么厉害?"

"能写出那么长一篇小说，"他笑了笑，说，"我就写不出来。"

我跟着笑了。我也觉得自己很厉害——他差一点真被别的女人抢走，而不知不觉中，我的文字替我把他给抢了回来。那二十万字的垃圾，每一个字都值得。

上帝和佛祖没有怠工，他们只是去了 coffee break，回来以后加倍卖力。

"以后有什么打算?"

我盯着他胸前的纽扣："还不知道。"

他声音轻了一点："那，你有没有想过——再找一个人?"

我吸了口气，咬咬嘴唇，终于说："不大容易吧。又要身体好，又要脾气好，还要最好不同行业……"

沉默。

沉默。

沉默。

有个声音问："璐璐，你，你，你看我怎么样?"

然后，轮到他结结巴巴，等他一本正经声明这次相亲不过是两年来的第二次，第一次是半年之前且没有结果，并且他的烟已经戒了百分之八十的时候，我忍不住抬头看向他。那个傻瓜的圆鼻子上居然在冒汗。看着看着，我也开始冒汗了，不过，是在眼睛里。

我来不及给眼睛擦汗就笑了起来，然后伸手去按他的鼻子："那你把头发留长一点，还有，把这件衣服换掉，丑得有水平。"

他也不好意思地笑了："来得太匆忙，忘记带衬衣了，这是昨天去超市随便买的。"

我打开行李箱，拿出手表和套鞋花盆，取出一件叠得整整齐齐的浅蓝色衬衫："土包子，你的。"

二〇〇四年九月二十四日十点三十四分，旧金山国际机场。某个二十八岁半的愣头青把我紧紧地抱进怀里，光天化日之下吻了好久好久，然后二话不说，把一个印着玫瑰花纹的戒指牢牢套在我的左手无名指上——套得比我们公司的股票还牢。我把眼睛里的汗统统擦在他衬衣胸口，左面湿透了擦右面。当时围观者达几十人之众，引来保安问询，我们来美国后还从没出过这么大的风头。

原来，两年前他把那个戒指放进项链里扔出车窗后，想来想去又舍不得，开回去，冒着生命危险从对面方向的车行道上把它们又给捡了回来。

一个小时后，我们一同飞去爱情田地，果然在那里迷路，兜了一个大圈子才找到出口。不过，我们一致认为，这个机场名字吉利，风水也好。

两天后，我们去参观美国总统遇刺的地方。那是个悲伤的纪念，但我们的态度都不够严肃。得罪了，肯尼迪先生。

几个月后，我们闪电式地结婚了，在那个叫"唉，什么名字"的地方。郑先生郑太太飞来参加婚礼，千里送鹅毛地带来一份别致的礼物：打开画满玫瑰的包装纸，里面是一打三十六个大包装的保险套。不仅如此，郑滢写的贺卡简直可以拿去做广告，先是煞有介事说这个款式是某资深妇科医师专门推荐——我相信那位医师不但推荐，肯定还身体力行用过，"请放心使用，它和你们的爱情一样固若金汤"。但是，这份礼物我们一直都没有用过。因为我们都很想知道：生个孩子长得会比较像谁。那瓶雪宝莉酒，我拿它做了一个实验，喝掉一小半，剩下的过几天再打开，结果你猜怎么样？呵呵，雪宝莉没有变成醋。

不过，现在程明浩坚决禁止我碰任何和酒精有关的东西，连加一点点兰姆酒的提拉米苏都不可以。因为，因为——我要做妈妈了。他也不让我听张信哲的情歌，说"太悲伤了"，还说要去找乐观、向上、陶冶情操的音乐来让我听。我以为会回到小学的音乐课，把施特劳斯的圆舞曲听到昏昏欲睡，结果他搜刮半天，居然找来小虎队的《星星的约会》和范晓萱的《洗澡歌》。呵呵，亏得他音乐品位不高。